BÖSE SEE

Petra Tessendorf stammt aus Wuppertal und hat dort viele Jahre als Reporterin für lokale Medien gearbeitet, bevor ihr erster Roman erschien. Die acht Jahre, die sie in Ostholstein lebte, schenkten ihr tiefe Einblicke in Land und Leute an der Küste, die sie in ihren Geschichten verarbeitet. Seit einigen Jahren lebt sie mit ihrer Familie in Berlin, wo sie als Autorin, Lektorin und Dozentin für Kreatives Schreiben tätig ist.
www.petratessendorf.de

PETRA TESSENDORF

BÖSE SEE

Kriminalroman

emons:

Bibliografische Information der Deutschen Nationalbibliothek
Die Deutsche Nationalbibliothek verzeichnet diese Publikation
in der Deutschen Nationalbibliografie; detaillierte bibliografische
Daten sind im Internet über http://dnb.d-nb.de abrufbar.

© Emons Verlag GmbH
Alle Rechte vorbehalten
Umschlagmotiv: Silas Manhood/Arcangel.com
Umschlaggestaltung: Nina Schäfer, nach einem Konzept
von Leonardo Magrelli und Nina Schäfer
Umsetzung: Tobias Doetsch
Gestaltung Innenteil: DÜDE Satz und Grafik, Odenthal
Lektorat: Lothar Strüh
Druck und Bindung: CPI – Clausen & Bosse, Leck
Printed in Germany 2021
ISBN 978-3-7408-1339-0
Originalausgabe

Unser Newsletter informiert Sie
regelmäßig über Neues von emons:
Kostenlos bestellen unter
www.emons-verlag.de

Dieser Roman wurde vermittelt durch Schoneburg.
Literaturagentur Dr. Patrick Baumgärtel, Berlin.

Für Albert, von dem Johann so manches hat

*In der höchsten Stufe des Erkennens basiert das Wissen
eines Menschen nicht länger auf Erinnerung oder
Schlussfolgerungen. Sein Wissen ist impulsiv
und unmittelbar und von außerordentlicher Intensität.*

Patañjali, Yoga-Sutra 1.49

Sonntag, Anfang Juli

Die Windböe war so heftig, dass Cecilie von Albedyll die Tür des Taxis aus der Hand flog. »Gütiger Himmel«, murmelte sie und kletterte umständlich aus dem Wagen. Vorher hatte sie dem Taxifahrer, einem missmutigen Knochen, ihr letztes Geld in die Hand gedrückt.

Die ganze Fahrt über hatte sie die Anzeige des Taxameters nicht aus den Augen gelassen. An der Golfanlage Hohwacht war sie unruhig geworden, und hinter Haßberg zeigte das verfluchte Ding genau die Summe an, die sich in ihrem zierlichen, perlenbesetzten Portemonnaie befand. Sie hatte »Stopp!« rufen müssen. Ausgerechnet an dem Waldstück, kurz bevor die Seestraße nach links ins Zentrum von Hohwacht abbog.

Natürlich hatte sie gehofft, der Taxifahrer würde sie trotzdem zum Hotel Seewald bringen. Aber sie hätte sich denken können, dass der sofort anhalten und die alte Dame, die sie für ihn war, an der Landstraße aussetzen würde. Er half ihr auch nicht aus dem Taxi. Der einzige kleine Racheakt, der ihr blieb, war, die Wagentür offen stehen zu lassen. Sie lächelte, als sie den Mann fluchen hörte, und stellte sich vor, wie der fette Molch sich aus seinem Wagen hieven musste, um die hintere Tür zu schließen.

Über ihr blitzte das Wetterleuchten, bald würde der Sturm da sein. Der Fahrer hatte sie noch gefragt, ob sie Geld im Hotel habe, was sie hatte verneinen müssen. Ihr ganzes Bargeld war beim Bingo in Lütjenburg draufgegangen; das meiste für den Sekt, von dem sie ein bisschen zu viel getrunken hatte.

Es war halb elf durch und immer noch nicht ganz dunkel. Der Wind pfiff und heulte mehrstimmige Klagelieder, aber Cecilie von Albedyll fürchtete sich nicht. Sie hatte so manche Straße zu Fuß bewältigen müssen, zu anderen Zeiten, unter anderen Umständen. Als Dreizehnjährige war sie zu Fuß und zu Pferd aus ihrer ostpreußischen Heimat Labiau geflohen; nein, Cecilie war furchtlos.

Als ihre Augen sich an das letzte Licht gewöhnt hatten, konnte sie die Seestraße deutlich erkennen, dieser helle Asphaltteppich, den einer ihrer Schutzengel vor ihr ausgebreitet hatte, um sie sicher ans Ziel zu bringen. Sie blieb einen Moment lang stehen und schaute in den Himmel, an dem der Wind schwarze Wolkentürme vor sich herschob. Dazwischen blitzten Sterne und Planeten auf, fest verankert im Universum, als wollten auch sie der alten Frau den Weg weisen. Verbündete ihrer Engel, die sie durch ihr langes Leben geleitet hatten. Cecilie schwankte ein wenig. Das lag wohl am Sekt und an dem Tempo der Wolken. Eine hatte tatsächlich die Form eines dahinjagenden Pferdes.

»Ein apokalyptischer Reiter, wenn das kein böses Omen ist«, raunte sie und ging weiter. Cecilie kannte sich aus mit derlei Botschaften und wusste sie sehr wohl zu deuten. Das aus der Ferne herannahende Donnergrollen unterstrich das ungute Gefühl noch. Sie beschleunigte ihren Schritt und zog die gehäkelte Stola enger um die mageren Schultern. Rechts lag das Ostseehotel Hohwacht, aber nirgends war ein Mensch zu sehen. Nur ein paar erleuchtete Fenster zeugten von Leben. Niemand, der bei Verstand war, hielt sich jetzt noch draußen auf. Mit kleinen und schnellen Schritten ging sie weiter. Manchmal bekam sie einen Windstoß von hinten, als würden Abgesandte des Sturms sie anschieben, damit sie schneller in Sicherheit war.

Geradeaus führte der Weg zum Strand, doch Cecilie musste links abbiegen. Sie war immer noch keinem Menschen begegnet und hatte den unangenehmsten Teil noch vor sich, ein einsames Straßenstück. Hier gab es keine Häuser mehr, nur noch das Tosen des Windes und der Ostsee, welche sich zu einem einzigen Drohen zusammengetan hatten. Sie zog den Kopf ein und schob sich voran, während der kälter gewordene Wind sie von allen Seiten traktierte. Dabei hatte sie immer die Lichter des Genueser Schiffs im Auge, denn auf dessen Höhe bog links der Weg ab, der zum Seewald führte.

Ein Wagen fuhr an ihr vorbei, verlangsamte das Tempo und bog links ab. Was für ein Fahrzeug das war, konnte Cecilie nicht erkennen, mit Autos kannte sie sich nicht aus. Sie hatte nur bemerkt, dass er nicht geblinkt hatte und dass eines der Bremslichter nicht funktionierte. Bestimmt einer der anderen Gäste, dachte sie, die lassen sich doch ständig mit dem Taxi herumkutschieren.

Der hohe schmiedeeiserne Zaun des Hotelanwesens tauchte jetzt aus der Dunkelheit auf. »Lob und Dank sei ohne End dem Heiligsten und Göttlichen und allen …« Der Wind trug den Rest von Cecilie von Albedylls Dankesgebet hinaus aufs Meer, und sie atmete erleichtert auf. Die alten und windschiefen Laternen in der Auffahrt, von denen zwei kaputt waren, wiesen ihr endgültig den Weg in die sichere Festung.

Sie hatte ihr Nachthemd und den abgetragenen seidenen Hausmantel angezogen, der Piccolo, den sie sich jeden Abend gönnte, stand auch schon auf dem kleinen Tischchen neben den Fenstern ihrer Suite bereit. Sie trank einen Schluck Sekt und wandte sich dem Fenster zu. Jetzt, da sie endlich im Hotel angelangt war, konnte sie in Ruhe dem Unwetter zuschauen. Sie liebte es, von einer sicheren Warte aus die Gefahren des Lebens zu beobachten. Früher war das anders gewesen, ohne Scheu hatte sie sich allem gestellt, was ihr im Weg gewesen war. Aber die Zeiten waren vorbei. Sie hatte viel an Kraft verloren, und das machte ihr Sorgen. Was, wenn sie doch noch einmal einen Kampf aufnehmen musste, für etwas, das ihr sehr am Herzen lag? Für etwas, das sie bewahren musste, solange sie noch Nutzen davon hatte?

Das Wetterleuchten war zu Blitzen geworden, in deren zitterndem Licht die mächtigen Platanen aussahen wie tanzende Fabeltiere. Gerade als sie sich abwenden wollte, um ihr Glas nachzufüllen, sah sie jemanden durch den Park laufen. Sie öffnete einen Flügel des hohen Fensters und spähte hinaus; es war die Sundberg, diese Yogalehrerin, die unter dem Namen

Daya irgendwas berühmt geworden war, Daya-Yogama Talati, glaubte sie. Aber auf jeden Fall war sie es, das sah Cecilie sofort, denn mehrere Blitze schossen herab. Die Sundberg ging schnell, lief beinahe. Sie trug die helle weite Hose, die sie schon tagsüber getragen hatte.

Daya, dachte Cecilie und verzog dabei das Gesicht. Wo sie doch eigentlich Miriam hieß, Miriam Sundberg. Cecilie hatte das gelesen, irgendwo in den Klatschblättern, die es leider auch hier gab. Irgendwelche jüngeren Gäste, die in letzter Zeit immer mehr wurden, brachten sie mit und ließen sie draußen auf den Tischen im Garten liegen oder auf den Beistelltischchen unten in der Lobby und in der Bibliothek. Und da hatte sie von der »großen Talati« gelesen, der berühmten Meisterin, Yogini oder wie das hieß. Irgendein indischer Guru hatte sie so getauft. Hieß das bei denen auch »getauft«? Cecilie würde sie aber immer nur Frau Sundberg nennen, dieser nebulöse Räucherstäbchenname war ihr zu albern.

Cecilie stellte sich auf die Zehenspitzen. Warum lief die bei dem Sturm unter den alten morschen Bäumen herum? Die Gefahr, von einem herabfallenden Ast erschlagen zu werden, war viel zu groß. Ihr Blick verfolgte die Frau, deren helles Tuch flatterte im Wind und ließ die Yogatante aussehen wie ein Schlossgespenst.

Cecilie von Albedyll schüttelte nachdenklich den Kopf, und in diesem Moment riss ihr eine Windböe den Fensterflügel aus der Hand. Leise fluchend musste sie sich weit hinausbeugen, um ihn wieder einzuholen. Da sah sie noch jemanden unten entlanggehen, ganz nah am Haus. Sie kniff die Augen zusammen, doch mehr als eine Silhouette war nicht zu erkennen.

Endlich bekamen ihre knochigen Finger den Haken zu packen, aber Cecilie musste ihre ganze Kraft aufbieten, um den schweren Flügel gegen den Wind zu ziehen. Als das Fenster endlich geschlossen war, blieb sie stehen und schaute in den Park hinunter. Der Wind fuhr durch die Baumkronen, das Rauschen und Pfeifen drang durch die Ritzen, dazu kühle Luft, weil die alten Fenster nicht mehr richtig dicht waren. Da sah sie wieder jemanden durch den Park laufen. Gütiger Himmel, dachte Cecilie. Was hier los ist um diese Zeit. Das waren bestimmt diese jungen Leute. Aus Berlin und aus Kopenhagen waren sie gekommen, nur um sich hier mit den Yogakursen der Sundberg wieder auf Vordermann bringen zu lassen. Brachten nichts als Unruhe mit in ihr geliebtes Domizil, ihre Burg. Ihre Insel des Friedens, der Kontemplation, der Kultur. Die Oase der geistigen Vervollkommnung.

Sie seufzte auf, sie war schon wieder abgeschweift, hatte sich wieder Träumereien hingegeben. Aber das mit dieser Unruhe, das musste aufhören. Vorhin erst hatte sie sich mit den anderen darüber beraten, was sie tun konnten. Es sah ganz so aus, als müsste sie die Dinge selbst in die Hand nehmen. Das hatte sie in ihrem langen Leben gelernt. Was man nicht selbst machte, wurde gar nicht gemacht.

Mit einem Stöhnen ließ sie sich in den Sessel fallen. Donnerschläge rollten schwerfällig über die Ostsee, ein erster fetter Regentropfen platschte an die Scheibe. Während sie an ihrem Sekt nippte, schaute sie den Blitzen zu, die wie von einem zornigen nordischen Gott über das Hotel geschleudert wurden. Der Sturm war jetzt angekommen, und Cecilie von Albedyll dachte an die apokalyptischen Reiter, die sie hoch oben mit den Wolken hatte jagen sehen.

Plötzlich klingelte ihr Telefon, und sie griff nach dem Hörer, den sie bequem von ihrem Sessel aus erreichen konnte. Sie meldete sich nicht mit ihrem Namen, sondern hörte einfach nur zu, nickte immer wieder und sagte schließlich: »Aber ja, mein Lieber, du machst dir immer zu viele Sorgen.«

Eine ganze Weile saß sie da und dachte nach. Mit einem schweren Seufzer erhob sie sich wieder. Nein, der Abend war noch nicht zu Ende. Er würde jetzt erst beginnen.

Das vielstimmige »Namaste« war längst verklungen, und der letzte Yogakurs des Tages war zu Ende gegangen. Die Türen des Wintergartens waren noch geöffnet, eine Windböe strich durch die Orangenbäume und ließ die Blätter rascheln.

Es war bereits nach neun, und die Sonne schickte ihre orangeroten Strahlen durch die Glasfront des Raumes, sodass sich die Fensterkreuze auf dem alten Dielenboden abzeichneten. Als Miriam Sundberg die oberen Fenster schloss, flogen bereits erste graue Wolkenfetzen über den blassblauen Himmel.

»Du bist noch hier?«, fragte Zoe überrascht, als sie ihre Mutter erblickte.

»Ich wollte noch einmal nach einem der Fenster sehen.« Miriam ging zu dem Problemfenster und rüttelte daran. »Das hier schließt nicht mehr richtig.« Sie öffnete es noch einmal und zog es dann kräftig zu, bis es hörbar einrastete.

Zoe ging zu den Türen, die hinaus in den Garten führten. »Ich denke, wir sollten die Orangen sichern, damit der Sturm sie nicht umweht.«

»Ich helfe dir«, sagte Miriam, und beide gingen hinaus, um die Pflanzen an die Wand des Hauses zu schieben.

Als sie wieder drinnen waren, deutete Zoe auf die verglaste Front. »Die Fenster machen mir auch Sorgen, sie sind ziemlich verwittert. Apropos Fenster, morgen kommt ja Christopher wegen unserer Umbaupläne. Ich bin schon total gespannt, was er sagen wird.«

»Vermutlich alles Dinge, die wir nicht hören wollen. Du kennst doch die Leute vom Bau, die finden immer was, das *unbedingt* gemacht werden muss.« Miriam sah kurz auf. »Andererseits, Architekten sollten nicht schon beim Planen den Rotstift ansetzen. Es soll doch gut werden.«

»Wir müssen ja nicht alles auf einmal machen lassen.« Zoe sah sich in dem Raum um. Der Wintergarten war einer der schönsten Räume des Hotels. »Christopher liebt dieses Haus.

Jedes Mal wenn er hier ist, kriegt er sich nicht mehr ein. Er wird uns helfen, es wieder auf Vordermann zu bringen.«

»Will er sich eigentlich immer noch an dem Hotel beteiligen?«

»Ich denke, ja, aber er braucht noch Zeit, um alles genau durchzurechnen.« Zoe seufzte. »Es ist ein Wunder, dass wir in den letzten Jahren überhaupt noch Gäste hatten.«

Miriam nickte. »Deine Stammgäste, ja. Das Einzige, was sie von ihrem Urlaub hier abhalten könnte, wäre der eigene Tod.«

»Wenn ich die nur zu deinem Seniorenyoga überreden könnte, dann würden sie uns bestimmt noch länger erhalten bleiben.«

Zwei alte Herren spazierten in diesem Moment im Garten vorbei, anscheinend ohne die Frauen drinnen wahrzunehmen. Einer von ihnen schritt sehr aufrecht mit einem Spazierstock in der Hand, der andere hatte die Hände auf dem Rücken liegen und redete. Beide schauten dabei in die Ferne, als seien sie in ein philosophisches Gespräch vertieft.

Zoe und Miriam beobachteten die zwei Männer eine Weile.

»Die beiden zum Beispiel, die sind auch ohne Yoga noch fit«, sagte Miriam.

»Von denen gibt es hier einige, als wären sie alterslos, beinahe unsterblich. Ich glaube manchmal, dieser Ort ist für sie wie eine Kraftquelle«, sagte Zoe. »Als würden ihnen bei jedem Aufenthalt ein paar Jahre zurückgegeben.«

»Dieser Ort ist was ganz Besonderes, das spüren die Leute«, entgegnete Miriam. »Und sie lieben es so, wie es ist, auch wenn hier nicht alles neu und schick ist.«

»Ich fürchte eher, die sehen das nur nicht, weil ihre Sehkraft nachgelassen hat.«

»Deine Alten wollen es nicht sehen, sie gehören zu der Generation, die Angst vor Veränderung hat«, sagte Miriam, »aber es werden Neue kommen, glaub mir, Christopher und ich werden dir helfen, in ein paar Jahren wirst du dich voll und ganz erholt haben.« Plötzlich veränderte sich ihr Gesichtsausdruck, als wäre ihr etwas besonders Schönes eingefallen, dabei lächelte sie Zoe an.

»Was ist?«, wollte Zoe wissen.

Miriam wandte sich ab und ging noch einmal durch den Raum. Dabei schaute sie aus dem Fenster, und es schien, als wäre sie mit den Gedanken ganz woanders. »Es wird ohnehin einige Veränderungen geben.«

»Wovon redest du? Was soll sich ändern?«

»Du wirst es als Erste erfahren, wenn es wirklich so weit ist.«

Miriam stand im Gegenlicht der tiefen Sonne, sodass sie wie eine Feenerscheinung wirkte. Zoe bemerkte wieder, wie anmutig sie war. Sie schrieb es ohne Zweifel dem Yoga zu, dessen fließende Bewegungen voll und ganz mit Miriam verschmolzen waren. Sie hielt sich aufrecht und bewegte sich wie eine junge Frau. Die langen weißen Haare trug sie sonst offen, nur zum Yoga band sie sie zu einem einfachen Zopf zusammen. Die klaren blauen Augen und die erstaunlich glatte Haut trugen zum jugendlich frischen Erscheinungsbild bei. In solchen Momenten konnte Zoe nicht glauben, dass sie tatsächlich ihre Mutter war, zumal Miriam sich ihr gegenüber auch nie wie eine Mutter verhalten hatte.

Miriam atmete tief ein. »Es ist schon ziemlich verrückt, aber …«, sie hob die Hand, als wollte sie sich selbst Einhalt gebieten, »wie ich schon sagte, ich habe versprochen, nichts zu verraten, bevor es so weit ist.«

Zoe gab einen resignierten Seufzer von sich. »Hat das irgendwas mit dem Hotel zu tun? Oder mit dem Umbau?«

»Nicht direkt, es hat mit einem Versprechen zu tun.« Miriam lächelte, aber es war nach innen gerichtet. Sie wandte sich ab und griff nach ihren Tüchern, die am Kleiderständer an der Tür hingen. »Ich bin noch im Büro, ich muss eine Menge aufarbeiten. Wir sehen uns dann morgen, wann wollte Christopher kommen?«

»Um elf.«

»Ich werde da sein. Und er ist im weitesten Sinne ja auch davon betroffen.«

Zoe runzelte die Stirn. »Christopher?«

Miriam verließ den Raum, ohne weiter auf ihre Tochter einzugehen.

Zoe blieb noch einen Moment stehen und dachte über das nach, was Miriam gesagt hatte. Das passte zu ihrem sonderbaren Verhalten in den letzten Tagen. Was war nur passiert? Was hatte Miriam vor? Zoe war eigentlich nichts weiter aufgefallen. Miriam gab ihre Kurse, ging in der freien Zeit an den Strand zum Schwimmen oder fuhr nach Lübeck, um Besorgungen zu machen. Aber doch war da etwas. Hatte sie sich verliebt? Dieser Gedanke war ihr schon einmal gekommen, als sie vor einigen Tagen mit ihrer Mutter gesprochen hatte. Miriam hatte so leuchtende Augen gehabt, rosige Wangen, und sie wirkte so leicht und so ausgelassen. Ja, dachte sie, möglich wäre das. Aber wer sollte das sein? Einer der Hotelgäste vielleicht? Mit nachdenklicher Miene schloss Zoe die Tür hinter sich. Und von welchem Versprechen hatte sie geredet? So viele Fragen schossen Zoe durch den Kopf. Sie würde in den nächsten Tagen verstärkt darauf achten, mit wem sich Miriam traf.

An der Rezeption saß heute Abend Gerrit, ein Student, der in den Ferien im Seewald jobbte und an seiner Masterarbeit schrieb, wenn nichts los war.

»Dann beten wir mal, dass wir vom Schlimmsten verschont bleiben«, sagte sie zu Gerrit. »Das Letzte, was wir jetzt gebrauchen können, ist ein entwurzelter Baum im Garten oder ein abgedecktes Dach.«

»Ich gehe zwischendurch mal gucken.« Gerrit sah von seinem Laptop auf. »Wenn was ist, rufe ich dich an.«

»Tu das, ganz egal, wie spät es ist. Dann also gute Nacht.«

Zoe ging hinaus und schaute sich in dem parkähnlichen Garten um. Die Stühle und Bänke vor dem Haus waren verwaist, es war langsam zu windig, um noch draußen zu sitzen. *Es wird Veränderungen geben …* Miriams Worte gingen ihr wieder durch den Kopf. *Du wirst es als Erste erfahren, wenn es so weit ist.*

Hoffentlich würde Miriam sich nicht doch noch in letzter Sekunde aus dem Sanierungsprojekt des Hotels zurückziehen. Sie war die Geldgeberin, ohne die Hilfe ihrer Mutter wären alle ihre Pläne dahin. Als sie das Seewald vor fünf Jahren übernommen hatten, war es in einem noch schlechteren Zustand gewesen, und sie hatten gleich zu Beginn einige kleinere Reparaturen vorgenommen. Doch seit Benjamins Tod vor zwei Jahren war sie allein zurückgeblieben und hatte es nur mit Mühe und Not geschafft, das Hotel weiterzuführen. Wäre ihre Mutter nicht gekommen, um ihr unter die Arme zu greifen, wäre sie längst pleite.

Sie kehrte ins Haus zurück, um in ihre Wohnung zu gehen, die im ersten Stock des Hotels lag. Das ungute Gefühl wurde stärker, und sie ärgerte sich über sich selbst, dass sie nicht intensiver nachgebohrt hatte. Während sie die Treppen hinaufstieg, dachte sie, dass es keineswegs sicher war, dass Miriam wirklich hierbleiben würde. Sie hat sich zeit ihres Lebens treiben lassen und war ihren Launen gefolgt. Zoe hoffte, dass sie wenigstens jetzt so viel Verantwortungsbewusstsein empfand und ihre Tochter nicht hängen ließ.

Montag

Und so kam es also, dass ich noch einmal die Vaterfreuden erleben durfte. Wenn auch ... Johann Lupin hielt inne. Sagte man »wenn auch«? Er schaute auf, im Raum war es still. Ein Räuspern hier und da, ein Magen knurrte, einmal knackte ein Knochen. Sind halt nicht mehr die Jüngsten, dachte er und zupfte gedankenverloren an seinem Kinnbärtchen. »Wenn auch« hört sich irgendwie komisch an, dachte er. »Wenn auch ...« *Je öfter ich das wiederhole, desto falscher klingt das.*

Er musste dringend an seiner Grammatik arbeiten. Es war ihm ein bisschen peinlich, wenn er da Fehler machte und das dann auch noch vorlesen musste. Aber wozu hatte er schon Grammatik gebraucht in seinem Leben? Oder auch nur Rechtschreibung? Er war ja kein Deutschlehrer gewesen. Außerdem gab es doch diese Computerprogramme, die alle Fehler rot anstrichen. Johann hatte sich im Februar den sündhaft teuren Laptop gekauft und beherrschte ihn mittlerweile aus dem Effeff. Am liebsten war er im Internet, fuhr mit Google Street View durch Reykjavík oder Valparaíso oder machte Spiele für die Optimierung der Gedächtnisleistung. Er würde sich aber wirklich mal mit diesem Programm befassen müssen.

Johann kaute an seinem Stift. *Wenn auch ... Auch wenn wir, also meine Frau und ich ...* zum Donnerwetter, so ging das nicht!

»So, meine Lieben, kommen wir langsam zum Ende. Sie können natürlich noch den Absatz zu Ende schreiben.«

Die sanfte und warme Stimme Alice Veras riss Johann aus seinen Gedanken. Mist, dachte er. Ich habe schon wieder herumgeträumt und bin nicht fertig geworden. Das ist ja so wie in der Schule damals. Gütiger Himmel, dass ich so was noch mal erleben muss! Doch Johann schrieb unbeirrt weiter, während die anderen natürlich alle schon ihre Stifte beiseitegelegt hatten. Ihn beeindruckte das nicht. Sollen die sich doch schöntun, dachte er. Es entstand eine Stille im Raum, und als Johann aufschaute, waren alle Blicke auf ihn gerichtet. Einschließlich der Alices, den er so sehr mochte, dass es ihm egal war, dass er seine Aufgabe noch nicht zu Ende gebracht hatte. Die lächelte ihn mit zur Seite geneigtem Kopf an.

»Ein Minütchen«, säuselte Johann, »ein winziges.«

»Natürlich, Johann, kein Problem«, erwiderte Alice und ging zur Terrassentür, um sie zu öffnen.

»Sie kommen zurecht?«

Johann wandte sich nach rechts. Neben ihm saß Ida Rossi, die kleine und runde Haushälterin vom Gut Havgart, die Johann bisher nur vom Sehen kannte und die bislang nicht die geringsten Anstalten unternommen hatte, näher mit ihm, dem Zugezogenen, bekannt zu werden. Dies war tatsächlich der erste Annäherungsversuch.

»Natürlich komme ich zurecht.« Was dachte die denn von ihm? Zugegeben, es war die erste Veranstaltung dieser Art, die Johann in seinem Leben besuchte. »Schreiben am Meer für Junggebliebene« hieß der Kurs, zu dem Johann sich in letzter Sekunde angemeldet hatte. Und die Zusage für einen freien Platz hatte er nur bekommen, weil eine Teilnehmerin gestorben war. Dass er jemals in einem Schreibkurs in Hohwacht sitzen würde, hätte er sich jedenfalls vorher niemals vorstellen können. Was sollte er schon seiner Nachwelt in geschriebener Form hinterlassen? Seine Kinder Charlotte und Paul und seine Enkelin Lilli kannten seine Geschichten in- und auswendig, und viel mehr Menschen, die sich für das Leben Johann Lupins, Nachfahre eines Deserteurs der napoleonischen Truppen aus dem Bergischen Land, interessierten, ließen sich bestimmt nicht finden.

Aber als er gelesen hatte, wer diesen Kurs leiten würde, da hatte er es sich doch anders überlegt. Alice Vera war ihm immerhin bekannt, er hatte sie auch schon ein paarmal gesehen. Einmal im Hofladen in Havgart, weil es hier das beste Wildfleisch gab, und dann bei einem Zwischenstopp mit seinem Fahrrad, als er ein Bier im Genueser Schiff in Hohwacht getrunken hatte. Und jedes Mal war er von ihr angetan gewesen. Die Anmut dieser schönen Frau war umwerfend.

Aber da war noch etwas anderes, auf das Johann erst während des Kurses gekommen war. Da war ihm aufgefallen, dass seine Annemarie heute so wäre wie diese Alice. Ihre Stimme, die Bewegungen, die Haare, alles war eine Weiterentwicklung seiner Frau, die vor vielen Jahren gestorben war. So als hätte er sie damals nicht beerdigt, an diesem verregneten Junitag, den kleinen Paul an der einen und dessen ältere Schwester Lotte an der anderen Hand. So als wäre Annemarie damals nur verreist und jetzt, nach sechsunddreißig Jahren, heimgekehrt. Genauso schön wie zu jener Zeit; die langen glatten Haare mit dem geraden Pony tief über den Augen, groß, schlank und vom Alter so gnädig behandelt, dass die Leute voller Bewunderung von ihr sprachen.

Dass Alice unter dem Namen Kira von Lundblad einen Bestseller nach dem anderen schrieb, war für die Gegend hier natürlich von großer Bedeutung. Alle waren stolz darauf, obwohl sie nicht unbedingt an den Büchern mitgeschrieben hatten. Aber all das kümmerte Johann wenig. Er hatte, wenn auch nur in seiner Vorstellungswelt, für einige Stunden seine Annemarie wieder.

Diese Bücher, opulente Sagas, in denen adlige Familien auf Landsitzen residierten, dunkle Geheimnisse hüteten, heimliche Liebesbeziehungen und mysteriöse Verstrickungen über Generationen hinweg vertuschten, hatte Johann noch nie gelesen. Ganz im Gegensatz zu einigen Kursteilnehmern, die während der Vorstellungsrunde am ersten Kurstag beiläufig erwähnt hatten, natürlich *alle* ihre Bücher gelesen zu haben. Dass Johann viel lieber seine Krimihefte las und dabei Schokolade mit ganzen Nüssen aß und Bier trank, behielt er für sich. »Jerry Cotton« kontra Achthundertseiten-Werke, die jemand aus der Gruppe als Hochliteratur bezeichnete; auf keinen Fall wollte Johann in dieser Runde eine Diskussion darüber anzetteln.

Die acht Kursteilnehmer saßen an einem langen Tisch in der Bibliothek des Hotels Seewald. In der Mitte standen Schalen mit

Obst und Keksen und kalte Getränke. Er ließ den Blick an den anderen entlangschweifen und zupfte dabei an seinem Kinnbärtchen. Außer Ida, die, so hatte er in der Vorstellungsrunde erfahren, mit ihren achtundsechzig Jahren die Jüngste war, waren alle anderen Teilnehmer über fünfundsiebzig, manche deutlich jenseits der achtzig. Angehende Autoren und Autorinnen, die ihr Leben als so bedeutsam erachteten, dass es zwischen zwei Buchdeckeln für die Nachwelt bereitgehalten werden sollte. So wie diese »von und zu«, wie hieß sie gleich? Johann spähte auf das Namensschild, Cecilie von Albedyll. Obwohl, die hatte auch wirklich was zu erzählen, war als Kind aus Ostpreußen gekommen, zu Fuß oder zu Pferd, wie diese andere … ach, wie hieß die denn jetzt schon wieder? Ihm fiel nur der Name des Pferdes ein, Alarich.

Und dann war da Ludwig Kaspar, der hatte einen Sohn, und für den wollte er alles aufschreiben. Diedrich Teubner hingegen hatte fünfzehn Enkel, die sein Leben später einmal nachlesen sollten. *Dönhoff!* Marion Gräfin Dönhoff, jetzt hatte er den Namen wieder von der Frau, die auch zu Pferd, diesem Alarich, aus Ostpreußen gekommen war. Fünfzehn Enkel, für Johann eine der schlimmsten Vorstellungen überhaupt, gleich hinter Ertrinken und Verlust des Führerscheins. Seine einzige Enkelin Lilli schaffte es schon ganz alleine, ihn mundtot zu machen.

Während er noch über den letzten Satz nachdachte und die anderen Kursteilnehmer Unterhaltungen mit ihren jeweiligen Nachbarn aufgenommen hatten, sah er durch die geöffneten Flügel der Terrassentür einen Mann durch den Garten gehen, einen Rollstuhl mit einer Frau darin vor sich herschiebend.

»Das ist Jakob«, flüsterte Ida ihm zu, die offensichtlich beschlossen hatte, das kalte Schweigen, das sie ihm bisher hatte zuteilwerden lassen, zu brechen. »Einer von Alices Söhnen. Ein ganz lieber Junge.«

»Und wer ist die Frau im Rollstuhl?«

»Sofie, sie ist das jüngste der drei Kinder. Sie hat eine schwere

Behinderung, schon von klein an.« Ida seufzte auf. »Sie kann zwar auch laufen, aber es fällt ihr doch schwer.«

Johann beobachtete die beiden. Dieser Jakob saß jetzt auf einer Gartenbank und schien seiner Schwester etwas Lustiges zu erzählen. Er hob beide Hände und ließ sie mehrmals herunterfallen, dabei lachte er und redete aufgeregt weiter. Das Gesicht der Frau sah Johann im Profil.

»Sie war Alices ganzes Glück, hat sie sich doch immer so sehr ein Mädchen gewünscht.« Ida seufzte erneut, als würde sie gerade in diesem Moment das ganze Unglück der Schriftstellerin noch einmal durchleben. »Es war ein schwerer Schlag«, sie sah kurz zu Johann hin, »also diese Behinderung ihres Kindes. Sie konnte jahrelang nicht mehr schreiben.« Wieder schaute Ida nach draußen. »Aber Jakob kümmert sich rührend um sie, schon immer, sie sind sehr eng verbunden.«

»Was tun die beiden hier?«, fragte Johann.

»Er wird Alice abholen wollen, nehme ich an. Er hilft ihr ja auch bei der Vorbereitung der Kurse.«

Johann schaute den beiden zu, die ein so harmonisches Bild abgaben, dass es ihn rührte. Er dachte an das Thema, an dem sie gerade geschrieben hatten, das »Elternglück« lautete. Alice hatte betont, dass das Wort auch ironisch oder als Gegenteil von Glück ausgelegt werden könne.

Johann fragte sich, wie Eltern damit zurechtkamen, wenn sich herausstellte, dass das Kind so schwer gehandicapt war, dass ihm ein normales und freies Leben verwehrt war. Wie diese Sofie dort draußen. Was bedeutete das für die Beziehung zum Ehepartner, für das eigene Leben, das der Geschwister? All diese Fragen gingen Johann durch den Kopf, und während er Gott dankte – an den er zwar nicht glaubte, den er aber als Synonym für eine höhere Macht benutzte, an die er sehr wohl glaubte –, dass er mit Paul und Lotte zwei gesunde Kinder in die Welt geschickt hatte, sah er Alice zurückkommen. Und plötzlich hatte er den Faden wiedergefunden und schrieb den Satz zu Ende.

Alice hatte mittlerweile Platz genommen und blickte ihre

Gäste einen nach dem anderen an. »Möchten Sie beginnen, Johann?«

Der räusperte sich, setzte sich aufrecht und nahm den Block auf. Er hatte zwei Seiten geschrieben, in denen er schilderte, wie neun Jahre nach dem ersten Kind ein zweites kam. Wie sehr Annemarie ein Wechselbad der Gefühle durchgemacht hatte wegen all der Fragen: Schaffe ich das? Wird mein Kind gesund auf die Welt kommen? Johann bemerkte beim zwischenzeitlichen Aufschauen, wie ihm die anderen aufmerksam zuhörten. Mit dem Ende seines Vortrages war er nicht ganz so zufrieden, aber Alice betonte immer wieder, dass es auf die sprachliche Qualität der Texte erst mal nicht ankäme. Viel wichtiger sei es, sich von äußeren Einflüssen zu lösen, sich auf das Schreiben einzulassen und so weiter.

»… und meine Annemarie wäre so stolz, würde sie unseren Sohn heute sehen können. Paul Lupin, den Kriminalhauptkommissar aus Hamburg, der jeden Morgen aufs Neue auszieht, um den Kampf gegen das Böse aufzunehmen. Und der nun seinen Urlaub bei mir verbringen wird, um sich von seiner aufreibenden und strapaziösen Arbeit zu erholen.« Johann legte den Block ab und sah auf. »Ende!«

* * *

Paul Lupin war schwimmen gewesen und lag jetzt im Sand, um sich von dem warmen Wind trocknen zu lassen. Der Strand war voll, aber das störte ihn nicht weiter. Irgendwas war ja immer nicht in Ordnung. Auch dass er sich gerade eigentlich rundum wohlfühlte, war ihm nicht geheuer. Es fiel ihm schwer, einen Zustand einfach nur zu genießen. Er dachte dann sofort daran, dass dies nur vorübergehend war, eine Ausnahme. Nichts auf der Welt war immer schön. Schien die Sonne, so war es doch nicht mehr als eine vorübergehende Auflockerung der bedeckten Tage. Das echte, das wahre Leben war nur für die wenigsten schön, denn es spielte sich für die meisten Menschen unter verhangenem Himmel ab. Sein Job gehörte zum Schattenreich, und solange er Polizist war, würde das so bleiben. Nur leider war dieser Schatten auch noch über ihm, wenn er nicht arbeitete, und das machte ihm langsam Sorgen.

Er setzte sich auf und wischte sich den Sand von Armen und Beinen. Als er das T-Shirt anzog, prickelte die von Sonne und Salz gereizte Haut unter dem Stoff. *Solange ich Polizist bin.* Als er zum Strand hinunterging, drängten sich die Überlegungen von eben wieder auf, aber er wollte davon nichts wissen. Nicht jetzt. Hier war gerade kein Schatten, der alles wieder schlecht machte. Der schwebte noch in Hamburg herum und würde sich schon früh genug über ihn werfen. Bei jedem Anruf konnte sich alles schlagartig verdunkeln. Aber er traute sich nicht, das Smartphone auszuschalten, weil er immer für Johann und Lilli erreichbar sein wollte. Er blinzelte kurz in die Sonne. Obwohl ein bisschen Schatten jetzt gar nicht schlecht wäre, denn sein Gesicht brannte mittlerweile.

Unten angekommen, wanderte er langsam am Wasser entlang. Der Strand war hier, östlich des Ferienzentrums Weißenhäuser Strand, flacher, und es lagen kaum Steine am Spülsaum. Deshalb waren hier mehr Familien mit kleinen Kindern anzutreffen und natürlich die Surfer von Svens Surfstation, die hier einen Kurs belegt hatten und mit ihren Brettern und Segeln hantierten.

Nach dem Sturm, der erst über Hamburg getobt und anschließend eine Spur der Verwüstung bis an die Ostsee hinterlassen hatte, war das Wetter schöner denn je. Er ließ den Blick am Horizont entlangwandern. Es schien, als hätte der Regen allen Staub aus der Atmosphäre gewaschen; die Farben waren so intensiv wie in einem stark kontrastierten Film. Das Meer war kräftig blau, ebenso der Himmel darüber. Selbst die Luft war so klar und durchscheinend, dass er mit bloßem Auge weiter über die Steilküste bis nach Hohwacht sehen und einzelne Häuser erkennen konnte.

Es herrschte ordentlicher Seegang, weiße Schaumkronen lagen auf den Wellenkämmen, und hier unten am Wasser war der

Wind stärker und frischer als weiter oben an den Dünen. Paul kramte Johanns Fernglas aus dem Rucksack, und es dauerte nicht lange, da hatte er seine Tochter auch schon im Visier. Sie hatte einen Neoprenanzug an und raste parallel zum Strand übers Wasser, ziemlich weit draußen. Schräg hinter ihr war ein blonder Junge, ungefähr in Lillis Alter. Das musste dieser Rafael sein, von dem Lilli ihm geschrieben hatte. Paul hatte in den letzten Tagen derart viele begeisterte WhatsApp-Nachrichten von ihr bekommen, wie klasse doch der Kurs sei und was sie schon alles könne, dass Paul froh war, dass Anna die Idee mit dem Surfkurs gehabt hatte. Diesen Rafael hatte Lilli gleich am ersten Tag kennengelernt, und seither schienen sie unzertrennlich zu sein.

Paul schaute den beiden eine Weile zu, dabei durchfuhr ihn eine Mischung aus Stolz und Besorgnis, und er dachte an die Zeit, in der er selbst gesurft hatte. Das Wetter heute war eigentlich nicht unbedingt was für Anfängerinnen wie Lilli. Wie würde sie in einer brenzligen Situation reagieren? Der Junge versuchte gerade eine Wende und verlor prompt den Halt, worauf Lilli kehrtmachte und sich ebenfalls fallen ließ. Ein Dritter hatte das Ganze gesehen und hielt auf die beiden zu. Vermutlich Sven, der Lehrer und Besitzer der Surfschule, dachte Paul und setzte das Fernglas ab. Sie waren ganz offensichtlich in guten Händen, das beruhigte ihn für den Moment.

Als er zur Seite blickte, sah er den Mann, der etwas entfernt neben ihm gestanden und immer mal wieder zu ihm herübergeschaut hatte, auf sich zukommen. Er war Paul aufgefallen, weil er keine Strandkleidung trug, sondern eine schmal geschnittene Anzughose und ein fliederfarbenes Hemd darüber. Wie einer, der seinen Geschäftstermin hierher verlegt hatte oder nur zufällig an den Strand geraten war.

»Ist das Ihre Tochter da draußen?«, fragte der Mann und blieb neben Paul stehen.

Paul nickte, und er begriff, wer das sein musste. »Das ist Lilli, ja. Dann sind Sie Rafaels Vater?«

»Sieht so aus, als hätten sich unsere Kinder angefreundet.«

Er streckte Paul die Hand entgegen. »Christopher Vera, freut mich, können uns gerne duzen.«

»Paul Lupin, freut mich auch. Sie sind gut, unsere beiden, was?«

Vera lächelte und sah zu, wie Lilli und Rafael wieder Fahrt aufnahmen. Paul betrachtete ihn kurz. Vera hatte dunkles, mit grauen Strähnen durchzogenes volles Haar, das nach hinten gestrichen war, und schien etwa so alt zu sein wie er selbst. Der Mann galt vermutlich als gut aussehend, wirkte allerdings übernächtigt und erschöpft. Dafür war seine Kleidung von ausgesuchter Qualität, ebenso die Uhr, die er am Handgelenk trug, sie sah wie eine Rolex aus.

»Wie lange macht deine Tochter das schon?«, fragte er.

»Sie hat hier mal einen Anfängerkurs gemacht«, sagte Paul, »aber dass sie so gut ist, hätte ich nicht gedacht.«

»In diesem Alter lernen sie erstaunlich schnell, Rafael ist schon etwas länger dabei. Aber Lilli ist wirklich gut.«

Die beiden sahen ihren Kindern eine Weile schweigend zu.

»Wo wohnt ihr? Während des Urlaubs, meine ich?«, wollte Christopher Vera wissen.

»In Havgart, bei meinem Vater.« Paul musterte den Mann und dachte, dass dieser Christopher auch einen Urlaub nötig hätte. Er wirkte fahrig und angespannt, hatte während ihrer Unterhaltung zweimal sein Smartphone aus der Hosentasche gezogen und irgendwelche Nachrichten gelesen. »Ihr bleibt hoffentlich noch ein bisschen, ich glaube, Lilli hat einen echten Freund gefunden.«

»Ich habe geschäftlich hier oben zu tun«, erwiderte Christopher Vera. »Außerdem feiern meine Eltern goldene Hochzeit. Rafael bleibt also auf jeden Fall noch hier.«

»Ah, ein Familienfest.« Paul dachte daran, dass seine eigene Familie in den letzten Jahren nicht größer geworden war. Johann war schon lange allein, er selbst war getrennt, seine Schwester Charlotte war gar nicht erst verheiratet, er wusste noch nicht einmal, ob sie gerade einen Freund hatte oder nicht. Es ist eine

Schande, dachte er kurz, mochte er Lotte doch so gerne. Aber jeder war voll und ganz mit seinem Leben beschäftigt, ohne nach rechts und links zu schauen.

»Sommerferien mit der Verwandtschaft«, sagte Christopher und verzog das Gesicht. »Wenn das kein Abenteuerurlaub wird. Na ja, Hauptsache, die Kinder haben ihren Spaß. Für mich wird es eher ein Arbeitsurlaub, ein altes Hotel modernisieren, in Hohwacht.«

»Ach, welches denn?«

»Das Seewald.«

»Von dem habe ich gehört, soll ziemlich marode sein.«

»Allerdings, andererseits hat es auch einen gewissen Charme. Einige der Gäste kommen nur, weil eben gerade nicht alles neu ist. Sie finden dort tatsächlich noch eine vergangene Welt.«

»So sieht es auch aus, wie es da liegt zwischen den alten Bäumen, wie ein verwunschenes Märchenschloss.«

»Wenn du auf so was stehst, solltest du schnell noch buchen, bevor dort Wellness, Spa und Luxussuiten übernehmen.« Er reichte Paul die Hand. »Also, Paul, hat mich gefreut, dich kennenzulernen.«

»Mich auch, bis bald.« Als Christopher Vera gegangen war, suchte Paul mit dem Fernglas noch einmal nach den beiden Surfern. Lilli und Rafael glitten mit derart betörender Eleganz übers Wasser, dass es ihm das Herz weitete. Lilli war vierzehn Jahre alt. Sie war immer noch sein kleines Mädchen, aber mit immer stärkeren Ausschlägen ins Erwachsenwerden. Das war auch ein Grund, warum er diesen Urlaub mit Lilli unbedingt gewollt hatte. Im nächsten Sommer konnte sie schon eine andere sein.

Er kramte zum wiederholten Mal das Smartphone aus dem Rucksack, es war kein Anruf eingegangen. Und vielleicht würde es auch der letzte Sommer sein, den er als Hamburger Kriminalhauptkommissar verbrachte.

***

Zoe Lauritzen hatte sich einen Kaffee gemacht, ging durch die Bibliothek nach draußen und setzte sich damit auf die oberste Stufe der Treppe, die in den hinteren Teil des Gartens führte. Der Rasen war übersät mit abgerissenen Ästen und Blättern, die der nächtliche Sturm von den Bäumen gerissen hatte. Der alte Ebbe Harmsen, der ihnen bei leichten Hausmeisterarbeiten half, war schon seit den frühen Morgenstunden auf den Beinen gewesen und hatte den vorderen Teil des Gartens, in dem die meisten Hotelgäste verweilten, einigermaßen wiederhergestellt. Als sie und Benjamin das Hotel gekauft hatten, war Ebbe quasi im Gesamtpaket enthalten gewesen, und sie hatten ihn mit übernommen. Zoe hatte ihn vom Fenster aus gesehen, wie er, wie immer vor sich hin fluchend, mit dem Rechen Blätter und Äste zusammenfegte.

Ebbe war inzwischen mit seiner Schubkarre an den riesigen Holunderbüschen angekommen. Gerade beobachtete sie, dass der Alte etwas Helles aus den Stauden zog, es sah aus wie eine Tüte oder etwas anderes, das der Sturm hergeweht hatte. Er betrachtete es und warf es in die Karre. Dann nahm er den Rechen auf und machte sich wieder an die Arbeit.

Heute war für Zoe ein großer Tag. Christopher Vera, ein befreundeter Architekt, wollte kommen, um gemeinsam mit ihr und Miriam zu besprechen, welche Sanierungsarbeiten am dringendsten waren und welche Erweiterungen oder Umbauten im Anschluss machbar waren, wenn sie die Auflagen des Denkmalschutzes beachteten. Dass sie aufgrund des mittlerweile offensichtlich maroden Zustands des alten Gemäuers nicht längst pleite waren und auch der Ruf des Hotels bisher noch keinen Schaden genommen hatte, war einzig Miriam zu verdanken. Seit sie hier war, stiegen die Besucherzahlen deutlich an, auch außerhalb der Hochsaison. Das Seewald war jetzt über die Grenzen Schleswig-Holsteins bekannt für Miriams Yogakurse. Sie waren so beliebt, dass sich bisher noch niemand über lose Steckdosen, Risse in den Badezimmerkacheln oder klemmende Schiebetüren in der Dusche beschwert hatte. Miriams geistige und körperliche Praktiken schienen die Gäste derart zu entspannen und ins Gleichgewicht zu bringen, dass sie solche Dinge wohl als Nebensächlichkeiten betrachteten.

Zoe warf einen Blick auf die Uhr. Eigentlich hätte ihre Mutter längst hier sein müssen, sie hatten sich, eine Stunde bevor Christopher kommen wollte, verabredet, um noch einmal einige Details zu besprechen. Sie ging erneut in die Empfangshalle, dort saß heute Morgen Stina, eine pummelige Auszubildende im letzten Jahr, die gerade freundlich telefonierte. Stina war immer freundlich. Das komplette Gegenteil von Ebbe, dem Hausmeister. Selbst den unwirschesten Gästen kam sie bei, weil sie niemals die Fassung verlor. Bei Ebbe hingegen musste sie aufpassen, dass dieser nicht die Gäste anblaffte, wenn er besonders schlechter Laune war.

»Stina, hast du Miriam immer noch nicht gesehen?«

Das Mädchen hatte gerade den Hörer aufgelegt und schüttelte den Kopf. Sie hatte die blonden Haare oben auf dem Kopf zusammengebunden, und ihre langen, strassbesetzten Ohrringe flogen samt Zopf hin und her. »Komischerweise noch gar nicht. Ist sie überhaupt hier?«

»Das ist seltsam«, murmelte Zoe und ging hinaus, um auf den kleinen Parkplatz seitlich hinter dem Haus zu schauen. Dort stand Miriams hellblauer Fiat.

Am Empfang war Stina jetzt im Gespräch mit zwei älteren Herrschaften, die sich über den nächtlichen Lärm ihrer jungen Nachbarn aus Kopenhagen beschwerten. Zoe ging an ihnen vorbei in ihr Büro, das hinter der Rezeption lag. Dort nahm sie ihr Handy und wählte Miriams Nummer, doch es meldete sich sogleich die Mailbox. Da Zoe wusste, dass Miriam diese niemals abhörte, legte sie auf.

Als sie zurückkam, sah sie Christopher in die Vorhalle treten.

»Zoe.« Er blieb vor ihr stehen und begrüßte sie mit zwei angedeuteten Wangenküssen. Dann schaute er sie fragend an. »Alles in Ordnung?« Offenbar hatte er gleich ihre besorgte Miene gesehen.

»Hallo, Chris, ich weiß nicht, aber Miriam ist nicht da.«
Christopher runzelte die Stirn.

»Sie ist nirgends. Ans Telefon geht sie auch nicht.«

»Sie weiß aber schon, dass wir eine Verabredung haben?«

»Ja, sicher. Wir haben ja gestern noch davon gesprochen.«
Christopher sah Zoe aufmunternd an. »Sie kommt bestimmt noch. Ich muss mir ohnehin erst mal einen Überblick verschaffen. Gibt sie heute Kurse?«

Zoe nickte. »Um drei beginnt der erste. Bis dahin muss sie spätestens wieder zurück sein, von wo auch immer. Wir warten noch ein paar Minuten, und dann schauen wir uns trotzdem alles in Ruhe an. So hast du ein erstes Bild und kannst mir vielleicht auch eine grobe Hausnummer nennen, in welchem Millionenbereich wir uns hier bewegen.« Sie rollte mit den Augen.

Sie gingen durch die Eingangshalle in die Ecke, in der einige Sessel und Sofas vor den bodentiefen Fenstern zum Garten hinaus standen.

»So schlimm wird das nicht, denke ich. Die Grundsubstanz des Hauses ist gut, es ist ein solider Bunker«, sagte Christopher und zog sein Smartphone aus der Jackentasche. »Es wird also nicht über euch zusammenfallen.«

»Das Dach macht mir Kummer«, sagte Zoe.

»Wir haben eine Drohne, die wird uns verraten, wie es da oben aussieht.« Christopher machte Aufnahmen von den Stuckverzierungen der Decke, dann wandte er sich den Fenstern zu. »Ich hoffe nur, meine Familie lässt mir Zeit zum Arbeiten«, sagte er, während er sich die Rahmen anschaute, von denen die Farbe abgeplatzt war. »Du weißt ja, wie einnehmend die sein können. Vor allem jetzt, vor der Feier.«

»Ach ja, die goldene Hochzeit.« Zoe erinnerte sich daran, dass Jakob ihr davon erzählt hatte. »Feiert ihr denn groß?« Sie setzte sich in einen der Sessel.

Christopher lächelte. »Henrik und Alice hätten diesen Tag am liebsten ignoriert, du kennst sie doch. Aber wir konnten sie wenigstens zu einem gemeinsamen Essen überreden, unten am Strand. Ich hoffe nur, sie überlegen sich das nicht in letzter Sekunde anders und hauen einfach ab, einen Zettel am Kühlschrank – ›Keinen Bock, lasst euch alleine vollaufen‹ – oder so was in der Richtung.«

Zoe lächelte. »So was wäre Miriam auch zuzutrauen, immerhin waren sie und deine Eltern beste Freunde. Aber gestern hat sie mit keinem Wort durchblicken lassen, dass ihr irgendetwas an diesem Projekt nicht passt. Im Gegenteil, ich glaube, sie freut sich darauf. Sie wollte auch wissen, ob du hier mit einsteigst.«

»Ich denke, ja, zu achtzig Prozent. Das hatte ich ihr auch so gesagt.« Christopher lehnte sich an eine der Säulen, die die Sitzecke von der Eingangshalle optisch abtrennten, und sah an ihr hoch. Es war eine Nachbildung der Säulen eines griechischen Tempels mit fein ausgearbeiteten schneckenförmigen Verzierungen am Kapitell. »Das hier sind tragende Säulen. Auf ihnen ruht der ganze Planet Seewald.« Er klatschte mit der flachen Hand auf den glatt polierten Stein. »Die tragen unser ganzes Vorhaben. Es muss halt nur Miriam mitspielen.«

»Sie spielt mit«, sagte Zoe nachdenklich. Ich bete zu Gott, dass sie dabei ist, dachte sie. »Sag mal, wann hast du zuletzt mit ihr gesprochen?«

Er dachte kurz nach. »Vor ein paar Wochen vielleicht.«

»Nicht in den letzten Tagen?«

Christopher schüttelte den Kopf. »Wieso?«

»Miriam plant etwas. Ich habe keine Ahnung, was es ist, aber für sie scheint es eine große Sache zu sein. Sie macht ein Riesengeheimnis daraus. Und du hast angeblich irgendwas damit zu tun.«

Er sah sie erstaunt an. »Ich?« Dann lachte er. »Sie meint das Hotel, eine andere Verbindung zu mir gibt es aus Miriams Sicht nicht. Die Alten können schon seltsam werden, hoffentlich wird das nicht noch schlimmer.« Er zückte wieder das Smartphone und deutete darauf. »Sollen wir einen Rundgang machen? Das bringt dich auf andere Gedanken. Wir können später immer noch mit Miriam reden.«

Zoe schaute eine Weile ins Leere. »Lass mich noch kurz telefonieren. Guck dich schon mal um, ich komme gleich nach.«

Zoe ging in ihr Büro, um ihr Telefon zu holen. *Du wirst es als Erste erfahren, wenn es so weit ist.* Miriams Worte gingen ihr erneut durch den Kopf. Wieder einmal wurde ihr bewusst, wie unberechenbar ihre Mutter war und dass sie sie eigentlich gar nicht richtig kannte.

***

»Alice ist eine faszinierende Frau.«

»Finden Sie?« Idas Ton war spitz.

»Nun ja, wenn man bedenkt, wie erfolgreich sie als Schriftstellerin ist und doch so bescheiden«, erwiderte Johann.

Er wusste mittlerweile, dass Ida Alice sehr mochte, immer mit großer Bewunderung von ihr sprach. Ida kannte sie ihr ganzes Leben lang. Sie waren früher Nachbarn gewesen, und Ida hatte als Hausmädchen bei den Veras gearbeitet, bevor sie von Hohwacht nach Havgart gezogen war, nachdem sie ihre Stellung auf dem Gut bei Felix von Thomsen angetreten hatte.

Johann hatte sich einen Zigarillo angesteckt und saß mit Ida auf einer weißen Bank ganz am Rand des großzügigen Anwesens des Seewald. Nach Ende des Kurses hielten sich die Teilnehmer noch ein Weilchen im hinteren Teil des Parks auf, gingen plaudernd umher oder standen in Grüppchen herum, um ihre Eindrücke des Kurses weiterzugeben oder sich über Literatur auszutauschen.

»Alice ist einer von den Menschen, die Glück im Leben hatten«, führte Ida seine Gedanken fort. Sie streckte ihre kurzen, stämmigen Beine aus und ließ die Füße kreisen. »Mal von dem behinderten Mädchen abgesehen, hat sie alles erreicht, was sich eine Frau ihrer Generation nur wünschen kann.«

Johann dachte darüber nach, während er gemächlich paffte. *Eigentlich wie ich auch,* dachte er. *Trotz des frühen Verlustes meiner Frau und anderer Nackenschläge. Dafür ist mein Le-*

benstraum in Erfüllung gegangen, und ich habe ein Häuschen mit Meerblick, immer noch den Führerschein und meine neue Bekanntschaft neben mir auf einer Gartenbank aus dem letzten Jahrhundert, auf der bestimmt schon der ein oder andere berühmte Dichter gesessen hatte.

Diese Ida schien viele Facetten zu haben, das hatte er während der gemeinsamen Zeit in den Schreibkursen mitbekommen. Johann hatte die kleine, runde und energische Frau mit dem kurzen Haar, deren Vater Italiener war, immer im Fokus gehabt. Die hingegen hatte ihn links liegen lassen, obwohl sie ihn sehr wohl registriert hatte, im Winkel ihrer wachen dunklen Augen. Was will der denn? Braucht sich nichts einzubilden, dieser zugezogene Piefke, hatte sie ihm vermittelt. Zumal ihr Arbeitgeber Felix von Thomsen, Herr des Gutes Havgart, im Februar in einen tragischen Mordfall verwickelt gewesen war. Und da Paul indirekt an der Aufklärung mitgewirkt hatte, gehörte Johann als Vater des Kommissars, der sich »ihren Jungen« vorgeknöpft hatte, naturgemäß zum Feind Nummer eins. Was Johann später schwer beeindruckt hatte, zeigte sich darin doch die Charakterfestigkeit dieser Frau.

»Schicksalsschläge sind das Salz in der Hühnersuppe«, sagte er nach einer Weile. Er wandte sich Ida zu. »Durch wie viele dunkle Kapitel haben Sie sich in Ihrem Leben schon geblättert, um beim Thema Schreiben zu bleiben?«

Ida lachte auf. Ein kurzes, fettes und kehliges »Haha«, wobei ihr ganzer Körper bebte. »Ich schlage jeden Tag eins auf.« Sie machte mit der Hand eine wegwerfende Bewegung. »Na ja, ist vielleicht ein bisschen übertrieben.« Sie seufzte. »Nennen Sie mir einen, den das Schicksal verschont hat. Und dann hat Alice auch noch den wunderbarsten Mann, der sie auf Händen trägt.«

»So, hat sie?«

»Henrik, ja.«

Johann zuckte mit den Schultern.

»Sagen Sie bloß, Sie kennen Henrik Vera nicht?« Ida klang beinahe empört. Als wäre es eine unverzeihliche Bildungslücke, den Ehemann der berühmten Schriftstellerin, des Aushänge-schilds dieser Gegend, nicht zu kennen.«Er ist ein Forscher, Biologe, hat sein halbes Leben in Südamerika verbracht. Ist kreuz und quer durch den Urwald gekrabbelt. Hat sogar eine bis dahin unbekannte Tierart entdeckt, hm … ein Frosch … nein, ich glaube, es war ein Meerschweinchen. Es wurde sogar nach ihm benannt. ›Schweinchen Henrikii Veraii‹ oder so ähnlich.«

Johann zog eine Augenbraue hoch.

Ida schaute auf ihre Armbanduhr. »Ach herrje, ich muss gleich los. Der Yogakurs fängt um drei an, und ich muss mich noch umziehen.«

»Ah, nun gehen Sie zur zweiten Berühmtheit unserer Gegend, zu Miriam Sundberg.«

»Daya, sie heißt doch Daya-Yogama Talati«, korrigierte sie ihn harsch, dann überlegte sie. »Obwohl, Sie haben recht, ich kenne sie ja auch noch als Miriam. So ein Künstlername bringt nur Verwirrung.« Jetzt lächelte sie wieder. »Oh ja. Diese Frau sorgt dafür, dass ich auch noch in zehn Jahren in der Lage sein werde, Ohren und Knie zusammenzubringen.«

Johann betrachtete sie neugierig. »Das können Sie?«

»Aber sicher, wollen Sie mal sehen?« Sie grinste, als sie Johanns Gesicht sah. »Später, wenn wir mal unter uns sind, hier ist es mir dann doch zu vornehm. Ich kann Ihnen gern mal *Janu Sirsasana* vorführen. Oder *Bhastrika*, das ist die Feueratmung.«

»Hört sich nicht ganz risikofrei an.«

Ida stand auf, straffte den Rücken und begann nun, geräusch-voll ein- und auszuatmen, sodass sich ihr Bauch noch mehr nach vorne wölbte, als er es ohnehin schon tat, um sich dann wieder zusammenzuziehen. Dabei machte sie dieselben Geräusche wie Johanns Blasebalg im Schuppen, wenn er damit die Glut in seinem kleinen Grill anheizte.

»Und das machen dann alle gleichzeitig?«

»Ganz richtig. Das ist eine Übung aus dem Hormonyoga. Miriam hat ja lange in Indien gelebt, dort hat sie das alles gelernt, von einem berühmten Meister höchstpersönlich. Aber für diese spezielle Form, also die Übungen für uns Alte, dafür ist sie extra nach Brasilien gegangen zu dieser … äh … also Brasilianerin halt.« Sie dachte einen Moment nach. »Rodrigues, Dinah Rodrigues. Die ist mittlerweile dreiundneunzig und sieht aus wie siebzig. So will ich auch mal sein.« Sie musterte Johann. »Wäre das nicht auch was für Sie?«

Ein Bild schoss in Johanns Kopf, wie die Teilnehmer des Schreibkurses, all die runzeligen und morschen Wiedergänger, im Kreis standen und diese Geräusche von sich gaben. Durch den ständigen Druck auf die Eingeweide würde er mit Sicherheit einen fahren lassen, außerdem würde er sich ein Kichern nicht verkneifen können, wenn das jemand anderem passieren sollte. »Vielen Dank, mir reicht mein täglicher Spaziergang die Küste entlang.«

Mit Schaudern dachte er an die Bilder, die sich vor ihm auftaten: verdrehte Körper mit verknoteten Gliedmaßen. Niemals würde er ohne Hilfe in solch einer widernatürlichen Stellung ausharren, geschweige denn wieder aus ihr hinausfinden. Laut sagte er: »Die Senioren sind hier in der Gegend zu einer lukrativen Zielgruppe geworden. Schreibkurse für Senioren, Yoga für Senioren. Es gibt auch Zeichen- und Töpferkurse für unsereins.«

»Es gibt ja fast nur noch Alte hier, schauen Sie sich doch um. Aber Miriam hat mit ihren Kursen das Hotel vor dem Untergang bewahrt und –« Ida hielt inne. »Da ist er, Henrik, meine ich.« Sie deutete nach links, und Johann sah einen Mann den Weg entlanggehen. »Was macht der denn hier? Der ist doch sonst nie hier.«

»Diesen Holzfäller da meinen Sie?«

»Ein toller Mann.«

»Soso.« Johann musterte den Mann der Alice Vera jetzt genauer. Er trug ein rot-braun kariertes Hemd, eine abgewetzte Jeans und hatte sich die langen, ehemals wohl dunklen und jetzt mit Grau durchzogenen Haare mit mehreren Gummis zusammengebunden, die sowohl oben als auch in der Mitte und am Ende des Zopfes saßen. Er war groß und ein wenig schlaksig und hätte auch vierzig oder fünfzig sein können – jedenfalls aus der Ferne betrachtet und von hinten.

Henrik Vera ging langsam mit seiner Frau über den Rasen, und es schien, als unterhielten sie sich über etwas Ernstes. Keiner der beiden hatte ein Lächeln im Gesicht, vor allem Alice wirkte besorgt, fand Johann. Das war ihm aber auch schon im Kurs vorhin aufgefallen. Sie hatte immer wieder aus dem Fenster geschaut, hatte den Blick auf Jakob und Sofie ruhen lassen.

»Er sieht aber ernst aus, vielleicht hat er gerade erfahren, dass das letzte Schweinchen Henrikii ausgestorben ist«, murmelte Johann und drückte den Zigarillo aus.

»Also wirklich.« Ida spähte ebenfalls zu den beiden hinüber. »Aber Sie haben recht, sie sehen bedrückt aus. Möglich, dass es mit der goldenen Hochzeit zu tun hat, die ist ja bald.«

Johann erinnerte sich, dass Ida einen Text dazu geschrieben hatte. »Bei der Hochzeit damals waren Sie ja dabei gewesen«, sagte er.

»Allerdings, wenn auch nur gegen Ende. So was Chaotisches habe ich vorher und nachher nie mehr erlebt.«

»Sie haben viel Anteil am Leben der Familie gehabt.«

»Oh ja«, rief Ida nicht ohne Stolz aus. »Eine Haushälterin bekommt mehr mit als manches Familienmitglied, glauben Sie mir. Ich könnte glatt eine Biografie über die Veras schreiben.«

»Warum tun Sie es nicht? Wir kriegen doch gerade beigebracht, wie man so was macht.«

»Den Teufel werde ich tun. Alles Private breittreten, nur um sich selbst aufzuspielen. Solche Leute kann ich auf den Tod nicht ausstehen.« Ein erneuter Blick auf die Uhr. »Jetzt muss ich aber wirklich los.« Sie hielt Johann den Arm hin. »Monsieur Lupin, begleiten Sie mich zu meinem Fahrrad!«

Johann erhob sich ebenfalls. »Es ist mir eine außerordentliche Ehre, Signora Rossi.«

***

Alice überlegte schon seit Längerem, ob sie diese Kurse noch anbieten sollte, ihr wurde das langsam doch zu viel. Aber sie hatte schon seit einigen Jahren kein neues Buch mehr veröffentlicht, und das, an dem sie gerade arbeitete, war noch lange nicht fertig. Bisher hatten sie keine Geldsorgen gehabt, aber dennoch war jede Einnahme auch wichtig. Die Kurse waren nicht billig und immer ausgebucht. Sie konnte sich das einfach erlauben. Alice glaubte, dass die Leute noch deutlich mehr bezahlen würden, um ein paar Tage gemeinsam mit der großen Lundblad schreiben zu dürfen.

Immerhin hatte sie Jakob, der ihr eine große Hilfe war. Gut möglich, dass sie ohne ihn längst damit aufgehört hätte. Er bereitete alles vor, kopierte die Arbeitsblätter und stellte das Arbeitsmaterial zusammen, stellte die Getränke, Gläser und Snacks bereit und erledigte die Buchhaltung. Er hatte auch die Idee gehabt, die Schreibkurse in der Bibliothek des Seewald abzuhalten, es passte perfekt. Zum einen war die Atmosphäre sehr inspirierend, zudem war der Raum sehr schön, er war hell, und durch mehrere verglaste Türen konnte man auf die Terrasse und in den dahinterliegenden Garten gelangen. Was ebenfalls für die Bibliothek sprach, war, dass fast alle Teilnehmer Gäste des Hotels waren. Das war überhaupt Jakobs Argument gewesen. »Hier geht dir die Kundschaft nie aus, Mama.«

Jakob war ihre rechte Hand, war ihr Auge, ihre Stimme. Seit ein paar Jahren las er außerdem die Hörbücher der Kira von Lundblad ein, denn er hatte sich mittlerweile zu einem professionellen Sprecher und Vorleser entwickelt, obwohl er weiterhin in seinem erlernten Beruf als Landschaftsgärtner arbeitete. Alice konnte sich nicht erinnern, dass Jakob jemals einen Tag ausgelassen hatte, um Sofie vorzulesen. Deshalb verreiste er auch nie allein, sondern immer nur mit seiner kleinen Schwester. Schade nur, dass Jakob und Christopher sich nicht verstanden. Das war damals schon so gewesen, und sie hatte die Hoffnung aufgegeben, dass sich das jemals ändern würde. Sie hoffte nur, dass sich die beiden wenigstens bei ihrer Feier zusammenreißen würden.

Das war ihre einzige Antwort gewesen, als die Jungen – natürlich jeder für sich – sie gefragt hatten, was sie sich wünschten.

Acht Personen würden sie am Mittwoch sein. Sie selbst und Henrik, Jakob, Sofie und Christopher mit seiner Frau Berit und den Kindern Bennet und Rafael. Acht Leute, das sind nicht viele, ging es Alice durch den Kopf. Acht, für fünfzig Jahre Ehe. Christopher und Jakob hatten viel größer feiern wollen, doch Alice hatte sich überhaupt nur dazu bereit erklärt, wenn sie unter sich blieben. Henrik hatte auf gar nichts Lust, aber sie hatte ihn überreden können. *Jaja, wenn ihr gutes Essen habt, komme ich vielleicht.*

Der 8. Juli war vor fünfzig Jahren auch ein Mittwoch gewesen, und für einen kurzen Moment erschien es Alice, als wiederholte sich gerade alles, als würden sie an irgendetwas anknüpfen. Sie hatte nicht die geringste Vorstellung davon, wie diese kleine Feier ausgehen würde, da war ein großes Nichts, etwas stand ihren Gefühlen im Wege.

Sie hatten ihren Hochzeitstag nie gefeiert. Drei Kinder, Sofies Behinderung und die Arbeit beider hatten die Jahre nahezu unbemerkt vergehen lassen. Einzig der Blick in den Spiegel hatte ihr gezeigt, dass sie alt geworden war. Siebzig war alt, keine Frage. Und zwanzig war jung; damals hatte sie Henrik Vera geheiratet, einfach so, weil sie Lust auf ein Fest hatten. Und weil sie sich unwiderstehlich fanden. Sowohl sich selbst als auch den jeweils anderen. Es war überbordende Lebenslust und Eitelkeit gewesen, und sie hatten sie ausgekostet bis zum Gehtnichtmehr. Seltsamerweise war Alice dieses Lebensgefühl immer noch sehr nahe, viel näher als zum Beispiel die Geburt der Kinder oder ihre Erfolge als Schriftstellerin. Dieses Gefühl, alles, wirklich alles machen zu können, war nie verschwunden.

»Wenn wir uns auf den Wecker gehen sollten, dann lassen wir uns einfach wieder scheiden«, hatte Henrik ihr damals ins Ohr geraunt, als er ihr den Ring aufsteckte. Alice wusste, dass der Pfarrer die Worte gehört hatte, seinen Gesichtsausdruck hatte sie heute noch vor Augen. Aber das war ihr egal gewesen. Zu dieser Zeit war ihnen alles auf der Welt egal gewesen. Wichtig waren nur ihre heiß glühende Liebe und die Freiheit gewesen, das zu tun, wozu man gerade Lust hatte.

Nur hatte niemand damit gerechnet, dass die Ehe fünfzig Jahre Bestand haben sollte. Ein Jahr wurde ihnen prophezeit, höchstens. Freunde hatten sogar Wetten abgeschlossen, in denen man auf vier Wochen setzte, bevor der Scheidungsanwalt kontaktiert wurde, manche setzten auf immerhin fünf bis sechs Jahre.

Es war Christopher gewesen, der vor einem Monat angerufen hatte. »Wisst ihr eigentlich, dass ihr bald fünfzig Jahre verheiratet seid? Nein, oder? Ihr habt es vergessen!«

Alice stand vor der Fotografie, die in ihrem Arbeitszimmer neben dem Fenster hing. Es war die Vergrößerung eines Farbfotos, das ein Studienfreund von Henrik gemacht hatte. Er hieß Piet und war oft bei ihnen gewesen, immer die Kamera bereit. Sie hatten Hunderte von seinen Fotos in Schuhkartons aufgehoben. Es war so kalt gewesen an diesem Tag im Juli, als sie Henrik Vera geheiratet hatte, den schönen Jungen mit den schwarzen Augen, den langen dunklen Haaren und den Flickenjeans.

Obwohl auf dem Foto wegen der kurzzeitig aufgerissenen Wolkendecke ein Stück blauer Himmel zu sehen war, hatte es beinahe den ganzen Tag über geregnet. Kühle und windige Schauer waren über das Land gefegt, und Alice hatte in ihrem langen Sommerkleid mit den Spaghettiträgern gefroren.

Fünf Personen waren auf dem Bild: das Brautpaar, die beiden Trauzeugen Raoul und Fortuna und Miriam, die damals noch nicht Talati hieß und die Brautjungfer war. Miriam war Alices Freundin gewesen, aber sie hatten sich aus den Augen verloren, als Miriam nach Indien gegangen und zu Daya Talati geworden war. Und auch nach ihrer Rückkehr nach Hohwacht hatten sie nicht mehr richtig zusammenfinden können.

Alice trat nun ganz nah an das Foto heran. Es war erstaunlich, wie ähnlich Miriam ihr gewesen war. Die gleichen Haare, das Gesicht, sie hätten Zwillinge sein können. Miriam und sie hatten sich einen Spaß daraus gemacht. Sie waren diesem alten

Hochzeitsbrauch gefolgt, nach dem Braut und Brautjungfer ähnliche Kleider tragen sollten, um die bösen Geister von der Braut fernzuhalten, sodass sie während der ganzen Feier ständig verwechselt worden waren. Selbst Henrik hatte sie nicht auseinanderhalten können, sogar vor dem Altar, worüber sie lange gelacht hatten. Er war so bekifft gewesen, dass er Miriam den Trauring anstecken wollte.

Plötzlich kamen ihr die fünfzig Jahre nicht mehr wie eine nichtssagende Zahl vor. Die verstrichene Zeit hatte sich entknotet und zu einem langen Band aufgerollt. Alice befand sich am Ende des Bandes und schaute auf die Ereignisse zurück, die sich vor ihr auftaten, bis zurück zu dieser verrückten Hochzeitsnacht, in der sie bis zur Besinnungslosigkeit getanzt hatten. Crosby, Stills, Nash and Young waren mit »Carry On« in den Charts gewesen. Sie schloss kurz die Augen, und es war, als trage sie dieser Sound davon, dieser vielstimmige Gesang, den alle in- und auswendig kannten und lauthals mitsangen:

Where are you going now my love?
Where will you be tomorrow?
Will you bring me happiness?
Will you bring me sorrow?

Wirst du mir Glück bringen oder Leid? Darüber hatten sie sich keine Gedanken gemacht. Sie waren im Hier und Jetzt, und was die Zukunft bringen würde, interessierte niemanden. Henrik tanzte abwechselnd mit Alice und Miriam und wusste an dem Tag sowieso nicht, wer von beiden seine Frau war. Am nächsten Morgen, als das schlechte Wetter abgezogen und die Sonne aufgegangen war, hatten sie den ersten Tag ihrer Ehe am Strand begonnen. Ganz alleine, nur sie beide.

»Ist eure Ehe glücklich?«, wurden sie gefragt. Ihr war keine Antwort auf diese seltsame Frage eingefallen. Natürlich war eine Ehe nicht fünfzig Jahre lang glücklich. Wie sollte man denn das taumelnde und unfassbare Glück einer Hochzeit fünfzig Jahre lang aufrechterhalten? Glücklich war man einzig und allein in der Hochzeitsnacht. Was dann folgte, war Routine. Glück gehörte den frisch Verliebten, Glück war flüchtig wie der Duft des Sommerflieders.

Langsam strich sie mit dem Finger über das Foto. Die Vergangenheit ist ein fremdes Land, dachte sie. Und die Menschen von damals sind heute andere. Sie sehen anders aus, tun und sagen andere Dinge. Wir haben so viele Leben …

»Machst du dir jetzt doch langsam Gedanken über die Feier?« Alice schreckte auf. Sie hatte Jakob nicht kommen hören. Er stand in der Tür zum Garten und warf seiner Mutter einen fragenden Blick zu. Er trug eine Jeans mit einem Riss am Knie und erdigen Flecken an den Beinen.

»Ich wünschte, der Spuk wäre schon vorbei«, erwiderte sie.

Hinter Jakob war Henrik aufgetaucht, der auch irgendetwas zu arbeiten schien, er hatte einen ölverschmierten Lappen in der Hand. »Wo spukt's?«

»In Mamas Kopf«, sagte Jakob, »wegen der goldenen Hochzeit.«

»Ach was.« Henrik ging auf seine Frau zu. »Falls jemand auf die Idee kommen sollte, eine Festrede zu halten, dann sagen wir brav ›Danke schön‹ und verziehen uns mit der Witwe Clicquot in die Dünen, oder?« Er sah Alice an, legte den Arm um ihre Schulter und zog sie an sich.

»Untersteht euch«, warf Jakob ein, »einmal könnt ihr euch doch mal zusammenreißen. Es geht ja nicht ausschließlich um euch, sondern auch darum, uns in Erinnerung zu rufen, dass wir immer noch eine Familie sind. Und zwar vollständig.«

»Das kann sich in unserem Alter auch schnell mal ändern«, sagte Henrik.

»So war das nicht gemeint«, entgegnete Jakob, »ich meine nur, dass es bestimmt schön wird. Wir hatten ewig kein Familienfest mehr.«

Alice sah ihren Sohn stirnrunzelnd an. »Ich denke, du hasst Feste, an denen dein Bruder teilnimmt.«

»Stimmt, aber es gibt ja auch euch und die anderen. Christopher muss ja nicht alles dominieren. Wollt ihr eigentlich immer noch am Strand feiern?«

»Spricht was dagegen?«, fragte Henrik und ließ sich in den Sessel neben dem Fenster fallen. »Aber nicht in Hohwacht, hier ist es zu voll. Wir ziehen ein Stück weiter hinter Sehlendorf. Ihr kennt doch die Stelle, wo man mit dem Wagen bis runter ans Wasser kommt.«

»Und wenn das Wetter nicht mitspielt?«

Alice lächelte. Jakob machte sich immer zu viele Gedanken. »Dann packen wir alles in die Autos und flüchten hierher.« Alice deutete auf die verdreckte Hose. »Was machst du?«

»Sofie und ich machen den Garten schön. Es sei denn, Christopher hat wieder irgendwas daran auszusetzen.«

»Was ist mit mir?«, fragte Christopher, während er eintrat.

»Wir überlegen gerade, ob du Einwände gegen die Umgestaltung des Gartens haben könntest«, sagte Jakob und schaute seinen Bruder herausfordernd an.

Christopher runzelte die Stirn. »Mir ist es total egal, wie ihr den Garten unserer Eltern ruiniert. Hauptsache, ihr habt was zu tun.« Er schaute in die Runde. »Ist das hier eine Generalprobe fürs Familientreffen?«

»Ich denke, Generalproben müssen schiefgehen, damit die Premiere gelingt«, sagte Henrik und wedelte mit seinem ölverschmierten Lappen. »Ich bin eigentlich nur gekommen, weil der Rasenmäher nicht anspringt. Ich will auch den Garten schön machen, falls wir nach der Feier noch hier sitzen wollen.«

»Ich kümmere mich nachher drum«, sagte Jakob und sah auf die Uhr. »Ich muss noch mal ins Hotel, ich wollte mit Zoe über den geplanten Schwimmteich reden.«

»Apropos Hotel«, Christopher sah die anderen an, »habt ihr Miriam in letzter Zeit mal gesehen?«

Alice zog die Brauen hoch. »Miriam? Nein, schon länger nicht.« Dann warf sie Henrik einen Blick zu.

Der schüttelte den Kopf. »In den letzten Tagen nicht, wieso?«

»Ich war heute Morgen bei Zoe, wegen des Umbaus, du weißt. Wir waren verabredet, also Miriam, Zoe und ich. Aber Miriam war nicht da.«

Jakob lachte auf. »Was ist denn daran komisch? Du weißt doch, wie unzuverlässig die ist. Ich verstehe einfach nicht, wie Zoe mit Miriam zusammenarbeiten kann. Die ist doch nicht ganz dicht.«

»Sie scheint verschwunden zu sein«, sagte Christopher, ohne auf Jakobs Bemerkung einzugehen.

»Und jetzt hast du Schiss, dass dir dein Auftrag flöten geht«, warf Jakob ein.

Christopher lächelte. »Na, dann kannst du ja wirklich froh sein, dass unsere Mutter dich so zuverlässig mit Aufträgen und pünktlicher Bezahlung beglückt.«

Wieder tauschten Alice und Henrik kurze Blicke, dann winkte Alice ab. »Miriam wird irgendwann wieder im Türrahmen stehen und – natürlich erst auf Nachfrage – sagen, sie sei mal eben in Kopenhagen gewesen, oder so was.«

»Kann ja alles sein.« Christopher nickte nachdenklich. »Aber sie hat noch nie einen Yogakurs ausfallen lassen.«

Henrik sah auf. »Hat sie?«

»Zoe hat mich eben angerufen.«

»Wieso ruft Zoe ausgerechnet dich an?« Jakob blinzelte ihn argwöhnisch an.

»Vielleicht, weil wir verabredet waren?«

Alice hatte keine Lust mehr, an dieser Unterhaltung teilzunehmen, und ging in den Garten hinaus. Dass Christopher und Jakob nicht miteinander auskamen, lag an Sofies Krankheit. Weil dem kranken Kind alle Aufmerksamkeit galt, wurde Christopher damals zum Schattenkind. Der kleine Bruder Jakob hatte sich von Anfang an aus dem Schatten der Schwester bewegt, indem er sich voll und ganz ihrer angenommen hatte. Christopher dagegen war im Dunkeln zurückgeblieben. Und niemand hatte es bemerkt.

Henrik war ebenfalls in den Garten gekommen und legte

ihr beide Arme über die Schultern. »Geistige Kleingärtner, unsere Söhne«, sagte er grinsend und gab ihr einen Kuss auf die Wange.

Alice betrachtete ihn. »Was ist mit Miriam? Du hast sie doch gesprochen wegen morgen, oder nicht?«

»Klar.« Henrik löste sich wieder von seiner Frau und erwiderte ihren Blick. »Gestern noch, ich denke, sie wird sich vorbereiten, auf ihre Art.«

»Hoffentlich kommt sie nicht doch noch.«

»I wo, was denkst du nur. Sie bleibt schön im Hintergrund. Schon allein deshalb, weil Jakob oder Christopher sie vermutlich umbringen würden.«

Alice nickte. »Mit jedem weiteren Tag wird mir seltsamer zumute.«

»Willst du einen Rückzieher machen?«, fragte Henrik.

Alice schwieg eine Weile und schaute in ihr Arbeitszimmer. Jakob und Christopher saßen in den beiden Sesseln am Fenster und unterhielten sich ganz friedlich. Eine Seltenheit, dachte sie, vielleicht raufen die beiden sich doch noch einmal zusammen. Dann schüttelte sie den Kopf. »Auf keinen Fall, wir ziehen das durch.«

Wieder gab Henrik ihr einen Kuss. »Du bist und bleibst meine große Liebe.« Dann wandte er sich ab und ging durch den Garten zurück zu seinem Rasenmäher.

Alice schaute ihm nach.

Mit jedem Schritt, mit dem sich Henrik entfernte, schien er jünger zu werden. Der graue Zopf auf seinem Rücken wurde wieder schwarz. Die Statur des großen schlanken Mannes hatte sich in all den Jahren nicht verändert. Er würde bald fünfundsiebzig sein, aber er hatte noch immer Kraft und Eleganz. Eigentlich hatte er nichts von all dem verloren, was ihn als junger Mann ausgemacht hatte.

Alice bemerkte, dass sie in ihren Gedanken schon wieder in der Zeit vor fünfzig Jahren war. Es schien, je näher diese seltsame Feier kam, desto mehr griff die Vergangenheit nach ihr.

Und es fühlte sich jetzt so an, als würde sich der Kreis, in den sie alle damals getreten waren, langsam schließen.

✷✷✷

Als Paul in Havgart eintraf, fühlte er sich erschlagen und von der Sonne verbrannt. Er stieg die Stufen zur Veranda vor dem Haus hinauf und sah seinen Vater durch das Fenster. Johann stand aufrecht, hielt ein Heft in der Hand, und es schien, als deklamierte er irgendwas. Paul erinnerte sich, dass sein Vater etwas von einem Schreibkurs gesagt hatte, zu dem er gehe. Leise öffnete er die Tür und spähte durch den Spalt. Johann stand auf seinem Fußbänkchen am Fenster, Baptiste lag wie immer dösend auf der Ofenbank. Lilli musste kurz vor ihm gekommen sein, sie hockte neben dem Kater, eine Cola in der Hand. Paul schlich hinein und setzte sich neben die beiden. Den Rest des wohl etwas längeren Gedichts bekam er noch mit:

> »... *ich dachte nur: So geht das nich*
> *die Uhr doch, die war abgelaufen*
> *war mal wieder schneller wie ich*
> *da half nur eins: sich einen saufen!*«

»»Mehr *als* ich‹ heißt das, Opa«, sagte Lilli und ließ eine Kaugummiblase platzen.

»Weiß ich ja, hab mich nur versprochen«, erwiderte Johann und stieg vom Höckerchen. »Das war übrigens ein malaiisches Pantun.«

»Ich kenne nur Elfchen und Haikus. Vielleicht wird mein Opa ja ein berühmter Poet. Dann reicht deine Rente wenigstens mal.«

»Mit Schreiben verdient man nichts«, sagte Paul und gähnte. »Und mit Lyrik schon mal gar nicht.« Dann wandte er sich Lilli zu. »Und? Wie war es bei Rafael? Du hast doch dort übernachtet.«

»Super, Henrik und Alice, also seine Großeltern, haben so ein tolles Haus, Rafael hat ein eigenes Zimmer, oben unterm Dach, und er kann von da aus das Meer sehen.«

»Das ist schön«, sagte Paul, »ich denke, da bist du gut aufgehoben. Ich habe vorhin Rafaels Vater am Strand getroffen, er scheint ganz nett zu sein.«

»Kann sein, wir kriegen nicht viel von denen mit. Eigentlich achtet niemand auf uns, wir können tun und lassen, was wir wollen«, sagte Lilli.

Paul runzelte die Stirn. Er dachte, wenn Rafael hier bei ihnen wäre, würde er doch ab und zu nach ihnen schauen. Die beiden waren in einem Alter, das unberechenbar war. Ein ausgeprägtes Verantwortungsbewusstsein würde er Lilli jedenfalls nicht attestieren.

»Letzte Nacht waren wir sogar am Strand, das war ein Megasturm.«

Jetzt wurden Pauls Augen groß. »Was?«

»Das war super. Wir haben uns in den Wind gehängt, der hat uns echt getragen, wir sind gar nicht umgefallen. Und der Strand war ganz weg, so hoch sind die Wellen gewesen.«

»Wo wart ihr dann, wenn das Wasser so hoch stand?«, fragte Paul.

»Auf der Seebrücke. Das war so, als würden wir auf der Titanic stehen, richtig klasse.«

»Und Rafaels Eltern haben das erlaubt?«

»Wir können ganz gut selbst auf uns aufpassen. Jetzt tu nicht immer so, als wären wir Vollidioten oder Kleinkinder. Außerdem waren sie in der Nähe, zufrieden?«

»Sie hat recht, Junge«, sagte Johann, der sich an den Küchentisch gesetzt hatte und auf ein leeres weißes Blatt starrte. »Vertraue deiner Tochter einfach«, murmelte er abwesend.

»Danke, Opa«, sagte Lilli grinsend und wandte sich Johann zu. »Fällt dir nix ein? Vielleicht habe ich ja eine Idee.«

»Ich denke, ich werde eine Biografie schreiben.«

»Etwa über dich?«, lachte Lilli.

»Warum denn nicht?«, entgegnete Johann ein wenig pikiert. »Aber das wäre dann eine *Autobiografie*. Habt ihr so was nicht im Deutschunterricht? Also ich dachte eher an Leben und Werk der Kira von Lundblad.«

»Gute Idee, Johann. Lilli kann dir helfen, sie kann dir Word erklären, sie hat doch Ferien.«

»Papa? Geht's noch?«

»Das bekomme ich schon selbst hin. Ich wollte mich ja sowieso damit beschäftigen, wegen der Rechtschreibung«, erwiderte Johann, »dann kann ich meine Texte für den nächsten Schreibkurs ein bisschen frisieren.«

»Wie sind denn die Leute so in deiner Schreibgruppe?«, wollte Lilli wissen, »alles so alte Knack–«

»Lilli!«, unterbrach Paul sie.

Sie grinste. »Rollatortreff mit Meeresbrise.«

»Falsch«, konterte Johann. »Die sind alle noch in Saft und Kraft. Würde mich nicht wundern, wenn der ein oder andere mit der ein oder anderen anbandelt.« Lillis Augen wurden groß. »Man mag es vielleicht nicht glauben, aber auch wir Alten haben noch den gewissen –«

»Neiiiin, das will ich gar nicht hören«, rief Lilli.

»Pep!«, fuhr Johann fort. »Ich selbst hätte noch genügend sexuelle Energie, um dieses Dorf einen Monat lang mit Strom zu –«

»Opa!« Lilli hielt sich die Ohren zu, sprang auf und lief aus der Küche.

»Also Johann, wirklich! Für Kinder ist die Vorstellung, ihre Eltern könnten Sex haben, die abwegigste und furchterregendste überhaupt. Ganz zu schweigen von den Großeltern. Also hör auf damit.«

Paul musterte seinen Vater. In diesem Moment freute er sich, dass sein alter Herr immerhin die Energie aufgebracht hatte, sich zu diesem doch recht anspruchsvollen Schreibkurs anzumelden. »Sind denn wenigstens ein paar interessante Damen in deinem Kurs?«

»Ou.« Johann wedelte mit der Hand in der Luft herum, als hätte Paul ein heikles Thema angeschnitten. »Mal überlegen, wen haben wir denn da … Ida Rossi, die kennst du ja.«

»Die hat Haare auf den Zähnen.«

»Bei der ist oberste Vorsicht geboten. Ein Selbstbewusstsein für drei. Norddeutsche Sturheit mit italienischem Temperament.« Johann dachte weiter nach. »Und dann Madame von Albern … ach, wie heißt die noch mal? War als Einzige dagegen, sich mit Vornamen anzureden.« Johann blätterte in seinen Aufzeichnungen. »Ich hab doch die Namen aufgeschrieben … ah, hier.« Er setzte sich aufrecht, als säße er besagter Dame gegenüber. »Cecilie von Albedyll. Alter ostpreußischer Landadel. Will ihre Memoiren verfassen und damit ihre Rente aufbessern.«

»Wenn sie wirklich was zu erzählen hat.« Paul betrachtete seinen Vater. Er wirkte anders als sonst, aufgeräumt, gepflegter. Wenn Paul in Havgart war, sah er Johann für gewöhnlich in seinem blauen Overall herumlaufen, der ihm wegen seiner langen dünnen Beine zu kurz war. Jetzt schien er beim Friseur gewesen zu sein, die weißen Haare, die er immer zurückkämmte, waren kürzer, auch das Kinnbärtchen war ein wenig gestutzt worden. Er trug noch die Hose seines Nadelstreifenanzugs und hinterließ einen dezenten Herrenduft.

Paul lächelte. Nie hätte er gedacht, dass Johann noch einmal so aufblühen würde, mit vierundachtzig. Er hatte Johanns Idee, vom Bergischen Land an die Ostsee zu ziehen, anfangs skeptisch gesehen. Die Vorstellung, alles hinter sich zu lassen, in diesem hohen Alter noch einmal ganz von vorne zu beginnen, war ihm absurd vorgekommen. Eines dieser Hirngespinste seines Vaters, die aus einer nie versiegenden Quelle zu sprudeln schienen. Aber Pauls Schwester Charlotte hatte ihren Vater unterstützt. Hatte gesehen, dass es ihm neuen Lebensmut geben würde, sich noch einmal anzustrengen, sich mit dem Leben auseinanderzusetzen, anstatt zu Hause auf gewohnten Pfaden zu trotten und langsam zu verwelken.

»Du bist doch in der Nähe, Paulchen«, hatte sie zu ihrem

kleinen Bruder gesagt. »Du besorgst ihm ein kleines Häuschen an der Küste und guckst ab und zu nach ihm. Ansonsten lässt du ihn machen.«

Sie hatte recht behalten. Kurz darauf war Johann in das kleine rote Schwedenhaus eingezogen. Zuerst zur Miete, dann hatte er es von der zerstrittenen Erbengemeinschaft erworben, nachdem ein Immobilienmakler sein Haus in Beyenburg verkauft hatte. Ein sauberes Geschäft, ein eleganter Übergang. Es war sogar noch eine gute Summe übrig. Johann hatte sich selbst an die Ostsee verpflanzt, und Paul betete regelmäßig, dass er seine neue Heimat noch einige Jahre würde genießen können. Bisher sah es gut aus. Sein altes Hobby des Bierbrauens hatte er im Frühling wieder aufgenommen, ein neuer Kessel nebst Zubehör stand im Schuppen, den er eigens dafür hergerichtet hatte.

Im Flur hörte er Lilli die Treppe runterpoltern, sie telefonierte dabei. Gleichzeitig tauchte draußen der blonde Schopf Rafaels auf, der den Weg entlangschlenderte und auf Lilli zu warten schien. Danach verschwanden die beiden im Garten.

»Der Junge ist in Ordnung«, sagte Johann und ging zum Kühlschrank. »Ich brauche jetzt erst mal ein Bier. Dieser Kurs schafft mich jedes Mal. Bin doch nicht mehr der Jüngste. Auch eins?«

»Hast du noch eine Flasche von deinem eigenen da?«

»Sind alle weg, muss mal wieder neues machen, aber man kommt ja zu nix.« Johann blickte seinen Sohn prüfend an. »Du hast einen Sonnenbrand, bist rot wie ein Pölser.«

»Ich weiß, so fühle ich mich auch. Hast du Quark da?«

Johann öffnete noch einmal den Kühlschrank und holte ein Päckchen heraus. »Gestern gekauft, wollte uns Pellkartoffeln machen.«

Zehn Minuten später lag Paul in seinem Kämmerchen, hatte den Quark im Gesicht und döste vor sich hin. Er hatte sich das kleine Dachzimmer in der oberen Etage notdürftig eingerichtet, das sein Vater sonst als Abstellkammer benutzte. Lilli und

Rafael waren auch wieder im Haus, er hörte sie nebenan über Autos reden. Ob die beiden wussten, wie hellhörig es hier oben war? Und dass er hier lag und jedes einzelne Wort verstehen konnte? Fairerweise sollte er ihnen das sagen. Aber er hatte keine Lust, Lilli in eine peinliche Situation zu bringen, indem er mit Quarkmaske ihr Zimmer betrat. Er würde es später tun, jetzt war er einfach zu ausgelaugt. Es schien, als spielten sie Karten. Vermutlich hatten sie seine und Charlottes Sachen durchstöbert, die Johann aufgehoben hatte, und das Spiel gefunden. Tun immer so erwachsen, dachte er, während er wegdöste, aber lachen über ihre Rülpser und spielen Autoquartett.

Nach einem kurzen Nickerchen und einer Dusche fühlte er sich bedeutend besser. Im Flur hörte er Stimmen aus Johanns Küche, denn die Tür war nur angelehnt. Er klopfte an und steckte den Kopf hinein. Ida Rossi sah ihn an und hielt mitten im Satz inne.

»Guten Tag, ich hoffe, ich störe nicht«, sagte Paul.

»Ganz im Gegenteil«, sagte Ida, »Sie kommen gerade richtig.«

Paul zog die Augenbrauen hoch. Was wollte die von ihm? Gleichzeitig registrierte er, dass keine Kaffeetassen auf dem Tisch standen. »Möchte jemand einen Kaffee?«

»Ein Tässchen schlage ich nicht aus«, sagte Ida Rossi sogleich, »und dann sollten wir wirklich losfahren.«

Paul ging zur Anrichte und setzte Wasser auf. »Fahren wohin?«

»Nach Hohwacht. Wir müssen Miriam Talati suchen.«

»Wen?«

Ida Rossi wollte gerade Luft holen, doch Johann war schneller. »Das ist die berühmte Yogameisterin aus dem Seewald. Ihr gehört doch jetzt das Hotel.«

Paul erinnerte sich wieder; im Wagrien-Kurier hatte er etwas über sie gelesen. Paul zählte die Löffel Kaffee, die er in den Filter schaufelte. »Aber die heißt doch irgendwie anders ... Dunja oder so?«

»Daya nennt sie sich inzwischen, Daya Talati, und sie ist futsch.« Ihre Stimme klang jetzt gereizter. »Ich komme gerade von dort. Alle waren da, wir saßen auf unseren Matten und warteten und warteten, doch nix.«

Paul hatte sich verzählt und schüttete einfach nach Augenmaß noch etwas Pulver direkt aus der Packung in den Filter. »Worauf haben Sie gewartet?«

Ida war erstaunt. »Dass der Kurs anfängt? Miriam gibt doch die Yogakurse, Hormonyoga genauer gesagt. Ihre Tochter meinte, sie könnte sogar schon seit gestern verschwunden sein.«

»Sie sind ja ganz schön aktiv, Frau Rossi. War nicht heute Vormittag auch der Schreibkurs?«

»Ja, war er. Man muss was tun im Alter, sonst verblödet man vollends. Gerade hier draußen auf dem Land. Gucken Sie sich doch mal um.«

Ja, da ist was dran, dachte Paul, während der würzige Duft des Kaffees seine Lebensgeister wach kitzelte. »Ist diese … Miriam … Daya vielleicht krank?«

»Wie kommen Sie denn darauf?«

Paul zuckte mit den Schultern. »Oder alt?«

»Sie ist zweiundsiebzig, sieht aus wie zweiundfünfzig und ist das blühende Leben in Person. Und sie ist unauffindbar, das ist eine Tatsache. Ihre Tochter Zoe macht sich große Sorgen.«

»Wenn sie gesund und im Besitz ihrer vollen geistigen Kräfte ist, kann sie hingehen, wo immer sie will, ohne sich zu rechtfertigen«, leierte Paul den Satz herunter wie schon zig Male zuvor. »Womöglich hat sie jemanden kennengelernt. Oder keine Lust mehr auf Körperübungen.«

»Alles Quatsch!« Ida war aufgebracht, als hätte Paul sie persönlich angegriffen. »Yoga ist ihr Leben. Sie *ist* Yoga mit Haut und Haaren. Und wenn sie keine Lust mehr hätte, dann würde sie das sagen und nicht einfach weggehen. Dass das mal klar ist.« Sie schnaubte. »Und schon gar nicht würde sie die Tür zum Garten auflassen. Bei dem Sturm, der letzte Nacht gewütet hat.

Außerdem steht ihr Wagen am Hotel. Das ist doch wohl alles verdächtig genug!«

Paul dachte, dass Ida Rossi ihre Einschätzung für die einzig wahre hielt und nicht an einem echten Austausch interessiert war. »Ist Frau Tabati verheiratet? Hat sie einen Partner?«, fragte er trotzdem.

Ida schüttelte energisch den Kopf. »Sie war nie verheiratet, war sich selbst genug. Und von einem Freund weiß ich nichts. Und sie heißt *Talati*.«

Paul reichte ihr eine Tasse Kaffee. »Milch, Zucker?«

Ida nahm sie ohne Antwort entgegen und schlürfte lautstark einen Schluck.

»Wir könnten doch einfach mal ins Hotel fahren und gucken«, sagte Johann.

Paul setzte sich mit seinem Kaffee auf die Ofenbank neben Baptiste und warf ihm einen belustigten Blick zu. »Und was *genau* willst du da gucken?«

»Er ist ja Detektiv«, sagte Ida bestimmt.

Paul seufzte. »Und was will ein *Detektiv* da gucken?« Er merkte langsam, dass die beiden nicht lockerlassen würden. »Hat die Tochter Sie geschickt?«

»Natürlich nicht!«, erwiderte Ida. »Sie wäre dann schon selber gekommen. Und auf mein Drängen hin hat sie bei der Polizei angerufen. Aber die haben ihr gesagt, sie soll sich noch ein wenig gedulden. Ansonsten haben die in etwa dasselbe gesagt wie Sie gerade, das mit den geistigen Kräften und so. Sie müssen ja da so einen Standard runterleiern, der für alle gelten soll, ohne Rücksicht auf die Individualität der Person zu nehmen, die dahintersteckt.« Ida hielt inne und ließ die Schultern hängen. »Und ich dachte, ich … wir, also Sie könnten da helfen.« Sie trank den Kaffee aus und knallte die Tasse auf die Spüle. »Gut, ich muss die Sache selbst in die Hand nehmen.«

»Ich begleite Sie«, sagte Johann sofort, als hätte er nur darauf gewartet, dass sie so etwas vorschlagen würde.

In Sekundenschnelle liefen vor Pauls Augen Bilder ab, während er Baptiste kraulte. Wie Johann und Ida im Foyer des Hotels herumliefen, den Gästen Fragen stellten, sah Johann seine Detektivkärtchen verteilen, wo »Lupin« draufstand, immerhin auch sein Name. Außerdem hatte er immer ein ungutes Gefühl, wenn Johann mit seinem roten Mini herumfuhr, meistens auch viel zu schnell. Er hatte schon Lilli eingeimpft, es auf jeden Fall zu vermeiden, mit ihrem Opa im Auto zu fahren. Hier kam es Paul sogar entgegen, dass sowohl der Beifahrersitz als auch alle anderen Flächen seines Wagens voll waren mit allem möglichen Zeugs. Dieser Anblick reichte seiner peniblen Tochter meist schon, um lieber nicht einzusteigen.

Aber da war die Bemerkung von der offenen Gartentür. Mit einem schweren Seufzer erhob er sich. »Ich fahre euch. Mich interessiert das Hotel nämlich, vielleicht finde ich dort ja ein schönes Zimmer, in dem ich meinen Urlaub *in Ruhe* fortsetzen kann.«

Ida lachte kurz. »Das können Sie mal getrost vergessen. Es ist Hochsaison, und das Seewald ist bis in alle Ewigkeit ausgebucht.«

»War auch nur ein Scherz«, entgegnete Paul. War es eigentlich nicht, dachte er.

***

Als sie in die Einfahrt mit dem hohen geschwungenen Tor einbogen, war Paul sofort angetan von dem erhabenen Anwesen, das einem kleinen Schloss glich. Sein Vater hatte ihm gar nicht gesagt, wie schön und imposant es war. Aber er glaubte, dass Johann keinen Sinn dafür hatte. Solange etwas funktionierte, war das Äußere nicht unbedingt von Belang.

Paul kannte das Hotel nur von Fotos, und er hatte es sich bescheidener und kleiner vorgestellt. Kein Wunder, dass Christopher Vera sich in die Modernisierung des Hotels hängte, hier würde er ewig zu tun haben. Paul stellte den Wagen links hinter dem Gebäude ab, neben einem schweren grauen Mercedes SUV, dessen Heckscheibe mit roter Farbe beschmiert war. Bevor sie losgefahren waren, hatte Paul das Gerümpel in Johanns Wagen kurzerhand in den Schuppen geworfen.

Kaum hatte er den Motor abgestellt, war Ida auch schon ausgestiegen. Paul war erstaunt über die Wendigkeit dieser kleinen, runden Person. Auch darüber, wie schnell sich Johann mit seinen langen Beinen aus dem Fond geschält hatte. Ohne ihn weiter zu beachten, marschierten die beiden los und verschwanden um die Ecke. Paul hingegen blieb stehen und ließ den Blick über den Park schweifen. Überall standen weiße Stühle und Tischchen aus verspielt gefertigtem Schmiedeeisen. An einigen von ihnen saßen Leute, allein oder zu zweit, einen Kaffee trinkend, ein Buch in der Hand. Es waren vorwiegend Ältere, aber das war es nicht, was Paul verwunderte, da war noch etwas anderes. Der ganze Ort, das Ambiente wirkten wie aus vergangenen Zeiten, als die feinen Städter die Sommerfrische der Küste aufsuchten.

Sein Blick blieb an einem Mann in einem weißen Anzug mit passendem Hut hängen, der allein an einem der Tische saß. Er hatte die Beine übereinandergeschlagen, ein geöffnetes Notizbuch vor sich und einen Stift in der Hand, mit dem er gedankenverloren an sein Kinn klopfte. Paul wettete mit sich, dass der erlesen gekleidete Ruheständler ebenfalls zu Johanns Schreibgruppe gehörte. Ein Bild stieg in Paul hoch, das sofort wieder verpuffte.

Er ging ein Stück auf den Rasen und betrachtete die Fassade. Wie wohl die Zimmer aussehen mochten? Dann fragte er sich, wo Johann und seine Begleiterin abgeblieben waren, als er eine jüngere Frau aus dem Haus treten sah. Sie blieb kurz stehen, schaute auf die Uhr, ging dann die Freitreppe hinunter und anschließend in seine Richtung. Sie hatte schwarze, kürzere Haare und trug eine dunkle Anzughose, die wie eine schicke Jogginghose geschnitten war, dazu eine helle Bluse. Sie war groß, sehr schlank und feingliedrig gebaut und eine so interessante Erscheinung, dass Paul kaum den Blick von ihr abwenden konnte.

»Frau Lauritzen!«, hörte Paul jemanden rufen. Es war eine kleine alte Dame, die ihn an eine verwelkte Zwiebel erinnerte und die, ein geblümtes Sonnenschirmchen mit Rüschenrand aufgespannt, mit kurzen flotten Schritten auf die junge Frau zuging.

»Frau von Albedyll.«

Die beiden unterhielten sich kurz, dabei deutete die Jüngere mehrmals auf den Wintergarten. Das war also Zoe Lauritzen, ging es Paul durch den Kopf. Die Frau, die ihre Mutter vermisste und die einen Termin mit Rafaels Vater Christopher hatte. Und die andere war aus Johanns Kurs. Bestimmt hatte die Alte sie nach dieser Talati gefragt. Mit beiden Händen in den Taschen seiner Jeans schlenderte er weiter und hielt nach Johann Ausschau.

Frau von Albedyll war inzwischen weitergegangen, und Zoe Lauritzen musste Pauls suchenden Blick gesehen haben. Mit einem Lächeln kam sie auf ihn zu. »Kann ich helfen?«

Paul blieb stehen. »Ich warte eigentlich nur auf meinen Vater.« Er deutete auf Johann, der tatsächlich gerade gemeinsam mit Ida bei den Wintergärten auftauchte. Es schien, als hätten die beiden einmal das ganze Gebäude umrundet, jetzt standen sie ratlos da, als wären ihre Batterien leer.

Die junge Frau sah hinüber, und ihr Gesicht hellte sich auf. »Dann müssen Sie Paul sein.« Sie reichte ihm die Hand. »Zoe Lauritzen, ich kenne Johann.«

Paul war überrascht. Er konnte sich nicht erinnern, dass Johann je von ihr erzählt hatte.

»Ihr Vater versorgt uns regelmäßig mit Musik für die Kurse.«

»Ach so …« Es war im Februar gewesen, als Paul wegen der gebrochenen Ferse etwas länger bei Johann war. Da hatte sein Vater ihm erzählt, dass er die Yogalehrerin eines nahe gelegenen Wellnesshotels kennengelernt hatte. »Sie sind das also, für die mein Vater diese Entspannungsmusik macht.« Er hätte fast »komponiert« gesagt, aber im Grunde war es nichts anderes als eine Endlos-Aneinanderreihung von seichten, sphärischen und einschläfernden Harmonien, die er auf seiner »Weltraumorgel« fabrizierte, wie er seine alte Yamaha immer nannte.

»Für meine Mutter genau genommen. Er trifft exakt den Ton, den die alten Leutchen lieben. Eine geniale Mischung aus Tiefenentspannung und –«

»Gedudel«, sagte Paul, und beide mussten lachen.

In diesem Moment bog ein Mann mit seiner Schubkarre um die Ecke.

»Ebbe, Sie sind ja immer noch hier«, rief Zoe ihm zu. »Jetzt ist aber Zeit für Feierabend, meinen Sie nicht?«

Der Mann hielt kurz inne, schaute sie mürrisch an und ging weiter.

»Warten Sie!« Sie lief ihm nach und zog ein helles, nasses und schmutziges Tuch aus der Schubkarre, das zwischen Ästen und abgerissenem Laub lag. »Wo haben Sie das gefunden?«

Der Mann deutete mit dem Kopf nach links. »Hinterm Haus.«

Zoe sah sich um, als suchte sie etwas. »Das gehört meiner Mutter«, sagte sie jetzt an Paul gewandt.

»Ich habe gehört, dass Sie sie suchen. Sie ist also noch nicht wieder da?«

»Nein.«

»Seit wann genau ist sie weg?«

»Das kann ich eben nicht sagen. Sie wollte gestern Abend noch arbeiten, und ich weiß nicht, wann sie nach Hause gefahren ist. Ob sie überhaupt zu Hause war.«

»Wo haben Sie das Tuch gefunden?«, fragte Paul an diesen Ebbe gewandt.

»Heff ik ausm Flederbeerbusch.«

»Haben Sie noch irgendwas anderes gefunden?«

»Nee. Nur Blätter und Äste und so was. Kann ich jetzt weiter?«, knurrte der Alte, der hier der Hausmeister zu sein schien.

»Können Sie mir die Stelle zeigen, bitte?«

Der Mann hob die Augenbrauen. »Jetzt?«

»Ich denke, das wäre ein passender Moment«, entgegnete Paul und warf Zoe einen amüsierten Blick zu.

Der Hausmeister ließ die Schubkarre stehen und stapfte, den Rechen in der Rechten wie einen Wanderstab, davon, Paul und Zoe folgten ihm. Hinter dem Haus befand sich ebenfalls ein großer Garten, der aber nicht so gepflegt war wie der vordere Teil. In der hinteren Ecke waren irgendwelche Gartenarbeiten im Gange, zwei Männer waren gerade dabei, ein Absperrband anzubringen. Einer der Männer richtete sich auf und sah zu ihnen herüber.

»Dahinten«, rief Ebbe ihnen zu, ohne sich herumzudrehen, und steuerte auf mehrere große Holunderbüsche zu, an denen Unmengen dunkelroter Beeren hingen, die aber noch nicht ganz reif waren. Ebbe zeigte mit dem Rechen auf einen der Büsche. »Da hat's gehangen.«

Paul suchte zuerst die nähere Umgebung ab, dann ging er zu besagtem Busch. »Kann ich den mal haben?« Er deutete auf Ebbes Rechen, den dieser ihm reichte.

Paul benutzte ihn dazu, die Büsche auseinanderzudrücken, um zu sehen, ob noch etwas dahinterlag. Irgendwann verschwand er ganz darin. »Hier ist nichts weiter«, sagte er, bevor er wieder zum Vorschein kam und dem Alten das Gerät zurückgab.

»Kann ich nu gehen?«

»Klar, vielen Dank noch mal«, sagte Paul, und der Alte ging ohne weiteren Gruß davon.

Paul zupfte an seinem T-Shirt, um Reste des Strauches loszuwerden. »Hm.« Er dachte eine Weile darüber nach. »Ich habe gehört, die Balkontür stand offen? Die ganze Nacht?«

»Die Tür zu ihrem Garten, ja. Das ist es, was mich am meisten beunruhigt. Wenn Miriam zu Hause gewesen wäre, hätte sie das doch gemerkt.« Zoe verschränkte die Arme vor der Brust, als fröre sie.

»Waren Sie denn in der Wohnung?«

»Heute Vormittag, ich habe keinen Schlüssel, und als niemand öffnete, hat der Vermieter im Garten nachgeschaut und gesehen, dass die Tür offen stand, es hatte auch reingeregnet.«

»Verstehe, das ist schon seltsam, zugegeben. Mit der Polizei haben Sie gesprochen?«

»Mit einem Herrn Heimdahl. Er hat versprochen, später vorbeizukommen, da er ohnehin in der Nähe wäre.«

»Martin Heimdahl, ja, ein kompetenter Kollege«, sagte Paul und sah ihr in die Augen. »Sie haben keine Idee, wo sich Ihre Mutter aufhalten könnte?«

»Sie kann überall sein. Sie ist viel unterwegs.«

»Hat sie irgendwelche Angewohnheiten?«

Zoe dachte länger darüber nach, dann hob sie die Schultern. »Ich weiß es ehrlich gesagt nicht.« Diese Frage schien ihr unangenehm zu sein. »Ich weiß nur, dass sie jeden Morgen und jeden Abend schwimmen geht. Immer wenn sie von ihrer Wohnung in Oldenburg ins Hotel fährt und wieder zurück.« Sie machte eine kurze Pause. »Sie war anders als sonst.«

»Was meinen Sie damit?«

Zoe berichtete von dem, was Miriam ihr zuletzt gesagt hatte.

»Hört sich so an, als hätte sie jemanden kennengelernt. Könnte das sein?«

»Natürlich, Miriam ist eine attraktive Frau, sie steht mitten im Leben, trotz ihres Alters. Aber warum sollte sie dann verschwinden?«

»Oh, die Liebe lässt die Menschen die verrücktesten Dinge tun.«

»Ich weiß«, seufzte Zoe, »wenn meine Mutter krank wäre oder dement, dann würde man längst nach ihr suchen. Aber nach Verliebten?«

»Dann seien Sie froh«, versuchte Paul sie zu beruhigen. »Wenn ihr Wagen noch hier steht, dann wurde sie vielleicht von jemandem abgeholt und sie haben die Zeit vergessen.« Paul sah sich um und deutete auf die Männer, die noch mit dem Markierungsband beschäftigt waren. »An was wird hier gearbeitet?«

»Hier soll ein Schwimmteich entstehen, mit einer Terrasse davor und einem kleinen Pavillon für Getränke. Das war Miriams Idee.«

Einer der Männer kam jetzt auf die beiden zu. Es war ein großer, kräftig gebauter Mann mit braunen Haaren und einem Vollbart, den Paul ungefähr auf sein Alter schätzte, Mitte vierzig.

»Das ist Jakob Vera, der beste Landschaftsgärtner weit und breit. Ich konnte ihn für unser Projekt gewinnen.«

»Zoe«, rief Jakob Vera schon von Weitem.

»Jakob, hallo.« Zoe begrüßte den Mann mit einem Kuss, und Paul sah, dass er sie dabei auch zärtlich umarmte. Dann wandte sie sich Paul zu. »Das ist Paul Lupin, der Sohn unseres Hauskomponisten.« Das letzte Wort betonte Zoe mit einem Schmunzeln, das an Paul gerichtet war.

Jakob nickte Paul zu. »Jakob Vera, ich bin ein Freund von Zoe.«

»Sind Sie mit Christopher Vera verwandt?«, wollte Paul wissen.

»Das ist mein Bruder. Sie kennen ihn?«

»Ja, ich habe ihn zufällig kennengelernt, heute Morgen am Strand. Sein Sohn und meine Tochter surfen zusammen bei Sven.«

Jakobs Gesicht hellte sich auf. »Lilli, ja, die ist jeden Tag bei uns, ein richtig nettes Mädchen. Ich glaube, Rafael ist ganz vernarrt in sie.«

Was Lilli natürlich nie zugeben würde, schoss es Paul durch den Kopf. »Ich bin total froh, dass Lilli einen Freund gefunden hat, mit uns hätte sie sich vermutlich zu Tode gelangweilt.«

Jakob reichte Paul die Hand. »Ich darf Du sagen?«

»Klar.«

»Johann ist demnach dein Vater, er ist ein Kursteilnehmer meiner Mutter.«

»Stimmt.« Paul musste lächeln. »Und der ist wiederum ein großer Fan von deiner Mutter.« Aber wohl eher Fan von Alice als Frau und weniger der Lundblad und ihrer Bücher, dachte Paul. Auch fiel ihm auf, wie sehr sich seine kleine Familie und die der Veras miteinander verknüpft hatten, und das in so kurzer Zeit.

Jakob erwiderte das Lächeln und zeigte weiße, ebenmäßige

Zähne. »Also ich stelle es mir sehr schwierig vor, sich mit einem wie Johann zu langweilen. Er ist ein Unikat, eine ausgeprägte Persönlichkeit, ich mag ihn sehr.«

Paul schnaubte belustigt. »Stimmt, langweilig wird's wirklich nicht mit ihm, eher anstrengend.«

»Eltern halt«, sagte Jakob. »Was ist jetzt mit Miriam? Wo kann sie stecken?«, fragte er Zoe.

Die schüttelte betrübt den Kopf.

»Hast du mit der Polizei gesprochen?«

»Habe ich, gleich wollte jemand vorbeikommen«, sagte Zoe, dann deutete sie auf Paul. »Paul ist übrigens auch von der Polizei, er ist Kommissar in Hamburg.«

»Na also«, entgegnete Jakob, »Hilfe kommt immer, wenn man sie gerade braucht.« Jakob nahm sie noch einmal in den Arm. »Mach dir keine Sorgen, Miriam ist genauso eigensinnig wie meine Eltern. Sie taucht schon wieder auf.«

Zoe nickte, und Jakob verabschiedete sich.

»Ich glaube auch, dass sie bald wieder hier ist«, sagte Paul und deutete auf das Hotel. »Bei einem so schönen Haus.« Er betrachtete die rückwärtige Fassade. In der Mitte lag über einem verglasten Vorbau, durch den man über eine breite Steintreppe in den Garten gelangte, ein großer Balkon, eingefasst mit einer Steinbalustrade. »Wie viele Zimmer haben Sie eigentlich?«

»Im Moment haben wir fünfzig, in den unterschiedlichsten Größen. Vom kleinen Einzelzimmer bis zu geräumigen Suiten.«

»Und von den fünfzig Zimmern, also den eher bescheidenen, ist nicht zufällig eines frei?« Er lachte über den eigenen Scherz.

»Doch, vorhin ist eines frei geworden, das weiß ich zufällig.«

»Echt?« Pauls Augen wurden groß.

»Ein jüngeres Pärchen ist abgereist, ganz überraschend.«

»Wieso das denn?«

»Probleme mit der Schiebetür der Dusche. Sie hatte sich verklemmt, und das Mädchen saß eine Weile darin fest.« Zoe seufzte. »Und als dann auch noch der Kurs ausgefallen ist, den meine Mutter leitet, da hatten sie keine Lust mehr.«

»Ich dachte, die Yogakurse sind nur für Ältere.«

»Das versuchen wir ja gerade zu ändern. Miriams Idee war es, alles ein bisschen zu verjüngen.«

In diesem Moment sah Paul eine schwarze Katze, die sich ihnen selbstbewusst näherte und nun vor beiden stehen blieb, einmal maunzte und um Pauls Beine strich.

»Ich hoffe, Sie haben keine Katzenallergie«, sagte Zoe, »das ist Klaus, er hat beschlossen, hier seinen Lebensabend zu verbringen.«

Paul bückte sich, um Klaus in Augenschein zu nehmen. Er war vollkommen schwarz und riesig und hatte leuchtend grüne Augen, ein selten schönes Tier. »Alles gut, wir haben selber einen Kater. Wo kommt er her?«

»Das wissen wir nicht«, sagte Zoe, »er war auf einmal hier. Gott sei Dank hat sich bisher noch kein Gast beschwert, im Gegenteil, unsere Stammgäste lieben ihn, obwohl er ganz schön launisch sein kann.« Sie griff nach Pauls Arm. »Das Zimmer, ist das für Sie?«

»Äh, ja. Was soll es denn kosten?«

»Das überlege ich mir auf dem Weg dorthin.« Sie schenkte ihm ein Lächeln, und gemeinsam gingen sie los.

Zwanzig Minuten später stand Paul wieder vor der Tür des Hotels Seewald, einen altmodischen Zimmerschlüssel mit rundem Messinganhänger mit einer daraufgeprägten »21« in der Hand, und ließ den Blick über die Menschen im Park wandern. Zwei davon kannte er, und auf die hielt er jetzt zu. Johann und Ida saßen auf einer der weißen Bänke am Rande des Parks. Schweigend, beide schauten missmutig drein, als seien sie nach fünfzig Ehejahren einander überdrüssig.

»Wo warst du?«, rief Johann ihm schon von Weitem zu, »hast du was herausgefunden?«

»Dies und das. Und ihr?«

Johann machte eine abwägende Handbewegung, Ida eine wegwerfende.

»Ich sehe schon, ihr seid ein prächtiges Team«, sagte Paul

und freute sich, dass den beiden offensichtlich die Lust am Ermitteln schon wieder vergangen war.

»Der Hausmeister, Ebbe Harmsen«, Johann hob den Zeigefinger, »den kennst du doch, er wohnt neben Frau Rossi und grüßt nie. Also der kam gerade hier vorbei und hat gemeint, dass alles ganz schön verdächtig ist hier. Vor allem, weil es immer wieder Streit gibt.«

»Den dürfen Sie nicht beachten«, warf Ida ein, »für den ist alles in der Welt verdächtig, und alle Menschen sind gemein. Außer er selbst natürlich.«

»Streit zwischen wem?«, hakte Paul nach.

»Na, zwischen Mutter und Tochter Sundberg.«

»Ah, soso. Und hat er auch gesagt, worüber?«

Die beiden schüttelten die Köpfe.

»Ich fürchte, wir sind überhaupt nicht weitergekommen«, sagte Ida. »Ich weiß auch gar nicht, wie wir das anstellen sollen.«

Paul lächelte zufrieden. Genauso hatte er es sich erhofft. »Ganz recht, Frau Rossi. Das Ganze wird ein Missverständnis sein, das sich bald aufklären wird.«

»Na dann.« Johann ließ beide Hände auf die Oberschenkel fallen. »Fahren wir. Ich habe Hunger.«

»Gerne, ich muss ja mein Gepäck holen«, sagte Paul.

Johann wandte sich ihm fragend zu. »Gepäck? Wozu brauchst du hier Gepäck?«

»Weil ich von nun an Gast dieses wunderbaren Hotels bin.« Grinsend ließ Paul den Schlüssel vor Johanns Nase baumeln. »Ich habe ein großzügiges Zimmer mit Balkon, von dem aus ich die Ostsee hören kann. Ich werde in vier Minuten am Genueser Schiff sein und in weiteren dreißig Sekunden am Strand. Und das alles zum Schnäppchenpreis.«

»Is nicht wahr!«, entfuhr es Ida.

Johann dachte einen Moment nach, dann stand er auf und schlug Paul auf den Rücken. »Das ist mein Sohn«, rief er begeistert. »Gewissenhaft und pflichtbewusst. Und das, obwohl er Urlaub hat.« Jetzt strahlte er.

Auch Idas Gesicht hellte sich auf, nachdem sie begriffen hatte.

Paul hatte sich schon gedacht, dass die beiden die ganze Sache falsch verstehen würden. Er würde hier nicht ermitteln, sondern Urlaub machen und über seine Zukunft nachdenken. Und zwar ganz in Ruhe. Vielleicht auch an seinem Roman weiterschreiben, den er im Februar bei Johann in Havgart begonnen hatte.

»Dann sind wir doch nicht umsonst gekommen«, sagte Johann, hielt aber plötzlich inne und wandte sich schnell um. Mit einem »Auweia« stellte er den Fuß auf die Bank und fummelte an seinem Schuh herum. Dann deutete er mit dem Kopf auf einen Herrn in weißem Anzug mit weißem Hut. Sinnierend, beide Hände auf dem Rücken liegend, tief in Gedanken versunken, schritt er den Weg entlang, ohne die drei wahrzunehmen. Es war derselbe Mann, der Paul auch schon aufgefallen war.

»Teubner«, kam es leise gepresst von Johann, »Diedrich. Sitzt im Schreibkurs neben mir.«

»Das macht wenig Sinn«, sagte Paul amüsiert, »sich zu verstecken, wenn deine Begleitung es nicht tut.«

»Der kriegt sowieso nic was mit«, sagte Ida. »Lebt in anderen Sphären als unsereins.«

Paul betrachtete den Mann, und wieder streifte ihn eine unbestimmte Ahnung, die er vorhin schon gehabt hatte, als er hier angekommen war.

»Ist er weg?«, wollte Johann wissen.

»Luft ist rein«, sagte Ida.

Johann sah dem Selbstvergessenen nach. »Der ist mir nicht geheuer. Erstens, weil er immer in weißen Anzügen herumläuft. Zweitens, weil er für Alice Gedichtchen reimt.«

»Da muss ich Ihnen mal recht geben, Johann«, sagte Ida, »er ist sonderlich. Genauso wie die Albedyll. Und der Dritte, dieser Ludwig Kaspar, der ist auch komisch.«

Teubner war bereits in sicherer Entfernung, und Ida und Johann machten sich eilends auf den Weg in die andere Richtung.

»Komm, Junge, pack deine Sachen, damit du deine Arbeit hier beginnen kannst!«

Paul überhörte Johanns Aufforderung und sah dem einsamen Poeten nach. Er erinnerte ihn an … ja was? Auf jeden Fall kam es ihm so vor, als sei er aus der Zeit gefallen. Wie alles hier. Als sei Johanns Mini in Wirklichkeit eine Zeit-Raum-Maschine wie die alte Polizei-Notrufzelle aus »Doctor Who«, mit der sie in einer Zeit vor hundert Jahren gelandet waren. Rilke! Jetzt hatte er es. Rainer Maria Rilke. Hatte der nicht den Großteil seines Lebens in weißen Anzügen in der Sommerfrische Heiligendamms oder sonst wo verdaddelt, seinen zahlreichen Geliebten nachschmachtend, und dabei herzzerreißende Verse gedichtet?

Jetzt begriff Paul, was Mutter und Tochter Sundberg hier geschaffen hatten, welche Zielgruppe sie ansprachen, und das offensichtlich ziemlich erfolgreich. Dieser Garten und das Anwesen hatten zweifellos etwas Magisches. Ein Kosmos ganz für sich, besiedelt von Menschen, die alles hinter sich gelassen hatten. Die sich vermutlich keine Sorgen mehr um ihre eigene Zukunft oder die der Welt machen mussten. Alles Privatiers, die Geld übrig hatten für eine Suite auf der Insel der Glückseligen. Als er gerade losgehen wollte, sah er einen kräftigen Mann mit flachsblondem Haar den Weg entlangeilen. Paul führte Daumen und Zeigefinger in den Mund und stieß einen gellenden Pfiff aus, der die Ruhesuchenden im Park allesamt zusammenzucken ließ. Augenblicklich wurde ihm klar, dass dieses Benehmen hier nicht besonders gut ankam. Was soll's, immerhin war auch Martin Heimdahl stehen geblieben, und Paul sprintete quer über den Rasen.

»Was zum Henker machst du denn hier?«, rief Heimdahl ihm zu.

»Urlaub, was denn sonst?«

»Hier?« Heimdahl hob beide Arme, als wollte er die Welt umarmen. »In diesem Heim für betuchte Dahinsiechende?«, rief er.

»Pst!« Paul war bewusst geworden, dass sie schon zu viel negative Aufmerksamkeit erregt hatten. »Du bist wegen der verschwundenen Sundberg hier, habe ich gehört?«

Heimdahl rollte mit den Augen. »Ich weiß eigentlich nicht, was ich der Tochter sagen soll. Sie kann überhaupt keine Angaben zu ihrer Mutter machen.« Er sah sich noch einmal ungläubig um. »Und du? Was willst du hier in diesem alten Kasten? Das ist doch furchtbar. Ich würde hier noch mehr Depressionen kriegen, als ich ohnehin schon hab.«

»Wieso?«

»Weil man sein eigenes Ende fühlen kann. Es ist …« Er fingerte in der Luft herum, als wollte er nach etwas greifen. »Physisch anwesend, hängt über einem wie ein Spinnennetz. Und was das alles kostet, das ist doch bestimmt nicht billig hier.«

Paul schüttelte den Kopf. Sein Freund Martin Heimdahl hatte schon immer einen Hang zum Theatralischen gehabt, überall sah er Verdammnis und Gefahr. »Du spinnst. Ich will hier einfach nur meine Ruhe haben. Bei Johann fällt mir das Dach auf den Kopf. Und wenn ein Anruf aus Hamburg kommt, kann ich noch nicht mal in Ruhe telefonieren. Und einen Sonderpreis habe ich auch noch gekriegt. Vermutlich in der Hoffnung, dass ich mich hier ein bisschen umhöre.«

Heimdahl kratzte sich nachdenklich am Hinterkopf. »Gibt es schon was Neues?«, fragte er zögerlich, »aus Hamburg, meine ich.«

In diesem Moment sah Paul, dass Johann um die Ecke kam, um zu schauen, wo sein Sohn blieb, und ihm ungeduldig zuwinkte.

»Ich komme gleich.« Paul winkte zurück, dann ging er einen Schritt auf Heimdahl zu. »Kein Wort zu den anderen«, sagte er leise, aber eindringlich zu seinem Freund, von dem er genau wusste, dass der gerne plauderte. »Niemand weiß etwas, alle denken, ich mache Urlaub und feiere Überstunden ab.« Er trat ganz nah an ihn heran. »Ich habe ein Disziplinarverfahren am Hals, das mich den Kopf kosten kann. Im Grunde bin ich schon erledigt, aber das ist mir scheißegal, wenn nur Lilli nichts davon –«

»Jaja, ich hab's kapiert.«

»Ich warne dich!«, setzte Paul mit zusammengekniffen Augen nach.

»Jetzt muss ich aber.« Heimdahl drehte sich um und verschwand im Hotel.

Bevor Paul zum Wagen ging, sah er sich ein letztes Mal um. Rilke schritt sinnierend über das Grün, im zweiten Stock des Hotels öffnete Cecilie von Albedyll die Fensterflügel ihrer Suite und ließ den Adlerblick über die Weiten des Parks schweifen. Sie hatte ein Glas Sekt in der Hand und ihn genau im Visier. Sie lächelte nicht, verzog keine Miene.

Die Wächterin über Avalon, dachte Paul und wunderte sich sogleich, was ihm da für seltsame Gedanken durch den Kopf gingen.

Dienstag

Von den Grundmaßen her war das Wohnzimmer der Veras so groß, dass ihre eigene Wohnung locker hineinpassen würde. Die verglaste Fensterfront gab den Blick in den Garten frei, hinter dem ein schmaler blauer Streifen Ostsee leuchtete. Lilli ging langsam daran entlang und schaute hinaus, doch die Aussicht nahm sie gar nicht wahr; sie war ohnehin jeden Tag am oder im Meer. Vielmehr interessierte sie sich für die Mitglieder der Familie Vera, die an einem großen Tisch im Garten saßen. Lilli konnte Rafaels Eltern sehen, Christopher und Berit, auch Bennet war dort, Rafaels älterer Bruder, der genauso aussah wie sein Vater.

In diesem Moment stand der große, kräftige Mann auf, es war Jakob. Er war der Bruder von Rafaels Vater, und Lilli mochte ihn. Er hatte etwas Warmherziges und kümmerte sich ständig um Sofie, die behinderte Schwester. Allerdings verstand Jakob sich überhaupt nicht mit Christopher. Denn gerade stemmte Jakob die Hände auf den Tisch und sah seinen Bruder drohend an, dann sagte er laut irgendetwas wie: »Es kotzt mich so an … kannst du nicht *ein Mal* …«

Lilli konnte nicht alles verstehen, obwohl die Türen zum Garten geöffnet waren. Sie seufzte. Auch hier gab es also Probleme, genauso wie bei ihnen selbst. Konnte es nicht eine Familie geben, bei der alles ruhig und entspannt ablief? Dann sah sie, dass Jakob mit großen Schritten über den Rasen stapfte, den Rollstuhl der Schwester vor sich herschob und ziemlich sauer aussah. Rafaels Opa Henrik stand auf und ging hinter den beiden her. Christopher hingegen blieb mit ausgestreckten Beinen am Tisch sitzen, steckte sich eine Zigarette an und schaute unbeteiligt in die Gegend, als ginge ihn das alles nichts an. Rafaels Vater wirkte im Gegensatz zu Opa Henrik wie ein langweiliger Kleinbürger. Diesen Ausdruck benutzte Opa Johann oft. Auch seinen eigenen Sohn Paul steckte er gerne mal in diese Kategorie.

Lilli wandte sich ab und schlenderte durch den Raum. Er sah nicht aus wie ein Wohnzimmer, in dem alte Leute wohnten. Er war hell und freundlich, nur wenige Möbel standen hier, aber die wirkten ausgesucht und teuer, Altes mit Neuem gemischt. Besonders aufgeräumt war es nicht, überall lag etwas herum, Zeitungen, Bücher, eine Gitarre neben dem Sofa.

Sie stellte sich vor, wie es sein musste, in dieser Familie zu leben, deren älteste Mitglieder sich nicht im Geringsten an gesellschaftliche Umgangsformen zu halten schienen. Sie dachte kurz an Johann. Irgendwie pfiff der auch auf die Regeln. Aber anders. Und kiffen würde der vielleicht auch, wenn er die Gelegenheit hätte. Und sei es nur, um Paul zu ärgern. Und unordentlich war der auch, viel, viel schlimmer als die Veras.

Sie blieb an der Wand stehen, an der eine gerahmte Fotografie im Posterformat hing. Sie zeigte einen Mann mit halblangen Haaren, der eine runde Sonnenbrille trug und genauso breite Koteletten hatte wie Rafaels Opa Henrik. Er stand neben einer Frau, hatte seinen Arm um ihre Schulter gelegt, und beide lachten in die Kamera. Unten stand mit einem dicken schwarzen Stift geschrieben »Bridge School, 96«, dahinter ein Gekrakel. Dass Alice Vera dort stand, erkannte Lilli gleich. Die Frau schien seither nur wenig gealtert zu sein, sie war auf dem Foto genauso hübsch wie heute. Groß, schlank, schulterlanges blondes Haar, der gerade lange Pony tief über den schwarz geschminkten Augen. Der Mann schien berühmt zu sein, sonst würde das Bild nicht hier hängen. Und dieses Gekrakel war bestimmt ein Autogramm. Erst jetzt sah Lilli im Hintergrund die großen Räder eines Rollstuhls, also hatte es irgendetwas mit dieser Sofie zu tun, der Schwester von Christopher und Jakob, schloss sie.

Rafael kam durch den Raum geschlurft und brachte Lilli eine eiskalte Cola mit.

»Deine Großeltern haben es echt klasse hier.« Lilli nahm die Flasche entgegen. »Und dein Opa ist ein echter Freak.«

»Deiner nicht?«

Lilli dachte darüber nach. »Auf seine Art irgendwie schon. Aber ein Hippie ist er nicht, glaube ich.«

»Das ist Henrik definitiv. Und seine Söhne sind Spießer.« Rafael rollte mit den Augen. »Ich weiß nicht, wie er das verkraftet.«

Lilli deutete auf die Fotografie. »Wer ist der Mann da auf dem Bild?«

»Neil Young«, sagte Rafael. »Alice hat ihn mal getroffen.«

»Ist der berühmt?«

»Klar, ein kanadischer Musiker, lebt aber in den USA. Noch nie von dem gehört?«

Der Name kam Lilli tatsächlich bekannt vor, aber sie verband nichts damit. »Kann schon sein«, sagte sie. »Lebt der denn noch?«

»Ja, müsste so in Henriks Alter sein, Mitte siebzig. Meine Großeltern haben alle Platten von ihm, der macht coole Sachen. Ist mit Pearl Jam aufgetreten. Und Kurt Cobain hat einen Song von Young in seinem Abschiedsbrief zitiert.«

»Kurt Cobain von Nirvana, oder?« Lilli war froh, dass ihr wenigstens einer dieser Namen etwas sagte, auch wenn sie von Nirvana nur »Smells Like Teen Spirit« kannte und noch ein paar andere Songs, nicht aber deren Titel.

»Jip. Der sich später die Birne weggeschossen hat.« Rafael zeigte mit zwei Fingern an seine Schläfe. »Ich steh total auf Nirvana.«

»Und warum hat Alice sich mit Neil Young getroffen? Sie ist doch Schriftstellerin und keine Musikerin.«

»Aber sie hat ein behindertes Kind.«

Lilli zuckte mit den Schultern. »Und? Verstehe ich nicht.«

»Young hat zwei behinderte Kinder, beide Söhne. Er hat zusammen mit seiner Frau eine Schule gegründet, die solchen Kindern hilft, eine Ausbildung zu machen und so. Er organisiert Benefizkonzerte und sammelt Geld für die ganze Sache.« Rafael deutete auf das Foto. »Bridge School, da steht es. Alice war 1996 da. Ich glaube, sie war wegen eines ihrer Bücher in den Staaten und hatte dort von dieser Schule gehört. Sie hat gleich

Kontakt zu Young aufgenommen, und der hat sie eingeladen. Irgendwie so, weiß nicht genau.«

»Du weißt aber gut Bescheid. Über deine Großeltern, meine ich.«

»Bin ja oft genug hier.« Rafael stopfte beide Hände in die Hosentaschen. »In den Ferien eigentlich immer.«

Lilli betrachtete die lachenden Gesichter auf dem Foto und fragte sich, wie Eltern wohl zumute war, wenn eines ihrer Kinder oder wie bei diesem Musiker gleich zwei behindert waren. Wie wohl der Moment war, in dem sie es erfuhren. Neil Young lachte so breit in die Kamera, aber wie war ihm zumute gewesen, als er es erfahren hatte? Er war doch sicher am Boden zerstört. Dann lieber erst gar keine kriegen, schoss es ihr sogleich durch den Kopf. Überhaupt konnte sie es sich nicht vorstellen, Kinder aufzuziehen. Was sie im Moment jeden Tag am Strand sehen und hören musste, war derart nervtötend, dass sie sogar froh war, keine kleineren Geschwister zu haben. Ihre Eltern waren beide noch nicht alt, und sie dachte mit Schrecken daran, was wäre, wenn Paul und Anna sich plötzlich wieder vertragen und ihr mit strahlenden Gesichtern verkünden würden: »Du bekommst ein Geschwisterchen, ist das nicht wunderbar?« Das wäre der größtmögliche Alptraum, schlimmer noch als Akne oder Sitzenbleiben.

Rafael hatte sich auf eines der weißen Sofas fallen lassen und schaute Lilli an. Er bemerkte, dass sie sich wirklich dafür zu interessieren schien.

»Was ist eigentlich mit Sofie? War sie von Geburt an so?«

Rafael schüttelte den Kopf. »Nee, das ist passiert, als sie klein war.«

»Was ist passiert?«

»Es war so was wie ein Unfall, glaube ich. Sie hat keine Luft mehr gekriegt, ein Asthmaanfall oder irgendwie so was, keine Ahnung.«

Lilli hatte auch Asthma, leichtes zwar nur, aber manchmal merkte sie es, zum Beispiel in den letzten Tagen, wenn es beim

Surfen richtig anstrengend war, da hatte sie tatsächlich Atemprobleme. Deshalb inhalierte sie vorher immer ihr Spray, das Anna ihr eingepackt hatte. Rafael hatte das einmal gesehen, obwohl sie es vermied, dass andere es mitbekamen; sie hatte keine Lust auf Erklärungen.

»Du hast auch Asthma, oder?«, fragte der auch prompt.

»Nur ein bisschen, ist nicht schlimm. Aber das mit Sofie, das ist … das ist ja schrecklich.«

»So kann's gehen, wenn dein Gehirn zu lange nicht mit Sauerstoff versorgt wird. Ziemliche Scheiße.« Er stand vom Sofa auf. »Aber es gibt hier genug andere Leute, deren Gehirne auch zu wenig Sauerstoff abgekriegt haben. Ohne Asthma.«

Lilli lachte. »Meinst du jemand Bestimmten?«

Rafael stand am Fenster und schaute in den Garten. Bis auf Bennet und Christopher, der jetzt telefonierte, waren alle anderen weg. »Haben die sich schon wieder in die Haare gekriegt. Echt, das ist so nervig. Wenn mein Vater und Jakob zusammentreffen, gibt es jedes Mal Krach. Und irgendwann mal auch Tote.«

Lilli sagte nichts dazu. Sie wollte sich auf keinen Fall in die offensichtlich problematische Konstellation der Veras einmischen.

Plötzlich packte sich Rafael an den Kopf. »Ach so, jetzt weiß ich, warum hier so miese Stimmung ist. Bestimmt wegen dieser Feier.«

»Welche Feier?«

»Meine Großeltern müssen ihre goldene Hochzeit feiern«, sagte Rafael.

»Müssen?« Lilli sah ihn belustigt an. »Wieso müssen?«

»Weil die beiden absolut keine Lust darauf haben. Die sind Hippies, verstehst du? So echte. Wie damals, die haben sich nie angepasst.« Er überlegte kurz. »Wie Neil Young. Für die ist das total spießig. ›So was machen Rentner im graubeigen Rentnerlokal‹, hat Henrik gestern noch gesagt und sich geschüttelt. Aber mein Vater hat sie irgendwie rumgekriegt. Und Henrik und Alice haben gesagt, sie feiern nur hinten am Strand, sonst gar nicht.« Rafael seufzte. »Familientreffen«, sagte er und schaute Lilli resigniert an. »Ist das bei euch auch so anstrengend?«

»Nee, wir sind ja nicht so viele wie ihr. Es sind nur meine Eltern, die, na ja, sich gerade nicht so toll finden. Ansonsten geht's eigentlich.« Sie dachte an Johann und daran, dass er zwar sehr speziell war und nerven konnte, aber im Grunde nur seine eigenen Sachen im Kopf hatte und froh war, wenn man ihm seine Ruhe ließ. »Aber im Moment ist es tatsächlich ganz entspannt. Mein Opa hat mit seinem Schreibkurs zu tun, und mein Vater hat sich in diesem Beerdigungshotel einquartiert«, sie deutete hinter sich, »im Seewald.«

»Ernsthaft? Das soll *mein* Vater umbauen. Und Alice gibt da die Kurse.«

»Unsere Familien haben sich ganz schön verknotet mittlerweile.« Sie musste darüber lachen. »Auf jeden Fall findet's *mein* Vater richtig klasse. So kann er wenigstens in Ruhe Urlaub machen, sagt er. Und ich auch. Ich habe quasi Opas Haus für mich alleine.«

»Ja, das ist gut.« Rafael starrte in den Garten. »Keine Ahnung, wie die das noch eine Woche miteinander aushalten wollen. Ich seil mich auf jeden Fall bis dahin, so gut es geht, hier ab.«

»Ich bin dabei«, entgegnete Lilli, und die beiden stießen mit ihren Flaschen an. Dann fiel Lilli etwas ein. Sie öffnete ihre Umhängetasche und zog ein Kartenspiel heraus. »Tatatata!«, sang sie. »Ich habe tatsächlich ein ganz aktuelles gefunden. Bei Johannsen in Oldenburg.«

»Zeig her.«

»Nicht hier«, sagte Lilli. »Lass uns runter an den Strand gehen, hier stellt sonst noch jemand blöde Fragen. Dein Bruder zum Beispiel. Der würde sich nur über uns lustig machen.«

»Das wird ihm bald vergehen.«

»Stimmt«, sagte Lilli, und beide grinsten sich an.

***

»Und da heute unser letzter gemeinsamer Tag ist, möchte ich Sie bitten, Ihre Texte einer schönen Erinnerung vorzutragen, die Sie in der letzten Woche verfasst haben. Die hatten wir uns ja für das Finale aufgespart.« Alice Vera schaute lächelnd in die Runde und nahm an ihrem Tisch Platz.

Johann fand, dass sie heute besonders hinreißend aussah. Sie trug eine schwarze Caprihose, dazu ein schwarzes Shirt, das ihre anmutige Figur betonte und ihn an die sechziger Jahre erinnerte. Auch wegen des weißen Tuchs, mit dem sie sich die weißen Haare zurückgebunden hatte. Wenn er nicht wüsste, dass sie im März siebzig geworden war, er hätte sie dreißig Jahre jünger geschätzt, na ja, zwanzig. Sie war eine Augenweide, und er wusste wieder, warum er sich überhaupt zu diesem Kurs durchgerungen hatte.

Die Teilnehmer richteten sich auf, alle hatten die Blätter sorgsam vor sich liegen und warteten, wen Alice als Ersten auswählen würde. Ida Rossi, die wieder neben Johann saß, rutschte auf ihrem Stuhl herum, und es fehlte nicht viel, dass sie, wie früher in der Schule, den Arm hob und dabei wild mit den Fingern schnippte. Johann spürte förmlich ihren Drang, unbedingt als Erste vorlesen zu wollen.

Alice musste lachen. »Ida, ich sehe schon, du platzt ja förmlich, dann fang doch einfach an.«

Ida Rossi hatte sich für den letzten Tag des Kurses besonders hübsch angezogen, sie trug ein mit großen Blumen bedrucktes Sommerkleid, das ihrer kleinen und runden Figur etwas Leichtigkeit gab. Unterstrichen wurde das Ganze von einer Sonnenblume, die als Spange im Haar klemmte. Johann musste an eine Süßigkeit denken, die bei ihm auf der Küchenanrichte lag und die Lilli gekauft hatte. In buntes Glitzerpapier eingewickelte Schokoladenkugeln, die man immer mit einer leichten Vorfreude auspackte. Leider waren sie vegan.

Ida straffte ihren Rücken, räusperte sich, nahm die handbeschriebenen Bögen auf und begann zu lesen. Sie hatte über das italienische Restaurant »Amadeos« geschrieben, das ihre Eltern

Amadeo und Irene in Hohwacht betrieben hatten, und fand recht elegant den Übergang zu dem großen Fest, das damals stattgefunden hatte.

»In der letzten Woche habe ich Ihnen ja bereits von dem Fest am Strand vorgelesen, unserem Ferragosto, das die Italiener so groß feiern. Sie erinnern sich?« Ida schaute in die Runde, als würde sie das Wissen der Anwesenden abfragen.

»Das war doch Mariä Himmelfahrt, wenn ich mich recht erinnere«, sagte Johann.

»Ganz richtig erkannt, mein Herr.« Dann fuhr Ida mit ihrem Text fort. »Das war 84, und in diesem Jahr feierte meine Nichte Peppina-Sofia ihren achtzehnten Geburtstag. Kein Wunder, dass wir dieses Fest besonders groß feierten. Das Wetter präsentierte sich in bester Manier, und alle waren fröhlich und ausgelassen. Unser Vater hatte gemeinsam mit meiner Mutter, Onkel Giacomo, Tante Rosalia und Cousine Fiorella tagelang in der Küche gestanden und das opulenteste Festmahl aller Zeiten vorbereitet. Und um Mitternacht begann das Feuerwerk, das Beppo und Nunzio ...«, sie schaute kurz auf, »das sind zwei meiner Brüder, also die haben das alles vorbereitet. Es war ein Spektakel der Farben, ein Fest für die Sinne.«

Sowohl alle Teilnehmer als auch Alice lauschten Ida aufmerksam.

»Alle sind sie gekommen«, las Ida weiter, »zeigte sich doch, dass unsere kleine Gemeinde zusammengehört. Auch Alice und Henrik waren da. Und das Schönste war, dass Peppina-Sofia endlich offiziell ihren heimlichen Geliebten Fabiano vorstellen konnte. So verliebt, Hand in Hand am Strand, umrahmt von funkelndem Feuerwerk vor dunklem Himmel, als käme es direkt aus ihren Herzen.«

Ojemine, dachte Johann und musste an die Groschenheftchen denken, die im Supermarkt an der Kasse standen und von denen Ida bestimmt bei jedem Einkauf eins mit aufs Band legte, aber er stimmte anstandshalber in den Applaus der anderen mit ein.

»Wunderbar, Ida«, sagte Alice, »ich danke dir für deinen schönen Text. Deine Erinnerungen würden für eine Biografie ausreichen, so präzise hast du alles beschrieben, wirklich großartig.«

Idas ohnehin immer rosafarbene Bäckchen wechselten in ein warmes Rot, und sie lächelte verlegen. »Danke, ich werde mal drüber nachdenken.«

Nach dem Ende der letzten Kursstunde hielten sich die Teilnehmer wie üblich noch ein wenig in der Bibliothek und im Hotelgarten auf. Jakob hatte Laugenbrezeln, diverse Knabbereien, Sekt und Orangensaft bereitgestellt, damit die Kursteilnehmer den letzten Tag noch ein wenig genießen und sich dann verabschieden konnten.

In diesem Moment sah Jakob auf und zwinkerte Ida zu, was Johann nicht entging. »Er scheint Sie zu mögen, Ida.«

»Jakob ist so ein guter Junge und so attraktiv«, sagte Ida und seufzte. »Ach, wäre ich nur dreißig Jahre jünger, dann wären alle Weibsbilder bei ihm chancenlos.«

»Oha«, entfuhr es Johann, »Sie sind ja noch draufgängerischer, als ich dachte.« Beinahe wäre ihm »als ich befürchtet habe« herausgerutscht. Er betrachtete Jakob, der sich mit einer Dame aus dem Kurs unterhielt. »Er hat doch bestimmt eine Freundin, oder? So gut, wie der aussieht.«

»Ich könnte mir vorstellen, dass er und Zoe Lauritzen sich gut verstehen.« Sie drehte die Hand wie einen Fächer in der Luft. »Man hört hier was, sieht da was. Ich glaube, Jakob ist ein Romantiker.« Sie biss ein großes Stück Laugenbrezel ab. »Das sind große, kräftige Männer mit Bart immer«, fügte sie mit vollem Mund hinzu.

»Eine romantische Ader haben Sie aber auch«, sagte Johann zu Ida Rossi und reichte ihr ein Glas Sekt. »Das hat uns eben Ihre Geschichte verraten.«

Ida hob verschmitzt die Schultern. »Ich gestehe, ich habe ein bisschen geschummelt, ich habe jemanden über den Text schauen lassen, ich hatte Angst, da sind zu viele Fehler drin, also im Ausdruck, meine ich.«

emons: Tel. 0221-56977-0 · info@emons-verlag.de

Bitte senden Sie mir das aktuelle Verlagsprogramm zu

Ich möchte den Newsletter von emons: per E-Mail erhalten

Ich habe Interesse an Krimis aus folgender Region:

 Besuchen Sie uns auch auf www.facebook.com/EmonsVerlag

Name

Straße

PLZ/Ort

E-Mail

emons: **verlag**
Cäcilienstraße 48

50667 Köln

»Ich verrate nichts.« Johann dachte daran, dass er sich eigentlich auch ein bisschen mit der Rechtschreibung beschäftigen wollte, aber nun war der Kurs ja ohnehin vorbei. »Lesen Sie eigentlich viel?«

»Oh ja, am liebsten Bücher über Gefühle, Sehnsucht, Hoffnung. Am Ende müssen sie sich auf jeden Fall kriegen, das ist ganz wichtig.«

»Also ich lese lieber Krimis, das ist handfester.«

»Großer Gott, nein!«, rief Ida aus. »All die Toten und das Blut. Am schlimmsten ist ja das Erstechen oder das Kehle-Aufschneiden. Ertränken in der Badewanne ist auch schrecklich.«

Immer noch besser als schmalztriefende Schmonzetten mit muskulösen Schönlingen, dachte Johann. Er sah diese Art von Heften immer im Internet und stellte sich dann vor, dass die sich bestimmt auch die Brust und den Intimbereich rasierten, und ihn schauderte es bei diesem Gedanken. Er musste wohl eine Grimasse geschnitten haben, die Ida bemerkt hatte.

»Genau, das ist doch grauenhaft. Die Welt ist doch schon so schlecht, warum soll ich dann auch noch darüber lesen? Es gibt auch Geschichten, wo die Leichen zerstückelt und einzeln verpackt mit dem Paketdienst verschickt werden. Stellen Sie sich das mal vor. Sie machen nichts ahnend ein Päckchen auf, weil Sie denken, es ist die Natur-Schrundencreme, die Sie bestellt hatten, und da liegt dann ein Fuß drin.« Sie schüttelte sich.

»Passt immerhin zur Schrundencreme«, erwiderte Johann. »Aber nein, das ist wahrlich nicht angenehm, da gebe ich Ihnen recht.« Johann musste lächeln. »Aber dafür, dass Sie Krimis verabscheuen, haben Sie eine recht lebhafte und originelle Vorstellung von Gewaltverbrechen.«

»Mag schon sein, so ist das Leben halt. Es ist sowieso viel schlimmer, als es ein Krimi je sein könnte. Denken Sie nur an die schlimmen Ereignisse vom Winter.«

Johann nickte. Er erinnerte sich nur zu gut an den Februar, als Paul zu Besuch war, um ihm einige Dinge im Haus zu reparieren. Es hatte damit geendet, dass er von der Leiter fiel und sich die Ferse brach. Als hätte ihnen das nicht genug Ärger eingebracht, gab es dann noch dieses schreckliche Verbrechen. Es war ein fürchterliches Durcheinander, was dann losgegangen war. Johann hatte gedacht, er hätte sich an ein ruhiges Fleckchen zurückgezogen, doch es stellte sich heraus, dass er sich in dieser Annahme getäuscht hatte. Bei dieser Gelegenheit war ihm dann auch Ida Rossi begegnet. Dass sie eine schwer zu knackende Nuss war, war Johann sofort klar gewesen.

Aber er hatte sie doch geknackt, denn jetzt standen sie beide auf der Terrasse und schauten in den sonnigen Park des Hotels hinaus. Auch Alice Vera stand dort, im Gespräch mit zwei älteren Damen aus dem Kurs.

»Da wird sie bald ihren fünfzigsten Hochzeitstag feiern, mit einem Mann, den sie noch genauso liebt wie in der Hochzeitsnacht.« Ida seufzte und trank einen Schluck Sekt.

Johann bemerkte, dass sie ganz melancholisch aussah. Bestimmt machte sie dasselbe Gesicht, wenn sie ihre Liebesheftchen las und die Liebenden nach einer Achterbahnfahrt der Gefühle endlich zueinanderfanden. »Ja«, seufzte er, »ein Leben wie in einem blumigen Roman.«

»Alice lebt ihre eigenen Geschichten, das ist so schön, dass ich heulen könnte.«

Johann warf ihr einen verstohlenen Blick zu. Hatte die etwa ein Schluchzen unterdrückt? Bloß nicht, dachte er, mit so was konnte er gar nicht umgehen. Also wandte er sich Ida zu, stieß mit ihr an und reichte ihr seinen Arm. »Lassen Sie uns zu den anderen gehen und Gott danken, dass dieser Kappes hier endlich vorbei ist.«

Ida wirkte empört, erwiderte aber nichts, sondern folgte ihm. Vermutlich war sie ganz gefangen von der immerwährenden Liebesromanze ihrer Helden Alice und Henrik und wollte sich das Gefühl noch ein wenig bewahren.

Mittwoch

Mitten in der Nacht war Paul aus dem Schlaf hochgeschreckt. Es dauerte eine ganze Weile, bis er begriff, wo er war. Nicht mehr in der Kammer seines Vaters, sondern in seinem Zimmer im Hotel Seewald. Er richtete sich auf und schaute sich verwirrt um. War das ein Knall gewesen? Er stieg aus dem Bett und horchte. Die Balkontür war angelehnt, und von draußen kam undeutliches Gemurmel herüber. Vermutlich diese Cecilie von Albedyll und ihre beiden Begleiter, die ständig bei ihr waren. Was die wohl im Zimmer der Alten machten? Irgendwie fand Paul es seltsam, dass man sich in einem Zimmer traf. In der Regel war doch eher die Lobby ein Treffpunkt als das eigene Zimmer.

Er schaute auf die Uhr, es war halb zwei, und er fühlte sich plötzlich hellwach. Leise ging er auf den Balkon hinaus. Mehrere Stimmen redeten durcheinander, einmal fiel der Name »Talati«. Natürlich war das Verschwinden der Frau hier Thema Nummer eins.

Paul hatte noch einmal mit Zoe Lauritzen gesprochen. Den ganzen Nachmittag war sie herumgefahren und hatte die wenigen Leute besucht, die Miriam kannte, in der Hoffnung, sie wüssten etwas über den Verbleib ihrer Mutter, aber dem war nicht so. Bevor er dann auf sein Zimmer gegangen war, hatte er mit Lilli telefoniert, um zu hören, ob bei ihr und Johann alles in Ordnung war, dann hatte er Martin Heimdahl angerufen.

»Soso, jetzt schaltest du dich also doch ein«, hatte der geantwortet. »Riechst du da was Faules?«

»Ich weiß nicht so recht. Aber ich habe tatsächlich das Gefühl, dass da was nicht stimmt.«

»Seit wann wird sie noch mal vermisst?«

»Sonntagnacht wurde sie zum letzten Mal gesehen. Von einem Gast hier im Hotel. Sie lief im Sturm draußen herum, so gegen halb zwölf.«

»Ich komme morgen noch mal raus, wenn's dich beruhigt«, hatte Heimdahl müde erwidert. Vermutlich hatte er wieder einmal nach Feierabend an seinem Haus am Graswarder gewerkelt, das sich Heimdahls Meinung nach bald ganz in seine Bestandteile auflösen würde, weil die feuchte, salzhaltige Luft ihm zusetze. Sein Dauerthema.

Auf dem Nachbarbalkon fiel prompt der Name Sundberg, dann wurde eine der Stimmen lauter, jemand war durch die Tür auf den Balkon getreten. Paul wich zurück und wollte sich in den Rattansessel setzen, doch er hielt inne. Der war so morsch, dass er bestimmt ein lautes Knirschen von sich geben würde. Gläser wurden gegeneinandergestoßen, dann war der Knall wohl ein Sektkorken gewesen. Einer der Männer, Paul war sich jetzt sicher, dass es zwei waren, gab eine Art Toast aus, von dem Paul nur »verbieg dir die Gräten und fahr zur Hölle« verstand. Allerdings war er sich bei Letzterem nicht sicher, weil der Redner sich mitten im Satz abgewandt hatte. Wieder Gläserklingen, jemand lachte leise, und die Albedyll sagte: »Sieg auf ganzer Linie … muss ich Arthur erzählen … wird erleichtert sein.« Dann klapperte die Balkontür, sie waren wieder ins Zimmer gegangen.

Paul blieb noch einen Moment draußen und dachte über das soeben Gehörte nach. Waren dies lediglich bissige Kommentare zum Verschwinden von Miriam Sundberg, oder wussten sie etwas? Und wer war dieser Arthur? Er würde sich ab morgen intensiver mit ihnen beschäftigen müssen. Aber er musste auf der Hut sein, denn Cecilie von Albedyll war gewieft. Wenn er sie ganz plump ausfragen würde, käme er bei ihr nicht weiter. Er würde auf jeden Fall ein Auge auf seine Zimmernachbarn haben.

✳✳✳

Nichts an diesem frühen Morgen glich dem von vor fünfzig Jahren. Alice war schon bei Morgengrauen erwacht und hatte lange den Vögeln gelauscht, die sich zu einem gemeinsamen Konzert verabredet zu haben schienen. Selten hatte sie den fröhlichen und kraftstrotzenden Gesang so intensiv empfunden. Vielleicht war sie aber auch übermäßig sensibel, wie an den Tagen davor auch schon. Sie hatte eine Empfindlichkeit an sich wahrgenommen, von der sie gar nicht sagen konnte, ob sie ihr guttat oder nicht. Es fühlte sich an wie ein gedämpftes Surren. Wie von etwas, das unter der Oberfläche des Eises herumirrte, aber keine Öffnung fand.

Die Sonne stand im Osten an einem Himmel, der schon jetzt tiefblau war. Henrik war im Morgengrauen zum Brandungsangeln aufgebrochen, weil er für den Abend frischen Fisch auf den Grill legen wollte. Auch Christopher war früh losgefahren, weil er eine geschäftliche Verabredung hatte. Rafael und Bennet würden bis mittags schlafen, und Jakob und Sofie waren am Strand.

Alice war allein in ihrem Arbeitszimmer, hatte die Tür zum Garten geöffnet und saß vor dem alten Sekretär, um sich die alten Kalenderbücher anzuschauen. Sie war schon seit Tagen immer tiefer in die Vergangenheit gerutscht; ihr fielen Dinge ein, die längst vergessen schienen, aber plötzlich so gestochen scharf vor ihr auftauchten, als wären sie gestern erst passiert.

Die Erinnerung ist ein seltsames Vehikel, dachte Alice, während sie wahllos ein Kalenderbuch aus mehreren Reihen herauszog und es aufschlug. Wie viele Lesungen ich zu der Zeit gegeben habe, dachte sie. 1984 war ihr erfolgreichstes Buch, »Die Geister von Vetlanda«, erschienen, was viele Lesereisen nach sich gezogen hatte, Einladungen zu Talkshows und zu Radiosendungen, Wohltätigkeitsveranstaltungen und so weiter. Und dann die vielen Reisen nach Schweden, die ihr besonders gut im Gedächtnis geblieben waren. Dort hatte sie viele Auftritte mit einer Schauspielerin gehabt, die aus dem ins Schwedische übersetzten Buch las.

Alice lehnte sich zurück. Es waren sehr intensive Zeiten gewesen. Um die drei Kinder kümmerte sich Henrik, der eine

Auszeit genommen hatte. Wer mehr verdient, arbeitet weiter, der andere bleibt zu Hause, war ihre Abmachung gewesen, als Christopher 1977 geboren wurde. Und das klappte auch einigermaßen gut. Natürlich war es ziemlich chaotisch, wenn Alice nicht da war, aber zu dieser Zeit hatte sie noch das blinde Urvertrauen in sich getragen, dass alles irgendwie funktionieren würde. Und wenn Henrik den Überblick verlor, war Ida zur Stelle. Sie war mit festen Schritten anmarschiert gekommen, hatte die Ärmel hochgekrempelt, Henrik beiseitegeschoben mit den Worten: »Steh nicht im Weg rum!«, und hatte getan, was zu tun war.

Alice las jetzt die Einträge der zahlreichen Lesereisen, die sie unternommen hatte, und merkte dabei, dass die Anspannung nachließ, je mehr Vergangenes sie in ihr Leben zurückholte. Wieder kam ihr die Vorstellung von dem Kreis, in dem sie zusammen mit den Ereignissen und den Figuren ihres Lebens umherwirbelte. Nur dass sie selbst sich langsam immer deutlicher aus diesem Kreis herauslöste.

Mitten beim Blättern hielt Alice inne, dachte einen Moment nach, dann blätterte sie noch einmal zurück. Sie war auf der Suche nach einem ganz bestimmten Datum, einem, das ihr schon seit Tagen im Kopf herumspukte. Sie überflog eine Seite nach der anderen, bis sie es gefunden hatte. Das kann nicht sein, dachte sie, das muss ein Irrtum sein. Sie spürte, wie dieses Surren lauter wurde. Ihr schien es mit einem Mal, als hätte dieses unbestimmte Gefühl, das die ganze Zeit unter der Oberfläche geblieben war, eine winzige Öffnung gefunden.

※※※

Als Paul gegen zehn den Frühstücksraum betrat, der im Hotel »Salon« genannt wurde, war bis auf ein altes Pärchen niemand mehr da. Die anderen hatten ihr Frühstück vermutlich bereits um sieben Uhr hinter sich gebracht. Gott sei Dank war das Büfett noch nicht abgeräumt, und er lud sich einen Teller voll mit Rührei, einen zweiten mit Brötchen, Käse und Wurst; er hatte einen Riesenhunger.

Das Ehepaar musterte ihn ungeniert, während er an einem Tisch am Fenster Platz nahm, auf dem ein Kärtchen mit einer »21« stand. Er trank gerade einen Schluck Kaffee, als er Martin Heimdahl durch die offene Tür in der Lobby erblickte. Er kam, wie immer, hereingestürmt, blieb stehen, sah sich um, entdeckte Paul und hielt auf ihn zu. Heimdahl wirkte immer so, als habe er niemals Zeit. Sein helles Haar war durcheinander, er sah müde und gehetzt aus.

»Guten Morgen, du Möchtegern-Frührentner«, rief Martin Heimdahl schon von Weitem, ohne Rücksicht auf die beiden Alten zu nehmen, die zusammengezuckt waren. Dann zog er sich einen Stuhl heran, setzte sich und zeigte auf eines der Brötchen. »Ich habe noch nichts gegessen, ich kollabiere gleich.«

Paul schob ihm den Teller hin, und Heimdahl biss in das Brötchen, schloss die Augen und stöhnte genüsslich auf. Kauend musterte er sein Gegenüber. »Dein Handy ist aus«, nuschelte er.

»Ich bin gerade erst aufgestanden. Was ist denn los? Stress?«

»Furchtbar. Emma hat Urlaub, und du weißt doch, wie das in der Hochsaison ist. Ist ja nicht so, dass die alle nur brav am Strand liegen. Party und Sauferei ohne Ende.«

»Da kann ich ja froh sein, dass ich in Hamburg arbeite«, entgegnete Paul, »die sind da alle ganz lieb.«

»Wir sind an den Strand gerufen worden, weil Urlauber eine Leiche auf dem Wasser gesehen haben.«

»Wo?«

»Weißenhäuser Strand, ziemlich weit draußen.«

»*Auf* dem Wasser, sagst du?«

»Ja, da waren ein paar ganz Mutige, die sind mit dem Boot raus, haben aber nichts gefunden. Und kaum waren sie an Land, tauchte sie wieder auf.« Heimdahl zog sein Smartphone aus der Hosentasche, suchte etwas und schob es Paul zu.

Paul zoomte das schwimmende Objekt heran. »Hm, könnte tatsächlich ein Mensch sein. Ein guter Schwimmer vielleicht?«

»Die Leute haben weiträumig den Strand beobachtet. Morgens war da nichts los, und es ist niemand rausgeschwommen.«

Paul sah Heimdahl jetzt aufmerksam an. »Meinst du, es könnte sich um … du weißt schon.« Er warf einen kurzen Blick zum Nachbartisch und sah, dass sich beide hinter ihre Ohren griffen, vermutlich stellten sie die Pegel ihrer Hörgeräte auf vollen Empfang.

»Möglich. Die Tochter, also die Lauritzen, die hat mir erzählt, dass ihre Mutter jeden Tag am Weißenhäuser Strand schwimmt, morgens und abends.« Heimdahl griff nach Pauls Kaffeetasse und trank sie in einem Zug leer. »Kaffee hatte ich auch noch keinen. Ich werd bescheuert ohne Koffein, 'tschuldigung.«

Paul dachte darüber nach, und er hoffte, dass es sich nicht wirklich um Miriam Sundberg handelte. Er fuhr sich dabei durch die Haare. Sie waren genauso strubbelig wie die von Heimdahl, und ihm fiel ein, dass er zwar geduscht und sich die Haare gewaschen, sie aber nicht gekämmt hatte, weil er seinen Kamm bei Johann vergessen haben musste. Außerdem waren die Haare noch feucht.

Heimdahl schaute sich um. »Meinst du, du kannst mir noch einen Kaffee besorgen?«

Paul stand auf, füllte für sich und Heimdahl je einen großen Pott und brachte noch zwei Brötchen mit Aufschnitt mit. Er wusste, wie das war, wenn man früh an einen Tatort gerufen wurde, ohne vorher gegessen zu haben. Andererseits konnte Heimdahl eigentlich immer essen.

»Jetzt können wir nur beten, dass es nicht *du weißt schon wer* ist.« Heimdahl schaute betrübt drein. »Das würde mir für ihre Tochter echt leidtun. Ich hasse es, netten Menschen schlimme Nachrichten zu überbringen. Ich werde mich nie daran gewöhnen. Bin dann immer total fertig.«

»Ich weiß, du bist halt ein Sensibelchen.« Paul nickte gedankenverloren. »Noch musst du ihr gar nichts sagen. Aber mal was anderes, hat Zoe Lauritzen dir von dieser Bemerkung ihrer Mutter erzählt?«

»Du meinst, dass die Mutter konkrete Pläne hatte, von denen die Tochter nichts wusste?«

»Ja, genau.«

»Hat sie.« Heimdahl packte sich drei Scheiben Mortadella auf das Brötchen. »Omawurst«, sagte er und biss hinein, »habe ich ewig nicht gegessen. Meine Mutter kauft die nicht mehr, lebt jetzt vegetarisch.«

»Lilli ist jetzt Veganerin, und das ist ziemlich anstrengend, weil sie beim Essen jede Sekunde nutzt, um uns auf den richtigen Weg zu bringen.«

»Iss doch einfach vorher. Oder nachher.«

»Es wird vorbeigehen, hoffentlich. Belegt deine Mutter eigentlich auch Yogakurse hier?«

»Wo denkst du hin? Die würde zu viel kriegen bei diesen ganzen Sonnenanbetern, die sind ihr alle zu esoterisch.«

»Aber die essen bestimmt kein Fleisch.«

Heimdahl betrachtete sein Mortadellabrötchen und seufzte. »Wie dem auch sei. Gibt es sonst noch was?«

»Wir wissen nur, dass Miriam Talati irgendetwas Geheimnisvolles vorhatte. Und es soll mit Christopher Vera zu tun haben.«

»Wer ist das?«

»Der Architekt, der den Umbau dieses Hotels hier organisieren sollte. Er ist der Sohn von Alice Vera, also dieser Schriftstellerin, die –«

»Kira von Lundblad«, warf Heimdahl kauend ein. »Kenne ich. Meine Mutter liest diese ganzen Schinken.«

»Christopher Vera ist ihr ältester Sohn. Er ist mit seiner Familie hier, weil die Eltern goldene Hochzeit feiern.«

Heimdahl schob den Teller zurück. »Hast du Kontakt zu der Familie?«

Paul wiegte den Kopf. »Eher Lilli, sie hat sich mit Christophers Sohn angefreundet, beim Surfen. Und mein Vater, er besucht den Schreibkurs bei der Lundblad.«

»Is nicht wahr«, rief Martin Heimdahl amüsiert aus. »Dein

alter Herr überrascht einen doch immer wieder. Ich dachte, er wollte wieder mit dem Bierbrauen anfangen.«

»Hat er doch schon, ich denke, in den nächsten Tagen ist es wieder so weit.«

»Also davon profitieren wir deutlich mehr als von selbst gereimten Gedichten«, grinste Heimdahl. »Was macht eigentlich dein Buch? Bist du noch dabei?«

Paul tippte auf das Notizbuch, das auf dem Tisch lag.

»Du schreibst mit der Hand? Wie Hemingway in seinen Pariser Cafés?«

»Schreiben mit der Hand entfacht ein neuronales Feuerwerk im Gehirn«, erwiderte Paul. »Das ist wissenschaftlich erwiesen. Dadurch wird deine Kreativität tausendmal mehr angefeuert, als wenn du auf dem Laptop schreibst.«

»Ideen brauchst du aber trotzdem, sonst explodiert da oben nicht viel.« Heimdahl tippte sich an die Stirn. »Ich bewundere dich, dass du trotz allem den Kopf dafür frei hast. Gibt es denn schon Neues?«

»Wir hatten was ausgemacht, Martin, oder?«

Heimdahl schaute aus dem Fenster, dachte eine Weile nach und sah dann wieder seinen Freund an. »Es fällt mir schwer, aber …« Er legte beide Hände auf die Tischplatte. »Paule, ich bin da, wenn du reden willst.« Er erhob sich. »Und danke für das Frühstück. Ich stehe tief in deiner Schuld. Wenn du sonst nichts mehr für mich hast, gehe ich jetzt.«

»Warte noch.« Paul stand ebenfalls auf. »Komm mal kurz mit raus.« Draußen deutete er mit dem Kopf in Richtung der Alten im Salon. »Die haben Satellitenschüsseln hinter den Ohren. Also, mein Zimmer liegt im Seitenflügel«, er ging ein paar Schritte auf den Rasen und zeigte nach oben, »hier, das ist mein Balkon. Und gleich neben mir, also um die Ecke, in der zweiundzwanzig, residiert Cecilie von Albedyll, eine alte Dame, die gestern Nacht mit ihren beiden Getreuen irgendetwas gefeiert hat. Unsere Balkone liegen dicht nebeneinander, siehst du? Ich habe den Namen Miriam Talati gehört. In welchem Zusammenhang, weiß ich nicht. Aber die scheinen irgendwas zu wissen. Ich werde mir die mal vorknöpfen.«

»Tu das«, entgegnete Heimdahl und wandte sich zum Gehen. »Und vergiss nicht, Bescheid zu sagen, wenn eine Bierprobe ansteht.«

Paul ging langsam durch den Garten und sog die klare Luft ein. Es war einer dieser traumhaften Tage, wie es sie nur an der Küste gab. Dunkelblauer Himmel, die Blätter der Bäume waren derart grün und die Blumen so knallig bunt, alles war überbordend, wie überzeichnet, und ließ den Garten und das kleine Schlösschen unwirklich erscheinen.

»Ähem.« Hinter Paul räusperte sich jemand. »Junger Mann?«

Paul drehte sich herum und richtete den Blick nach unten, vor ihm stand seine Zimmernachbarin, Cecilie von Albedyll.

»Gibt es schlechte Neuigkeiten? Oder warum wimmelt es hier von Ihresgleichen?«, brachte die alte Dame sogleich hervor.

Paul sah sich um. »Äh, ich sehe hier nichts wimmeln. Eigentlich bin hier nur ich, gnädige Frau. Ich mache Urlaub.« Hatte er tatsächlich »gnädige Frau« gesagt?

»Was ist denn das für eine Antwort?« Die Frau hob die Augenbrauen, in ihrem Falle zwei braune, viel zu weit über den Augen gezeichnete Linien, die daraufhin unter den Haaransatz wanderten. »›Eure Rede aber sei ja oder nein. Was darüber ist, das ist von Übel‹«, deklamierte sie, »schon mal gehört?«

Paul wollte gerade etwas erwidern, als sie ihren Sonnenschirm hob und mit der Spitze auf das Smartphone in seiner Hand deutete. »Diese Apparaturen sind an allem schuld, sie sind der Untergang unserer Sprache und der abendländischen Kultur überhaupt.«

»Sie sind also auch Gast hier in diesem Hotel?«, versuchte Paul das Gespräch umzulenken, wohin, wusste er noch nicht genau.

»Natürlich, seit vielen Jahren verbringe ich die Sommer hier draußen. Ich wohne direkt neben Ihnen, das wissen Sie doch.« Sie streckte ihm ihre Hand entgegen, dürr und runzelig, einige der Fingerspitzen krümmten sich arthritisch nach außen, sodass Paul sie nur ganz vorsichtig entgegennahm, aus Angst, er könne etwas kaputt machen. Sie hingegen drückte so fest und beherzt zu, dass es ihn erstaunte. »Cecilie von Albedyll.«

»Paul Lupin, aus Hamburg.«

»Lupin?« Wieder gingen die gemalten Brauen nach oben, »Lupin ... Lupin ...« An ihrem Handgelenk baumelte ein fliederfarbenes Täschchen, das am oberen Rand mit Perlen bestickt war. Sie zog es ab, öffnete den Bügelverschluss und kramte eine Weile darin, sie trug keine Brille. Dann fischte sie ein Kärtchen heraus, das Paul bekannt vorkam. Der hellbeige Karton, der altbackene Goldrand, der Seriosität andeuten sollte, die fein geschwungenen braungoldenen Lettern.

Paul seufzte. Sie hatte eine von Johanns Visitenkarten in der Hand, die der sich im Februar hatte drucken lassen und auf denen er seine Dienste als Privatermittler anpries. Der Fall im Februar hatte ihn auf diese Idee gebracht, seither vertrat er die Ansicht, dass Menschen aus dem direkten Umfeld der Opfer viel mehr an Hintergründen herausfinden würden als die Polizei. Zumal diese aufgrund der ganzen Vorschriften ja kaum handlungsfähig sei. Paul hatte ihm damals verboten, diese Karten zu verteilen. Ganz offensichtlich hatte Johann dies ignoriert.

»Dann sind Sie also der Sohn dieses Herrn?«

Paul nickte, schaute in den Himmel und verschränkte die Arme vor der Brust.

»Wir waren in dem Schreibkurs von Frau von Lundblad, Sie verstehen?«

»Er hat mir davon erzählt, ich bin im Bilde«, erwiderte Paul. Auch darüber, dass Cecilie von Albedyll die Einzige war, die sich geweigert hatte, sich mit Vornamen anreden zu lassen.

»Dann vertritt Ihr Vater Sie also während des Urlaubs, das finde ich sehr anständig von ihm. Er wird mich dann bestimmt aufsuchen und mich befragen wollen. Sagen Sie ihm, er sei jederzeit willkommen.«

»Sie meinen, wegen der Vermissten?«

Cecilie von Albedyll steckte die Karte wieder in das Täschchen zurück. »Genießen Sie Ihre Zeit in Kontemplation und mit ausgedehnten Spaziergängen, das vertreibt auch die Augenringe.« Sie hob ihren Schirm an. »Adieu, mein Herr.« Dann ging sie mit kleinen, konsequenten Schritten davon und verlor sich bald zwischen den anderen.

Der Park vor dem Hotel war gut gefüllt mit Gästen, es schien, als hätte sich das ganze Hotel hier versammelt, die weißen Stühle und Bänke waren allesamt belegt. Paul ging den Kiesweg entlang und setzte sich ganz am anderen Ende des Rasens, nahe der Einfahrt, auf einen großen Stein. Einen anderen Sitzplatz gab es hier für ihn nicht, er gehörte noch nicht richtig dazu. Sein Blick blieb an der Fassade hängen. Das kleine Schloss lag so friedlich da, so unumstößlich, so manifestiert, als könne ihm nichts auf der Welt etwas anhaben. Die paar zugigen Fenster, losen Dachschindeln und klemmenden Duschtüren waren Marginalien. Es war immer und sollte immer sein. Diese Aura hing über allem hier. Und die betagten Gäste betonten diesen Zustand noch. Alle wirkten ähnlich wackelig, schienen aber ebenso unverwüstlich zu sein wie das Gemäuer. Als wären sie organisch mit ihm verwachsen, als würde das Schlösschen sie tagsüber gnädig ins Freie lassen, um sie am Abend wieder einzusaugen in den beschützenden Bauch. Und Fremdkörper wurden eingekapselt und dann abgesondert. Waren nicht ein paar junge Leute gestern abgereist, weil es angeblich einen Vorfall gegeben hatte?

Und dann Miriam Talati. Hatte sie vielleicht gegen irgendwelche Regeln verstoßen? Regeln, die nicht von der Leitung des Hotels, sondern von den Gästen aufgestellt wurden? Ihm fiel die Begegnung mit Christopher Vera wieder ein, der den alten Kasten auf Vordermann bringen sollte. Was, wenn das einige der Anwesenden gar nicht wollten? Allen voran Cecilie, die Wächterin dieser Nebelinsel.

Paul stieß Luft aus und schüttelte den Kopf, dann stand er auf. Es schien, als hätte sich irgendetwas von dieser Energie, die hier herrschte, in ihn geschlichen. Er fühlte sich beseelt und leicht. Und seltsam klar. Aber auch, als stünde er unter Aufsicht wie ein Gefangener, dem ein Freigang gewährt, der dabei jedoch keine Sekunde aus den Augen gelassen wurde.

Er ging den Kiesweg hinauf zum Hotel und fragte sich, aus welchem Winkel seiner Wahrnehmung diese Gedanken kamen. Gleichzeitig flüsterte ihm etwas den Rat zu, auf der Hut zu sein.

***

Johann und Lilli saßen an diesem Morgen zusammen am Frühstückstisch, was bisher nicht vorgekommen war, seit Lilli bei ihrem Großvater Urlaub machte. Das hatte mehrere Gründe, entweder schlief sie lange, oder sie war schon früh zu Svens Surfstation geradelt, um dort gemeinsam mit Rafael den Tag auf und am Wasser zu verbringen. Heute aber wollte sie tatsächlich einmal den Vormittag mit ihrem Opa zusammen sein.

»Ich weiß ja gar nicht, was du frühstücken willst«, hatte der gesagt und sich am Kopf gekratzt, als Lilli in der Küche aufgetaucht war.

»Ich find schon was«, hatte sie geantwortet, die Kühlschranktür geöffnet, den Inhalt kurz inspiziert und die Tür gleich wieder geschlossen. »Kann ich ein bisschen Geld haben?«

Dann war sie mit dem Fahrrad zum Gutsladen gefahren und hatte sich einen Vorrat an veganen Brotaufstrichen zugelegt sowie Obst und Gemüse, um daraus ebenfalls Pasten fürs Brot herzustellen. Außerdem eine Tüte Brötchen und Bio-Knusperflakes. Die dreißig Euro waren auf jeden Fall weg.

So standen nun auf der einen Hälfte des Tisches ein weich gekochtes Ei, Butter, Teewurst, Frühstücksschinken und Harzer Käse, auf der anderen Tomaten-, Auberginen- und Dattelpaste, diverse Schälchen mit Tomaten, Gurke und Hummus, in der Mitte ein Korb mit Brötchen. Dass Lilli seit einem halben Jahr vegan lebte und ihrem Großvater am liebsten Vorträge über den Vorzug dieser Ernährungsform hielt und gleichzeitig

Schreckensszenarien anhängte über den Wahnsinn der Tierverarbeitung, hatte er bisher ignoriert. Einzig die Tatsache, dass sie so lange an ihrer Überzeugung festhielt, beeindruckte ihn, aber den dahinterstehenden Dogmatismus lehnte er ab.

»Was dem Schmied bekommt, zerreißt den Schneider«, pflegte er dann zu sagen. »Ich würde mit dieser Form der Ernährung die angestrebten neunzig Jahre niemals erreichen«, fügte er dann immer noch hinzu.

»Damit wirst du hundert, Opa«, prophezeite Lilli ihm stattdessen.

»Und sterbe dann gesund, nachdem ich freudlos gelebt habe. Ich bleibe lieber bei dem, was mein Körper sagt, was er braucht, um mir zuverlässig zur Seite zu stehen.« Johann säbelte dem Ei mit einem gezielten Schlag das obere Drittel ab. »Isst dein Freund Rafael auch so komische Sachen?«

»Er isst kein Fleisch, aber total gerne Käse, leider.«

»Gehst du gleich wieder surfen?« Johann streute Salz über sein Ei.

»Nee, heute ist doch die goldene Hochzeit von Rafaels Großeltern, am Strand.«

»Ach ja, Alices Feier, die hatte ich ganz vergessen.«

»Das kommt daher, dass das Fleisch und alle anderen tierischen Produkte bis zu zehn Stunden im Darm bleiben und die ganze Körperenergie fürs Verdauen brauchen, statt dass sie dem Gehirn zur Verfügung steht. Das ist doch dein Thema, du redest doch ständig über Verdauung.«

»So? Ach was. Ich rede über Verdauung? Kann mich gar nicht erinnern, was das noch mal ist, meine Erinnerung ist getrübt, da ich anscheinend schon verdaue, kaum habe ich gegessen.«

»Ach Opa, mach dich nicht lustig, ich meine es ernst.«

»An welchem Strand denn?«, fragte Johann.

»An deinem.« Jetzt grinste Lilli.

Johanns Augen weiteten sich. »An meinem Plätzchen dahinten, Richtung Sehlendorf etwa?«

»Genau«, säuselte Lilli.

»Bist du denn eingeladen?«, fragte Johann.

»Ja, Rafaels Onkel hat gesagt, ich kann gerne kommen. Jakob ist total nett.« Sie sah zur Küchenuhr an der Wand. »Muss mir nur noch was Schönes anziehen, dann fahr ich schon mal los.«

»Weiß dein Papa Bescheid?«

»Ich schick ihm 'ne Nachricht.« Lilli stand auf, streichelte einmal kurz Baptiste, der ihnen mit tranigem Blick beim Frühstück zuschaute, und verschwand aus der Küche.

»Abräumen kann ich ja dann heute mal«, sagte Johann in die Küche und goss sich noch einen Kaffee ein.

Nach dem Frühstück ging Johann in den Schuppen, um seinen roten Mini ein wenig auf Vordermann zu bringen. Er hatte sich schon seit Tagen vorgenommen, ihn zu waschen und zu polieren. Den Capri hatte er erst einmal abgemeldet, weil der TÜV abgelaufen war. Anschließend gönnte er sich ein kleines Nickerchen im Schaukelstuhl auf der Veranda, brauchte aber eine Weile, bis er endlich eingedöst war.

Als er wieder hochschreckte, schaute er auch gleich auf die Uhr, es war zwei durch. Er stand auf und ging in die Küche, um sich einen Kaffee zu kochen. Während der Kaffee durch die Maschine röchelte, schaute er immer wieder auf die Küchenuhr. Er merkte, dass er unruhig war. Irgendetwas störte ihn, und zwar gewaltig. Er wusste selbst nicht, was das war, aber da bohrte sich eine Beunruhigung in ihn hinein, gegen die er sich nicht wehren konnte. War es das seltsame Abtauchen von Miriam Talati? Oder das anstehende Fest, zu dem auch seine Enkelin gehen wollte? War es Paul, der da in diesem seltsamen Gemäuer hauste und sich überhaupt komisch benahm? Johann kam es nämlich so vor, als verheimliche sein Sohn ihm etwas. Ein paarmal hatte Johann ihn auf die Arbeit angesprochen, wollte wissen, an welchem Fall er gerade arbeitete, doch er hatte nur oberflächliche Antworten bekommen. *Nichts Besonderes, das Übliche, ich will jetzt nicht an den ganzen Mist denken*, und so weiter. Das passte gar nicht zu ihm. Sonst unterhielten sie sich immer über die aktuellen Fälle, Paul war da immer sehr offen.

Und dann dieser Schreibkurs, der in ihm allerlei Eindrücke und Erinnerungen hervorgeholt hatte, die er mit Sicherheit noch nicht verarbeitet hatte.

»Verflixt und zugenäht«, rief er aus und knallte den Kaffeepott auf die Spüle. »Ich muss mal ... ach, weiß auch nicht, was ich muss.« Er holte sein Smartphone, das er sich im Februar zugelegt hatte und das er mittlerweile virtuos beherrschte. Er wählte die Nummer von Paul, der auch sofort dranging. »Wo steckst du, Junge?«

»Am Strand. Wieso, was ist?«

»Nix ist, wollte nur mal hören.«

»Alles in Ordnung? Ist Lilli bei dir?«

»Nein, heute ist doch diese Feier der Veras, und Lilli ist eingeladen. Sie hat gesagt, sie wollte dir eine Nachricht schicken. Hat sie nicht?«

»Bisher nicht, aber ich weiß ja jetzt Bescheid. Ich denke, da ist sie gut aufgehoben.«

»Jaja.«

»Johann? Geht's dir gut?«

»Weiß nicht. Hab so ein Kribbeln in den Füßen. Wenn ich das hab, dann passiert immer was, worauf ich gar keine Lust habe.«

»Dann bleib schön mit Baptiste zu Hause in deinem Schaukelstuhl, trink nicht zu viel, dann wird auch nichts passieren. Außerdem wolltest du doch dein Bier brauen. Ich komme heute Abend mal vorbei, wenn's recht ist.«

»Jajaja.« Johann legte auf, überlegte kurz, zog sich feste Schuhe an und rieb sich die Nase mit Sonnencreme ein.

*** *

Jeden Tag, zu allen Tageszeiten, bei jedem Wetter marschierte Johann von Havgart aus die Küste entlang Richtung Sehlendorf. Meistens begleitete Kater Baptiste ihn, im Moment aber war er unauffindbar. Seit Lilli da war, wohnte er lieber in dem Haufen getragener Wäsche in ihrem Zimmer.

An der Stelle, wo die Küste abflachte und man bequem an den Strand gelangte, verweilte Johann dann auf einem der Findlinge, von denen es schien, als hätten sie sich im Laufe der Zeit seiner Körperform angepasst wie ein Sitzkissen. Oder wie diese neuartigen Schuhsohlen, die sich die Fußform merken konnten.

Als er fast angekommen war, vernahm er hinter sich ein helles »Huhu!«, und er wandte sich erstaunt um. »Was tun Sie denn hier?«, rief er Ida Rossi zu, die gerade von ihrem Rad stieg. »Müssen Sie nicht arbeiten?«

»Ich habe mir freigegeben.« Sie zog die Schultern hoch wie ein kleines Mädchen, das etwas Verbotenes vorhatte. »Wollte doch mal luschern, wie die Festtafel am Strand aussieht und was Alice anhat.« Ida schob ihr Fahrrad zur Seite und legte es ins Gras. Dann streckte sie den Hals, um besser schauen zu können. »Ah, sie haben eine Bierzeltgarnitur, das ist schlau, die versinkt nicht im Sand.«

Johann betrachtete die ganze Szenerie jetzt ebenfalls. »Aber wo ist die Dame des Hauses?«

Beide schauten jetzt hinüber zu der kleinen Festgesellschaft. Alle bis auf Alice waren sie da. Christopher, Berit, Jakob, der mit Sofic im Sand saß, und natürlich Henrik. Sie sahen alle schick aus, selbst Henrik trug ein weißes Hemd über der Jeans. Sie hatten bereits den Sekt geöffnet und saßen mit ihren Gläsern am Tisch. Bennet, Rafael und Lilli liefen an der Wasserkante herum. Lilli hatte ein geblümtes Sommerkleid an, trug die braunen Haare hochgesteckt, war geschminkt und sah überhaupt ganz anders aus als sonst. Johann hätte sie nicht erkannt, hätte sie nicht gewinkt.

»Ich komme mir vor wie einer von denen, die andere, also die Prominenten, heimlich beobachten«, sagte Johann und ging zu seinem Lieblingsfindling, um sich auf ihm niederzulassen.

»Stalker nennt man die«, entgegnete Ida, »und genau das bin *ich* nicht. Ich gehe jetzt dahin, gratuliere, und dann bin ich auch schon wieder weg.« Beherzt marschierte sie los.

Johann schaute sich das Ganze von seinem Stein aus an und

gab sich den Erinnerungen hin. Er und seine Annemarie hatten es nicht bis zur goldenen Hochzeit geschafft. Er war noch in die Bilder aus den gemeinsamen Zeiten versunken, als erneut ein lautes »Huhu!« erscholl. Er hob den Kopf und sah Ida mit zwei gefüllten Sektgläsern auf ihn zusteuern.

»Sie wollen, dass wir kommen, und ich habe das strikt abgelehnt. Aber ich durfte nicht gehen, ohne die hier mitzunehmen.«

Johann erhob sich und nahm das Glas entgegen. Dann sah er zu Henrik Vera hinüber, hob das Glas an und winkte ihm zu. Henrik Vera hob sein Glas ebenfalls, und dann tranken sie. Johann deutete auf den Stein neben seinem eigenen. »So nehmen Sie doch Platz, Sie werden staunen, wie bequem er ist. Ein Fernsehsessel ist nichts dagegen.«

Ida ließ sich mit einem Ächzen auf den Stein plumpsen, bemerkte noch, dass sie hier nie wieder alleine hochkäme und dass sie nach dem Sekt wirklich gehen müsse, auch wenn Alice dann noch nicht gekommen sei. Und Johann hoffte innig, dass dies hier eine Ausnahme sein und er in Zukunft sein geheimes Plätzchen wieder für sich haben würde. Vielleicht hatte er aus diesem Grund schon den ganzen Tag dieses beunruhigende Kribbeln in den Füßen gehabt. All das passierte nämlich an seinem ganz privaten und geheimen Lieblingsplatz, den außer Baptiste und ihm niemand sonst aufsuchte.

Eine Weile saßen sie da, nippten an ihren Gläsern und schauten aufs Meer hinaus. Und Johann hatte Zeit, intensiv darüber nachzudenken, welche Möglichkeiten es gab, mehr Schaum auf sein Bier zu kriegen. Der letzte Versuch war nämlich alles andere als gelungen. Es war zu wenig Kohlensäure drin, sodass es abgestanden schmeckte.

Johann sah, dass der ältere Junge langsam wieder zurückschlenderte. Rafael und Lilli gingen weiter Richtung Sehlendorf und ließen flache Steine über das Wasser flitzen. Dabei redeten sie lebhaft miteinander.

Die Sonne stand schon leicht schräg und verteilte ihr warmes Licht über den Strand. Die tiefblaue See war wie von silbernem

Lametta durchzogen, kleine weiße Schaumkronen tanzten auf der Oberfläche. Drei blau-weiß gestreifte Sonnenschirme flatterten leise vor sich hin, als eine weiß gekleidete Frau den Weg hinunterkam.

»Gütiger Himmel!« Ida richtete sich auf und schaute der hohen schlanken Gestalt mit offenem Mund entgegen. »Sie trägt einen Schleier«, flüsterte sie.

Auch Johann sah jetzt zu Alice hinüber, die langsam, wie eine Schlafwandlerin, den Weg zu den anderen einschlug, ohne den beiden Zaungästen Beachtung zu schenken. Sie hielt sich aufrecht, beinahe steif. Sie trug ein langes und enges Kleid aus cremefarbener Seide mit schmalen Trägern. Das Schultertuch war heruntergerutscht und lag über ihren Armen. Darunter verbarg sie etwas, das sie fest an ihren Körper presste.

»Die macht es aber spannend«, bemerkte Johann.

»Sie hat eine Überraschung für Henrik dabei«, raunte Ida.

Bennet war jetzt wieder zurück, weil Christopher ihn ungeduldig herangewinkt hatte. Alle Blicke waren nun auf Alice gerichtet. Selbst Henrik schien überrascht zu sein, hatte von diesem Auftritt offensichtlich nichts gewusst. Als Alice angekommen war, reichte er ihr ein gefülltes Sektglas, nahm seines auf und setzte zu einer Rede an. Den ersten Teil konnte Johann nicht ganz verstehen, weil Henrik sich immer wieder abwandte, sodass der Wind die Worte forttrug. Doch dann wandte er sich seiner Frau Alice zu. »Ich bin, geliebte Alice, wohl der glücklichste Ehemann der Welt. Jede Stunde dieser fünfzig Jahre, also jede einzelne war es wert, sie mit dir zu verbringen.« Er beugte sich nach vorn, hob den Schleier an und gab ihr einen Kuss.

Ida zeigte auf Lilli und Rafael. »Die beiden kriegen doch gar nichts mit«, sagte sie und begann, den beiden zuzuwinken.

»Lassen Sie sie, wo sie sind«, sagte Johann plötzlich und richtete sich langsam auf.

»Aber warum denn?« Ida sah ihn erstaunt an. »Johann, was haben Sie denn?«

Der Wind spielte mit dem Tischtuch, das so weiß war wie die

Wolken, die über ihnen am blauen Himmel vorbeizogen. Die ganze Szenerie war so unwirklich, dass niemand darauf achtete, dass Alice immer noch die eine Hand unter dem Schleier verborgen hielt. Nur Johann sah es und sprang auf. Auch das kurze Reflektieren der Sonnenstrahlen auf dem Messer, das sie langsam hervorzog, verstanden die anderen nicht. Selbst als Henrik Vera sich mit einem erstickten Laut erst nach vorn beugte und dann auf die gedeckte Tafel fiel, schien niemand zu begreifen, was gerade geschah. Johann ließ das Glas fallen und lief los, getrieben von Idas spitzem Schrei, der die Starre endgültig auflöste.

Dann brach das Chaos los. Alle schrien durcheinander, doch Christopher und Jakob fassten sich als Erste und trugen ihren Vater, der sich nicht mehr rührte, ein Stück vom Tisch weg und legten ihn auf den steinigen Boden des Strandes. Berit weinte und versuchte mit zitternden Händen, einen Notruf abzusetzen, wobei ihr zweimal das Telefon herunterfiel. Ida wimmerte, und Johann stürmte den Strand hinunter zu Lilli und Rafael, die die Schreie gehört hatten und angelaufen kamen.

»Kümmern Sie sich um den Jungen«, hatte er Ida noch zugerufen, die sich tatsächlich fing und zu Bennet lief, der an der Wasserkante kniete, die angewinkelten Arme an den Kopf geklemmt.

Sofie saß alleine auf einer Decke im Sand, ihr konnte man nicht ansehen, was sie empfand. Es war Alice, die sich ihr jetzt näherte. Sie hatte ihren blutverschmierten Schleier abgenommen und achtlos fallen lassen. Das ebenfalls blutige Messer lag neben dem Schleier. Dann kniete sie sich vor ihre Tochter, nahm ihren Kopf in beide Hände, küsste sie auf die Stirn, dann auf beide Wangen. Sie setzte sich neben Sofie und drückte sie ganz fest an sich. Beide sahen so glücklich aus.

***

Die Sonne hatte Hohwacht längst passiert und machte sich auf in Richtung der offenen See, um irgendwo in der Ferne zu verschwinden. Dabei zog sie die Dämmerung hinter sich her wie die Braut ihren Hochzeitsschleier. Direkt über ihnen türmten sich schwarze Wolken auf, es war kühler geworden, Wind war aufgekommen. An der Küste konnte das Wetter im Minutentakt umschlagen, man musste immer auf alles gefasst sein, dachte Paul.

Der Dorfarzt Piet Stoevesand hatte kurz nach Lilli geschaut und ihr etwas Leichtes zur Beruhigung gegeben. Paul war bei ihr geblieben, bis sie zu zittern aufgehört hatte. Dann hatte er sich neben sie gelegt und gewartet, bis sie endlich eingeschlafen war.

Johann hatte Paul vom Strand aus angerufen. Heimdahl war gerade kurz im Hotel gewesen, und sie waren gleich mit dessen Dienstwagen losgerast. Von Hohwacht aus brauchte sie etwas über zehn Minuten. Das letzte Stück bis zum Strand mussten sie auf einem Wirtschaftsweg zwischen Knick und Feld zurücklegen, was eine ziemlich holprige Angelegenheit war. Sie trafen zeitgleich mit den Notärzten ein, die den Schwerverletzten noch vor Ort versorgten. Es sähe nicht gut aus, sagten sie, aber Henrik Vera lebte.

Lilli saß völlig starr zwischen Johann und Ida auf einem großen Stein. Beide hatten ihre Arme um sie gelegt, als hätten sie Sorge, sie könne davonfliegen. Als Lilli ihren Vater entdeckte, lief sie zu ihm und brach erneut in Tränen aus.

Alice Vera hatte sich widerstandslos festnehmen lassen. Sie wirkte gefasst und ruhig. Sie hatte auf Paul sogar ein wenig erleichtert gewirkt. Die anderen Familienmitglieder der Veras hatten nach den Gesprächen mit den Beamten alles stehen und liegen lassen und waren nach Hause gegangen. Nur Christopher Vera lief den Strand Richtung Sehlendorf hinunter. Sein weißes Hemd war voller Blut, aber er achtete nicht darauf. Berit war ihm nachgelaufen, hatte seine Hand genommen, wollte ihn ins Haus der Eltern mitnehmen, aber er hatte sich brüsk losgerissen und war weitergegangen.

Paul ging zum Wasserhahn und füllte sich ein großes Glas

Wasser, das er gleich austrank. Er schaute auf die Uhr, es war kurz vor neun, er würde Anna anrufen müssen. Schließlich musste sie doch wissen, was ihr Kind heute hatte erleben müssen. Er nahm sein Smartphone von der Arbeitsplatte, schaute es eine Weile an, dann legte er es wieder weg. Später, sagte er sich, er mochte jetzt mit keinem reden. Vom Fenster konnte er in den Schuppen sehen, dort saß Johann auf einem seiner abgesägten Baumstümpfe und paffte einen Zigarillo, eine Flasche Bier in der Hand. Er zog ein kariertes Taschentuch aus der Hosentasche und schnäuzte einmal hinein. Ihm war jetzt bestimmt auch nicht nach Reden zumute.

Johann hatte sich um Ida gekümmert, die genauso verstört gewesen war wie die anderen, hatte sie Henrik und Alice doch ihr ganzes Leben lang gekannt. Paul seufzte laut auf und schüttelte den Kopf. Was ist hier nur passiert?, dachte er. Wie konnte es nur dazu kommen, dass eine Ehefrau ihren Ehemann abstach, vor den Augen ihrer Kinder, ihres Enkels, dessen Freundin?

Paul schloss für einen Moment die Augen. »Lieber Gott, ich danke dir, dass du immerhin mein Kind von dieser Feier ein Stück weggelockt und so vor dem Schlimmsten bewahrt hast«, murmelte er leise. Lilli und Rafael waren zum Glück nicht Zeugen dieser Tat geworden, im Gegensatz zu Bennet, den dieses Bild nun sein ganzes Leben lang begleiten würde.

Lilli und ihr Freund hatten nur die Schreie gehört und das entfernte Durcheinander gesehen. Noch einmal dankte Paul dem Himmel für diesen Umstand. Aber sein Vater war dabei gewesen, und er hatte Alice doch so sehr verehrt. Vor allem aber hatte er besonnen gehandelt, indem er sofort zu seiner Enkelin gelaufen war, um sie zu beschützen.

Paul war derart verwirrt, dass er vor lauter Hilflosigkeit am liebsten losgeheult hätte. Das lag aber nicht nur an diesem schrecklichen Ereignis, das sich heute am Strand zugetragen hatte. Es war auch sein eigenes Problem, das ihm zu schaffen machte. Seit er seinen vermeintlichen Urlaub in Havgart angetreten hatte, konnte er die Gedanken daran halbwegs verdrängen, zumindest zeitweise. Jetzt aber, nach Alices Tat, kam alles derart heftig wieder hoch, als wäre es eben erst passiert. Als würden die beiden Ereignisse auf irgendeine Weise zusammenhängen.

Jedes der Bilder war klar und deutlich und flimmerte durch seinen Kopf wie ein knatternder Super-8-Film: die Tür zu der Wohnung in Altona, aus der immer wieder die verzweifelten Schreie der Frau kamen. Sein Dienstausweis, den er parat hatte und dem Kerl vors Gesicht hielt, der ihm die Tür öffnete. Der Faustschlag des angetrunkenen Mannes, der Paul mitten ins Gesicht traf. Das hämische Grinsen dieses Typen, der unter dem dringenden Verdacht stand, seine erste Frau jahrelang misshandelt zu haben, bis sie an den Folgen gestorben war. Dann kam die defekte Stelle im Film, die mit dem Riss, die ihn blendete und wonach er nichts mehr sehen konnte. Aber er wusste es trotzdem, er sah, wie der Mann zum zweiten Mal ausholte, Paul ihn aber abwehren konnte und anschließend auf ihn einprügelte. Was dann passiert war, hatte Paul ausgeblendet, hier riss der Film ab, und das lose Ende knallte rhythmisch auf den Projektor. Jedes Mal wenn er an diese Stelle der Erinnerung kam, benahm sie sich wie ein hartnäckig wiederkehrender Traum, in dem man wie ein Zuschauer das eigene Handeln beobachtete. Und aus dem man jedes Mal aufschreckte, bevor das Eigentliche passierte.

Er seufzte laut auf und fuhr sich durch die Haare. Er selbst hatte ein blaues Auge davongetragen, dessen Farbe immer noch leicht durchschimmerte, mittlerweile aber unter der Sonnenbräune verblasste. Doch Paul tat nichts davon leid. Er bereute nichts, und er fühlte sich nicht schlecht dabei. Genauso wie Alice Vera wohl auch nichts bereute, im Gegenteil. So hatte es ihm Johann erzählt. »Sie war ganz ruhig, sah vollkommen zufrieden aus«, hatte Johann gesagt. »Als hätte sie etwas getan, was sie schon längst hätte tun sollen. Kannst du dir das vorstellen?«

Und das war sein Problem, damit kam er nicht zurecht. Denn genauso hatte er sich gefühlt, als das Schwein vor ihm auf dem

Boden gelegen hatte. Ganz genau so. Er hatte sich gut gefühlt. Und dieses Gefühl hielt bis jetzt an, es war weder in Reue umgeschlagen noch in Verdruss, Schuldgefühle waren ausgeblieben. Deswegen war er hierhergekommen, um Abstand zu gewinnen und um sich zu fragen, ob dies das Ende seines Lebens als Kriminalhauptkommissar war. Eigentlich wusste er es längst, aber er war noch nicht so weit, den entscheidenden Schritt zu gehen. Jetzt hatte er erst einmal andere Sorgen.

In diesem Moment sah er Johann durch den Garten gehen, kurz darauf öffnete sich die Verandatür, und sein Vater trat ein. Er war um Jahre gealtert. Paul konnte sich nicht erinnern, ihn schon einmal so niedergeschlagen gesehen zu haben.

»Was macht Lilli?«, fragte Johann, während er zum Kühlschrank schlurfte und sich eine neue Flasche Bier herausnahm.

»Sie schläft.«

Johann ließ den Bügelverschluss aufploppen, trank einen Schluck, hielt sich dann die Flasche nah vors Gesicht und las das Etikett. »Das hier ist ganz gut. Ein Craftbeer aus Lübeck. Ich glaub, ich fahr da mal hin. Vielleicht haben die ein paar Tipps.« Er trank noch einen Schluck. »Bald ist die Gärung des neuen Ansatzes abgeschlossen, hoffentlich schmeckt es nicht wieder wie Spülwasser.« Er sah Paul an, seine Augen waren gerötet. »Auch eins?«

»Ja, gerne.«

Als sie beide mit ihren Flaschenböden angestoßen und getrunken hatten, standen sie eine Weile schweigend da und sahen in den Garten hinaus. Nach wie vor zogen schwarze Wolken über sie hinweg. Aber ganz hinten am Horizont, weit über dem Meer, war ein goldener Streifen zu sehen, der im Kontrast zu dem Dunkel über ihnen ungewöhnlich hell leuchtete.

»Sieht komisch aus dahinten, als wäre die See wütend.« Johann trank mehrere Schlucke auf einmal, dann schauten beide wieder schweigend aus dem Fenster. Der Lichtstreifen hatte die Farbe verändert und leuchtete in einem kräftigen Orange.

Johann zeigte mit dem Finger hinaus. »Das hat was zu bedeuten. Das ist ein Zeichen. Genauso wie das Kribbeln in den Füßen.« Er stellte die Flasche auf die Küchenanrichte und wandte sich Paul zu. »Die drei haben irgendwas angestellt. Ich habe mir den ganzen Abend den Kopf darüber zerbrochen, aber es gibt keine andere Lösung.«

Ein Zeichen, dachte Paul. Ja genau, so fühlte es sich an. Alice hatte Henrik ein Zeichen gegeben, wenn auch ein furchtbares, aber Paul war sich sicher, dass Henrik wusste, warum Alice dies getan hatte. Er wandte sich seinem Vater zu. Er war froh, dass der jetzt hier neben ihm stand, sein Bier trank und mit ihm redete. Johann war nicht in dieser Schockstarre stecken geblieben, in der er die letzten Stunden zugebracht hatte. Es wäre auch nicht seine Art gewesen. Er war nun einmal durch und durch Pragmatiker, ein Mann der Tat, keiner, der sich in Selbstmitleid oder Trauer um andere verlor.

»Und jetzt ist eine verschollen, ein Zweiter beinahe tot, und die Dritte ist zu einer Gewalttäterin geworden«, sagte Paul, »da liegt eine Verbindung ziemlich nahe.«

»Allerdings! Diese Yogamati … Yogami … Yogatante ist der Auslöser, da bin ich mir ganz sicher. Ihr Verschwinden ist die Ursache für den ganzen Schlamassel. Oder es ist das Resultat einer langen Vorgeschichte, die hier ihr vorläufiges Ende gefunden hat.«

»Kurz dachten wir, sie sei vielleicht ertrunken«, sagte Paul. »Heimdahl und seine Kollegen wurden an den Strand gerufen, weil Urlauber eine Leiche im Wasser gesehen haben wollten.«

Johann setzte ruckartig die Flasche ab. »Wo?«

»Hinten am Strand. Sie tauchte immer wieder auf und verschwand dann wieder. Irgendwann war sie ganz weg.« Paul lachte kurz auf.

»Was gibt's da zu lachen?«

»Es war ein Apnoetaucher. Er hat trainiert, ist zwischendurch immer mal wieder hochgekommen und hat sich auf der Wasseroberfläche ausgeruht.«

»Was die Leute für bekloppte Sachen machen.« Johann kicherte kurz. »Und dann ist er vermutlich nach Hause getaucht, und niemand hat ihn aus dem Wasser kommen sehen. Kein Wunder, dass die dachten, da schwimmt eine Leiche. Das kann aber immer passieren, dass da wirklich ein Toter neben dir im Wasser treibt, während du selbst toter Mann spielst.« Er seufzte. »Also noch mal, wo ist die Verbindung zwischen Miriam Sundberg und den Veras?«

Paul betrachtete Johann noch einmal, er sah schon wieder viel besser aus. »Du bist immerhin die letzten Wochen im Hotel ein und aus gegangen, du –«

»Eben!«, unterbrach Johann seinen Sohn, dann tippte er sich an die Stirn. »Ich muss nur das Oberstübchen auf Vordermann bringen, alles sortieren, nachdenken, die grauen Zellen, du weißt schon.« Er drehte sich um, ging zum Küchentisch und holte Block und Stift, die darauf lagen, weil er am Morgen eine Einkaufsliste angefangen hatte. »Alles aufschreiben. Das ist das ganze Geheimnis. Das habe ich von Alice gelernt.« Er hob den Zeigefinger an. »Ein richtiger Schriftsteller hat immer Stift und Notizblock parat. Das musst du doch wissen, du willst doch auch einer werden.«

»Aber du doch nicht«, erwiderte Paul.

»Das gilt auch für einen Privatermittler.« Johann legte Block und Stift weg. »Und Lilli könnte mir helfen«, sagte er etwas leiser.

»Kommt gar nicht in Frage.« Paul verschränkte die Arme vor der Brust. »Die lässt du schön aus dem Spiel. Sie muss das alles erst einmal verarbeiten. Am liebsten möchte ich sie morgen nach Hause bringen, zu Anna. Sie braucht Abstand, Ruhe und –«

»Nein, Papa, bitte nicht.«

Beide wandten sich um und sahen Lilli, die verschlafen im Türrahmen stand. Sie trug ihr rosa Nachthemd, und Paul sah wieder sein kleines Mädchen da stehen und nicht die junge Frau, die manchmal bereits durchschimmerte. Nur hatte sie anstelle ihres Teddys das Smartphone in der Hand.

Paul ging auf sie zu und strich ihr zärtlich die Haare beiseite. »Wie geht es dir?«

»Schon besser, das Zittern hat aufgehört.« Sie hob ihr Telefon an. »Rafael will auch, dass ich noch bleibe. Hat er mir gerade geschrieben.«

»Ich kann mir kaum vorstellen, dass seine Eltern noch länger im Haus von Henrik und Alice bleiben wollen«, erwiderte Paul.

»Keine Ahnung, ist auch egal. Ich wollte fragen, ob Rafael hier bei uns bleiben kann.«

Paul und Johann sahen sich kurz an.

»Nur für ein paar Tage«, setzte Lilli nach. »Bis ... keine Ahnung, also bis das alles nicht mehr so schlimm ist.«

»Was ist das für eine Frage?«, rief Johann aus. »Natürlich kann der Junge kommen. Es ist quasi unsere Pflicht, zu helfen.«

Lilli atmete erleichtert auf. »Danke, Opa, du bist der Beste.«

»Wir sollten vorher mit den Eltern reden«, warf Paul ein. »Wir können das nicht alleine entscheiden, Lilli.«

»Hat Rafael schon, Papa, geht alles klar.«

»Trotzdem, ich werde mit Christopher reden.« Paul seufzte. »Sollten wir sowieso, einfach um –«

»Herauszufinden, was passiert ist«, rief Johann dazwischen. »Gut so, Junge. Du bist auch im Urlaub Polizist, und den können wir jetzt gut gebrauchen.«

Ich weiß weder, ob ich noch Polizist bin, noch, ob ich überhaupt Urlaub habe, dachte Paul. Nachdenklich sah er seine Tochter an, die dies sogleich als Zustimmung deutete und lächelnd wieder verschwand. Dann wandte er sich Johann zu. »Es ist vielleicht wirklich eine gute Idee. Die Gesellschaft dieses Jungen tut ihr gut. Sie sollen auch weiter surfen gehen, das ist die beste Ablenkung. Ist es in Ordnung für dich, jetzt mit einem Vegetarier und einer Veganerin am Frühstückstisch zu sitzen?«

Johanns Brauen gingen hoch, er dachte einen Moment nach. »Ich esse einfach vorher.«

Donnerstag

Der Auspuff war nicht Ordnung. Pauls alter Porsche 911 röhrte noch lauter, als er es sonst schon tat. Auf der Autobahn war es ihm egal gewesen, aber hier draußen auf der Landstraße, wo er durch die Dörfer knatterte, war das eigentlich nicht akzeptabel. Vielleicht sollte Johann mal ein Auge drauf werfen. Von dem vipergrünen Elfer aus den siebziger Jahren war Johann total begeistert gewesen. Als Paul ihn bekommen hatte, über Umwege für einen symbolischen Preis – eine lächerliche Summe, über die Paul nicht sprach –, hatte Johann gleich eine Do-it-yourself-Reparaturanleitung besorgt. »Den gibst du nur in fremde Hände, wenn ich mit meiner Ausstattung nicht mehr weiterkomme, hörst du? Glaube mir, die schrauben dir den kaputt.«

Paul hatte die Nacht in dem kleinen Kämmerchen in Johanns Haus verbracht. Er wollte in Lillis Nähe sein, falls sie in der Nacht nicht schlafen konnte oder von Alpträumen heimgesucht wurde. Er selbst hatte dann lange nicht einschlafen können, war immer wieder aufgestanden, war im Garten herumgewandelt, barfuß durch das feuchte Gras gegangen, hatte sich zu Baptiste auf die Ofenbank gesetzt und nachgedacht, ohne zu irgendeiner Erkenntnis zu gelangen, ohne die geringste Ahnung, wie es weitergehen sollte. Mit ihm, mit seiner Zukunft, mit dem Urlaub. Als ob das nicht genug wäre, musste er auch ständig an die Veras denken und an Zoe Lauritzen, bei denen fiel doch gerade auch alles komplett auseinander. Eine lange und glücklich gewähnte Ehe hatte sich als tickende Zeitbombe entpuppt und eine geachtete und geliebte Schriftstellerin zur Gewalttäterin werden lassen. Eine ebenfalls angesehene Yogameisterin war verschwunden. Es schien, als habe eine böse Macht all die vielen Jahre unten auf dem Grund der See ausgeharrt, um jetzt aufzutauchen und sich ein Opfer nach dem anderen zu holen.

Als er wieder in seinem Bett lag, war er mit der Frage eingeschlafen: Warum jetzt, an der goldenen Hochzeit? War vor fünfzig Jahren etwas geschehen, das nun vollendet wurde? Nach so langer Zeit? Was sollte das sein? Welcher Zorn, welche Enttäuschung, welche Rache würde über so viele Jahre bestehen?

Er hatte den Porsche also stehen lassen und war mit Johanns Fahrrad die ganze Küste entlanggefahren, und diese schöne Tour hatte seine Stimmung gehoben. Rechts die dunkelblaue See, links die hügeligen Felder und über ihm der gütige Himmel, der ihm heute wohlgesonnen schien. Endlich war er in Hohwacht angekommen und fuhr langsam den Tivoli entlang, der in den Brackstock überging, und bog dann links in den Eckrehm ein, wo die Familie wohnte. Das Haus befand sich links der Straße, und davor war der Pick-up geparkt, der auch zwischendurch am Hotel gestanden hatte und auf dessen Ladefläche eine Schubkarre lag; ein Volvo Kombi stand daneben. Christopher Vera öffnete die Tür, als Paul durch den großen Garten ging, er hatte seinen Besuch telefonisch angekündigt.

»Paul, komm rein«, empfing Christopher ihn müde.

Christopher Vera war blass und übernächtigt, er hatte eine leichte Alkoholfahne, war unrasiert, und seine Haare waren durcheinander. Er sah aus, als hätte er die ganze Nacht durchgemacht. Als Paul das Wohnzimmer betrat, sah er Jakob mit seiner Schwester Sofie im Garten am Tisch sitzen und essen. Als Jakob ihn bemerkte, winkte er ihm kurz zu, während die junge Frau teilnahmslos am Tisch saß und ins Leere starrte.

»Kann ich dir irgendwas anbieten?« Christopher deutete auf das Sofa am Fenster, und Paul setzte sich. »Ich bin beim Rotwein vom Mittagessen hängen geblieben, sorry.«

»Nein, danke. Ich will euch nicht lange aufhalten, sondern nur kurz besprechen, ob es in Ordnung ist, wenn Rafael noch ein bisschen bei uns bleibt, also bei Johann in Havgart, meine ich. Ich gucke natürlich jeden Tag vorbei.«

»Logisch«, erwiderte Christopher, der glasige Augen hatte. »Ich habe das alles schon mit Berit besprochen, sie ist vorhin mit Bennet nach Kiel zurückgefahren. Ihnen ist die Lust auf Urlaub hier vergangen.« Er lachte verächtlich auf.

»Ich kann es ihnen nicht verdenken«, sagte Paul. »Es besteht ja auch kein Grund für sie, noch weiter hierzubleiben. Aber für Rafael wäre es eine gute Ablenkung, wenn er weiter mit Lilli surfen kann.« Er lächelte. »Und mein Vater wird die beiden gut unterhalten, mit dem geht der Stoff für Diskussionen nie aus. Der ist eigentlich die beste Ablenkung.«

Christopher nickte. »Ja, ich denke auch, es ist das Beste. Von mir aus kann Rafael so lange bei euch bleiben, wie er will. Ich komme natürlich für Kost und Logis auf.« Er sah kurz nach draußen. »Vor allem will ich nicht, dass Rafael *unsere* Diskussionen hier mitbekommt. Wir wissen doch selber nicht, warum unsere Mutter so etwas ...« Er brach ab und schluckte.

»Ich denke, das wird sich aufklären«, entgegnete Paul. »Christopher, hast du oder habt ihr irgendeine Vermutung, was passiert sein könnte?«

Christophers Blick verlor sich im Garten. »Die ganze Nacht habe ich hier gesessen, zusammen mit Jakob. Ich glaube, wir haben unser ganzes Leben noch einmal abgespult, und wir haben nichts, absolut gar nichts gefunden.« Er stopfte beide Hände in die Taschen seiner Jogginghose und begann, auf und ab zu gehen.

»Hat Alice irgendetwas gesagt?«, fragte Paul, »anschließend, meine ich.«

»Nicht ein Wort. Stimmt nicht ganz, sie hat gesagt: ›Bitte fragen Sie mich nicht weiter. Ich habe dem, was ich getan habe, nichts hinzuzufügen.‹ Danach ist sie in Schweigen verfallen.« Christopher stieß ein verächtliches Zischen aus. »Weißt du, was ihr Anwalt dann zu mir gesagt hat?«

Paul schüttelte den Kopf.

»›Alice geht es gut. Sie hat mir gesagt, dass sie sich noch nie so gut gefühlt hat wie jetzt.‹ Genau das waren seine Worte.«

»Und vorher? Also vor dem Fest am Strand? Alles wäre wichtig, auch Bemerkungen, die sie eher beiläufig gemacht hat.«

Christopher dachte lange darüber nach. »Ich weiß nicht, ich habe nicht besonders darauf geachtet.«

In diesem Moment trat Jakob ins Wohnzimmer, er musste gehört haben, was sein Bruder gerade gesagt hatte. »Super, oder? Das sind doch mal Anhaltspunkte, mit denen sowohl der Anwalt als auch die Polizei prima arbeiten können.«

»Spar dir deinen Sarkasmus, ich denke, Paul hat es auch so verstanden.« Christopher holte tief Luft. »Das heißt, wir werden jetzt das komplette Leben unserer Eltern auseinanderpflücken müssen, jeden einzelnen Stein umdrehen, die ganzen vergangenen fünfzig Jahre, Tag für Tag.«

Jakob hatte sich in der Zwischenzeit ein Glas aus dem Schrank genommen und sich einen Rotwein eingeschenkt. Dann hob er die Flasche an. »Paul?«

»Ja, okay, einen Schluck nehme ich.«

Jakob reichte ihm ein randvolles Glas Wein. Dann wandte er sich an seinen Bruder. »Und wenn uns das überhaupt nichts angeht?«

»Was meinst du?«

»Ihr Leben. Du willst es doch jetzt analysieren.«

Christopher sah ihn entgeistert an. »Sag mal, spinnst du? Henrik liegt im Krankenhaus und kämpft ums Überleben, und du sagst, es geht uns nichts an? Wir müssen das für unseren Vater tun, verdammt noch mal.«

»Wenn eure Eltern sich nicht dazu äußern können oder wollen, so fürchte ich, dass ihr euch schon damit auseinandersetzen müsst.« Paul sah die beiden Brüder abwechselnd an. »Wie geht es eurem Vater, wird er durchkommen?«

»Ausgang ungewiss«, sagte Jakob. »Er hat schwere innere Verletzungen und viel Blut verloren, zurzeit liegt er im künstlichen Koma.«

Paul nickte, dann stand er auf, ging ein wenig in dem geräumigen Wohnzimmer umher und nippte an dem Rotwein. Der schmeckte wunderbar. »Es tut mir so leid für euch, das könnt ihr mir glauben. Ich selbst habe nur noch meinen Vater, meine

Mutter starb, als ich acht war, sie hat irgendwie nie richtig dazugehört. Deshalb kann ich nicht behaupten, ich könnte wirklich nachempfinden, wie euch gerade zumute sein muss.«

Jakob trank seinen Rotwein aus und schenkte sich noch einmal ein. »Die glückliche und berühmte Familie Vera hat sich gerade selbst demontiert«, sagte er und schaute Paul mit leerem Blick an. »Dass die beiden sich schon lange nichts mehr zu sagen hatten, ist dabei nur nebensächlich, oder?«

»Ist das nicht eher normal, nach fünfzig Jahren Ehe?«, warf Paul vorsichtig ein. Er hatte das Gefühl, dass Jakob impulsiv war und zu heftigen Reaktionen neigte. Er hatte zwar nie selbst einen Ausbruch von ihm miterlebt, aber Paul schien es, als brodle unter der Oberfläche dieses großen, bärtigen Mannes mit dem schönen Gesicht ein Vulkan. Ihm fiel ein, dass Lilli ihn so nett fand. Gut möglich, dass er besser mit Kindern und Jugendlichen zurechtkam als mit Erwachsenen. Er kümmerte sich ja auch um seine behinderte Schwester, die hatte ja auch was von einem Kind. Aber sonst wirkte er auf Paul wie jemand, der sich nur ungern mit anderen Menschen umgab.

»Natürlich ist das normal«, bestätigte Jakob, »aber das wollte niemand sehen. Alle hielten die beiden für ein Traumpaar. Du musst nur in die Klatschmagazine gucken. Sie konnten sich perfekt in Szene setzen. Kira von Lundblad, die große Schriftstellerin, von der Presse verwöhnt, von den Leserinnen verehrt, mit dem starken Mann im Hintergrund, der ihr den Rücken freihält.« Er lachte hell auf. »Henrik hat sich um nix gekümmert, hat lieber in den Dünen gesessen, um in Ruhe zu kiffen, oder hat in seiner Hütte Holz gehackt und Fische zum Trocknen aufgehängt.«

»Die Leute sehen nur, was sie sehen wollen«, warf Christopher müde ein. »Und wir sind da nicht besser.« Er sah zu seinem Bruder hinüber. »Oder hast du gewusst, dass bei denen irgendwas nicht stimmt?«

»Ja, sicher«, erwiderte Jakob. »Hättest du dich öfter blicken lassen, wäre dir nicht entgangen, dass sie sich manchmal tagelang, sogar ein oder zwei Wochen lang nicht sahen.«

»Das heißt aber noch lange nicht, dass sie sich so gehasst haben, oder?«, sagte Christopher genervt. »Außerdem reicht es doch, wenn *du* ständig hier herumhängst. Ich habe mein eigenes Leben, Job, die Familie, ich –«

»Du musstest deinen Status verteidigen. Der tolle Karrieresohn, der Erstgeborene, der immer Rückendeckung vom Vater bekommt. Genauso war es bei dir.«

Paul hatte das Gefühl, mit seiner Bemerkung über die Ehe etwas losgetreten zu haben, was zwischen den ungleichen Brüdern sowieso schon im Argen lag. »Ich wollte mich eigentlich gar nicht einmischen«, sagte er schnell, weil er keine Lust mehr hatte, sich weiter mit anzuhören, was die beiden sich an den Kopf warfen.

»Entschuldige, wir sind einfach vollkommen durch den Wind.« Christopher atmete einmal tief ein, dann sah er plötzlich auf. »Ich wollte mal mit Zoe reden. Paul, hast du sie heute gesehen? Sie ist doch bestimmt ziemlich fertig, wegen Miriam.«

»Spar dir deine Anteilnahme«, entgegnete Jakob, »ich war heute früh da.«

»Und? Wie geht es ihr?«

»Wie soll's ihr schon gehen?« Jakob betrachtete seinen Bruder leicht abfällig. »Machst dir Sorgen um deinen Auftrag, was? Ich denke, den kannst du erst einmal abhaken.«

Christopher starrte seinen Bruder voller Unverständnis an und schüttelte dabei den Kopf. »Was bist du nur für ein zynisches Arschloch«, sagte er leise.

Jakob lächelte nur, stellte das leere Glas ab und ging wieder hinaus auf die Terrasse.

»Wenn ich noch weiter mit dem hier unter einem Dach bleiben muss, gibt es vermutlich bald noch einen Toten«, sagte Christopher, der sich bemühte, ruhig zu bleiben.

»War das schon immer so?«, fragte Paul, »ich meine, dass ihr euch so gar nicht verstanden habt?« Er dachte kurz an seine ältere Schwester Charlotte, die er sehr liebte, weshalb er sich überhaupt nicht vorstellen konnte, wie es möglich war, seine Geschwister so zu hassen.

»Ich weiß es nicht, ich glaube, als wir klein waren, ging es sogar ganz gut. Aber als wir älter wurden, haben wir uns immer weiter voneinander entfernt.« Christopher schaute gedankenverloren nach draußen, wo Jakob wieder am Tisch neben seiner Schwester Platz genommen hatte. Gerade zog er ein Taschentuch aus seiner Jeans und tupfte ihr den Mund ab.

Paul sah ebenfalls nach draußen. Die beiden saßen jetzt reglos am Tisch und schauten in die Ferne wie ein altes Ehepaar.

»Es ist Sofie«, sagte Christopher, »er lebt nur für seine Schwester. Ohne Jakob wäre sie längst in einem Heim gelandet. Ich glaube nicht, dass Alice oder Henrik die Kraft aufgebracht hätten, sie rund um die Uhr zu versorgen.«

»Lilli hat mir ein wenig von eurer Schwester erzählt«, sagte Paul, »es war ein Asthmaanfall, sagt sie.«

Christopher nickte. »Das ist kurz vor Sofies drittem Geburtstag passiert. Sie war zu lange ohne Sauerstoff, das ganze motorische Zentrum im Gehirn war davon betroffen.«

»Wie alt ist sie jetzt?«

»Achtunddreißig. Alice hatte sich so sehr ein Mädchen gewünscht, Sofie war ihre kleine Prinzessin.«

Jakob war mittlerweile aufgestanden, hob Sofie aus dem Rollstuhl und ging mit ihr durch den Garten. Es sah so aus, als würde es Jakob nicht die geringste Mühe bereiten, als trüge er nur ein Bündel Stroh.

»Sie gehen jetzt an den Strand«, sagte Christopher teilnahmslos und trank den restlichen Wein direkt aus der Flasche. »Sofie liebt das Meer.«

Paul sah den beiden noch eine Weile nach, dann trank auch er sein Glas leer und stand auf. Er spürte den Wein deutlich in seinem Kopf, aber er fühlte sich okay. Er reichte Christopher die Hand. »Danke für den köstlichen Wein. Und um Rafael mach dir keine Sorgen, der ist bei uns bestens aufgehoben.«

»Ja, ich glaube auch. Bei euch stimmt halt alles, habe ich den Eindruck.« Christopher lächelte Paul traurig an. »Ach so, Moment.« Er ging in den Flur zu seiner Jacke und holte eine Brieftasche. »Bitte gib das deinem Vater, ein bisschen Verpflegungsgeld.« Er drückte Paul zwei Hundert-Euro-Scheine in die Hand. Paul schüttelte den Kopf. »Das ist viel zu viel, Rafael ist unser Gast.«

»Trotzdem, gib einen Johann und den anderen Rafael, er kann gut mit Geld umgehen.«

Nachdem sie sich verabschiedet hatten, ging Paul hinunter zum Strand. Vom Haus der Veras bis dorthin waren es nur wenige Minuten. Es war Freitagnachmittag und entsprechend voll. Überall wuselten die Menschen herum, viele Kinder darunter. Jakob hatte Sofie ins Wasser getragen, und sie waren zusammen rausgeschwommen. Er ließ sie nicht ein Mal los. Die ganze Zeit über sah Sofie so glücklich und zufrieden aus. Auch redete Jakob mit ihr, brachte sie mehrmals zum Lachen. Paul hätte zu gerne gewusst, was er ihr erzählte. Den beiden konnte man nicht anmerken, dass sich erst gestern eine furchtbare Tragödie in ihrer Familie ereignet hatte.

Als er wieder in Havgart war, fühlte er sich vollkommen ausgepowert. Er hatte so kräftig in die Pedale getreten, dass er ein paarmal fast von dem Steilküstenweg abgekommen wäre, weil er die Schlaglöcher zu spät gesehen hatte.

Wie schön Havgart im Sommer doch sein konnte, dachte er, als er langsam die Dorfstraße entlangradelte. Zu beiden Seiten lagen die Backsteinhäuser, die im Februar noch so eng zusammengekauert dagestanden hatten, als ob sie gegen Wind, Kälte und Einsamkeit Nähe suchten. Jetzt waren sie herausgeputzt und standen Spalier, um die Urlauber zu ihren Ferienhäusern zu geleiten. Stockrosen und Malven sprossen aus den Ritzen. So viele Leute waren unterwegs, die meisten mit dem Fahrrad, Anhänger mit Kindern, Hunden und Strandequipment drin, die Ferienwohnungen und -häuser waren alle ausgebucht.

Der Gutshof hatte in der Saison durchgängig geöffnet. Im Sommer erweiterte sich der Gutsladen zu einem Café, dessen Stühle überall auf dem Innenhof herumstanden. Als Paul Ida Rossi mit einem Tablett zwischen den Tischen herumlaufen sah, fiel ihm ein, dass sie neben ihrer Tätigkeit als Haushälterin im Herrenhaus bei Felix von Thomsen in der Saison im Gutsladen und im Café arbeitete. Das hatte Johann ihm erzählt. Ein weiblicher Hansdampf in allen Gassen, dachte Paul, als er das Fahrrad abstellte, um noch ein paar Sachen einzukaufen.

Anschließend radelte er weiter die Dorfstraße hinunter und gelangte zum Hirschfänger, dem einzigen Restaurant mit Kneipe im ganzen Dorf. Er bremste und sah sich das Haus an. An der Tür hing ein Schild mit der Aufschrift »GESCHLOSSEN«. Paul fand das wirklich schade. Im Februar hatte er hier so manches Bierchen getrunken. Obwohl der Hirschfänger nicht unbedingt das Ambiente hatte, das Paul bevorzugte. Er war seit seiner Gründung durch Hauke Liebe in den Sechzigern nicht mehr grundlegend renoviert worden, und wenn man den braunen Vorhang am Eingang beiseiteschob, erdrückten einen dunkel vertäfelte Wände, die mit ausgestopften Tieren der gesamten heimischen Fauna besiedelt waren. Die Einrichtung bestand aus ebenfalls dunklen Eichentischen und -stühlen, wie sie typisch waren für altdeutsche Bierstuben.

Als Paul gerade wieder losfahren wollte, öffnete sich die Tür der Gaststätte, und Olaf trat heraus. Als er Paul sah, hellte sich das Gesicht des Kellners auf. »Paul Lupin«, rief er mit seiner quäkigen Stimme.

Im Februar hatte Paul den einzigen Kellner des Hirschfängers näher kennengelernt, weil die Gaststätte in den Fokus der Untersuchungen zu dem Mord gerückt war. Hier waren alle Fäden zusammengelaufen, was ohnehin in der einzigen Kneipe eines Dorfes passierte, auch wenn kein Verbrechen geschehen war. Also hatte Paul, vor allem aber Johann viel Zeit hier verbracht. Der hatte es sich zur Angewohnheit gemacht, dort jeden Tag seine Zeitung zu lesen, an seinem Stammplatz am Tresen, um so aus den Gesprächen der anderen irgendwelche Hinweise zu den Hintergründen der unheimlichen Geschehnisse zu erhaschen.

»Olaf.« Paul stieg ab und schob das Fahrrad an die Hauswand, nahm den prall gefüllten Rucksack ab und deutete auf das Schild an der Eingangstür. »Das ist nicht euer Ernst, oder? Es ist Hochsaison.«

Olaf lachte sein typisch helles Lachen, in dem auch immer ein bisschen Verachtung lag. »Wenn es einen Besitzer für dieses noble Etablissement gäbe, hätte ich bestimmt viel zu tun. Aber der ist weit und breit nicht in Sicht.«

»Wieso, was ist denn mit Frau Liebe?«

Olaf trat einen Schritt näher an ihn heran. »Erzähl's nicht weiter, ist in der Klapse.« Er wedelte mit der Hand vor seinem Gesicht herum. »Ist durchgeknallt, hat nur noch ihre Deckchen gestickt, dabei mit sich selbst geredet, nicht mehr gegessen, nur noch Schnaps getrunken. Die hat das Ganze nicht mehr wegstecken können.« Er seufzte theatralisch auf. »Es ist ein Jammer.« Er wandte sich dem Haus zu. »Gestern noch habe ich sie besucht, da war sie mal für einen Moment ganz klar. Und weißt du, was sie zu mir gesagt hat?«

Olaf hob die Augenbrauen an, und Paul erinnerte sich daran, wie wertvoll er für die Ermittlungen im Februar gewesen war, da er ein überaus feiner Beobachter war und ebenso gerne seine Erkenntnisse weitergab. Paul hatte noch nie ein schlimmeres männliches Tratschweib kennengelernt. Außer Martin Heimdahl vielleicht.

»Ich soll den Laden hier anzünden. Sie hat mir sogar erzählt, wo das Benzin in Haukes Schuppen steht. Und da stehen tatsächlich fünf riesige volle Kanister.«

»Auch eine Art, den Schlussstrich zu ziehen«, erwiderte Paul. »Und du? Hast du schon was anderes in Aussicht?«

Olaf schüttelte den Kopf. »Stempeln gehen. Ich habe keinen Bock, mir schon wieder von einem mürrischen und geizigen Schankwirt das Leben schwer machen zu lassen. Ich lege mich den Sommer über an den Strand, und im Herbst fange ich was Neues an. Mir fällt schon was ein.«

»Bestimmt«, sagte Paul und ging zu seinem Fahrrad.

»Ich gehe mal weiter ausräumen. Die Vertäfelung soll auch runter, damit das Ganze ein bisschen freundlicher wird«, sagte

Olaf. »Mein Vertrag läuft ja noch bis Ende des Monats. Kannst jederzeit vorbeikommen, ein Bier kriegen wir noch aus dem Hahn.«

»Super, mach ich«, sagte Paul und bestieg sein Fahrrad. »Und tue mir einen Gefallen, lasse die Benzinkanister im Schuppen, ja?«

***

»Teufel noch mal!«, drang es durch die offene Küchentür nach draußen. »Jetzt bin ich schon ganz plemplem! Das macht, was es will! Jetzt guck dir das an, das ist … unheimlich ist das!«

»Mit wem redest du, Johann?«, rief Paul in Richtung Haus, stellte das Fahrrad ab und stieg die Treppe zur Veranda hinauf.

»Mit diesem verteufelten Schreibprogramm. Das schreibt ja gar nicht, was ich will, eine Katastrophe! Ich lösche das jetzt, das ganze bekloppte Zeugs. Das ist Manipulation, Gehirnwäsche, eine Verschwörung. Ich hole jetzt meine Schreibmaschine!«

Den Rest verstand Paul nicht mehr, er hörte nur noch, wie der Stuhl zurückgeschoben wurde und dann die Küchentür zuknallte. Oje, dachte er, das habe ich kommen sehen. Johann und Textverarbeitung, dafür ist der eigentlich viel zu ungeduldig. Paul ging in die Küche, stellte den Rucksack mit dem Einkauf aus dem Gutsladen ab, dann ging er zum Küchentisch, klappte den Laptop auf und las, was Johann getippt hatte:

Und somit möchte Opa meine Erinnerungen an diesen schrecklichen Sommer festhalten, damit die Nachwelt Kenntnis davon erhalten Pups, was sich hier zugetragen hat. Auch wenn das Schlimme eine Hallihallo weiter passiert ist, der Odem des Bösen ist bis nach Langweilerkaff geweht. Dabei hat doch alles Fleischwurst macht blöd …

»Was ist das denn?«, murmelte Paul und las sich das Ganze noch einmal durch. Dann tippte er einfach drauflos:

Dabei hat doch alles so schön angefangen, und Opa …
Paul stutzte, er hatte »ich« geschrieben, und daraus war »Opa« geworden. Er wiederholte das mehrmals, doch immer dasselbe. Dann hatte er eine Ahnung. Er ging ins Menü und überprüfte seinen Verdacht, der sich auch bestätigte. Er stand auf und ging in den Garten hinaus. »Lilli?«

»Jaha.«

Paul ging ums Haus herum, wo Lilli und Rafael die Liegestühle unter den Apfelbäumen aufgestellt hatten und mit ihren Smartphones spielten. »Wart ihr an Johanns Laptop?«

Lilli warf Rafael einen schnellen Blick zu.

»Ihr wart an der Autokorrektur, stimmt's?«

Nochmals sah Lilli kurz Rafael an. »Ja, kleiner Spaß, wir wussten nicht, was wir machen sollten.«

»Johann ist stinksauer, er versteht die Welt nicht mehr.«

Lilli zuckte mit den Schultern. »Er wird's verkraften, glaube ich.«

»Los, kommt, nehmt eure tollen Korrekturen wieder raus und lasst dem alten Mann seinen Frieden. Er hat sowie schon genug Aufregung hier mit uns.«

»Okay, komm«, sagte Lilli zu Rafael.

»Ist er wirklich so sauer?«, fragte Rafael verunsichert und sah dabei Paul an.

»Quatsch«, sagte Lilli, »Opa macht doch selbst immer seine Späße mit anderen, oder, Papa? Apfelessig in die Apfelsaftflasche, Furzkissen unters Kissen auf dem Stuhl und so was. Die Idee hätte genauso gut von ihm kommen können. Ich hab das halt geerbt, kann also gar nichts dafür.« Lilli stand auf und kam kurz darauf mit dem Laptop wieder zurück.

Paul ging in die Küche, um seine Einkäufe einzuräumen. Dabei schüttelte er amüsiert den Kopf. Sie ist wie Johann, dachte er, dieselbe Ungeduld, und auch wenn sie nicht über dieselben Dinge lachen, der Humor ist derselbe. Und sein Programm zu manipulieren, gute Idee eigentlich. Darauf muss man erst mal kommen.

Als er fertig war, betrat Johann wieder die Küche und starrte auf den leeren Küchentisch. »Was hast du mit meinem Computer gemacht, Junge?«

»Lilli bringt das wieder in Ordnung, Johann, nicht aufregen, es ist alles gut.«

»Lilli? Wieso? Was hat sie denn damit gemacht?«

Paul erklärte ihm die Funktion der Autokorrektur, und Johanns Augen weiteten sich. »So was geht? Das ist ja großartig. Kannst du mir das mal zeigen? Das will ich auch mal ausprobieren. Ich mache immer dieselben Fehler, und die kann das Programm ja dann selber korrigieren.« Er grinste. »Wie gerne würde ich damit mal Ida Rossi reinlegen, die schreibt auch mit einem Computer. Ein altmodischer Klotz zwar, aber der hat bestimmt auch diese Dingsda.«

»Autokorrektur«, ergänzte Paul. »Bei der wäre ich allerdings vorsichtig, sie ist eine wandelnde Handgranate, die jederzeit hochgehen kann.«

»Sie hat früher diese Ringkämpfe mitgemacht, obwohl man ihr das nicht unbedingt ansieht. Und sie ist ein großer Fan von diesen Schaukämpfen, wo sich riesige Muskelpakete in Babyöl durch die Gegend werfen.«

»Wrestling?«

»Genau.«

»Siehst du, was habe ich gesagt?«, erwiderte Paul, »veräpple die lieber nicht, du wirst den Kürzeren ziehen.« Paul nahm seinen Rucksack und ging hinaus auf die Veranda. »Lilli ist im Garten, sie kann dich ein bisschen in Word einarbeiten, als Wiedergutmachung sozusagen. Ich fahre ins Hotel zurück.«

»Warst du eigentlich bei den Veras?«, fragte Johann vorsichtig, als hätte er Angst vor einer weiteren schlechten Nachricht.

»Ich komme eben von da, die beiden sind in keiner guten Verfassung.« Paul hielt kurz inne, eigentlich wirkte nur Christopher so verstört. Bei Jakob Vera hingegen hatte er nicht den Eindruck, er leide übermäßig an dem, was seine Mutter getan hatte. »Seltsam«, murmelte er.

Johann hatte ihn ganz genau beobachtet. »Was ist seltsam? Was meinst du, Junge?«

»Jakob wirkt so unbeteiligt. Ich frage mich, ob er wirklich begriffen hat, was geschehen ist. Er hat nur Augen für seine Schwester.« Paul sah Johann prüfend an. »Ist mit dem alles in Ordnung?«

Johann schien interessiert an diesem Gedanken. »Ida Rossi ist ganz hingerissen von dem Jungen, sie lässt nichts auf ihn kommen. Sie himmelt ihn regelrecht an.«

Paul zog eine Braue hoch. »Ist sie nicht ein bisschen zu alt dafür?«

»Darum geht's nicht, es ist was anderes. Es ist, ach herrje, die Psyche von älteren Frauen auf dem Lande …« Johann kratzte sich am Kopf, dann zupfte er an seinem Kinnbärtchen. »Es ist beinahe wie Mutterliebe, schließlich kennt sie die Kinder von klein auf. Da ist vielleicht so etwas wie Bewunderung, aber viel zu viel davon. Oder so ähnlich.«

»Du meinst Neid auf Alice? Oder die ganze Familie?«, fragte Paul und fand, dass Johann damit gar nicht so falschlag. »Immerhin hat Alice alles erreicht in ihrem Leben, einen tollen Mann, eine glänzende Karriere, drei Kinder, Geld und Ansehen. Und Ida Rossi ist ledig, hat es nur zur Haushälterin gebracht.«

»Kann schon sein«, entgegnete Johann, »aber was will uns das sagen? Du wolltest doch nur wissen, ob Jakob Vera noch alle Latten an seinem Gartenzaun hat, oder? Und da kann ich sagen, dass die eine oder andere mit Sicherheit wackelt.«

Paul nickte langsam. »Aber das bringt uns nicht weiter. Alice hat die Tat begangen und nicht Jakob.«

Johann seufzte. »Ja, das hat sie. Und ich kann an nichts anderes denken. Selbst mein Bier ist mir egal.«

»Ach so, ich soll dich von Olaf grüßen, habe ihn gerade am Hirschfänger getroffen.«

»Hirschfänger? Was machst du denn im Hirschfänger?«, wollte Johann wissen und sah ihn skeptisch an.

»Nicht *im*, ich habe ihn davor gesehen. Du hast gar nicht

erzählt, dass der dichtgemacht hat, das Schild hing gestern noch nicht da. Ich dachte, die hätten nur Ruhetag.«

Johann machte kehrt und ging auf die Veranda hinaus. »Hatte ich ganz vergessen, ich muss in den Schuppen, mich ums Bier kümmern. Olaf wollte doch kommen, um mir zu helfen.«

Paul runzelte die Stirn, das hatte Olaf vorhin gar nicht erwähnt. Andererseits war er froh, dass Johann etwas zu tun hatte. Im Grunde sogar alle Hände voll: Bier brauen, sich mit seinem Schreibprogramm beschäftigen und sich mit zwei äußerst einfallsreichen Pubertierenden arrangieren. Zeit, sich vor lauter Grübeln und Stumpfsinn in eine Altersdepression hineinzumanövrieren, blieb da wenig.

***

Ida Rossi hatte zu nichts richtig Lust. Alles, was sie heute getan hatte, war an ihr vorbeigegangen, als hätte sie neben sich gestanden und sich selbst zugeguckt. Beim Servieren von Erdbeerkuchen im Gutscafé, Einsammeln der Teller und Tassen, beim Abrechnen mit den Gästen. Sie hatte funktioniert, irgendwie, aber ihre Gedanken waren im Gestern hängen geblieben. Seit sie den Strand des furchtbaren Geschehens verlassen hatte, konnte sie an nichts anderes mehr denken. Es war eine Endlosschleife, die in ihrem Kopf ablief und die sie langsam in die Verzweiflung trieb. Die Schreie, als alle begriffen hatten, was Alice getan hatte. Noch nie hatte sie einen Menschen so zittern sehen wie Berit, als sie versuchte, den Notruf abzusetzen. Christopher und Jakob, die sich um Henrik gekümmert hatten. Und dann der Johann. Ida musste zugeben, dass sie später schwer beeindruckt gewesen war ob seines umsichtigen Handelns. Er hatte erfasst, was geschah, noch bevor Alice dieses grausige Messer hervorgeholt hatte.

Ida seufzte einmal tief auf, als sie den Kuchen auspackte. Sie hatte sich vom Gutsladen ein Stück Schwarzwälder Kirschtorte mitgenommen, zur Belohnung sozusagen, dass sie diesen Tag überlebt hatte. Sie nahm den frisch aufgebrühten Kaffee und den Teller und setzte sich an den Tisch ihrer kleinen Küche. Mit einem weiteren Seufzer lud sie sich die Spitze des Tortenstücks auf die Kuchengabel, und plötzlich sah sie das Messer wieder vor sich. Sie hatte doch selbst so eines. Noch vor Kurzem hatte sie bei Famila in Oldenburg Rabattmarken eingelöst und eines gekauft, es hatte trotzdem über fünfzig Euro gekostet. Sie stand auf und fand es im Schrank, es war noch verpackt, der Prospekt lag auch daneben: »Kochmesser Zwilling Pro, Klingenlänge: 18 cm, geeignet zum Schneiden, Zerteilen und Würfeln, ideal für die Verarbeitung von Fleisch, Fisch, Gemüse und Kräutern ...«

Sie nahm das schreckliche Ding, ging damit hinaus und warf es in die Mülltonne. Niemals könnte sie damit irgendetwas schneiden, ohne an Alice und Henrik denken zu müssen. Dann setzte sie sich wieder an den Küchentisch und schob sich die Gabel in den Mund. Die Torte war köstlich. Ja, Johann hatte einen Pluspunkt bei ihr gemacht, und das würde sie ihm auch sagen. So war sie nun einmal, immer offen heraus, auch wenn man die Leute nicht mit zu viel Lob verwöhnen und verhätscheln sollte. Den meisten bekam das nämlich nicht gut. Aber Johann Lupin war aus anderem Material geformt, dessen Charakter war fest wie der Stein, auf dem sie neben ihm am Strand gesessen hatte.

Sie genehmigte sich die nächste Portion und spülte sie mit einem großen Schluck Kaffee hinunter. Dabei dachte sie daran, wie sie zu Bennet gelaufen war, nachdem Johann ihr zugerufen hatte, sie solle sich um ihn kümmern. Er hatte im Wasser gekniet und geweint, die Arme über den Ohren, als wollte er alles ausblenden. Sie hatte sich neben ihn gehockt und versucht, ihn zu beruhigen. Dann hatte sie ihn weggebracht, zu den Steinen, wo sie vorher noch mit Johann Sekt getrunken hatte. Der war den Strand hinunter zu seiner Enkelin gelaufen, um sie abzufangen. Was Ida aber am meisten verwirrte, auch noch einen Tag danach, das war Alices Lächeln, als sie sich neben ihre Tochter gesetzt hatte. Es war ein Lächeln gewesen, das sie so noch nie an Alice gesehen hatte. Es war, als wäre etwas ganz tief in ihr drin aufgeblüht. Anders konnte Ida das gar nicht beschreiben. Heute Morgen, bevor sie mit dem Fahrrad ins Café gefahren war, hatte sie gelesen, was sie im Schreibkurs verfasst hatte. Ganz automatisch hatte sie einen Stift genommen und »Alices Lächeln« als Überschrift hinzugefügt. In diesem Lächeln hatte die Erklärung gelegen für das, was sie getan hatte. Mit trauriger Miene aß Ida den letzten Bissen Torte und fragte sich, ob es ihr jemals gelingen würde, die Bilder vom Strand, vor allem aber dieses Lächeln aus ihren Gedanken zu verbannen.

***

Die Eingangshalle war so imposant wie heruntergekommen und erinnerte eher an ein Filmset als an die Lobby eines Hotels in der Sommerfrische der Ostsee. Vermutlich wurde dieser Eindruck noch verstärkt, weil gerade keine Menschenseele anwesend war. Der Empfang war nicht besetzt; es schien, als hielte alles die Luft an, weil die Frau, die allem hier neues Leben eingehaucht hatte, verschwunden war. Paul ging ein Stück am Tresen vorbei, aber Zoe Lauritzen war nirgends zu sehen.

In der Einfahrt hatte er Heimdahls Dienstwagen gesehen, die Suche nach Miriam Talati war längst ausgeweitet worden. Er hatte einen Blick in den Frühstückssalon geworfen und dort Maik Blume von der Schutzpolizei entdeckt, der sich mit einigen Hotelgästen unterhielt.

Mit den Händen in der Hosentasche schlenderte er an der Rezeption vorbei, wo Stina gerade Platz nahm. Vor ihm lag die Bibliothek, die er bisher nur vom Garten aus gesehen hatte. Er trat ein und sah sich um, dieser Raum strahlte etwas Ehrwürdiges aus. In der Mitte standen sich zwei Sofas gegenüber, ein langer Tisch und mehrere kleine samt Stühlen verteilten sich im ganzen Raum. Ein schöner Ort, um zu schreiben, dachte er. Zwei Wände waren bis zur Decke mit Büchern gefüllt, wobei sogar die Eingangstür von einem Regal eingerahmt wurde.

Langsam ging er an den Regalen entlang, hier standen fast nur Klassiker, all die Russen, Dostojewski und Tolstoi, ebenso Goethes »Faust«, Schiller, er ging weiter, fand auch neuere Werke, Christa Wolf, Herta Müller, schon alles sogenannte Hochliteratur. Doch dann entdeckte er ein paar Ostseekrimis. Immerhin, dachte er. Ganz außen standen einige Schreibratgeber, die sein Interesse weckten. »In 80 Tagen zum Roman« oder »Wecke dein kreatives ICH«.

Mit beiden Büchern unterm Arm ging er weiter und betrachtete die Gemälde, die überall dort hingen, wo keine Bücherregale standen. Einige davon waren so finster, dass sie Paul neugierig machten. Es waren drei Bilder, die sich von den anderen abhoben. In der düsteren Farbgebung wirkten sie wie unheilschwangerer Nebel in einem winterlichen Park, den man instinktiv mied. Es waren phantastisch-surrealistische Werke, die alle vom selben Maler sein mussten. Wesen zwischen Mensch und Tier, Ungeheuer, die in diesem Nebel hingen wie Fledermäuse an unsichtbaren Ästen, bedrückend und furchteinflößend.

Ein Bild trug den Titel »Seeungeheuer«. Es war in dunkelbraunen Farben gehalten und zeigte eine riesige Gestalt, die mit wehendem Umhang in der tosenden See stand, zu ihren Füßen ein kleines Boot, wie ein Spielzeug, mit Seeleuten darin. Der Maler hatte sich alle Mühe gegeben, den Schrecken einzufangen, als sei dies das wahre Gesicht der See und die friedliche blaue Sonnenidylle der letzten Tage nur ein Trugschluss. Genauso hatte Alice Vera dies getan. Auch sie hatte mit ihrer Tat gnadenlos das oberflächlich Schöne dieses herrlichen Sommertages durchbrochen und einen Abgrund offenbart.

Neben einem der Bilder war ein kleines Schild angebracht: »Alfred Kubin (1877–1959)«. Paul fragte sich, in welche Abgründe der Künstler wohl geblickt hatte, bevor er diese verstörenden Werke schuf. Und er fragte sich, wer sie hier hatte aufhängen lassen.

Er schlenderte weiter, an alten Fotografien von Herren aus vergangenen Zeiten vorbei. Paul las die Hinweise, die dort hingen. Bei einem blieb er stehen: »Rainer Maria Rilke«. Paul lächelte, vermutlich war der auch einmal Gast im Seewald gewesen, und ja, er spann den Gedanken weiter, deshalb ist sein Geist auch noch irgendwo hier und lebt in dem Herrn im weißen Anzug weiter, diesem Diedrich Teubner, der tatsächlich eine verblüffende Ähnlichkeit mit dem Mann auf der Fotografie hatte.

Wieder fügte sich ein Baustein hinzu, der zum Verständnis dieses kleinen Planeten hier beitrug und zeigte, warum diese Welt so aus der Zeit gefallen zu sein schien. Und warum es eine Clique von Leuten gab, die offenbar noch stark mit dieser Zeit verbunden waren und sie um keinen Preis aufgeben wollten.

Paul war jetzt an einem Bild angelangt, das neben dem hohen offenen Kamin hing. Es war das genaue Gegenteil von Alfred Kubins trostlosen Bildern. Zu sehen war eine Gruppe junger Leute, die ein Picknick veranstalteten. Im Hintergrund konnte Paul die Fassade der Rückseite des jetzigen Hotels erkennen; die große Terrasse mit der Balustrade, deren Einzelsäulen wie Amphoren aussahen und von der aus eine Steintreppe in den Garten führte. Die Figuren, zwei Männer und zwei Frauen, waren in der Mode zu Beginn des 20. Jahrhunderts gekleidet. Eine Zeit, zu der dieses Haus noch recht jung gewesen sein musste. Die Männer lagen lässig mit aufgestützten Ellenbogen auf der Decke und sahen den jungen Damen im Vordergrund beim Federballspielen zu.

»Reformkleider«, vernahm Paul eine Stimme. Er wandte sich zur Seite, neben ihm stand einer der beiden Begleiter Cecilie von Albedylls.

Der Mann musste über Pauls fragenden Blick schmunzeln. »Die Damen, sie tragen Reformkleider.« Er deutete auf das Bild. »Sehen Sie, wie leicht und locker der Stoff über ihre Körper fließt. Sie tragen keine Korsetts mehr, es sind emanzipierte und selbstbewusste junge Frauen.«

Paul trat näher an das Bild heran. »Tatsächlich, Sie kennen sich aber gut aus.«

Der Mann lächelte und verneigte sich leicht. »Kaspar, Ludwig Kaspar.«

»Paul Lupin, angenehm.« Von Johann wusste er, dass dieser Kaspar einen Sohn hatte, für den er seine Memoiren schreiben wollte. »Seit wann machen Sie denn hier Urlaub?« Paul schätzte ihn deutlich jünger ein als Cecilie von Albedyll. Mitte siebzig vielleicht, keinesfalls älter. Er hatte ein seltsam glattes Gesicht, als hätte er sich selbst vor langer Zeit einbalsamiert. Sein Mund war auf groteske Art breit und für einen Mann in diesem Alter auffallend rot. Er trug eine helle Stoffhose, dazu einen Blazer mit Goldknöpfen. Die sommerliche Wärme schien ihm nichts auszumachen.

»Wenn man schon so viele Jahre die Sommerfrische hier draußen verlebt hat, wie ich das getan habe, dann weiß man irgendwann alles von seiner Umgebung. Sie wird zum zweiten Zuhause.«

Paul wandte sich wieder dem Gemälde zu. »Die jungen Leute waren aber lange vor Ihnen hier«, scherzte er.

»Dieses Bild ist von 1910. Zwei Jahre nachdem dieses Haus erbaut wurde.« Kaspar ließ seinen Blick liebevoll auf dem Bild ruhen. »Sie müssen wissen, früher war es eine Kurklinik. Ich selbst war 1975 zum ersten Mal hier, da war ich einunddreißig.«

Paul rechnete schnell nach, fünfundsiebzig minus einunddreißig … Vierundvierzig geboren, dann ist er sechsundsiebzig. Er hatte ihn gut eingeschätzt, obwohl ihn dieses glatte Gesicht irritierte.

Kaspar nickte langsam, als hätte er seinen eigenen Gedanken nachgehangen, dann fixierte er Paul mit wässrigen Augen, die keiner Farbe zuzuordnen waren. Erst jetzt bemerkte Paul, dass er ein Ohrloch hatte. »In diesem Sommer bin ich fünfundvierzig Jahre hier.«

»Donnerwetter«, entfuhr es Paul. »Da kann man ja schon von einem zweiten Wohnsitz sprechen.«

»Sozusagen«, schmunzelte Ludwig Kaspar, »und ich habe

nicht vor, diesen vorzeitig aufzugeben.« Bei diesen Worten schien er ein kleines Stück größer geworden zu sein, und seine glatten blassen Wangen hatten eine rosige Färbung angenommen.

»Fürchten Sie das denn?«

»Nachdem einer der – wie soll ich sagen – *Publikumsmagnete* auf mysteriöse Weise abhandengekommen ist ... Wir sehen die Zukunft dieses Hauses gefährdet, oder sind Sie da anderer Meinung?«

Er betrachtete Paul aufmerksam, ganz offensichtlich wollte er ihn ausfragen. Bestimmt wurde er von den anderen vorgeschickt, von Cecilie von Albedyll und Rilke. *Fühlen Sie diesem Kommissar doch mal auf den Zahn, wir müssen es doch ausnutzen, dass wir einen Draht zu den Ermittlern haben*, oder so ähnlich. Paul schüttelte den Kopf. »Tut mir leid, aber ich weiß genauso wenig wie Sie.«

Ludwig Kaspar legte den Kopf schräg. »Wie dem auch sei, das Leben muss ja weitergehen, auch hier bei uns.« Er verneigte sich leicht und verließ die Bibliothek durch eine der Glastüren, die auf die Terrasse hinausführten.

Paul sah ihm nach, wie er recht flott über den Rasen davonging. *Auftrag erfüllt!*, lag in seiner ganzen Körperhaltung. Aber erfahren hast du gar nichts, dachte Paul zufrieden.

Als er wieder an der Rezeption vorbeikam, betrachtete er das altmodische Bord, an dem viele Schlüssel hingen. Wie praktisch, dachte Paul, so konnte er genau sehen, wer sich auf seinem Zimmer befand oder wer außer Haus war. Auch das noch ein Relikt aus vergangenen Zeiten; mit den modernen Schlüsselkarten konnte man den Gästen nicht mehr nachspüren. Er ging hinter den Tresen und griff nach seinem Schlüssel, der Haken neben seinem war leer, seine Nachbarin war also zu Hause.

Paul hatte sein Zimmer noch gar nicht richtig nutzen können, immer war etwas dazwischengekommen. Und dabei wollte er doch jede Minute auskosten, vor allem, weil er dafür nur die Hälfte bezahlen musste. Das Zimmer war geräumig und entsprach dem Stil des Hauses. Die hohe Decke war mit Stuck

versehen, die Wände zierte eine cremefarbene Tapete mit groß-
zügig gestaltetem blassem Blumenmuster; sie verlieh dem Raum
eine dezente Eleganz, die wie selbstverständlich wirkte. Dies
traf auch auf die Möbel zu. Eine Sitzgruppe, bestehend aus
einem Chesterfield-Zweisitzer sowie zwei zierlichen Sesseln in
Meergrün, ein runder Tisch mit feinen Intarsien in der Mitte.
Am besten aber war das Bett. Es war zwei Meter breit, und das
hohe Kopfteil war mit goldfarbenem Samt bezogen, der mit
eingezogenen Knöpfen rautenförmig eingeteilt war.

Zwei hohe verglaste Türen mit hellen, leichten Vorhängen
zu beiden Seiten führten auf einen Balkon hinaus, auf dem ein
Rattansessel sowie zwei weiße Metallstühle und ein ebenfalls
weißer Tisch standen; die gleichen, die sich auch überall im
Garten fanden. Auf den ersten Blick sah es sehr einladend aus,
obwohl es in keiner Weise Pauls Einrichtungsstil entsprach.
Der war eher nüchtern bis spartanisch. Aber hier umfing ihn
sofort wieder diese spezielle Atmosphäre, die er auch unten im
Garten spürte oder in der Lobby, der Bibliothek. Ein Hauch von
damals, leicht angeschabt und abgenutzt, aber immer noch da.
Als hätten vor ihm die Damen mit den Reformkleidern dieses
Zimmer bewohnt und den echten Rilke als Gast empfangen, der
ihnen sein frisch geschaffenes Gedicht vortrug, bei einer Tasse
Tee und Feingebäck. Ihr Duft nach Lavendel oder Rose und
ihr Lachen waren noch zu spüren, wenn man danach suchte.
Und das sollte er versuchen, wenn er Cecilie von Albedyll und
all die anderen Hotelgäste verstehen wollte.

Paul beschloss, endlich die Vorzüge der Sommerfrische dieses
Ortes zu genießen. Irgendwo am Strand etwas trinken, schwimmen, mit geschlossenen Augen auf seinem Strandlaken liegen,
den Klängen eines Strandurlaubs lauschen und sich das warme
Lüftchen des Abends um die Nase wehen lassen, denn um diese
Zeit waren die meisten Urlauber wieder im Hotel, dabei waren
es doch die schönsten Stunden. Er ließ sich auf das Bett fallen,
nahm »Wecke dein kreatives ICH« und begann zu lesen.

Paul streifte die Shorts ab, die er über der Badehose trug, und lief, so schnell er konnte, ins Wasser, um sich dann, als er weit genug drin war, kopfüber hineinzuwerfen. Mit kräftigen Zügen schwamm er unter Wasser weiter, ließ sich im grüngelben Licht treiben und wünschte sich, er könnte einfach weiteratmen. Wie ruhig und friedlich es hier unten war. Die sanfte Brandung schaukelte ihn hin und her, er stellte sich vor, dass sich ein Embryo im Fruchtwasser genauso fühlen würde, ein bisschen wärmer vielleicht. Er dachte an den Apnoetaucher, der die Leute am Strand in Aufregung versetzt hatte. Wie gerne hätte er jetzt dessen Fähigkeiten, am liebsten würde er gar nicht mehr in die Welt der Lungenatmer zurückkehren. All das, was oberhalb der Wasseroberfläche auf ihn wartete, so lange ausblenden, bis die Zeit alles erledigt haben würde. Er drehte sich auf den Rücken und schaute nach oben. Über ihm der blaue Himmel, dem die Haut aus Wasser und die vom Wind darübergeschickten Wellen ein lebhaftes Muster gaben. Paul erfreute sich an diesem friedlichen Anblick und dachte, wie schön es wäre, wenn er sich wie einer dieser kleinen Plattfischchen mit ein paar schnellen Armbewegungen im Sand verbuddeln könnte.

Langsam wunderte er sich, wie lange er es hier unten aushalten konnte, er wusste gar nicht, dass er so gute Lungen hatte. Aber als er sich wieder umdrehte, merkte er doch, wie die Luft knapp wurde. Genau in dem Moment zog ihn etwas ins Meer hinaus. Erst ganz leicht, dann wurde es immer stärker, wie eine dieser Unterströmungen, von denen er schon so viel gehört hatte. Immer schneller wurde er, es war wie ein Sog, und er konnte nichts dagegen tun. Erst als es wieder nachließ, spürte er, dass ihm jetzt endgültig die Luft ausging, dann sah er den riesigen Fuß auf dem Meeresgrund stehen, fest verankert wie die Stützkonstruktion einer Bohrplattform. Er sah noch, dass es kein menschlicher Fuß war, dafür war er viel zu groß, aus der Ferne hörte er Lilli nach ihm rufen: ... *Papa ... Papa, wo bist du? Du musst uns helfen ...* Dann wurde es schwarz um ihn.

Einen Moment lag Paul reglos da und atmete stoßweise, die Augen geschlossen. Ein feiner Wind huschte neugierig und behutsam über seinen Körper. Er hörte Kinder kreischen, Väter nach ihnen rufen, Bälle gegen Holzschläger ploppen, und als er endlich die Augen öffnete, war es immer noch schwarz. So schwarz wie unter Wasser, nachdem er es eingeatmet hatte. Er wunderte sich, wo das Sonnenlicht geblieben war. Vorsichtig tastete er mit der Hand neben sich, doch da war kein Sand, er tastete weiter, drehte sich zur Seite, und erst jetzt begriff er, dass er in seinem schönen breiten Hotelbett lag.

Verstört richtete er sich auf, als ihm ein stechender Schmerz in den Rücken schoss, sodass er einmal laut aufjaulte. Er ließ sich wieder fallen und atmete langsam und tief. Er hatte wohl ungünstig gelegen und eine falsche Bewegung gemacht. Das Stechen saß im unteren Rücken, ein kleines bisschen rechts der Wirbelsäule. Erneut versuchte er, sich aufzurichten, ganz langsam dieses Mal. Dann saß er auf der Bettkante, wie ein dementer Greis, dem nicht einfiel, was er als Nächstes tun musste. Fröstelnd strich er die verschwitzten Haare aus seinem Gesicht und schaute an sich hinunter; er trug nur die Shorts, die er sich nach dem Duschen angezogen hat. »Wecke dein kreatives ICH« lag auf dem Boden, die Balkontüren standen offen, die weißen Vorhänge bewegten sich leicht in der hereinströmenden Luft, die nach Algen und Gras roch. Als er sich endlich gesammelt hatte, stand er langsam auf, bemüht, nicht erneut eine falsche Bewegung zu machen. Dann stellte er sich unter die Dusche und ließ heißes Wasser über die schmerzende Stelle laufen. Nach einer Weile ließ der Schmerz nach. Er zog Jeans und Pullover an; jetzt fühlte er sich schon besser.

Er schaute auf die Uhr, er hatte tatsächlich bis kurz vor Mitternacht geschlafen, und jetzt war er hellwach, hungrig und durstig und hatte sich nichts zu essen besorgt. Er bückte sich vorsichtig und öffnete die Minibar. Darin standen zwei kleine Flaschen Wein, rot und weiß, Bier, Korn, Wasser und Apfelsaft, Erdnüsse, immerhin. Er ärgerte sich darüber, dass er alle

Einkäufe aus dem Gutsladen bei Johann gelassen hatte. In seinem Koffer waren noch ein paar zerbröselte Keksreste. Die Restaurantküchen in Hohwacht waren längst geschlossen, und im Dunkeln mit dem Fahrrad bis nach Havgart zu fahren, um Johanns Kühlschrank zu plündern, dazu hatte er auch keine Lust. Er seufzte, dann begann sein Magen laut zu knurren. Vielleicht würde er ja in der Hotelküche etwas finden. Einen Versuch war es wert. Außerdem wollte er hier raus, er musste diesen fürchterlichen Traum loswerden.

Der Flur war mit einem spärlichen Nachtlicht beleuchtet. Als er den dicken roten Teppich entlangging, hörte er vereinzelte Stimmen, ein Fernseher lief, von irgendwoher kam ein monotoner Gesang, vermutlich auch aus dem Fernseher. Er ertappte sich dabei, dass er schlich. Wohl deshalb, weil er etwas vorhatte, das sich nicht unbedingt gehörte. Das Hotel hatte zwar einen Aufzug, aber gewohnheitsgemäß ging er die Treppe hinunter, die schräg hinter der Rezeption in einem eleganten Schwung endete. Auch hier war alles still und verlassen. Es war seltsam, sich in einem fremden Haus voller fremder Menschen zu bewegen und doch dazuzugehören. Dadurch bekam alles hier auch etwas Vertrautes. Die Ledersessel in der Lobby waren für eine kurze Zeit nun auch die seinen, die Zeitungen auf den Tischen, die Bücher in der Bibliothek. Er wandte sich um und sah, dass in der Bibliothek ein schwaches Licht brannte, also ging er hinein. Es war eine kleine grüne Bankerlampe, die auf einem der Lesetischchen stand, genau unter dem Bild des Seeungeheuers, und die allein vor sich hin leuchtete, denn hier war niemand.

Als hätte jemand von seinem Traum gewusst und die Lampe mit Absicht dort platziert, damit Paul ihn ja nicht vergaß. Wie ferngesteuert richtete sich sein Blick wieder auf dieses Gemälde, er konnte gar nichts dagegen tun, auch nicht, als seine Füße ohne seinen Willen auf das Seeungeheuer zugingen. Jetzt, in dem schwachen Licht, kam es erst richtig zur Geltung. Hinter der Gestalt war ein kleiner Ausschnitt hell hervorgehoben, als hätte der Sturm für einen flüchtigen Moment den Himmel aufgerissen, wodurch das Ungeheuer noch plastischer erschien und das Bild den Betrachter regelrecht in das Geschehen hineinzog. Genau wie eben noch im Traum war ihm auch jetzt wieder so, als wolle ihm etwas die Füße wegreißen.

»Mistvieh! Lass mich ja in Ruhe«, murmelte er und wandte sich wieder ab. Er sah sein eigenes Spiegelbild in den schwarzen Scheiben der Terrassentüren, dahinter brannten zwei schwache Laternen am Rande des Parks, doch dazwischen bemerkte er das Aufblitzen eines Lichts, das sich zuckend hin und her bewegte. Schnell trat Paul zur Seite und stellte sich an die Wand rechts neben den Türen. So blieb er kurz stehen, dann drückte er sich an den Bücherregalen vorbei und löschte die grüne Funzel. Jetzt konnte er sich im Raum bewegen, ohne von außen gesehen zu werden.

Draußen hüpfte das Licht weiter hin und her und schien sich zu entfernen. Paul öffnete die Tür, schlich auf die Terrasse hinaus und hockte sich hinter die Balustrade, um zwischen den Amphoren hindurchzuspähen. Dabei fuhr ihm wieder ein Schmerz in den Rücken. So verharrte er eine Weile, doch da alles ruhig blieb, erhob er sich wie in Zeitlupe und ging hinunter in den Garten. Das Gras war nass, weil die hier allgegenwärtige See das angrenzende Land mit ihrer Feuchte überzog. Der Kiesweg, der über den Rasen einmal um das ganze Haus führte, war mit kleinen Lämpchen markiert, und das schwache Licht der Laternen ließ Paul zumindest ein wenig erkennen. Ansonsten wäre es hier stockdunkel gewesen.

Er stand jetzt an dem Markierungsband, das Jakob Vera angebracht hatte, um die Ausmaße des Schwimmteiches zu planen, und zog sein Smartphone aus der Hosentasche. Selbst jetzt hatte er es eingesteckt, aus Sorge, Lilli würde anrufen und seine Hilfe brauchen, für was auch immer. Er leuchtete umher, doch er fand nichts Außergewöhnliches. Nur eine einsame Schaufel lag rechts des Bandes auf dem Boden. Jetzt sah er, dass jemand ein Loch gegraben hatte. Nicht groß und auch nicht tief. Paul ging in die Hocke und beleuchtete die Schaufel genauer. Am Schaufelblatt hing noch Erde, sie war feucht, als hätte jemand eben noch damit gegraben. Er leuchtete weiter, dieses Mal in zwei Augen, die den Strahl der Lampe zu bündeln schienen und kalt auf ihn zurückwarfen. Es war der Kater Klaus, der vor ihm hockte und ihn reglos anstarrte. Er hatte etwas derart Arrogantes und Angriffslustiges, dass es Paul nicht in den Sinn kam, ihn anzufassen.

Er richtete sich wieder auf und kratzte sich am Kopf, während Klaus ihn nicht aus den Augen ließ. Es war eigentlich ausgeschlossen, dass einer von Jakobs Leuten die Schaufel einfach nach Feierabend hier hatte liegen lassen, zumal sie mit den Aushubarbeiten noch gar nicht begonnen hatten. Er nahm die Schaufel auf und legte sie ganz an den Rand des Gartens. Vermutlich war der Hausmeister, dieser Ebbe, hier mit irgendwas beschäftigt.

Paul sah sich um. Der Kater schien jetzt mit der Dunkelheit verschmolzen zu sein, jedenfalls sah er ihn nicht mehr. Langsam ging er den Weg weiter, die Gartenlaternen standen in großen Abständen zueinander, sodass jeder Teil des Parks ein wenig Licht abbekam. Vor dem Haus waren alle Stühle an die Tische gelehnt, so ersparte man sich das Abwischen der Sitzflächen am Morgen.

Die alte Dame Hotel hatte eine kurze Verschnaufpause eingelegt, alle ihre Gäste eingesammelt, bevor sie am nächsten Tag wieder ächzend ihre Dienste zur Verfügung stellen musste.

Paul trat auf den Rasen und betrachtete die dunkle Fassade. Nur einige wenige Lichter brannten. Eines davon in Cecilie von Albedylls Gemächern, dort sah er mehrere Schatten hinter den Gardinen umherwandeln. Beinahe sah es aus, als würden sie tanzen. Auf jeden Fall waren die Herrschaften genauso wach und munter wie Paul. Aber im Gegensatz zu ihm hatten sie bestimmt gut gegessen.

Klaus saß nun auf einem der weißen Tische direkt vor ihm und beobachtete ihn. Nein, dachte Paul, es sah eher so aus, als kontrollierte er den neuen Gast. Als ob er ahnen würde, was dieser vorhatte. Der beschloss nämlich, in der Hotelküche nach etwas Essbarem zu suchen, anschließend noch einmal in die Bibliothek zu gehen, dieses Mal aber einen großen Bogen um das Seeungeheuer zu machen und sich etwas zum Lesen mitzunehmen. Klaus würde es für sich behalten, dachte Paul und machte sich auf den Weg.

Sein Nachtmahl bestand aus zwei Brötchen, die er auf dem Toaster, der auf dem Büfett im Salon stand, aufgetaut hatte, einem Apfel und ein paar Scheiben Edamer. Mit der kleinen Flasche Rotwein setzte er sich auf den Balkon, legte die Füße auf das Geländer und schaute in den Sternenhimmel. Der war unbeschreiblich; hier draußen am Rande der bewohnten Welt, wo keine Lichtverschmutzung der Großstadt die Sicht trübte, konnte man den Hauch einer Ahnung bekommen, wie weit und wie voll das Universum war. Paul konnte sich nicht erinnern, jemals so viele Sterne auf einmal gesehen zu haben. Er trank etwas von dem Wein, hörte Klaus in der Nähe miauen und leise Stimmen vom Nachbarbalkon. Cecilie und ihre Vasallen schienen auch richtige Nachtschwärmer zu sein.

Mehrere Sternschnuppen schossen hintereinander aus dem Nichts hervor und verschwanden wieder, und Paul dachte, dass sein Leben ungefähr so war wie eine dieser Sternschnuppen gerade – ein kurzes Aufflackern und schon wieder vorbei. Eine innere Ruhe breitete sich langsam in ihm aus, vermutlich wurde sie von dem Rotwein ausgelöst. Ihm fiel ein, dass er den ganzen gestrigen Tag nicht einmal über die Ereignisse in Hamburg nachgedacht hatte. Die waren in die Ferne gerückt, zwar nicht so weit wie die Lichter über ihm, aber sie beherrschten nicht mehr sein Denken. Nur das Bild des Schlags war geblieben, seine Faust, die nach vorne geschnellt war wie eine Sprungfeder, und die Visage des Typen, der sie zu spüren bekommen hatte. Er ballte die Faust, er hatte mit links zugeschlagen.

»Das machst du doch mit links« war einer der Standardsprüche seines Vaters.

»Genau, Papa, da hast du mal recht«, murmelte Paul und lächelte. Etwas hatte sich verändert, er stufte das alles als nicht mehr so wichtig ein. Und das war neu, im Moment fühlten sich die möglichen Konsequenzen nicht mehr lebensentscheidend an. Was sich hingegen nicht verändert hatte, war die Abwesenheit jeglicher Reue. Im Gegenteil, er würde es bei den anderen Arschlöchern genauso gerne wieder tun. Er hatte die Neutralität verloren, die ein Kriminalbeamter eigentlich wahren sollte.

Ein schrilles Kreischen gefolgt von einem Aufprall direkt neben ihm ließ Paul in die Höhe fahren und kurz aufschreien, weil er sich zu schnell bewegt hatte. Dann schoss etwas Dunkles vom Balkon in sein Zimmer, und Paul sah hinein. Mit klopfendem Herzen sah er Klaus mitten in seinem Zimmer sitzen und sich vollkommen entspannt eine Pfote putzen.

»Wie zum Teufel …« Paul sah sich verwirrt um, hielt sich den schmerzenden Rücken, dann ging er zum Geländer und blickte hinunter. Er befand sich im zweiten Stock, der Kater konnte unmöglich von außen bis hierher geklettert sein. Es sei denn, Katzen konnten sich an einer Efeuranke hinaufarbeiten, davon hatte er allerdings noch nie gehört. Wieder hörte er Stimmen von nebenan. Er trat an die rechte Seite seines Balkons und beugte sich hinüber zum Balkon seiner Nachbarin. Die Balkone waren erst später angebracht worden und trafen sich beinahe an der Ecke des Hauses; sie waren ungefähr einen Meter voneinander entfernt, für so einen wie Klaus eine Kleinigkeit. Also musste er vorher im Nachbarzimmer gewesen sein, aber wie war er dorthin gelangt?

Paul seufzte, im Grunde sollte er sich über gar nichts mehr wundern. Er ging zu seiner Zimmertür, scheuchte das Tier hinaus auf den Gang und schloss dann zweimal ab. Dasselbe machte er mit den Balkontüren, bevor er ins Bad ging, um sich die Zähne zu putzen. Dann versank er in seinem Zweimeterbett und schlief sofort ein. Das Seeungeheuer ließ ihn in dieser Nacht in Ruhe.

Freitag

Um acht Uhr betrat Paul den Frühstückssalon. Die nächtlichen Ereignisse hatten ihn zwar erst gegen zwei einschlafen lassen, aber er hatte sich fest vorgenommen, seinen Rhythmus etwas mehr dem der anderen Gäste anzupassen, wobei er ganz bestimmte Personen im Visier hatte. Die Schmerzen in seinem Rücken hatten sich fast verzogen, zurückgeblieben war ein Gefühl wie bei einem Muskelkater. Vermutlich lag es an dem Bett.

Im Salon war nur ein einziger Platz frei, auf diesem standen das Schildchen mit der »21« und ein Gedeck für eine Person. Nachdem ihm eine freundliche junge Frau ein Kännchen Kaffee gebracht hatte, füllte er sich eine Tasse und sah sich beim Trinken in Ruhe um. Mehrmals nickte er einigen Gästen zu, die ihn von ihren Tischen aus beobachtet hatten und ihn begrüßten. Es herrschte eine laute Geräuschkulisse in dem Raum, es schien, als rede jeder mit jedem. Die Stimmung war ausgelassen und fröhlich. Es wartete ja auch ein neuer schöner Tag in der Sommerfrische der Ostsee auf die Urlauber. Paul entdeckte die Dreier-Clique um Cecilie von Albedyll ein paar Tische weiter. Als hätten sie darauf gewartet, dass er zu ihnen hinübersah, nickten die beiden Herren ihm höflich zu. Cecilie hingegen beachtete ihn nicht und trank aus ihrer Teetasse, die sie mit abstehendem kleinen Finger an den Mund führte.

Während er frühstückte, versuchte er, sich eine sinnvolle Tagesplanung zu überlegen. Er musste unbedingt mit Zoe Lauritzen reden, er fühlte sich verpflichtet, sich der Sache ein wenig anzunehmen, unabhängig von den Ermittlungen, die Martin Heimdahl und sein Team bereits aufgenommen hatten. Nicht nur, weil er das Zimmer zum Spottpreis bekommen hatte. Die ganze Vera-Sache hing damit zusammen, das konnte er einfach nicht mehr ignorieren. Er hatte gestern spät noch einmal mit

Heimdahl deswegen telefoniert, auch um zu fragen, wie es um Henrik Vera stand, aber es gab noch nichts Neues.

Er ging zum Büfett, das so üppig beladen war, dass er sich nur schwer entscheiden konnte. Er nahm sich erst einmal nur ein Croissant mit Butter und setzte sich wieder an seinen Platz. Dann fragte er sich, wer gestern Nacht im Park des Hotels unterwegs gewesen war. Als hätte Klaus seine Gedanken gelesen, sah Paul den Kater draußen im Garten sitzen. Vollkommen regungslos, wie eine dekorative Porzellanfigur saß er da und stierte ihn an. Seltsames Vieh, dachte Paul. Der benimmt sich, als hätte er eine Mission zu erfüllen. Wie dieser Ludwig Kaspar bei seinem Auftritt in der Bibliothek.

Er warf einen unauffälligen Blick auf die drei, die sich angeregt unterhielten. Plötzlich sah er Cecilie von Albedyll als Hexe, denn etwas an ihrem Äußeren hatte tatsächlich etwas davon. Und Hexen standen sich ja gut mit Katzen, sagte man doch. Die Katze als Verkörperung des Teufels, ausgesandt von Cecilie, um die Kontrolle zu wahren. Paul schüttelte den Kopf und lächelte. Dann sah er, dass die drei offenbar ihr Frühstück beendet hatten. Doch anstatt zu gehen, begannen sie, den Tisch abzuräumen. Dabei ließen sie Brötchen, gekochte Eier, Obst und jede Menge Portionsschälchen Marmelade, Nutella und Honig in mitgebrachten Stoffbeuteln auf ihrem Schoß verschwinden. Cecilie war die Einzige, die noch Wurst und Käse in Tupperdosen packte.

Schnell schaute er weg, behielt sie aber weiterhin im äußeren Rand seines Blickfeldes. So sieht das also aus, dachte Paul. Vom Rilke-Vergöttern und Gedichteschreiben kann man auch heute nicht leben. Und wochenlang hier residieren nagt schwer an der Rente.

Nach dem Frühstück begab er sich zur Rezeption, an der jetzt ein junger Mann namens Gerrit Blohm saß, wie das Schildchen auf dem Tresen verriet.

»Guten Morgen«, sagte Paul, »wissen Sie, wo ich Frau Lauritzen finden kann?«

»Sie ist mit Joggingsachen raus«, sagte Gerrit, »vor zwanzig Minuten ungefähr.«

»Ah, wissen Sie, wo sie langläuft?«

»Klar, wir sind schon ein paarmal zusammen gelaufen. Sie gehen hinten über die Straße zum Genueser Schiff, dann den Dünenweg entlang. Am Seeschlösschen oder ein Stück weiter bei Toms Hütte müssen Sie rechts abbiegen, um auf den Steilküstenweg zu gelangen. Auf dem bleiben Sie, bis er sich schlängelt und vom Strand wegführt, da ist eine Treppe zum Strand und dann weiter bis zur Seebrücke. Meistens bleibt sie da eine Weile sitzen, bevor sie wieder zurückläuft.«

Paul bedankte sich und saß kurz darauf auf Johanns Fahrrad. Er fand Zoe Lauritzen ganz am Ende der Seebrücke auf einer Bank, das Smartphone am Ohr. Als sie ihn sah, hellte sich ihre Miene auf, und sie deutete einladend auf den Platz neben sich. Sie beendete das Gespräch, als Paul sich setzte.

»Guten Morgen, was für ein Zufall«, sagte sie, sichtlich erfreut.

»Eher Berechnung«, entgegnete Paul, »Gerrit hat mir Ihre Joggingrunde verraten. Ich wollte mich zuerst einmal für das Zimmer bedanken, es ist phantastisch.« Die Abenteuer, die er in der letzten Nacht dort erlebt hatte, behielt er für sich.

»Das freut mich. Sie haben auch Glück, es ist eines der besseren Zimmer, einige sind erst kurz vor unserer Übernahme neu gemacht worden.«

»Und dann wollte ich fragen, wie es Ihnen geht. Sie machen gerade einiges durch, und das tut mir leid.«

Zoe lächelte ihn an. »Das ist sehr lieb von Ihnen. Aber bitte, können wir uns nicht duzen?«

»Klar, gerne, ich bin Paul.«

»Weiß ich doch, dein Vater erzählt jedes Mal von dir, wenn er bei uns ist.«

»Ist er denn so oft im Hotel? Er erzählt mir jedenfalls nichts davon.«

»Ab und zu, wenn er uns neue Aufnahmen vorbeibringt. Er

ist so süß, alle bei uns mögen ihn sehr. Sei froh, dass du so einen tollen Vater hast.«

Paul nickte. »Ich weiß, er ist schon zu gebrauchen.« Er betrachtete Zoe kurz und dachte, dass es doch seltsam war, dass eine so attraktive Frau immer noch alleine lebte. Von Johann hatte er nämlich gehört, dass sie sich nach dem Tod ihres Mannes Benjamin total zurückgezogen hätte. »Ich habe von dem Kollegen Martin Heimdahl gehört, dass die Suche nach deiner Mutter ausgeweitet wurde.«

»Aber ich frage mich, wo sie Miriam suchen wollen. Ich kann der Polizei nicht helfen.« Sie sah Paul an. »Als wir uns unterhalten haben, am Montag, als du mich nach dem Zimmer gefragt hast, da hast du doch gemerkt, dass ich dir nichts über die Gewohnheiten meiner Mutter sagen konnte, oder?«

»Stimmt, ja.«

»Du musst wissen, ich kenne meine Mutter nicht.«

Paul runzelte die Stirn.

»Es ist eine ganz einfache Geschichte.« Zoe Lauritzen zog das Knie an und stellte einen Fuß auf die Bank. »Ich bin zwar ihre leibliche Tochter, aber sie hat mich nicht erzogen. Ich bin in einem Aschram geboren, in Rishikesh, wo sich alle um mich gekümmert haben. Miriam war mal da und dann auch wieder nicht, meistens Letzteres. Und irgendwann war ich erwachsen und bin meine eigenen Wege gegangen.«

»Verstehe«, sagte Paul, »da hast du natürlich keine feste Mutter-Tochter-Bindung aufbauen können.«

»Kann man nicht sagen, nein. Sie ist eher wie eine gute Bekannte, ich würde sie noch nicht einmal Freundin nennen. Aber jetzt …«, sie dachte einen Moment nach, »jetzt, wo vielleicht etwas passiert ist, etwas, das sie nicht eingeplant hatte, jetzt spüre ich doch so etwas wie eine Nähe.« Sie schüttelte den Kopf. »Es ist ganz seltsam.«

»Als du gegangen bist, ist sie in Indien geblieben?«

»Ja, in Rishikesh. Mit ein paar Aufenthalten in Brasilien, um sich im Hormonyoga ausbilden zu lassen. Sie hat ihr ganzes

Leben dem Yoga gewidmet.« Zoe stand auf und schaute aufs Meer hinaus. »Wo kann sie nur sein?«

Auch heute war wieder ein wunderbarer Sommertag, eine leichte Brandung herrschte, und der Ostwind schob die Wellen seitlich an den Strand. Paul war ebenfalls aufgestanden, und beide lehnten am Geländer der Seebrücke wie an der Reling eines Schiffes.

»Sie ist so plötzlich wieder verschwunden, wie sie aufgetaucht ist«, führte Zoe ihre Gedanken weiter.

»Warum ist sie überhaupt gekommen?«

»Vor zwei Jahren ist mein Mann tödlich verunglückt, und ich stand plötzlich mit unserem Hotel alleine da. Es war unser *Traumprojekt*.« Sie sprach das Wort langsam aus, als läge immer noch viel Bedeutung darin. »Das Hotel gehörte Benjamins Familie. Er war der Letzte in der Erbfolge und der Erste, der es grundlegend sanieren wollte. Alle vorher hatten es nur irgendwie am Leben gehalten, wie man sieht. Wir hatten schon all unser Geld hineingesteckt, doch es ist ein Fass ohne Boden.«

»Und nach seinem Tod ist das Hotel in deinen alleinigen Besitz übergegangen?«

Zoe nickte, wirkte jedoch abwesend. »In der Zeit nach Benjamins Tod hatten Miriam und ich ein wenig Kontakt … Seltsam …« Zoe brach ab.

Paul sah sie fragend an. »Was ist seltsam?«

»Dass sie sich auf einmal gemeldet hat. Nach so vielen Jahren.«

»Bestimmt, weil dein Mann gestorben war, oder nicht?«

»Nein, sie sagte, sie wolle etwas Neues anfangen, hier, irgendwo. Dass Benjamin gestorben war, hatte ich ihr nicht gesagt, wozu auch? Und dann kam sie, stand mit ein paar Koffern an der Hotelrezeption. Ich habe ihr dann die Wohnung in Oldenburg besorgt.«

»Wieso bist du überhaupt wieder hierher zurückgekehrt?«

»Dies ist die Heimat meiner Mutter, sie hat immer viel davon erzählt. Ab und zu sind wir auch hierhin gereist.«

»Ach«, Paul horchte auf, »dann war Miriam also doch zwischendurch hier. Auch bei den Veras?«

»Ja, klar. Daher kenne ich ja auch Jakob und Christopher. Und Sofie natürlich.«

Paul dachte einen Moment nach. Er war im Glauben gewesen, dass Miriam keinen Kontakt mehr zu den Veras hatte. »Wie war denn das Verhältnis zwischen deiner Mutter und Henrik und Alice?«

Zoe zuckte mit den Schultern. »Gut, glaube ich. Aber ich weiß es nicht. Ich würde im Nachhinein nicht behaupten, dass sie allerbeste Freunde waren, eher gute Bekannte vielleicht. Aber durch Jakob Vera habe ich Benjamin kennengelernt, meinen Mann.« Sie lächelte. »Obwohl ich Jakob auch sehr gemocht hatte.« Zoe sah Paul in die Augen. »Was hast du nur an dir, dass ich dir solche persönlichen Dinge erzähle?«

»Das ist mein umwerfender Charme, den ich entwickle, wenn ich *nicht* im Dienst bin.« Er lächelte ebenfalls und dachte, dass er tatsächlich ganz anders mit ihr geredet hätte, säßen sie jetzt in einem der Büros in Hamburg. »Aber ernsthaft, ich denke, du weißt genau, dass wir nur so herausfinden können, was mit Miriam passiert ist. Die Lösung liegt hier nun mal im Persönlichen, ganz tief unten. Also, noch eine intime Frage: War Jakob nicht eifersüchtig?«

»Ich glaube schon, aber es war nicht zu ändern«, sagte Zoe. »Er ist drüber hinweggekommen.«

Oder macht sich neue Hoffnungen, dachte Paul und erinnerte sich daran, wie zärtlich er Zoe begrüßt hatte, als sich die beiden am Hotel getroffen hatten. Jakobs tiefe Zuneigung zu ihr war nicht zu übersehen gewesen. Aber diese Beobachtung behielt er erst einmal für sich.

Beide schwiegen eine Weile.

»Ist deine Mutter vermögend?«

»Oh ja, sie hat mit ihren Yogaschulen gut verdient. Ich kann keine Zahlen nennen, aber sie hat Geld, ja. Sie ist ja auch vor einem Jahr mit in das Hotel eingestiegen.«

»Ach, deine Mutter ist Teilhaberin?«

Zoe nickte. »Ja, das haben wir wegen der Banken gemacht. Sie ist kreditwürdig, ich nicht mehr. Und Christopher wollte ebenfalls mit einsteigen, als Eigentümer und als Geldgeber. Er und Benjamin kannten sich gut, und Christopher hatte selbst immer schon ein Auge auf das Hotel geworfen.« Sie wandte sich wieder dem Meer zu und ließ den Blick am Horizont entlangwandern. »Ich muss ständig an die Veras denken, an das, was Alice getan hat.«

»Das beschäftigt uns alle.«

Sie sah Paul an. »Was glaubst du, hat Miriams Verschwinden etwas damit zu tun?«

Paul nickte nachdenklich. »Zugegeben, der Gedanke könnte sich aufdrängen, zumal die Veras und Miriam gute Freunde waren.«

»Aber das ist ewig her. Ich sagte ja schon, ich glaube, die hatten keinen engen Kontakt mehr.«

»Bist du dir da sicher?«

Zoe dachte nach. »Nein, natürlich nicht, wie auch?«

»Immerhin hat Alice Vera die Schreibkurse im Hotel abgehalten, da müssen sich die beiden doch begegnet sein«, hakte Paul nach.

»Ja, bestimmt sogar. Aber ich weiß nicht, was Miriam getan hat, wenn sie nicht im Hotel war. Oder mit wem sie sich getroffen hat.«

»Auf jeden Fall ist die enge Verstrickung mit der Familie Vera nicht zu übersehen«, sagte Paul. Was auch für ihn selbst galt, kam ihm in den Sinn. Johann hatte Alices Kurs besucht, Ida ebenso. Die hatte aber auch als Hausmädchen für die Veras gearbeitet. Er selbst hatte Christopher kennengelernt. Lilli war mit Christophers Sohn befreundet. Jakob hatte Zoe mit seinem Freund Benjamin zusammengebracht und war selbst leer ausgegangen. Christopher wollte Anteile am Hotel erwerben. Verflixt, wenn er sich darin nicht noch verheddderte. Er stützte die Ellenbogen auf dem Geländer ab und fuhr sich durch die

Haare, dann richtete er sich wieder auf. »Hast du eigentlich jemanden gefunden, der die Yogakurse weitermachen kann?«

Zoe lachte bitter. »Den oder die werde ich niemals finden. Miriam ist einzigartig, und deshalb bete ich zu Gott, dass es nur eine ihrer Launen ist und sie morgen wieder auftaucht, die Räume aufschließt, Tee für die Teilnehmerinnen kocht und einfach weitermacht.« Sie sah Paul eindringlich an. »Sie hat innerhalb von knapp zwei Jahren das Hotel aus den roten Zahlen geholt. Wir sind das ganze Jahr über ausgebucht, weil Miriam ... weil sie zaubern kann. Anders kann ich das nicht sagen. Sie hat so ein intuitives Gespür dafür, was den Menschen fehlt, wo sie Schwächen haben, körperlich, aber auch mental. Sie ist keine Heilerin oder so etwas, aber sie sieht an den Bewegungen, wo es hakt, es ist wirklich unglaublich.«

»Verstehe«, log Paul. Das, was hier passiert war, konnte niemand verstehen. Er kam sich vor wie ein Zaungast, der hier und da etwas aufschnappte, es aber nicht in einen Zusammenhang bringen konnte.

＊＊＊

Johann hatte sich das Klemmbrett aus einer Sperrholzplatte gebastelt. Die Zange seines Überbrückungskabels für die Autobatterie, die das Papier festhielt, hatte er an den oberen Rand des Brettes geschraubt. Jetzt saß er mit seinem ausgedruckten Text im Schaukelstuhl auf der Veranda. Nachdem er alles noch einmal durchgelesen hatte, kam ihm sein Werk schon ein bisschen stümperhaft vor. Manche Sätze waren zu kurz, andere ohne Bezug zueinander, einfach nur aneinandergereiht. Er musste dringend an seinem Stil arbeiten. So etwas hatten sie im Schreibkurs nicht gelernt. Darum gehe es nicht, hatte Alice immer wieder betont. Es gehe nur darum, an den Strom der Erinnerungen zu gelangen, der verborgen in jedem fließe und der mit den richtigen Techniken angezapft werden könne.

Erinnerungen, ja, das war so eine Sache mit den Erinnerungen. Johann konnte heute noch jeden einzelnen Tag in seinem Kopf abspulen lassen aus der Zeit, als sie das kleine Haus in dem engen Bachtal in Beyenburg gekauft und renoviert hatten, kurz bevor er mit seiner kleinen Familie, die zu dieser Zeit noch aus ihm selbst, Annemarie und seiner Tochter Charlotte bestanden hatte, eingezogen war. Aber er konnte sich ums Verrecken nicht mehr daran erinnern, wo er zum Beispiel vorgestern um fünfzehn Uhr gewesen war. Oder was es gestern zum Mittagessen gab. Doch, halt, das wusste er sehr wohl. Es gab Erbsensuppe *ohne* Speck. Und zum Nachtisch Eis *ohne* Milch und *ohne* Sahne. Dafür mit irgendeiner Nussmilch. Genau, Mandelmilch.

Sein Blick fiel durch das Fenster der Küche auf das Bonbonglas, in dem sich nur lauter rote Schokolinsen befanden. Rafael hatte sie mitgebracht, und Lilli aß die sowieso nicht, aber dann hatte sie die roten aussortiert, weil die Farbe von ausgequetschten weiblichen Läusen stamme, die eigens dafür gezüchtet, getötet und gekocht würden. Jetzt hatte Johann auch keine Lust mehr, sie zu essen. Vielleicht würde Paul zugreifen – man musste ihm ja nicht alles haargenau erklären, dachte Johann und schüttelte laut seufzend den Kopf. »Denen geht's einfach zu gut«, murmelte er vor sich hin.

Er schaute wieder auf seinen Text. *Unsere Hochzeit … schön war sie gewesen …* Wie belanglos das klang. *Schön.* Eine Gardine am Fenster war schön. Das Wetter konnte schön sein, eine Frau natürlich. In Bezug auf seine eigene Hochzeit klang das flach und langweilig. Er kaute auf seinem Bleistift herum und dachte an die Hochzeit. Ja, diese Feier hatte es in sich gehabt. Sie hatten Tage gebraucht, um sich davon zu erholen, um wieder nüchtern zu werden. Konnten junge Leute heute überhaupt noch so feiern wie sie damals? So richtig? Er bezweifelte das. Die fleischlose Ernährung raubte ihnen das innere Feuer. Das kraftlose Herumgewische auf dem Smartphone tötete die Durchsetzungskraft und das Zupacken. Verweichlicht und zerbrechlich kamen sie ihm heute alle vor.

Also »schön« in Bezug auf die Hochzeit war vollkommen

daneben. Wenn er an die Feier dachte, wunderte er sich heute noch darüber, dass es keine Toten gegeben hatte. Tote … Wieder kam ihm Henrik Vera in den Sinn, der zwar noch nicht tot war, aber leben tat der auch nicht mehr so richtig. Und wer wusste schon, was mit Miriam Sundberg passiert war? Johann musste an Ida Rossi denken, die sich beschwert hatte, dass die neue Yogalehrerin noch nicht mal »der Hauch eines Abklatsches von Miriam Talati« war. *Hauch eines Abklatsches*, auf so etwas konnte nur Frau Rossi kommen. Er notierte sich diesen Ausdruck, vielleicht konnte er ihn mal irgendwo einsetzen.

Tote, dachte Johann, Tote … plötzlich fielen ihm Cecilie von Albedyll und die anderen beiden ein, Teubner und Kaspar. Kaspar war deutlich jünger, aber die Albedyll, die setzte sich bestimmt auch schon mit ihrem Dahinscheiden auseinander. Andererseits machte sie aber den Eindruck, als hätte der liebe Gott ihr gesagt, sie könnte noch weitere hundert Jahre im Seewald Urlaub machen. Es hatte so was Unumstößliches. Und sollte Cecilie von Albedyll tatsächlich einmal das Zeitliche segnen, vielleicht würde dann das Hotel in sich zusammenfallen so wie das Haus Usher in diesem Schwarz-Weiß-Film. So ein Quatsch, dachte Johann. Soweit er wusste, hatte Roderick Usher seine Schwester im Keller lebendig begraben, wodurch der ganze Laden verflucht war. Parallelen zum Seewald gab es hier nicht. Oder vielleicht doch?

Johann seufzte. Die Albedyll war achtundachtzig, also vier Jahre älter als er. Seltsamerweise dachte Johann nie an den Tod, und wenn, dann sah er ihn als Notwendigkeit an, so wie er den Capri und den Mini irgendwann zum Schrottplatz geleiten musste. Sterben war eine Tatsache. Seine Zeit mit dem Grübeln über den Tod zu verschwenden war im Grunde Luxus. Noch mehr Luxus war es, einen Schreibkurs zu besuchen. Das viele Geld hätte er auch in eine Erweiterung seines Braukessels stecken können. Aber trotzdem vermisste er die Runde bei Alice. So anstrengend sie auch gewesen war und sosehr er immer wieder ins Schwitzen gekommen war, weil er sich so schlecht konzentrieren konnte und überhaupt das Schreiben nicht gewohnt war, so sehr hatte es ihn jedes Mal hinterher ausgefüllt.

Johann erinnerte sich an die sehnsuchtsvollen Blicke von Diedrich Teubner, wenn Alice über Poesie geredet oder ein Gedicht vorgetragen hatte. Als Kira von Lundblad hatte sie zwar keine hochliterarischen Werke geschaffen, aber sie hatte etwas von dieser literarischen Welt verkörpert, sie war eine Schriftstellerin zum Anfassen gewesen. Und das war die Welt dieser Schöngeister, nicht das Reich der fernöstlichen Körper- und Geistesverdrehungen einer Miriam Talati, die ihre heilige Stätte der gehobenen geistigen Lebensweise okkupiert und neben alten Ölgemälden Buddhas und Sonnenanbeter vor orangefarbenem Hintergrund aufgehängt hatte. Dies musste für die Anhänger der abendländischen Kultur einem Sakrileg gleichkommen.

Johann ließ den Blick durch seinen Garten wandern. Er kam einfach nicht mehr von der ganzen Sache los. *Vielleicht hat jemand die Yogatante umgebracht? Einer der Gäste? Weil sie Angst um ihr Hotel haben, das wie keines die Zeit der Belle Époque bewahrt hat?* Johann lachte kurz auf, dieser Gedanke war dann doch etwas zu abenteuerlich.

Er zwirbelte sein Kinnbärtchen. Warum brachte man überhaupt jemanden um? Er war nämlich schon immer der Ansicht gewesen, dass es erschreckend viele Gründe dafür gab. Wie viele alte Ehepaare gab es, bei denen einer von beiden mehr als einmal am Tag daran dachte, den anderen auszuradieren. Oder wenigstens auszusperren. Er sah sie so oft, gerade jetzt in der Saison, in Heiligenhafen bei den Fischerbooten, an der Strandpromenade von Dahme, an all den Ferienorten, wo sie in Scharen entlangschoben, die Rentner in Wohlfühlsandalen, vom Überdruss am ewig gleichen Geschwafel des anderen zermürbt. Es fehlte immer nur ein bisschen, dem Ganzen ein Ende zu bereiten. Vermutlich lag es am Partnerlook, in dem die alten Paare auftraten, dass es nicht zum Letzten kam, an den gleichen Wind-und-Wetter-Jacken, den gleichen beigen Siebenachtelhosen und Westen. Das wäre ja dann so, als würde man sich selbst abmurksen.

Die Bilder vom Strand tauchten wieder vor ihm auf. Es kommt immer anders, als man denkt, dachte Johann. Die, von denen man es erwarten könnte, ertragen sich dann doch lieber. Aber Alice wollte Henrik umbringen, damit hatte wirklich niemand gerechnet. Johann schüttelte den Kopf wegen dieser seltsamen Gedanken, als er das Quietschen einer Fahrradbremse hörte und einen Mann mit rotem Gesicht sah, dessen dunkelblonde, halblange Haare vorne senkrecht in die Höhe standen und der gerade das Gartentörchen öffnete. War wohl wieder wie eine Wildsau gerast, so wie er das als kleiner Junge schon getan hatte; die Narben an seinen Knien waren bis heute sichtbar. Er legte das Klemmbrett zur Seite und stand auf. »Bist du in einen Wüstensturm geraten?«, rief er Paul zu, die Arme auf das Geländer der Veranda gestützt.

Paul stellte das Rad ab, stieg die Treppe hinauf und ging an seinem Vater vorbei in die Küche, wo er nach der halb vollen Wasserflasche griff und sie leer trank. »Mann, hatte ich einen Durst«, sagte er, dann schnüffelte er in der Küche herum. »Was riecht denn hier so gut? Hast du gekocht?« Paul ging zum Herd und hob den Deckel des Topfes an. »Gulasch etwa?«, rief er mit leuchtenden Augen.

»Allerdings, er köchelt seit Stunden auf kleinster Flamme im eigenen Saft. Nudeln sind auch fertig.«

»Ich habe einen Riesenhunger. Wo sind die Kinder? Die Räder sind nicht da.«

»Sie wollten nach Hohwacht ins Haus der Veras.«

Paul hatte zwei Teller aus dem Hängeschrank geholt und drehte sich um, dabei hielt er sich stöhnend den Rücken.

»Was ist denn mit dir los?« Johann warf ihm einen skeptischen Blick zu.

»Das Hotelbett, glaube ich. Was wollen die beiden in Hohwacht?«

»Der Junge brauchte ein paar Sachen.«

Paul packte die Teller voll mit herrlich duftendem Gulasch

und den noch warmen Spiralnudeln und ging damit hinaus zum Tisch auf der Veranda. Er probierte das Essen, schloss die Augen und stöhnte. »Oh Mann, was habe ich so ein Essen vermisst, das schmeckt so gut, Johann.«

»Natürlich schmeckt das gut, das ist das beste Gulasch an der Vogelfluglinie. Und es schmeckt noch mal so gut, weil man es nicht vor militanten Tierschützern verteidigen muss. Das Fleisch ist bio und stammt vom Gutsladen.« Johann nahm Platz und begann ebenfalls zu essen. »Doch, ja«, sagte er nach einer Weile andächtigen Kauens, »schade, dass ich die Idee, ein Restaurant zu eröffnen, zugunsten einer Privatdetektei aufgegeben habe. Dieses Gericht könnte ganz oben auf der Speisekarte stehen.«

Privatdetektei, dachte Paul und musste lächeln bei dem Gedanken daran, wie Johann sich selbst sah. Immerhin hatte er im Februar tatsächlich zur Aufklärung der Verbrechen hier in Havgart beigetragen, das musste er ihm lassen. »Vergiss nicht deine wunderbare Erbsensuppe«, sagte er. »Hat Lilli eigentlich dein Programm wieder in Ordnung gebracht?«

»Hat sie, und ich habe sogar schon etwas verfasst und ausgedruckt, aber es ist noch lange nicht reif, um vorgetragen zu werden.«

»Der erste Entwurf ist immer scheiße, hat Hemingway gesagt. Wichtig ist, dass du einfach schreibst, ohne dich dabei zu zensieren. Wenn du das tust, dann blockierst du dich selbst. Es ist, als würdest du im ersten Gang mit angezogener Handbremse Auto fahren.« Paul sah seinen Vater nun herausfordernd an. »Übrigens, weißt du, wo ich gerade war?«

»Woher sollte ich das wohl wissen, bin ich der Himmelsfürst?«

»Ich hatte ein ausführliches Gespräch mit Zoe Lauritzen.«

»Und?«

»Genauso wie bei den Veras. Die Kinder wissen nichts über ihre Eltern. Sie haben in verschiedenen Welten gelebt.«

»Es gibt dafür einen Namen … hm, habe ich erst gestern im Radio gehört.«

Draußen wurden Stimmen laut. Lilli und ihr Freund kamen mit ihren Fahrrädern durch den Garten. Beide wirkten fröhlich und hatten ganz offensichtlich einen schönen Tag.

»Hallo, Papa, hallo, Opa.« Lilli ließ ihr Fahrrad einfach auf den Rasen fallen, während Rafael seines ordentlich auf dem Ständer abstellte. »Was esst ihr da? Wir haben totalen Hunger.«

»Ihr könnt die Nudeln haben, mit Ketchup«, sagte Johann kauend.

Lilli ging mit Rafael in die Küche, drinnen hörte er die beiden reden. »Das ist ja ekelhaft«, sagte Lilli.

»Riecht aber gut«, sagte Rafael. »Ich nehme nur die Soße zu den Nudeln.«

»Aber in der Soße sind trotzdem Spuren vom Fleisch … und Schwingungen vom Charakter des Tieres … Kadaver …«

Paul wandte sich wieder Johann zu. »Miriam Sundberg ist nicht gekommen, um zu bleiben. Heimdahl sagt, die Wohnung ist im Grunde unbewohnt. Sie scheint dort nur übernachtet zu haben, ansonsten war sie im Hotel und hat gearbeitet.«

»Und dazwischen? Weiß denn Zoe nicht, was ihre Mutter in der restlichen Zeit getan hat?«

»Sie hat nicht die geringste Ahnung«, antwortete Paul. »Ich sage doch, Miriam hat ihre eigene Welt, die sich nur im Hotel mit dem Leben ihrer Tochter überschneidet.«

Lilli und Rafael kamen mit ihren Tellern an den Tisch und setzten sich ebenfalls. Paul sah, dass Lilli es geschafft hatte, Rafael die Gulaschsoße madigzumachen, dafür hatte er sich jede Menge Käse über den Ketchup gestreut.

Johann war noch immer bei dem Radiobeitrag von gestern. »Da wohnen die Leute Tür an Tür, zum Beispiel hier in der Dorfstraße, und doch leben sie in ganz verschiedenen Welten und Wahrheiten. Da ist zum Beispiel der Ebbe«, Johann zeigte mit der Gabel auf Paul, »du weißt schon, der Hausmeister vom Seewald, das ist auch so einer. Der widerspricht allem, was in den Nachrichten kommt, zum Beispiel. Der sagt, dass amputierte Gliedmaßen eigentlich nachwachsen würden, aber die Ärzte das verschweigen, weil die mit den Herstellern von Prothesen zusammenarbeiten würden.«

»Au Mann.« Rafael lachte und tippte sich an die Stirn.

»Und manche Steine würden auch wachsen, sagt Ebbe. Deshalb wär auch seine Garage größer geworden. Das war sein Argument, als er nach einer Baugenehmigung gefragt wurde. Und aufgeregt hat der sich vielleicht, als sie ihm deshalb Ärger machen wollten.«

»Alternative Fakten nennt man das, Opa«, sagte Lilli kauend. »Gilt das nicht auch manchmal für dich?«

»Also für Henrik auf jeden Fall«, sagte Rafael, »Alice sagt immer, er würde in einem Paralleluniversum leben.«

Paul sah auf. »Und, hat sie recht?«

»Ich glaube schon, aber nicht so wie dieser Hausmeister. Nicht mit so beknackten Behauptungen«, erwiderte Rafael. »Henrik ist gebildet, er hat sich meistens mit seinen Forschungen beschäftigt. Nein, es war … hm, ist nicht so einfach, er hat einfach das getan, was er wollte. Und irgendwie habe ich bei ihm immer das Gefühl, in seinem Kopf passiert ganz viel, aber er hat es nicht nötig, darüber zu sprechen.«

Lilli runzelte die Stirn. »Ich versteh kein Wort.« Sie sah Paul und Johann an. »Versteht ihr, was er meint?«

»Selbstverständlich«, sagte Johann, lehnte sich nach hinten, griff nach den Zigarillos, die hinter ihm auf der Fensterbank lagen, und zündete sich einen an. »Dein Opa war es leid, seinen Lebenswandel vor anderen zu rechtfertigen.«

»Deshalb hat er auch die meiste Zeit in seinem Häuschen verbracht, da ist nie jemand hingekommen, strengstes Zutrittsverbot«, sagte Rafael, zog sein Smartphone aus der Hosentasche und schob es Johann zu. »Hier, die Fotos, die wir machen sol–«

Unter dem Tisch gab es einen Ruck, und Paul sah, wie Johann das Gerät wieder zurückschob und so tat, als wäre nichts gewesen.

»Was für Fotos?« Paul sah zwischen den dreien hin und her. Rafael wurde dunkelrot, Lilli rollte mit den Augen, und

Johann stand auf. »Gütiger Himmel, ich habe den Nachtisch ganz vergessen, Erdbeeren, frisch vom Feld, habe ich mit Baptiste selbst gepflückt.«

»Hat Johann euch geschickt, um Fotos zu machen?«

»Rafael wollte nur ein paar Erinnerungsfotos vom Haus haben«, sagte Lilli schnell, »und ich habe ihm dabei geholfen.«

Paul schüttelte den Kopf, dann seufzte er. »War denn jemand von der Familie da?« Er schaute Rafael an, der immer noch betreten dasaß.

Johann erschien mit einer großen Schüssel Erdbeeren und stellte sie auf den Tisch.

»Was fällt dir ein, die Kinder zum Haus zu schicken, um es zu fotografieren?«, rief Paul Johann nach, der sofort wieder nach drinnen verschwand.

»Hat er ja gar nicht«, warf Lilli ein, »zumindest nicht so direkt.«

»Dein Opa ist ein Meister fürs Indirekte«, sagte Paul und wandte sich an Rafael. »Wolltest du uns denn etwas Bestimmtes zeigen?«

»Nee, einfach nur die Bilder von seiner Hütte.«

»Hast du die nicht längst an Johann geschickt?«, wollte Lilli wissen.

Rafael sah Paul an, sagte aber nichts.

Der winkte ab. »Lass gut sein, habe schon verstanden, ihr habt im Auftrag des großen Detektivs gearbeitet und euch damit den Tag vertrieben. So hattet ihr wenigstens keine Langeweile.« Paul sah auf die Uhr, es war gleich drei. »Was macht das Surfen?«

»Wir müssen gleich los«, sagte Lilli, »eigentlich sind wir nur gekommen, um was zu essen.« Beide machten sich über die Erdbeeren her. »Jakob wollte uns zu einer Bootstour mitnehmen, ist das okay?«

»Natürlich. Er hat ein eigenes Boot?«

»Nee, ist von einem Freund.«

Nach einer Weile kam Johann wieder, er hatte ein frisches kurzärmeliges Hemd mit blauem Karomuster an und sich seine weißen Haare zurückgekämmt. Ein dezenter Herrenduft umwehte ihn weiträumig.

»Opa? Hast du ein Date?« Lachend stieß Lilli ihren Freund an, und gemeinsam gingen sie ins Haus.

Paul sah ihnen nach, dann wandte er sich wieder seinem Vater zu und verschränkte die Arme vor der Brust. »Ich bin froh, dass der Junge hier ist. Lilli scheint alles vergessen zu haben. Und wenn du sie bitte nicht anstiften würdest –«

»Jetzt muss ich mich aber ganz schön beeilen, bin spät dran.« Auch Paul bemerkte, wie schick Johann sich gemacht hatte. »Damenbesuch?«

»Man weiß ja nie, wer einem unverhofft über den Weg läuft, Junge, man muss immer auf alles vorbereitet sein. Vorher muss ich den Wagen aufräumen, er ist ein wenig verwüstet im Innenraum.« Johann lief schnellen Schrittes zum Schuppen. »Und einkaufen muss ich auch noch.«

»Schön, freut mich, also ich …« Paul brach ab, weil Johann bereits außer Hörweite war. »… räum dann mal ab und fahre ins Hotel zurück, falls das irgendjemanden interessiert«, sagte er murmelnd zu sich selbst.

Baptiste, der auf dem Geländer der Veranda lag, blickte kurz auf und gab ein Maunzen von sich.

***

Die Yogastunde ging dem Ende zu, und Ida Rossi fühlte sich ein bisschen besser als gestern. Sie lag in der Totenstellung Shavasana auf ihrer Yogamatte und versuchte, die Gedanken in Zaum zu halten.

»Kinn leicht zur Brust neigen … die Wirbelsäule gerade … Füße hüftbreit, locker nach außen fallen lassen …«

Der Singsang der netten jungen Yogalehrerin lullte sie ein, und sie musste aufpassen, nicht einzuschlafen und dabei womöglich noch laut zu schnarchen, denn sie war vollkommen erschöpft.

»Entspannt euch, lasst die Gedanken zu, lasst sie wandern und schickt sie wieder weg …«

Die hat gut reden, dachte Ida, wenn das so einfach wäre. Die Bilder vom Strand hatten sich als Standbild auf ihrer Netzhaut eingebrannt, und die faselte was von wegschicken. Den Begriff »weglächeln« hatte die Yogalehrerin – wie hieß sie gleich noch mal? – gleich zu Beginn der Übung benutzt, und Ida hatte sich mit ihrem kurzen Auflachen ein paar seltsame Blicke eingefangen. Sheela hieß die Neue, wie ihr jetzt wieder einfiel. *Ob sie wirklich so heißt, oder ist das auch eine Art Künstlername wie Daya-Yogama?* Bei dem Gedanken an Miriam musste sie seufzen. Was war denn hier nur los?

Weglächeln, wieder war das Wort in ihrem Kopf und damit auch Alices friedliches Gesicht. Sie hatte so anders ausgesehen danach. Später, nachdem sie Henrik beinahe … Ida weigerte sich, weiterzudenken, und zu ihrer Erleichterung schwebte wieder Sheelas sanfte Stimme durch die Luft.

»Wir alle haben unsere Sorgen, unsere Probleme, doch die wollen wir jetzt wegschicken …«

Gerne, ich bin dabei, dachte Ida, aber wie soll das nur gehen?

»Sagt euch: *Angst bringt Spannungen, die sich der Lösung meines Problems in den Weg stellen. Sagt euch: Nur mit Entspannung kann ich sie lösen, und deshalb ist jetzt in diesem Augenblick nur diese Übung wichtig, nur Shavasana und nichts anderes.*«

Ida hatte gut zugehört und versuchte, sich nur auf die Yogamatte und auf sich, das Häufchen Elend, das darauflag, zu konzentrieren. Ich bin ganz ruhig und gelassen, sagte sie sich, immer wieder, und sie spürte, wie ihre Arme und Beine schwerer wurden. Totenstellung, dachte sie, ich liege hier wie Cousine Fiorella, die im letzten Jahr gestorben ist. »Guck doch mal, wie schön sie jetzt ist«, hatte ihr Bruder Nunzio am Totenbett gesagt, und es stimmte. Fiorellas von langer Krankheit gezeichnetes Gesicht war glatt und zufrieden gewesen und hatte geradezu gesund ausgesehen. Ida begriff jetzt, warum diese Übung Totenstellung hieß. Nicht, weil man wie eine Leiche herumlag, sondern weil man die totale Entspannung suchte. Da war was dran, selbst die hässlichste Visage wurde halbwegs ansehnlich, wenn die Person dahinter gelockert war.

Wie einfach doch manche Dinge sind, dachte Ida, und wieder tauchte Alices Gesicht vor ihr auf. Dieses schöne, gelöste Gesicht, als sie sie zum letzten Mal gesehen hatte, am Strand. Ida wusste jetzt: In Alice war etwas Böses gestorben, etwas, das ihr schlimme Seelenqualen bereitet hatte.

Ida spürte, wie sich ihr Puls beschleunigte. Denn sie erinnerte sich, wie angespannt, ja beinahe ängstlich Alice vor ein paar Tagen ausgesehen hatte, als Ida mit Johann im Hotelgarten saß und sie beide das Ehepaar vorbeigehen sahen. Was war es gewesen, über was hatten die beiden geredet? Ida war da nämlich schon aufgefallen, dass Alice vorher immer wieder aus dem Fenster zu Jakob und Sofie geschaut hatte. Das hatte auch Johann bemerkt, sie hatten später darüber geredet. Der hatte noch Scherze über das letzte Meerschweinchen gemacht, das ausgestorben sei, seine Art von Humor halt. Und dann hatten sie über die Hochzeit geredet, bei der Ida auch gewesen war. Schon wieder die Hochzeit, dachte Ida. »Es ist die Hochzeit, verflixt und zugenäht!«, rief Ida und setzte sich auf.

Sheela und die Teilnehmer im Raum schreckten hoch und warfen ihr böse Blicke zu. Ida kümmerte das nicht. In aller Ruhe rollte sie ihre Yogamatte ein, bedankte sich bei Sheela für die inspirierende Stunde und stapfte aus dem Raum. Als sie draußen war, atmete sie einmal tief durch, sie hätte es keine Minute länger ausgehalten. Auf einmal war ihr das Herumliegen total auf den Wecker gegangen, sie musste irgendetwas tun.

Hergekommen war sie mit Ebbe, der gerade in seinen Wagen gestiegen war, als Ida mit ihrer Yogamatte das Haus verlassen hatte.

»Soll ich Sie mitnehmen zu Ihrem komischen Kurs?«, hatte er sie gefragt. Und Ida hatte gedacht, dass er es sich noch nicht einmal bei dieser kurzen Frage hatte verkneifen können, seine Meinung durchblicken zu lassen. Aber sie hatte das Angebot dankbar angenommen, zurück würde sie sich einfach ein Taxi nehmen.

Nun ging sie nachdenklich durch den Park des Hotels und setzte sich auf eine der Bänke in der Nähe der Bibliothek. Hier hatte sie vor ein paar Tagen mit Johann gesessen, und sie hatten über Alice und ihren Mann geredet. Hier hatte Jakob mit Sofie gewartet, und Alice war so abwesend gewesen. Das waren die letzten Eindrücke, die sie von Alice vor deren Tat hatte. Und das kam Ida seltsam vor, denn bei ihrem letzten gemeinsamen Schreibkurs am Dienstag, also einen Tag vor der goldenen Hochzeit, da war Ida gar nichts aufgefallen. Alice war wie immer gewesen, es hatte überhaupt keine Anzeichen gegeben, dass sich irgendetwas verändert hatte. Wenn, dann musste es danach passiert sein. Nach diesem Kurs und vor dem Fest am Strand. Aber was nur? *Großer Gott, was nur?*

»Frau Rossi, schön, Sie zu sehen.«

Ida schaute auf. Auf der Terrasse stand Diedrich Teubner in seinem weißen Anzug und sah sie erwartungsvoll an. Nanu, dachte Ida, was ist denn in den gefahren? Der kriegte doch sonst nicht den Mund auf. Auf jeden Fall konnte Ida sich nicht erinnern, dass er je ein Wort mit ihr gewechselt hätte. Sie winkte ihm lustlos zu und hoffte, er würde sich schnell wieder verziehen.

»Würden Sie uns vielleicht etwas von Ihrer kostbaren Zeit schenken, Gnädigste?«

Gütiger Himmel. Ida richtete sich auf und sah sich um. »Sie reden mit mir?«

»Aber ja«, sagte Teubner mit einem breiten Lächeln.

Ida fragte sich, ob er einen zu viel getrunken hatte, denn sie wusste, dass sich alle drei den ganzen Tag über öfter mal ein Gläschen genehmigten. Sie stand auf und ging auf die Bibliothek zu.

Diedrich Teubner zeigte mit dem ausgestreckten Arm auf die offenen Türen. »Wir suchen noch eine Mitstreiterin für unseren Schreibzirkel, und Sie hatten den letzten Kursus doch so wunderbar bereichert. Hätten Sie nicht Lust, diesen mit ein paar alten Bekannten weiterzuführen?« Wieder das breite Lächeln.

»In kleinerem Rahmen und ganz ohne Verpflichtungen und Kosten, versteht sich.«

Stirnrunzelnd ging Ida an ihm vorbei und lugte in die Bibliothek. Das hätte sie sich denken können. Dort saßen die Albedyll und der Kaspar am Tisch, und beide schrieben eifrig etwas in ihre Schreibkladden. Als sie Ida bemerkten, hielten sie inne und sahen sie neugierig an.

»Im Ernst?« Ida war tatsächlich baff, was nur höchst selten vorkam. »Ich habe aber gar nichts zum Schreiben hier.« Sie dachte einen Moment darüber nach und war gar nicht abgeneigt, an dieser Runde teilzuhaben. Alles war ihr recht, sie wollte nur nicht alleine zu Hause sitzen und grübeln und in Trauer und Ratlosigkeit versinken.

»Dem können wir Abhilfe schaffen«, sagte Teubner und geleitete sie zu den anderen beiden. Dort lagen zu Idas Erstaunen bereits ein Schreibblock und ein Kugelschreiber bereit, als hätten die drei ihre Planung darauf ausgelegt, eine neue Teilnehmerin in ihren Zirkel aufzunehmen.

***

Am späten Nachmittag machte Paul sich auf den Weg nach Hohwacht. Als er am Hirschfänger vorbeikam, sah er im Hof einen großen Baucontainer stehen. Vermutlich hat Olaf den Auftrag, den Laden endgültig zu räumen, dachte er. Wieder einmal fand er es bedauerlich, dass dieses traditionsreiche Haus schließen würde.

Paul wollte gerade weiterradeln, als zwei Männer herauskamen, jeder mit einem großen Karton beladen, den sie in den Container warfen. Paul fuhr mit dem Fahrrad in den Hof und spähte in den Container. Da sah er all die Tiere, die überall im Hirschfänger herumgehockt und die Gäste beim Essen beobachtet hatten. Präpariert von Hauke Liebe, der ein Meister seines Fachs gewesen war. Paul stieg vom Rad und begann, in den Kartons zu kramen. Eine Stockente, Marder, Eichhörnchen; ihm blutete das Herz bei diesem Anblick. Er griff nach einem Hasen, dessen rechtes Ohr abgeknickt war. Der Hase schaute ihn so eindringlich an, dass Paul nicht anders konnte, als den Rucksack abzunehmen und das Tier vorsichtig hineinzusetzen. Schnell wandte er sich ab, weil die anderen Tiere ihn genauso flehend ansahen wie der Hase.

Dieses Mal nahm Paul den Radweg, der links neben der Bundesstraße 202 verlief, weil er das Bedürfnis hatte, mal richtig Gas zu geben, ohne den Schlaglöchern und Unebenheiten des Küstenweges ausweichen zu müssen. An der Stelle, wo er die Straße überqueren musste, um nach Sehlendorf abzubiegen, sah er in der Ferne ein giftgrünes Auto, das ihm in ziemlich hohem Tempo entgegenkam. Das typische Motorengeräusch eines Porsches kam ihm so vertraut vor wie die beiden Personen, die darin saßen. Obwohl sie in Windeseile an ihm vorbeisausten, hatte er sowohl den Fahrer als auch seine Beifahrerin erkennen können. Johann hatte wie immer aufrecht nah am Steuer gesessen, während Ida Rossi über irgendetwas gelacht hatte.

Paul blickte seinem Wagen mit offenem Mund nach und nahm den Rucksack ab, um die Wasserflasche aus der Seitentasche zu ziehen. »Dieser Aufschneider, das darf ja wohl nicht wahr sein«, sagte er zu dem Hasen, dessen Kopf aus dem Rucksack hervorlugte. Dann fiel ihm auf, dass der Wagen deutlich leiser geklungen hatte als zuvor, also hatte Johann ihn tatsächlich repariert, immerhin.

Zwanzig Minuten später fuhr Paul gemächlich durch Hohwacht. Die Straßen waren voller Autos und Menschen. Als er langsam die Seestraße entlangfuhr, sah er einen SUV am Straßenrand stehen, dessen Heckscheibe mit roter Farbe bespritzt war. So einen Wagen mit roter Farbe hatte er doch schon mal gesehen, ihm fiel aber nicht mehr ein, wo das gewesen war. Er hielt an, um sich das genauer anzusehen. War das eine neue Mode? So ein Quatsch wie damals, als alle Welt mit einem Farbklecksaufkleber durch die Gegend kutschiert war? Er strich mit dem Finger darüber, nein, kein Aufkleber, die Farbe ließ sich relativ leicht mit dem Fingernagel abkratzen. Dann sah er, dass ein Zettel am Scheibenwischer dieses Daimler-Oberklasse-

SUVs steckte. Er nahm ihn ab und las: »18 Liter verbraucht dein Panzer. Kannst du nachts noch ruhig schlafen? Fahr doch gleich mit dem Kreuzfahrtschiff zum Einkaufen.«

Paul runzelte die Stirn und steckte den Zettel in die Hosentasche. Umweltaktivisten gab es also auch hier, dachte er und fuhr weiter.

Es war bereits sechs, als er endlich in die Auffahrt des Hotels einbog. Seit vier Tagen war er jetzt hier, und so langsam fühlte er sich zu Hause. Der Hotelpark war gut gefüllt, ein laues Lüftchen wehte, und über allem lag der Hauch sommerlicher Unbeschwertheit, die von den Gästen hier gelebt wurde, als gäbe es kein Morgen. Kaum war Paul von seinem Rad gestiegen, sah er Cecilie von Albedyll, Ludwig Kaspar und Diedrich Teubner aus der Tür des Hotels treten. Sie waren sehr schick gekleidet und sahen so aus, als ob sie ausgehen wollten.

Paul grüßte artig, die drei erwiderten den Gruß ebenso höflich und gingen auf das Taxi zu, das vor dem Eingang wartete. Paul brachte das Fahrrad hinters Haus und sah dem Wagen nach, der gerade rechts abbog und aus seinem Blickfeld verschwand. Stina war jetzt an der Rezeption, allerdings im Gespräch mit zwei Gästen, sodass Paul sich seinen Schlüssel selbst vom Brett nahm. In seinem Zimmer angekommen, befreite er zuerst den Hasen aus dem Rucksack und setzte ihn in einen der beiden Sessel. Er würde ihm einen Namen geben müssen, dachte er. Den Zimmerschlüssel mit der »21« legte er auf den Tisch, den zweiten Schlüssel aber, den er unbemerkt vom Haken genommen hatte, behielt er in der Hand. Seit er hier war, hatte er sich vorgenommen, einmal einen Blick hinter die Kulissen zu werfen, jetzt hatte er endlich die Gelegenheit dazu.

Er spähte hinaus in den Flur, niemand zu sehen. Dann wandte er sich der Tür neben seinem Zimmer zu. Noch einmal horchte er, ob der Aufzug fuhr oder jemand die Treppe heraufkam, aber es war ruhig. Schnell trat er ein und schloss von innen ab.

Er sah sich in dem Zimmer um, es war fast doppelt so groß wie seines. Aber was Paul noch mehr erstaunte, war, dass es nichts von einem Hotelzimmer mit seiner nüchternen und uniformen Einrichtung hatte. Dies hier war das Wohnzimmer einer alten Dame. Cecilie von Albedyll hatte ihre Suite mit persönlichen Gegenständen ausgestattet. Überall standen Dinge herum, gerahmte Bilder auf bestickten Deckchen, halb abgebrannte Kerzen, stapelweise Bücher, teilweise aufgeschlagen. Um den runden Tisch in der Raummitte gruppierten sich drei Stühle, leere Trinkgläser standen auf dem Tisch, Stifte, Papier, Spielkarten und Würfel.

Paul ging langsam umher und versuchte zu verstehen, was er hier sah. Er fragte sich, wie lange am Stück Frau von Albedyll hier verweilte. Und er fragte sich auch, welche Rechnung sie am Ende ihres Aufenthaltes begleichen würde. Selbst wenn sie sich tagsüber von geklauten Brötchen mit Marmelade aus dem Frühstückssalon ernährte, würde sie noch einen ordentlichen Betrag zahlen müssen. Paul blieb mit einigem Abstand vor einem der Fenster stehen. Er würde seinen Vater fragen, der wusste doch bestimmt Genaueres über Cecilie von Albedyll. Diese rätselhafte Alte, die so viel Autorität ausstrahlte, dass man automatisch ins Stammeln geriet, wenn man ihr gegenüberstand.

Paul ging zu der Kommode und betrachtete die Fotos darauf. Es waren immer dieselben Personen zu sehen, aber zu verschiedenen Zeiten fotografiert. Cecilie von Albedyll war unverkennbar, auch in jüngeren Jahren hatte sie diesen herrischen Zug um den Mund, der im Laufe der Jahre härter geworden war. Auf allen Bildern war sie neben einem Mann abgebildet, der mit großer Wahrscheinlichkeit ihr Ehemann war. Paul hielt inne, ihm war etwas eingefallen. In seiner zweiten Nacht hier war er doch von den Stimmen vom Nachbarbalkon geweckt geworden. Die drei hatten auf irgendetwas angestoßen. *Das muss ich Arthur erzählen ... wird erleichtert sein.* Das hatte die Albedyll gesagt, »muss ich« – Präsens. Also gab es diesen Arthur wohl noch, nur nicht hier. Vermutlich war er zu krank oder hatte keine Lust. Aber das ließe sich ja leicht herausfinden, dazu müsste er sie einfach nur fragen oder einen ihrer Begleiter, die schienen ihm umgänglicher zu sein. Auf einem der Bilder saß Arthur, wenn er es denn war, in einem Rattansessel, wie sie überall im Hotel herumstanden. Sie hatten eine markante große runde Rückenlehne, deshalb musste die Aufnahme hier gemacht worden sein. Paul nahm sie in die Hand und betrachtete sie genauer. Auf diesem Bild war der Mann vielleicht Mitte siebzig. Er saß in diesem Sessel, ein Bein über das andere geschlagen, und lachte in die Kamera. Er trug eine weiße Hose und einen blauen Zweireiher mit silbernen Knöpfen, der Paul an einen Kapitän erinnerte. Er hatte volles weißes Haar und war ein Mann von Welt. »2010« hatte jemand in die untere rechte Ecke geschrieben.

Die Fotografie war aus einiger Entfernung aufgenommen worden und zeigte ein wenig von der Umgebung. Sie musste im hinteren Teil des Parks entstanden sein. Paul erkannte das an der mächtigen Kastanie, die am Rande des Grundstücks abgebildet war und die sich dort auch heute noch befand. Paul stellte den Bilderrahmen zurück und versuchte, ihn wieder genau so zu positionieren, wie er vorher gestanden hatte, denn die Kommode war mit einer Staubschicht bedeckt. Für einen ganz kurzen Moment huschte etwas sehr Merkwürdiges durch seinen Kopf. Es war ihm so, als wäre er in einer anderen Zeit gelandet. Es war dieselbe Empfindung, die er auch ein paarmal unten im Park gehabt hatte. Nur der Staub war in der Gegenwart angekommen, er stand für die vergangene Zeit, und die unterste Schicht konnte durchaus hundert Jahre alt sein.

Er schüttelte das seltsame Gefühl ab. Ganz offensichtlich hatte Cecilie einfach nur den Zimmerservice abbestellt. Es war nicht nur der Staub, das ganze Zimmer war unordentlich. Hier wurde gelebt, hier wurde gehaust, hier wurde nachts um drei Sekt getrunken und etwas gefeiert, was mit dem Verschwinden von Miriam Talati zu tun hatte.

Er stand jetzt vor dem runden Tisch und nahm eine der Spielkarten, die verdeckt auf einem Stapel lagen, es war eine Tarotkarte. Wer weiß, dachte Paul, vielleicht ist es in diesem hohen

Alter gar nicht so dumm, seine Zukunft ein wenig genauer zu planen. Jeder Tag könnte der letzte sein. Er betrachtete die Karte, es war der Eremit. Ein weißbärtiger Mann in grauem Kapuzengewand, der eine brennende Laterne trug, einen Wanderstab in der anderen Hand. Paul wusste, dass es weitaus schlimmere Karten gab. Er schaute sie sich eine Weile an, dann schob er sie in seine Hosentasche. Gerade als er sich abwenden wollte, sah er etwas, das ihn stutzen ließ. Zwischen den Stiften entdeckte er einen Kamm. Er war aus rosa Kunststoff und hatte kleine blaue Pinguine auf dem Griff; es war zweifelsohne sein Kamm, den ihm Lilli zum letzten Geburtstag geschenkt hatte. Er nahm ihn in die Hand und fragte sich, wie zum Teufel er hierhergelangt war. Hatte er ihn auf dem Gang verloren, und seine Zimmernachbarin hatte ihn gefunden und mitgenommen? Aber wer nahm einen Kinderkamm mit? Paul wollte ihn schon einstecken, dann dachte er, dass es klüger wäre, ihn hierzulassen. Alles andere würde nur die Aufmerksamkeit dieser seltsamen Leute wecken, und das wollte er auf jeden Fall vermeiden.

Bevor er das Zimmer verließ, horchte er an der Tür, aber draußen war alles still. Da auch die Rezeption verwaist war, konnte Paul den Schlüssel unauffällig wieder an seinen Haken hängen.

Ein ungutes Gefühl kam in ihm hoch. *Was wird hier gespielt?* Er selbst schlich in fremde Hotelzimmer, aber gleichzeitig dachte er daran, dass vielleicht auch Cecilie oder einer der beiden anderen in seinem Zimmer gewesen waren. Er musste der Sache auf den Grund gehen. Er begab sich nach draußen und setzte sich an einen der Tische. Während die frühe Abendsonne auf sein Gesicht schien, kam ihm eine Idee. Es gab da doch jemanden, der auf halbseidenen Visitenkarten mit Goldrand seine diskreten und kompetenten Dienste anpries. Jetzt könnte dieser Helfer in allen Lebenslagen mal beweisen, ob er hielt, was er so großspurig versprach.

Samstag

Heute war Paul spät im Salon, die meisten der Gäste waren bereits mit ihrem Frühstück fertig. Er hatte einen der Schreibratgeber mitgenommen und las darin, während er den letzten Kaffee trank. Er war auf interessante Dinge gestoßen. Da ging es zum Beispiel um das »Freewriting«, mit dem man mögliche Blockaden wegschreiben könne, oder die »Morgenseiten«, die eine amerikanische Kreativitätstrainerin empfahl. Hier sollte man morgens unmittelbar nach dem Aufwachen Papier und Stift in die Hand nehmen und sofort zu schreiben beginnen, alles, was einem in den Sinn kam. Hiermit könne man diesen somnambulen Zustand des Gehirns ausnutzen, um frei von bewertenden äußeren Einflüssen zu schreiben. Er hatte dies heute Morgen gleich einmal ausprobiert und drei Seiten verfasst. Ohne Pause, ohne groß darüber nachzudenken, was er wohl schreiben könnte. Zu seinem Erstaunen war es wie von Geisterhand passiert, als hätte jemand seine Hand über das Blatt geführt. Was da stand, war allerdings fragwürdig gewesen. Er hatte es sofort weggeschmissen.

Es war verrückt, immer wenn er solche Ratgeber las, zweifelte er nicht im Geringsten daran, dass er in der Lage sein würde, ein Buch zu schreiben. Warum schlich er dann um seinen Laptop herum, als könnte der ihn mit einer unheilbaren Krankheit infizieren? Was soll's, dachte er und stand auf, dabei spürte er wieder das Ziehen in seinem Rücken. In der letzten Nacht war er von den Schmerzen aufgewacht, und er hatte ein Ibuprofen genommen, weil er keine Lust hatte, sich seinen Urlaub jetzt auch noch von Rückenschmerzen vermiesen zu lassen.

Für heute hatte Paul sich vorgenommen, noch einmal bei den Veras vorbeizuschauen. Von Rafael wusste er, dass Christopher noch da war, und Paul wollte sich erkundigen, ob es irgendetwas Neues gab. Rafael konnte nur so viel sagen, dass sein Opa Henrik noch immer auf der Intensivstation lag, aber außer Lebensgefahr war. Paul klemmte sein Buch unter den Arm und trat durch die Seitentür des Salons in den Garten hinaus. Es wehte ein stärkerer Wind als gestern, und weiße Wolken flogen über den blauen Himmel. Paul dachte, dass ordentlicher Seegang herrschte, was Lilli und Rafael bestimmt ausnutzen würden, um den Tag mit Surfen zu verbringen. Er ging langsam um das Haus herum, das hatte er sich angewöhnt. Sich einen Überblick verschaffen, schauen, wer von den Alten anwesend war, Stimmung und Atmosphäre aufnehmen.

Hier oben an der Küste war er ein anderer, das war ihm ganz besonders im Februar aufgefallen, als er mit seinem verletzten Fuß in Havgart gestrandet war. Es mochte an der vielen Zeit gelegen haben, die er plötzlich zur Verfügung hatte, aber da war auch noch etwas anderes gewesen. Er hatte gar nicht so richtig sagen können, was genau anders war, aber es zeigte sich in seinen Träumen und auch in seiner Wahrnehmung, die war viel intensiver und schärfer als in Hamburg.

Hamburg war im Grunde nichts als Arbeit, Arbeit und noch mal Arbeit. Zeit, um seine mentalen Befindlichkeiten zu beobachten, blieb da wenig. Er träumte irgendwas, an das er sich morgens nicht mehr erinnern konnte, nur dass es nicht gerade erheiternd gewesen war. Hier war es ganz anders, seine Träume ähnelten dem Wachzustand auf geradezu erschreckende Weise. Es war, als würde er in ein zweites Leben abdriften, wenn er einschlief. Und das unterschied sich kaum von dem, was er tagsüber erlebte. Ihm war es in den vergangenen Tagen ein paarmal passiert, dass er nicht mehr wusste, ob er bestimmte Begebenheiten geträumt hatte oder ob sie tatsächlich stattgefunden hatten. Das beunruhigte ihn. Wenn er was auf den Tod nicht ausstehen konnte, dann war es jegliche Form des Realitätsverlustes, sei es durch zu viel Alkohol, Drogen oder eben durch zu realistische Träume.

Langsam schritt er in einem großen Bogen um den Park herum, das Buch immer noch unter den Arm geklemmt, und plötzlich bemerkte er, dass er genauso wie der wandelnde Poet Diedrich Teubner umherdefilierte, die Hände hinter dem Rücken ineinandergelegt. Er blieb stehen, nahm das Buch in die linke Hand, steckte die andere in die Hosentasche und beschleunigte seinen Schritt. Auf keinen Fall wollte er so enden wie diese Sommerfrischler, denen die Realität ganz offensichtlich noch mehr entschwunden war, als es sich bei Paul gerade andeutete.

Als er links vom Eingang um die Ecke bog, sah er zu seinem Erstaunen den Porsche dort stehen. Er ging noch einmal zurück, um nach seinem Vater Ausschau zu halten, entdeckte ihn aber nirgends. Also setzte er seinen Weg fort und sah hinter dem Haus nach, auch hier gab es keine Spur von Johann. Plötzlich vernahm er ein fettes, kehliges Lachen, das ihm bekannt vorkam. Er ging auf die Terrasse und spähte vorsichtig durch eine der geöffneten Türen, als er sie sah. Cecilie von Albedyll, Ludwig Kaspar, Diedrich Teubner, Ida und Johann. Alle hatten sie Schreibblöcke vor sich liegen, und Johann las einen Text vor, der wohl vorher für Idas Belustigung gesorgt hatte.

Gerade als sich Paul wieder unauffällig zurückziehen wollte, entdeckte Cecilie von Albedyll ihn. »Kommen Sie ruhig näher, junger Mann, keine Scheu!«

Paul fühlte sich ertappt, sah aber ein, dass es jetzt umso peinlicher wäre, dieser Aufforderung nicht zu folgen. »Ich wollte nur nicht stören«, sagte er schnell, obwohl er wusste, dass sie seine versuchte Flucht beobachtet hatte. Warum zum Teufel löste diese Alte immer so ein Gefühl in ihm aus, als hätte sie ihn bei irgendetwas erwischt? »Sie setzen Ihre Schreibrunde fort, wie ich sehe?«, sagte er scheinheilig.

»Das haben Sie richtig erkannt, junger Mann«, sagte Ida, stand auf und holte einen weiteren Stuhl heran. »Kommen Sie, Sie wollen doch einen Roman zustande kriegen. Hier können Sie sich sozusagen warmschreiben. Wir haben uns ganz tolle Übungen ausgedacht.« Sie öffnete ihre riesige Handtasche, zog einen Collegeblock hervor, legte ihn auf den freien Platz und knallte einen Stift daneben.

»Wir beißen auch nicht«, sagte Ludwig Kaspar.

Warum nicht, dachte Paul, ich sollte jede Gelegenheit nutzen, meine Zimmernachbarin und ihre Gefährten etwas näher kennenzulernen. Also nahm er Platz.

Johann hatte alles grinsend beobachtet, setzte sich auf seinem Stuhl zurecht und schaute neugierig in die Runde. Paul sah ihm an, dass er sehr zufrieden war. Vermutlich hatte er sich aus demselben Grund wie Paul hierzu überreden lassen.

»Ich begrüße unser neues Mitglied, Herrn Lupin junior, zu unserem Schreibzirkel, der damit vollständig ist«, sagte Cecilie von Albedyll und musterte Paul kritisch. »Darf ich fragen, an was Sie gerade schreiben?«

»An nichts Bestimmtem, ich experimentiere noch.« Und glaub ja nicht, dass ich ab heute jeden Tag hier sitzen werde, sagte er im Geiste zu ihr. Außerdem fragte er sich, was sie mit »der damit vollständig ist« meinte. Hatten sie diese Runde geplant und längst gewusst, dass Paul dazustoßen würde?

»Dann sind Sie genau richtig«, entgegnete Diedrich Teubner, »im Grunde tun wir Anwesenden hier nichts anderes, habe ich recht?« Er sah einen nach dem anderen an, und alle nickten.

»Und an was versuchen Sie sich, wenn ich fragen darf?« Auch Paul ließ seinen Blick in die Runde wandern.

»Wir …«, begann Diedrich Teubner.

»… schreiben an unseren Memoiren«, kürzte Cecilie von Albedyll das Ganze ab.

»So ist es«, ergänzte Ludwig Kaspar. »Und vergessen wir nicht, dass er ein Kriminalbeamter ist. Es ist naheliegend, dass er einen Kriminalroman schreiben wird.«

Paul wollte gerade etwas erwidern, aber Ida war schneller. »Ich glaube, wir haben von diesem Beruf ein ganz falsches Bild. Wir kennen doch nur die Fernsehkommissare, die alle psychische Probleme haben, nuscheln und recht viel um sich schießen.« Sie sah Paul an. »Im echten Leben sitzen sie die meiste Zeit am Schreibtisch. Ist es nicht so?«

Paul seufzte. »Stimmt.« Er wusste, wohin ihn diese Unterhaltung mit Ida Rossi bringen würde.

»Wir schweifen vom Thema ab«, mischte sich jetzt Cecilie von Albedyll ein. »Kommen wir also zur Sache, damit wir noch etwas schaffen, bevor wir zum Mittagessen gehen. Ich denke, dem Anstand gebietend stellen wir uns kurz vor«, sie nickte ihrem Nachbarn zur Rechten zu. »Herr Kaspar, möchten Sie beginnen?«

»Um es kurz zu machen, ich habe ein Bestattungsunternehmen, welches ich vor einigen Jahren an meinen einzigen Sohn übergab. Wie Sie sich vorstellen können, habe ich im Laufe meines Berufslebens so manche Skurrilität erleben dürfen, und diese festzuhalten, und sei es auch nur für meinen Sohn, daran ist mir sehr gelegen.«

Paul nickte ihm höflich zu. Bestatter, dachte er, er hatte tatsächlich etwas von einem Totengräber an sich, blass, wie er war. Außerdem redete er immer so salbungsvoll wie bei einer Beerdigung. Er wandte sich Diedrich Teubner zu, von dem wusste er auch noch nicht viel.

»Ich bin mit einer reichen Nachkommenschaft gesegnet«, begann Teubner, »will sagen, ich habe fünfzehn Enkelkinder und leider nur zu den wenigsten Kontakt.« Er hob entschuldigend die Hände. »Heutzutage ist der Familienzusammenhalt nicht mehr so wie früher, und so dachte ich mir, bevor der Faden in unserer Familie endgültig reißt, möchte ich diese Lücke vorsorglich mit meinen Memoiren füllen.«

»Darf ich fragen, was Sie beruflich gemacht haben?«, hakte Paul nach.

»Ich bin Arzt«, antwortete Teubner brav, »Allgemeinmediziner.«

Paul fiel auf, dass dieser Teubner gar nicht so alt war, wie er von Weitem aussah. Es war einfach seine ganze Haltung, die ihn so betagt erscheinen ließ, aber Paul würde sich wundern, wenn er über siebzig wäre. Außerdem hatte er ein Blitzen an seinem rechten Ohr bemerkt und gesehen, dass er dort einen winzigen Ohrstecker trug. Ihm fiel ein, dass Ludwig Kaspar auch ein Ohrloch hatte.

In diesem Moment führte Cecilie von Albedyll die kleine Vorstellungsrunde weiter. »Wie Sie sich denken können, hat eine Achtundachtzigjährige nicht mehr alle Zeit der Welt. Aus diesem Grunde verschwende ich so wenig Zeit wie möglich mit unnützem Palaver. Da ich aber, dem Himmel sei Dank, noch einigermaßen über meine geistigen und körperlichen Kräfte verfüge, ist es mein Ziel, diese so lange wie möglich zu erhalten. Kurz: Um zu vermeiden, demselben Schicksal zu erliegen wie mein Mann Arthur, nutze ich jede freie Minute, sowohl das Leben zu genießen als auch meinen Geist wachzuhalten. Was meine Person angeht, so sollte dies genügen.«

Paul sah das Bild des lachenden Mannes in dem Korbsessel vor sich, das vor zehn Jahren draußen im Garten aufgenommen worden war. War er doch tot? »Darf ich fragen, was mit Ihrem Mann geschehen ist, ist er krank?« Er hatte nicht gleich »tot« sagen wollen.

»Mein Mann Arthur ist an Demenz erkrankt, weshalb er nicht mehr in der Lage ist, sein geliebtes Hotel Seewald weiterhin zu besuchen. Deshalb sehe ich es als meine Aufgabe an, ihn trotzdem an dieser wunderbaren Umgebung teilhaben zu lassen, indem ich ein literarisches Tagebuch für ihn schreibe. Er ist sehr belesen, müssen Sie wissen.«

Zum ersten Mal schimmerte bei dieser verknöcherten, strengen alten Frau etwas Menschliches durch, zumindest glaubte Paul dies aus ihrer etwas veränderten Stimmlage herauszuhören.

Er musste ein fragendes Gesicht gemacht haben, denn Cecilie von Albedyll zeigte die Andeutung eines Lächelns. »Er hat ab und zu noch klare Momente«, fügte sie hinzu. »Wir haben eine Krankenschwester, die bei uns wohnt und sich um ihn kümmert. Sie ruft mich dann an, und ich kann Arthur etwas vorlesen, was ihm viel Freude bereitet.« Sie ließ beide Hände auf die Tischplatte fallen, als Zeichen, dass die Zeit der persönlichen Offenbarungen abgelaufen war. »Herr Lupin, die anderen

Herrschaften sind Ihnen ja bekannt, also schlage ich vor, dass wir anfangen.« Sie schaute Paul an. »Haben Sie einen Wunsch?«

Paul dachte an die Morgenseiten, die er geschrieben hatte, und an das, was er beim Frühstück in seinem Schreibratgeber gelesen hatte. »Sagt Ihnen die Technik des Freewriting etwas?«

»Aber gewiss«, meldete Johann sich zu Wort, »ich schreibe eine Weile lang ohne Pause, etwas, das mir gerade durch den Kopf schießt. Ohne Komma und Punkt, und wenn mir nichts mehr einfällt, dann schreibe ich, dass mir gerade nichts einfällt, so lange, bis mir wieder was einfällt.«

»Das hast du sehr schön gesagt, Johann«, lobte Paul seinen Vater, und die anderen nickten.

»Dies haben wir bei Kira von Lundblad immer zum Einstieg gemacht«, sagte Cecilie von Albedyll, »damit sind wir einverstanden. Also bitte, schreiben Sie. Ich denke, zwanzig Minuten werden reichen, um uns einzustimmen.«

Alle nahmen ihre Stifte auf und waren schon bald in ihre Texte vertieft. Paul hatte fast den Eindruck, als seien sie physisch gar nicht mehr anwesend. Auch er selbst war bemüht, sich auf sein Blatt Papier zu konzentrieren, ließ seinen Blick aber trotzdem reihum wandern. Niemand sonst schaute auf, die Stifte glitten mit leisen Schleifgeräuschen über das Papier. Zu gern hätte er gewusst, was jeder Einzelne schrieb, wohin die Gedanken flogen.

Ida Rossi saß vornübergebeugt und verzog die Lippen, als würde sie die letzte Karte auf ein wackeliges Kartenhaus setzen. Johanns Stift fuhr langsam und bedächtig in großen schwungvollen Buchstaben über den Block, als würde er seine Gedanken malen und nicht schreiben. Diedrich Teubner saß seitlich am Tisch, die Beine übereinandergeschlagen, in derselben Haltung, in der Paul ihn schon als auferstandenen Rilke draußen im Park beobachtet hatte. Er schrieb lässig, als sprudelte die Poesie nur so aus ihm heraus. Ein Dichter, der seine Inspiration von einer Etage weiter oben, sprich dem Göttlichen empfing. Ludwig Kaspar und Cecilie von Albedyll schrieben genau gleich, ordentlich am Tisch sitzend, flüssig und konzentriert, wie zwei Pennäler aus dem letzten Jahrhundert.

Paul sah wieder auf sein leeres Blatt und begann zu schreiben:

... da sitzt dieser Arthur allein zu Hause mit Schnabeltasse und Krankenschwester, während seine Frau sich den Sommer über an der Ostsee mit zwei Herren amüsiert ... ist amüsiert passend? Eher die Uhr zurückdreht um hundert Jahre und damit der Zeit entschwindet. Zeit, von der sie sowieso nicht mehr viel hat, und wer keine Zeit mehr hat, der hat im Grunde auch nichts mehr zu verlieren, der kann im Grunde tun und lassen, was er will, die Regeln der Gesellschaft zählen für ihn nicht mehr. Wie fühlt man sich eigentlich, wenn man weiß, dass jeder Geburtstag der letzte sein könnte? Plant man noch, oder lebt man einfach so in den Tag hinein? Wie denkt und wie handelt man, wenn man weiß, dass das eigene Handeln ohne Konsequenzen bleibt, wenn man nicht mehr lange genug lebt, um sich für sein Tun zu rechtfertigen ... aber egal, mir kommt da gerade so ein Gedanke ...

Immer tiefer versank Paul in seinen Text, er schrieb Zeile für Zeile, Seite für Seite. Nach zwanzig Minuten hatte er alles um sich herum ausgeblendet und war in einen tranceähnlichen Zustand geglitten.

Die Stimme Cecilie von Albedylls schwebte in weiter Ferne vorbei: »... meine Herrschaften ... Zeit ist um ...« Paul sah kurz auf, bemerkte, dass alle Blicke auf ihm ruhten, erhob sich, nahm Block und Stift, hörte sich etwas murmeln wie »... war mir eine Ehre ... einen schönen Urlaub noch ...« und verließ die Bibliothek.

Paul hörte das Klopfen in seinem Zimmer nicht, er sah auch nicht, dass jemand die Tür öffnete und hereinkam. Er saß auf dem Balkon und schrieb immer noch, sodass er seinen Vater erst bemerkte, als dieser auf den Balkon trat und sich in den knirschenden Rattansessel setzte.

»Und, seid ihr fertig?«, sagte Paul, ohne den Kopf zu heben.

»Fix und fertig«, erwiderte Johann, stand gleich wieder auf und sah sich im Zimmer um. »Hast es ja verflixt schick hier, muss ich schon sagen.«

»Mmh …«

»Möchte nicht wissen, was die Albedyll und die anderen pro Woche für ihre Unterkunft bezahlen«, redete Johann weiter. »Die müssen ganz schön üppige Renten haben, um sich so was hier leisten …« Er brach mitten im Satz ab. »Nanu, wer ist das denn?«

Paul hob den Kopf, ließ den Blick eine Weile in die Ferne schweifen und legte den Stift beiseite. Er war raus. Er zählte die Seiten, die er geschrieben hatte, fünfzehn.

Johann kam wieder auf den Balkon, im Arm hielt er den Hasen und sah Paul fragend an.

»Der ist aus dem Hirschfänger, hab ich aus dem Container gefischt. Er hat mich angefleht, dass ich ihn mitnehme.«

Johann sah neugierig auf den aufgeschlagenen Collegeblock. »Was hast du denn so Wichtiges geschrieben? Einen Romananfang?«

»Vielleicht«, sagte Paul gedankenverloren, als könne er sich immer noch nicht von seinem Text lösen. »Ich habe auf jeden Fall eine Idee, und vielleicht kommst sogar du darin vor.«

Johanns Miene hellte sich auf, verfinsterte sich aber gleich wieder. »Aber ich muss gut dastehen. Am besten eine Mischung aus Sam Spade und Philip Marlowe, also im weitesten Sinne. Du weißt schon, eine schöne Frau kommt in mein Büro und –«

»In deine Küche.«

»Da kannst du ja ein Büro draus machen. Am besten, du zeigst mir das vorher.«

»Mach ich, keine Sorge«, erwiderte Paul, »und jetzt erzähl mal von eurem Schreibzirkel.«

Johann machte eine wegwerfende Handbewegung. »Ist natürlich nicht im Geringsten mit Alices Schreibkurs zu vergleichen, wie du dir denken kannst. Immerhin erfährt man ein paar interessante Sachen von denen. Also nicht Ida, sondern von den anderen.«

»Klar, und was?«

»Ein bisschen hast du ja schon mitgekriegt. Die Albedyll hat tatsächlich einen Mann. Kaum zu glauben, dass jemand diesen Schrubber geheiratet hat.«

Er sieht sogar recht flott aus, ich habe ja das Foto gesehen, dachte Paul. »Vielleicht war Cecilie früher ansehnlicher und auch umgänglicher.«

»Im Alter schrumpft man nicht nur körperlich, sondern auch charakterlich auf seine Grundeigenschaften zusammen«, sagte Johann nachdenklich. »Geschmacksintensiver, wie ein Brühwürfel, also bildlich gesprochen.«

Paul betrachtete seinen Vater, der mit seinen eins zweiundachtzig immer noch ein Stückchen größer war als er selbst. Er war nach wie vor sehr schlank, wenn auch ein kleines bisschen gebeugter. Was aber seine sowieso schon markanten Wesenszüge betraf, so waren diese tatsächlich ausgeprägter geworden. Seine Sturheit, Verbissenheit, Neugier, der fehlende Sinn für Ordnung.

Johann schien auch darüber nachgedacht zu haben. »Ist das etwa bei mir auch so?«

»So ganz langweilig und normal bist du jedenfalls nicht«, versuchte Paul es vorsichtig zu umschreiben.

»Wie dem auch sei, dieser Arthur ist gar nicht so dement, wie sie sagt, sie telefonieren täglich miteinander. Ich frage mich, was es da groß zu erzählen gibt. Na ja, und dann ist da Jakob. Aufgeregt haben die sich über den und dieses Teichprojekt. Die hassen den ja richtig.«

Paul erinnerte sich an den nächtlichen Besucher mit der Taschenlampe, den er von der Bibliothek aus gesehen hatte, und berichtete Johann davon.

»Das können aber auch einfache Diebe gewesen sein«, entgegnete Johann, »also die nach Baumaterial oder Werkzeug gesucht haben.«

Paul verzog plötzlich das Gesicht.

»Was ist denn mit dir los?«

»Mein Rücken.« Paul hielt sich wieder dieselbe Stelle. »Ich glaube, das Hotelbett ist zu weich, so ein stechender Schmerz kommt und geht, immer ganz plötzlich.«

»Hexenschuss«, sagte Johann, »musst du gut warm halten. Hättest du was gesagt, hätte ich dir die Wärmflasche mitgebracht.« Er hob den Hasen an und betrachtete ihn. »Hat er einen Namen?«

Paul verneinte, dann überlegte er einen Moment. »Was hältst du von Hauke? So lebt sein Schöpfer in ihm weiter.«

»Hauke, willkommen in der Familie Lupin.« Feierlich brachte Johann den Hasen auf den Sessel zurück.

»Jetzt mal was anderes, Johann, ich habe einen Auftrag für dich.«

Johanns Gesichtszüge strafften sich, und seine Augen begannen zu leuchten. »Eine Beschattung?«

»Hast du nicht mal erzählt, du hättest dir Detektivzubehör gekauft?«

»Oh ja, ich habe irgendwo gelesen, ein Detektiv ist nur so gut wie sein Ausrüstungskoffer, das fand ich einleuchtend.«

»Stimmt, und was genau ist in deinem Koffer?«

»Muss ich mal nachdenken, hab ich noch nie benutzt …« Johann zog an seinem Kinnbärtchen. »Also da ist die Krawatte mit versteckter Kamera, ein Spionfeuerzeug mit eingebautem Stick …« Er dachte weiter nach. »Ach so, die Kamera natürlich.«

Paul zeigte mit ausgestrecktem Zeigefinger auf ihn. »Aha! Was für eine?«

»So eine ganz kleine, und die hat Anschluss an dieses … Dings … wie heißt das noch mal, das braucht man fürs Handy, Lilli fragt doch immer danach.«

»WLAN.«

»Genau, also ich kann die irgendwo anbringen, und dann wird alles an mein Handy geschickt.«

Paul ging auf seinen Vater zu und nahm ihn bei den Schultern. »Johann, du bist ja manchmal doch zu was zu gebrauchen. Komm, wir holen das Ding.« Dann fiel ihm noch etwas ein. »Du hast den Wagen gemacht. Er ist viel leiser.«

»Ach ja, habe ich ganz vergessen, ich habe ihn dir gebracht. Er schnurrt wie ein Nähmaschinchen.«

»Ich weiß, ich habe euch gesehen. So ein grüner Porsche macht sich gut unter grünen Bäumen auf der Landstraße.«

»Nun ja, Probefahrt halt«, erwiderte Johann, »aber willst du mir nicht sagen, was du mit der Kamera vorhast?«

»Erzähl ich dir unterwegs.«

Zwei Stunden später waren sie wieder in Hohwacht. Johann war nicht davon abzubringen gewesen, wieder mit zum Hotel zu kommen, zumal Paul ihm angeboten hatte, den Porsche zu fahren, was sich sein Vater nie zweimal sagen ließ. Dafür nahm er sogar in Kauf, später mit seinem Fahrrad wieder nach Havgart zurückzufahren. Als Paul langsam die Hoteleinfahrt hinauffuhr, sah er Heimdahls Wagen seitlich des Hotels stehen. »Verdammt«, murmelte Paul und stieg aus. Heimdahl war mit Sicherheit nicht hier, um sich nach seinem Urlaub zu erkundigen. Sie trafen ihn an der Rezeption, wo er gerade mit Gerrit, dem Studenten, redete. Als er Paul und Johann sah, verabschiedete er sich von diesem und ging auf die beiden zu.

»Und? Neuigkeiten?«, wollte Paul sogleich wissen.

»Nur gegen einen Kaffee«, sagte Heimdahl, »ist schon schlimm genug, dass ich an einem so schönen Samstag arbeiten muss.«

Gemeinsam gingen sie in den Salon. »Setzt euch draußen hin, ich hole den Kaffee«, sagte Paul.

Das war einer der Vorzüge dieses Hotels, ein hervorragender Kaffeeautomat. Dass Paul damit seine Gäste bewirtete, war zwar nicht ganz korrekt, aber es war ihm gerade ziemlich egal. Kurz darauf saßen sie bei leichtem Wind im freundlichen Schatten der Orangenbäume und des Bambus und tranken ihren Kaffee mit einer perfekten Crema obendrauf.

»Ein Hobbyfischer ist gestern gekommen und hat uns eine interessante Meldung gemacht«, begann Heimdahl zu erzählen. »Er hat Blut in seinem Boot gefunden.«

»Und wenn es Fischblut wäre, würdest du nicht hier sitzen«, sagte Paul.

»Stimmt. Außerdem war ihm noch was aufgefallen. Er lagert sein Boot immer kieloben in der Nähe dieses Spielplatzes am Tivoli, und jetzt lag es ein paar Meter weiter weg. Er ist sich ganz sicher, dass jemand es benutzt hat. Ich habe sofort einen DNA-Abgleich veranlasst. Die Wahrscheinlichkeit, dass es von der Vermissten stammt, ist eher gering, aber wir gehen jeder Spur nach.«

»Und wenn doch?«, warf Johann ein. »Gütiger Himmel, das wäre ja dann auch kein Unfall mehr, dann wurde sie tatsächlich gewaltsam ... ja was eigentlich?«

»Wenn wir das wüssten, Johann«, sagte Heimdahl, »sie muss vorher den Tod gefunden haben, und ihr Mörder hat sie ins Boot gehievt und hinaus auf die See gebracht.«

Paul schüttelte nachdenklich den Kopf. »Kein Wunder, dass sie nicht mehr auftaucht.« Auftaucht, dachte er, vom Grund der See, die schon so manches Geheimnis für sich behalten hat. »Wo genau hat das Boot gelegen?«

»Kennst du die Minigolfanlage in Alt-Hohwacht, an der Statue vom Alten Fischer?«

Paul nickte.

»Da ist der Segelsport-Club und daneben der Spielplatz. Und ein gutes Stück dahinter lag sein Boot.«

»Nicht weit davon entfernt liegt doch der Eckrehm«, sagte Paul.

»Ein kleines Stück landeinwärts, ja.«

»Da wohnen die Veras«, sagte Paul mehr zu sich selbst.

»Was willst du damit andeuten?« Johann war hellhörig geworden.

»Eigentlich nichts, es fiel mir nur gerade so ein. Seltsamer Zufall, oder?«

»Genau, Zufall, du sagst es.«

»Der Gedanke ist mir auch schon gekommen«, sagte Heimdahl, »ihr Haus liegt Luftlinie vielleicht zweihundert Meter weg. Aber hast du eine Verbindung zwischen dem versuchten Mord von Alice Vera und Miriam Sundberg? Ich finde einfach nichts. Ich habe lange mit Zoe Lauritzen gesprochen, die ist überhaupt keine Hilfe, weil sie ihre Mutter angeblich gar nicht kennt.« Er lachte einmal auf. »Glaubst du das?«

Paul dachte an das gestrige Gespräch mit ihr. »Also mir kam ihre Begründung plausibel vor. Dass Mütter und Töchter kein gemeinsames Leben haben, ist doch keine Seltenheit.«

»Und dann kommt sie einfach so hierher und investiert einen Haufen Geld in den maroden Kasten? Warum?« Heimdahl ließ sich in den bequemen Korbsessel zurückfallen und dachte nach. »Welche Motive hatte sie wirklich? Wenn sie sich vorher nicht um ihre Tochter gekümmert hat, warum jetzt auf einmal? Nur weil deren Mann gestorben ist? Den kannte sie noch nicht einmal.« Heimdahl grübelte weiter. »Und die Wohnung gibt auch nichts her, absolut nichts. Es sieht so aus, als habe jemand ganz gezielt alle persönlichen Gegenstände der Frau herausgeholt. Auch hier wieder: Warum?«

»Weißt du, wie es Henrik Vera geht?«, fragte Paul.

»Er ist außer Lebensgefahr, schweigt aber, genauso wie seine Frau. Also wenn nicht bald was passiert, dann landen die Fälle ungelöst bei den Akten im Keller.«

Eine Weile herrschte Schweigen. Tief in ihre Gedanken versunken, tranken die drei den Kaffee und hörten dem leisen Rauschen der Platanen über ihren Köpfen zu. Mittlerweile hatten sich auch einige Gäste des Hotels hier eingefunden, um ihren Nachmittagskaffee mit einem Stück Kuchen zu genießen.

»Mensch, ist das schön hier«, sagte Heimdahl irgendwann und sah sich um.

»Ich dachte, du kannst hier dein eigenes Ende fühlen?«, erinnerte ihn Paul an seine erst kürzlich geäußerten Worte.

»Wenn ich nicht die ganze Zeit über Opi und Omi um mich habe, dann geht's irgendwie«, erwiderte Heimdahl und fügte leiser hinzu: »Man könnte die doch einfach ins nächste Heim umsiedeln und das Hotel ein bisschen aufhübschen, dann würde ich hier sogar mal Urlaub machen.« Er rutschte grinsend noch tiefer in den Korbsessel hinein und ließ die Sonne durch die Blätter der Bäume auf seinem Gesicht tanzen, während er zufrieden seufzte.

»Hatte die Tochter das nicht sowieso vor?«, wollte Johann wissen, »*aufhübschen*, meine ich, zusammen mit Christopher Vera, dem anderen Sohn von Alice?«

»Mit dem und dessen Bruder«, warf Paul ein, »dieser Jakob ist auch involviert.«

»Und die Sundberg war die Geldgeberin und für die Alten hier der Feind Nummer eins«, entgegnete Heimdahl und richtete sich wieder auf. »Ich habe mich nämlich mit einigen unterhalten, heute Vormittag. Manche von denen sind seit dreißig, vierzig Jahren hier. Stell dir das mal vor.«

»Ich weiß«, sagte Paul und berichtete von dem Trio von Albedyll, Teubner und Kaspar. Auch davon, dass er einen Blick in Cecilies Zimmer werfen konnte. Die Einzelheiten behielt er allerdings für sich. »Die haben sich hier regelrecht eingerichtet.«

»Also, Paule, dann hör dich hier mal um, du bist doch direkt an der Quelle.«

»Wolltest du deshalb die Ka–« Johann hörte abrupt auf, da Paul ihm einen Tritt unter dem Tisch versetzte.

»… Katze verscheuchen«, kam es ungewohnt kleinlaut von Johann.

»Was habt ihr denn schon wieder für Geheimnisse?« Heimdahl war der Tritt nicht entgangen. »Aber vielleicht will ich das gar nicht wissen.« Er sah auf seine Uhr. »Ich muss los, gucken, ob die Ergebnisse schon vorliegen, trotz Samstag, ich habe es superbrandeilig gemacht.« Jetzt sah er Paul an. »Was für eine Katze?«

»Hier ist ein schwarzer Kater, der mich observiert. Ehrlich gesagt ist der total unheimlich.«

»Einfangen, ganz weit wegfahren und rauslassen, das hilft immer.« Heimdahl erhob sich. »Und danke für den Kaffee.«

»Das mit der Kamera müssen wir ihm ja nicht auf die Nase binden«, sagte Paul zu Johann, als Heimdahl gegangen war. »Es reicht vollkommen, wenn ich mich allein auf illegales Terrain begebe.« Da bin ich doch sowieso schon gelandet, dachte er.

Johanns Überwachungskamera hätte passender nicht sein können. Die kleine Spionagekamera hatte Paul dank des Magneten problemlos an der Gardinenstange angebracht. Sollte sich jemand während Pauls Abwesenheit in sein Zimmer begeben, so würde die Kamera ihm die Livebilder an sein Smartphone senden. Die dazugehörige App hatte er installiert, und der erste Probelauf war erfolgreich verlaufen. Das Weitwinkelobjektiv hatte Johann wunderbar im Visier gehabt, als er Pauls Zimmer betreten hatte und überall herumgelaufen war. Selbst das zufriedene Grinsen war gut zu sehen gewesen.

Den Zimmerservice hatte er abbestellt, damit die Zimmermädchen ihn nicht unnötig mit Fehlalarmen aufscheuchten. Er war ohnehin kaum in seinem Zimmer, da brauchte er den Service nicht.

Johann hatte sich alles genau angeschaut und war dann mit dem Fahrrad wieder nach Havgart geradelt. Diese Tour würde seinen täglichen Spaziergang an der Küste entlang ersetzen, hatte er gesagt. Außerdem sei ihm sein Strand ohnehin fürs Erste vermiest.

Nachdem Paul sich vergewissert hatte, dass die Kamera auch gut versteckt und das Smartphone entsprechend eingestellt war, verließ er das Zimmer. Statt gleich hinunterzugehen, bog er am Ende des Ganges in den Seitenflügel, in dem die Wohnung von Zoe Lauritzen liegen musste. Diese öffnete auch nach mehrmaligem Klingeln nicht, also ging er hinunter an die Rezeption und fragte Stina nach ihrer Chefin, doch auch hier ohne Erfolg, Stina hatte keine Ahnung, wo Zoe Lauritzen sich gerade aufhielt.

Paul trat vor die Tür des Hotels. Der Park war voller als gewöhnlich. Vermutlich lag es am Wochenende. Sicherlich waren unter den Leuten auch einige, die nicht hier wohnten und einfach nur ein wenig hier sitzen wollten. Paul bereute es, dass er kein Fahrrad mehr hatte. Er zog sein Smartphone aus der Tasche und stellte fest, dass er auf dem Weg zum Tivoli an einem Fahrradverleih vorbeikommen würde. Mit dem Porsche hier herumzudröhnen war undenkbar. Zudem würde er damit noch mehr Aufmerksamkeit auf sich lenken. Also machte er sich zu Fuß auf den Weg.

Er ging wie immer in Höhe des Genueser Schiffs an den Strand, beobachtete eine Weile die vielen Urlauber und ging an der Wasserkante entlang in Richtung Hohwacht weiter. Im Radio hatte er gehört, dass das Wetter langsam umschlagen sollte, deshalb wollte er noch so viel wie möglich von der Sonne und diesem Strandgefühl mitnehmen.

Während Paul vor sich hin spazierte, musste er wieder an Diedrich Teubner denken, der auch immer so betulich in der Gegend herumging, tief in Gedanken versunken. Vielleicht wurde man im Alter ja so. Er achtete darauf, dass er nicht auch noch die Hände hinter dem Rücken verschränkte. Paul dachte über die vergangene Woche nach, sie kam ihm wie eine Ewigkeit vor. Von dem bisschen Urlaubsgefühl, das er am Strand oder beim Radfahren verspürt hatte, war nicht mehr viel übrig geblieben.

Es war wieder wie im Februar, als er in die Umstände des Mordes in Havgart verwickelt worden war. Die anfängliche Abwehr, die er automatisch entwickelt hatte, weil er durch die Fußverletzung krankgeschrieben und somit nicht im Dienst war, war einer rein menschlichen Neugier gewichen. Ein Nachbar oder Freund erfuhr ganz andere Dinge als ein ermittelnder

Polizeibeamter. Mit denen hatte niemand gerne zu tun. Am Tresen im Hirschfänger öffneten sich die Leute eher als bei einem Gespräch auf dem Revier.

Das war mit Zoe Lauritzen auf der Seebrücke so gewesen, und jetzt würde es wieder so sein. Er würde Christopher Vera ganz anders erleben als Martin Heimdahl zum Beispiel. Der war Polizist, Paul aber war der Vater der Freundin von Christophers Sohn. Paul war auf menschlicher Ebene viel näher an ihm dran, als dies ein Kriminalbeamter je sein könnte. Auch dachte er in ganz anderen Bahnen, war viel interessierter, weil er im weitesten Sinne ebenfalls davon betroffen war. Denn sein Kind war am Rande Zeuge einer schrecklichen Tat geworden, sein Vater und Ida Rossi waren ganz nah dran. All dies waren Menschen, mit denen er sein Leben teilte, nicht das Büro oder den Verhörraum in Hamburg.

Am Brackstock fand er den Fahrradverleih und mietete sich ein Tourenrad, er hatte Glück und erwischte das letzte verfügbare. Paul hatte seinen Besuch bei den Veras nicht angekündigt. Er wollte sie unvorbereitet antreffen. Die Tür wurde ihm von Jakob Vera geöffnet, der nicht überrascht schien, ihn zu sehen. Es war beinahe so, als gehörte er schon zum engeren Freundeskreis. Das lag wohl daran, dass Rafael bei Johann war und Lilli ebenso oft hier bei den Veras.

»Paul, komm rein«, sagte Jakob und winkte ihn hinein.

Im Wohnzimmer sah Paul Christopher Vera und Zoe Lauritzen, die sich auf den Sofas gegenübersaßen und gerade dabei waren, alte Familienfotos zu sichten. Auf den ersten Blick schien es wie ein normales Treffen unter Freunden, bei dem man in gemeinsamen Kindheitserinnerungen schwelgte. Aber dieser Eindruck wich schnell. Als Paul auf dem Sofa Platz nahm, erfasste er sofort die gedrückte Stimmung der drei.

»Ihr seid auf den Spuren der Vergangenheit, wie ich sehe«, sagte er.

»Was sollen wir sonst machen?«, erwiderte Christopher, dem mittlerweile ein leichter Bart gewachsen war. Inmitten der Fotos standen halb volle Rotweingläser und mehrere angebrochene Flaschen auf dem Boden. »Unsere Eltern schweigen wie die Gräber.« Er warf Paul einen spöttischen Blick zu. »Weißt du, wie sich das anfühlt?«

»Ich kann es nur ahnen«, sagte Paul.

»Hattest du so einen Fall schon mal?«, fragte ihn Jakob, der mit einem Glas für Paul an den Tisch gekommen war, es ungebeten mit Rotwein füllte und ihm dann reichte.

»Danke. Also nein, nicht einen, der auch nur annähernd so war.« Paul wandte sich jetzt an Zoe. »Der Kollege Martin Heimdahl hat mir vorhin von den neuesten Entwicklungen erzählt, also von diesem Boot, meine ich.«

Zoe zuckte mit den Schultern. »Ehrlich gesagt weiß ich damit immer weniger anzufangen«, sagte sie. »Das alles ist so verrückt, dass ich erst gar nicht mehr versuche zu verstehen, was hier vor sich geht.« Sie deutete auf Christopher und Jakob, die ihr gegenübersaßen. »Die beiden haben wenigstens das Leben ihrer Eltern als … ich weiß nicht, wie ich das sagen soll, Ausgangspunkt oder Grundlage oder was auch immer. Aber ich habe nicht mehr als die letzten beiden Jahre.«

»Wir haben in den letzten Tagen die ganzen Fotos gesichtet«, sagte Christopher. Sein Blick war flackernd, und es schien, als seien die Augenbrauen über der Nase aufeinander zugewandert und sein Gesicht in einem andauernden Stirnrunzeln eingefroren. Er deutete auf mehrere Stapel von Fotos. »Wir haben sie sortiert, nach Zeit, nach Thema, vielleicht finden wir irgendetwas, das uns weiterhilft.«

Paul nahm das oberste Foto von einem Stapel, auf dem Alice und Henrik Vera zu sehen waren.

»Das war 72«, sagte Jakob und nahm ein anderes Bild vom Stapel, das bei derselben Gelegenheit gemacht wurde. »Da waren sie zwei Jahre verheiratet.«

Paul sah sich das Foto eine Weile an. Henrik war so dürr, er hatte schulterlange schwarze Haare und war mit einer Flickenjeans und einem karierten Hemd bekleidet. Paul war erstaunt darüber, dass Henrik auf dem fast fünfzig Jahre alten Foto kaum anders aussah als heute. Nur dass er damals natürlich ein jüngeres Gesicht hatte und noch keine grauen Haare. Die Klamotten waren verdammt ähnlich, lediglich die Flicken waren verschwunden. Alice hingegen war eine dieser jungen Frauen, die man so oft auf den Bildern dieser Zeit sah. Helle lange Haare, den Pony tief in den dunkel geschminkten Augen.

»Wo haben sie sich kennengelernt?«, fragte Paul, »wisst ihr das?«

»Über Miriam, oder?« Christopher sah seinen Bruder fragend an.

Jakob nickte. »Henrik kannte Miriam schon, woher, weiß ich nicht. Und da auch Alice mit Miriam befreundet war, mussten sie sich zwangsläufig über den Weg laufen.«

Christopher hatte ein anderes Bild von dem jungen Paar in der Hand und sah es lange schweigend an. »Es muss zwischen den beiden sofort gefunkt haben«, sagte er dann. »Das hat mir Alice mal erzählt.« Er lächelte. »Alice, die höhere Tochter, und Henrik, der einfache Junge vom Lande.«

Paul sah ihn neugierig an. »Erzähl, ich weiß nichts über die beiden.«

»Ihr Leben könnte auch aus einem von Alices Romanen stammen«, sagte Christopher und erzählte Paul die Geschichte seiner Eltern.

Alice kam aus einem wohlhabenden Elternhaus, in dem nie über Geld nachgedacht wurde, weil es einfach da war. So wie bei normalen oder armen Familien die Sorge ums Geld immer da war. Alices Vater war Inhaber einer Privatbank in Hamburg, ihre Mutter war die Tochter einer Suffragette gewesen und inmitten von Freidenkern, Literaten, Malern und Musikern aufgewachsen, bei denen niemand wusste, wovon diese ihre Miete bezahlt hatten. Geschweige denn den Champagner, der eigentlich immer da war. Es wurde gemunkelt, dass Alices Vater sie über Wasser gehalten hatte. Er war zwar durch und durch ein Banker gewesen, aber sein Herz schlug eben auch für die

Kunst und die Leute, die sie hervorbrachten. Er war der Mäzen im Hintergrund gewesen, ohne sich irgendwelche Lorbeeren aufs Haupt zu legen.

Henrik stammte aus einfacheren Verhältnissen, sein Vater war Lehrer an der Volksschule gewesen, die Mutter hatte sich um Kinder und den Haushalt gekümmert. Sie hatten ihr Auskommen, mehr aber auch nicht. Der junge Henrik hatte sich sein Biologiestudium mit Jobs aller Art selbst finanzieren müssen. Eine monatliche Apanage, wie sie Alice auch noch Jahre nach der Hochzeit bezogen hatte, war für den Volksschullehrer Adam Vera weder wirtschaftlich noch weltanschaulich möglich. Henriks Mutter hingegen war sehr zufrieden damit gewesen, ihren Sohn in dieser begüterten Familie zu wissen.

Eine Weile saßen Paul, Zoe und die Vera-Brüder wieder schweigend da, jeder in seinen Gedanken versunken, die Geschichte der Eltern von Christopher und Jakob als Farbfotos vor sich liegend.

»Kein Wunder, dass Alice so gut über die höheren Kreise schreiben kann«, sagte Paul und beugte sich nach vorne, »darf ich?« Er deutete auf die Fotos.

»Klar«, sagte Jakob.

»Wie viele Bilder das sind!« Paul nahm einen ganzen Stapel auf. Christopher setzte sich neben ihn, sodass Paul in der Mitte saß und auch Zoe die Fotos betrachten konnte.

»Ein Freund meiner Eltern war Fotograf, Pit oder Piet hieß der, glaube ich«, sagte Christopher, während Paul die Fotos durchsah.

Es waren die Fotos der Hochzeit vor fünfzig Jahren. Von der Trauung in der Kirche, als das Brautpaar vor der Kirche stand, dann die Party am Strand. Eines nach dem anderen sahen sie sich an, und Paul schüttelte den Kopf. »Das erinnert mich an die Aufnahmen von Woodstock«, sagte er, »so viele Leute überall.«

Christopher lachte kurz. »Das hat Henrik auch immer gesagt, es muss total chaotisch gewesen sein. Vor allem gegen

Ende am Strand, es wurden immer mehr, viele davon kannten sie gar nicht, aber die kamen einfach, hatten einen Kasten Bier dabei, ein bisschen Gras und haben mitgefeiert. Irgendwann hatte auch der Regen aufgehört, zum Glück.«

»Guckt, da«, sagte Zoe und zeigte auf das Bild, das Paul jetzt in der Hand hatte, »da ist Miriam.«

Paul sah genauer hin. »Sicher? Ist das nicht Alice?«

»Das ist meine Mutter, glaube mir«, sagte Zoe.

»Sie sind ja nahezu identisch«, sagte Paul verblüfft. Auf diesem Foto sah man einen lachenden Henrik Vera in seinem dunklen Hochzeitsanzug, aus dessen Brusttasche eine Möhre mit üppigem Grün herausguckte. Er stand in der Mitte, Alice und Miriam zu beiden Seiten, und alle lachten sich über irgendetwas kaputt.

»Mit Sicherheit total bekifft«, sagte Christopher und ging weitere Bilder durch. »Hier sind die beiden Trauzeugen, Freunde von Henrik aus Bolivien.«

»Selbst die Kleider sind gleich«, sagte Zoe und reichte Paul ein anderes Foto, auf dem nur Miriam und Alice zu sehen waren, »hier, guck mal.«

»Miriam war die Brautjungfer«, sagte Christopher und suchte auf dem Tisch nach einem bestimmten Foto.

Paul hatte jetzt ein Foto in der Hand, das das frisch vermählte Paar samt Brautjungfer zeigte. Es gab mehrere Aufnahmen davon, sie wurden am Strand aufgenommen, das Meer hinter ihnen lag ruhig da, und am Horizont lagen spektakuläre Wolkenformationen vor einem blauen Himmel. »Hier schwören sie sich irgendwas«, sagte Paul. Alle drei hielten auf diesem Bild die Schwurhand hoch. Paul sah auch, dass Henrik und Alice lachten, während Miriam ganz ernst dastand, beinahe feierlich.

»Zeig mal«, bat Jakob, und Paul reichte ihm eines der Bilder. Jakob zuckte die Schulter. »Vermutlich ewige Treue oder dass ihnen nie der Nachschub an Gras ausgehen möge.« Er warf das Bild auf den Tisch zurück, dann fuhr er sich durch das Gesicht, um die Müdigkeit zu vertreiben. »Das bringt uns nicht weiter.«

Er sah kurz nach draußen, dann stand er auf und ging auf die Terrasse hinaus.

»Sofie ist aufgewacht«, sagte Christopher beiläufig, und Paul sah erst jetzt, dass die Schwester der beiden draußen auf einer Gartenliege lag.

Er beobachtete, wie Jakob sich zu seiner Schwester setzte, ihr die Haare aus der Stirn strich, den Mund abtupfte und ihr etwas erzählte. Dann nahm er ein Buch auf, das neben der Liege auf dem Boden gelegen hatte, suchte eine Weile darin und begann, ihr daraus vorzulesen. Als Zoe das sah, stand sie auf, griff nach ihrem Weinglas und ging ebenfalls nach draußen. Dort setzte sie sich neben die Liege auf den Boden und hörte zu.

»Jakob umsorgt sie Tag und Nacht. Er weicht keine Sekunde von ihr«, erklärte Christopher, der sah, dass Paul nach draußen geschaut hatte.

»Wie schwer ist sie eigentlich beeinträchtigt?«, fragte Paul.

»Schwer zu sagen. Die Ärzte sind da unterschiedlicher Meinung, du kennst das doch. Geh zu drei Ärzten, und du kriegst drei Diagnosen. Ihr Zustand hat sich verschlechtert. Sie hat ja auch einen Herzfehler, weshalb ihr Blut nicht mit genügend Sauerstoff versorgt wird. An manchen Tagen dämmert sie nur vor sich hin, wie heute.«

»Was ist denn genau passiert? Lilli erzählte mir etwas von einem Asthmaanfall. Kann der so einen großen Schaden anrichten?«

»Wie du siehst.« Christopher schenkte sich neuen Wein ein und füllte Pauls Glas ebenfalls nach. »Sofie war noch klein, als es passierte. Sie war stark erkältet und hatte vorher schon schlecht Luft gekriegt. Es musste irgendwann in der Nacht geschehen sein. Jakob war aufgewacht, weil Sofie schwer atmete und komische Geräusche von sich gab. Alice war auf einer ihrer Lesereisen und Henrik unterwegs.«

»Was? Wo war er denn?«

»Auf dem Weg zur Apotheke, das Medikament war alle.« Er lachte verächtlich auf. »Er hat ein schwer asthmatisches Kind zu Hause und achtet nicht drauf, ob die Medikamente da sind. Er musste also einen Apotheken-Notdienst suchen und eine ganze Weile fahren.«

»Was ist mit dir? Wo warst du?«

»Alice hat mich zu ihrer Lesung mitgenommen, nach Schweden.« Christophers Gesicht hellte sich für einen Moment auf. »Das war für mich der Jackpot. Unsere Mutter ein paar Tage mal ganz für mich alleine zu haben. Eine Schwester von Henrik ist mitgefahren, sie hat einen Sohn in meinem Alter, der war auch mit, und so haben wir uns ein paar richtig schöne Tage gemacht. Ich habe da auch meinen siebten Geburtstag gefeiert. Ich kann mich an beinahe alles noch erinnern.« Er wurde wieder ernst. »Für Jakob war ich unerreichbar. Wir alle haben ihn alleingelassen. Als Henrik wieder zurück war, saß Jakob mit der kleinen Sofie in seinem Bett, er hielt sie fest umschlungen. Ihr Gesicht war blau.«

Paul nickte und seufzte. »Wie alt war Jakob?«

»Fünf, und Sofie war zwei. Heute ist Jakob einundvierzig, und es ist kein einziger Tag vergangen, an dem er sich nicht die Schuld an allem gegeben hat.« Christopher ließ seinen Blick eine Weile auf Jakob ruhen, dessen angenehme Stimme durch die angelehnte Terrassentür zu hören war. »Sofies Vitalfunktionen waren nicht mehr erkennbar, als die Notärzte eintrafen, aber sie konnten sie wiederbeleben. Und ich glaube, dass dies ein großer Fehler war. Du siehst ja, was von ihr übrig geblieben ist.«

Christopher schaute ins Leere, noch ganz in der Vergangenheit versunken.

»Und wer hat den Notdienst verständigt? Jakob?«

»Ja, wir wussten beide, dass es die 112 gab. Henrik kam dann kurz nach den Ärzten ebenfalls, aber …« Er stockte und trank von dem Wein. »Für Jakob hat sich dann alles geändert. Er hat ja vorher schon immer auf Sofie aufgepasst, sie behütet wie einen zerbrechlichen Schatz. Da wussten wir schon von ihrem Herzfehler. Aber nach diesem Unfall wurde es richtig schlimm, er hat sie nie mehr alleine gelassen. Er wollte nicht in den Kindergarten gehen und in die Schule auch nicht. Du kannst dir nicht vorstellen, wie schwierig es gewesen war, bis Henrik und Alice ihn dazu bringen konnten, morgens das Haus zu verlassen.«

»Und eure Eltern? Wie sind die damit klargekommen?«

»Nicht gut, zumindest Alice nicht. Sie hat jahrelang nichts mehr veröffentlicht. Es war, als wär diese Flamme, die ihre unglaubliche Kreativität befeuerte, erloschen. Außerdem hat sie seitdem einen Tinnitus. Erst viele Jahre später und nach unzähligen Therapien hat sie wieder mit dem Schreiben begonnen. Und sie konnte tatsächlich wieder an die alten Erfolge anknüpfen.«

»Da passt du mal kurz nicht auf, und dein Leben ist ruiniert«, sagte Paul und beugte sich noch einmal nach vorne, um sich einen Stapel Fotos zu holen. »Der Alptraum aller Eltern.«

»Und der Alptraum aller Kinder, wenn die Mutter den Vater absticht.« Christopher warf die Fotos zurück auf den Tisch. »Ich kann diesen ganzen Scheiß nicht mehr sehen.« Er ließ sich ins Sofa zurückfallen.

Paul hatte jetzt einen Stapel mit Kinderfotos, nach denen hatte er auch gesucht. Ihn interessierten besonders die von Jakob und Sofie. Ein paar wenige zeigten das kleine Mädchen vor ihrem Unfall, sie sah aus wie eine kleine Puppe, hatte die dunklen Haare ihres Vaters, aber die blauen Augen der Mutter, ein unglaublich süßes Geschöpf, dachte Paul. Später hatten sich ihre Gesichtszüge verändert, wurden verzerrter und entstellter. Aber es gab nicht ein Bild von Sofie alleine, auf allen war Jakob, der seine Schwester entweder auf dem Schoß hatte oder neben ihr saß, aber immer hielt er sie, entweder nur ihre Hand oder ihren Arm. Auf den meisten Fotos jedoch hielt er sie eng umschlungen und hatte nicht selten einen ängstlichen Gesichtsausdruck, als fürchtete er, dass gleich etwas Schlimmes passieren würde.

Christopher hatte die Fotos mit halbem Auge mit angeschaut. »Einmal hat Jakob einem Arzt eine Wasserflasche aus Glas auf den Kopf gehauen.«

Paul sah mit einem Ruck auf. »Was?«

Christopher lachte bitter. »Er dachte, der Arzt wollte Sofie wehtun. Der saß dort drüben bei Sofie auf dem Boden, und Jakob hat sich von hinten an ihn rangeschlichen, und zack!«

»Wie alt war er da?«

Christopher zuckte mit den Schultern. »Keine Ahnung, sieben vielleicht.«

»Und der Arzt?«

»Hatte 'ne schöne Beule. Und das war erst der Anfang. Es wurde so schlimm, dass Jakob mehrmals in die Psychiatrie eingewiesen werden musste.« Christopher warf einen Blick nach draußen, zu seinem Bruder, Zoe und Sofie. »Er hat versucht, Sofie umzubringen«, sagte Christopher, »und dann sich selbst.«

Paul atmete tief ein und blähte die Wangen auf, bevor er die Luft wieder ausstieß. »Wann war das?«

»Da war er gerade mit der Schule fertig. Unsere Eltern hatten zu der Zeit überlegt, Sofie in eine Betreuung zu geben, damit Jakob eine Ausbildung anfangen konnte, studieren oder so.«

»Wo war Sofie, als Jakob in der Schule war?«, unterbrach Paul ihn.

»Er war in keiner Schule. Er hat sich nicht von Sofie getrennt. Alice konnte durchsetzen, dass er zu Hause unterrichtet wurde. Und dann ... ja, dann hatte Alice einen Platz für Sofie gefunden. Und ...« Christopher stockte. Er nahm das Weinglas und betrachtete es, als würde er hier eine Erkenntnis finden. »Er hat Sofie in das Schlauchboot gesetzt, das wir damals hatten, das mit dem Außenborder. Dann sind sie rausgefahren. Er wollte sich mit Sofie ins Meer stürzen, mit den Bleigewichten, die Henrik zum Tauchen benutzte. Für jeden eins. Ein Nachbar hatte das gesehen und sofort Henrik verständigt. Die sind dann mit dem Boot des Nachbarn hinterher.« Christopher trank von dem Wein. »Jakob würde Sofie und sich lieber umbringen, als sie wegzugeben.«

»Auch heute noch?«

»Heute mehr denn je.«

Eine ganze Weile herrschte Schweigen, beide waren in ihre

Gedanken versunken. Irgendwann bemerkte Paul, dass Jakob, Sofie und Zoe nicht mehr auf der Terrasse saßen, vielleicht waren sie an den Strand gegangen. Es musste spät sein, denn das Licht begann sich zu verändern. Christopher stand auf und ging zu einem offenen Sideboard, auf dem ein Plattenspieler stand, wobei er einmal ziemlich schwankte. Dann drehte er noch einmal um, nahm das Weinglas vom Tisch, setzte sich damit auf den Boden und begann, die Platten durchzugehen, die darunter standen, es mussten Hunderte sein.

»Was glaubst du, wie stehen Jakob und Zoe zueinander?«, fragte Paul.

»Ich weiß ehrlich nicht, ob Jakob überhaupt für jemand anderen außer Sofie irgendwas empfinden kann«, sagte Christopher und zog eine Platte aus dem Cover.

»Ihr mögt euch nicht besonders, oder?«

»Jakob macht es einem nicht leicht. Er tut so, als laste alles Elend der Welt auf seinen Schultern. In jedem seiner Sätze sind Schuldvorwürfe und …« Er brach ab. »Ach, Paul, was soll ich sagen?« Er erhob sich mit einiger Mühe und schaffte es, die Platte aufzulegen. »Jakob kann einem nur leidtun. Wer weiß, was aus ihm geworden wäre, hätte seine kleine Schwester ein normales Leben leben können. Im Grunde ist er ein feiner Kerl. Ich bin das genervte Arschloch, so sieht's aus.« Er kam zurück und ließ sich neben Paul aufs Sofa fallen, nahm das Weinglas und stieß mit Paul an.

Aus den Boxen erklang Neil Youngs »Tell Me Why«, und Christopher richtete sich wieder auf. »Henriks Lieblingsplatte«, sagte er.

»›After the Gold Rush‹«, sagte Paul, »die habe ich auch, sie ist Youngs beste, finde ich.«

Eine Weile hörten sie der hellen und verwundbaren Stimme zu, bei der man nie sicher war, ob sie den nächsten Ton traf oder kippte, aber sie katapultierte Paul wieder in die Kindheit zurück, weil seine Schwester Charlotte das Album ständig gehört hatte.

»Ich würde so gerne die ganze Woche zurückspulen und

diese verdammte goldene Hochzeit überspringen«, sagte Christopher leise. »Sie wollten diese Feier nicht. Sie haben sich lange dagegen gewehrt, doch Jakob und ich haben sie bedrängt.«

»Haben sie gesagt, warum sie nicht feiern wollten?«

»Nein. Ich habe es auch nicht verstanden, weil sie immer viel gefeiert haben, bei jedem kleinsten Anlass. Aber als ich sie darauf angesprochen habe …« Er verstummte, als wäre ihm etwas eingefallen.

Paul wartete geduldig, um ihn nicht von seinem Gedanken abzulenken.

»Sie haben sich so merkwürdig angesehen«, fuhr Christopher fort, »das fällt mir jetzt erst wieder ein. Als hätte ich was ganz Schlimmes angesprochen.«

»Aber sie haben sich dann doch überreden lassen«, sagte Paul.

»Ihnen ist keine Ausrede mehr eingefallen. Es war unsere Schuld, Jakobs und meine. Wir haben sie zu sehr gedrängt, zu etwas, das sie unbedingt vermeiden wollten.« Er warf sich zurück gegen die Sofalehne. »Sei froh, dass deine Familie noch intakt ist, Paul.«

»Ich glaube nicht, dass es eure Schuld war, da ist irgendwas anderes lange vorher schon passiert. Außerdem ist meine Familie nicht intakt, sieht nur so aus.« Paul seufzte laut. »Und meinen Job bin ich vielleicht auch bald los.«

Christophers Kopf fuhr zur Seite. »Was? Wieso das denn?«

Es war das erste Mal, dass Paul außer mit Heimdahl noch mit jemand anderem darüber reden konnte, zu viel Rotwein sei Dank. »Ich habe angefangen zu urteilen.«

Christopher sah ihn weiter an, schwieg aber. Selbst mit besoffenem Kopf wusste er wohl, wann es besser war, seinem Gesprächspartner den Raum für Erklärungen zu lassen.

»Urteile zu fällen und sogleich zu vollstrecken gehört nicht zu den Aufgaben eines Kriminalbeamten. Zum Beispiel jemanden zu verprügeln, den man einfach nur hätte festnehmen müssen, und ihn dann …« Er brach ab.

Christopher betrachtete ihn, und Paul las in diesem Blick: *Du? Ernsthaft? Das passt gar nicht ...* »Und damit kommt man durch?«, fragte er dann.

Paul lachte spöttisch. »Anfangs haben mich die Kollegen gedeckt, ebenso mein Chef. Aber jetzt ...« Er machte eine Pause und trank einen Schluck. »Jetzt will ich diese Deckung irgendwie nicht mehr.« Er setzte sich seitlich auf die Couch, legte den rechten Arm auf die Lehne. »Weißt du was?«

Christopher schüttelte den Kopf.

»Ich würde es wieder tun. Ich habe alles so satt, dass mir die Worte fehlen, es zu beschreiben. Aus diesem Grund habe ich zugeschlagen, weil ich ... weil ich sprachlos geworden bin. Diese ganze Gewalt, die aufspringenden Messer, diese tumben und brutalen Augen. Früher konnte ich das ausblenden, aber jetzt geht es nicht mehr. Robin ... er hieß Robin.« Es war das erste Mal, dass Paul den Namen dieses Typen aussprach. Er wollte einfach wissen, wie es sich anfühlte, aber er spürte nichts.

»Mach Schluss.« Christopher legte seine Hand auf Pauls Arm. »Du bist viel zu schade für die Robins und Kevins und all die anderen Pissflinten dieser Welt.«

Paul fiel etwas ein, er griff in die hintere Tasche seiner Jeans und zog die Karte hervor. Er hatte sie vollkommen vergessen, und er wusste auch nicht, warum er sich gerade jetzt an sie erinnerte; es war der Eremit.

»Befragst du jetzt das Orakel? Das sollten wir auch mal tun, um zu verstehen, was hier vor sich geht.«

»Ist vielleicht keine schlechte Idee«, murmelte Paul, während er sich in die Karte vertiefte, die leicht verbogen war.

»Was wirst du jetzt tun?«, fragte Christopher.

Paul atmete tief ein und ließ die Karte wieder in der Gesäßtasche verschwinden. »Um das zu klären, bin ich hier, in einer Woche werde ich hoffentlich mehr wissen.«

»Kann es sein, dass du bisher mit niemandem darüber gesprochen hast?«

»Nur mit einem befreundeten Kollegen, wie kommst du darauf?«

Christopher lächelte. »Weil es immer leichter ist, solche tiefgreifenden Ereignisse jemandem zu erzählen, den man nur flüchtig kennt. Denn der wird den Teufel tun, dir Tipps zu geben. Und das würden dein Vater oder deine Frau mit Sicherheit.« Er stieß mit seinem Glas an Pauls. »Und ich bin dir sehr dankbar, dass du dich mir anvertraut hast.«

Leider habe ich dir nicht die ganze Wahrheit erzählt, ging es Paul durch den Kopf. »Bin ich nicht auch in eure Ereignisse hier verwickelt? Außerdem hätte ich dir das nüchtern vielleicht gar nicht erzählt.«

»Aus diesem Grund ist Saufen doch so schön«, sagte Christopher und legte seinen Arm um Pauls Schulter, dann begannen beide mitzusingen:

»*I'm gonna give you till the morning comes, till the morning comes, till the morning comes
I'm only waitin' till the morning comes, till the morning comes ...*«

Sonntag

Pauls Träume waren intensiv und wirr gewesen. Aber trotzdem schien alles von einem einzigen Punkt auszugehen, alles konzentrierte sich um ein Ding oder um eine Person, mehr sah er nicht. Dann stand er an dem ausgehobenen Loch für den Schwimmteich hinter dem Hotel, obwohl das Loch noch gar nicht gegraben war. In diesem Moment sah er, dass ihm jemand die Schaufel, die er vor ein paar Tagen nachts im Garten gefunden hatte, auf den Hinterkopf schlug. Kurz bevor der Schmerz in seinem Gehirn als solcher registriert wurde, wachte er ruckartig auf.

Fahles Licht fiel durch viel zu große Fenster, und er fragte sich, ob er immer noch träumte, denn dies waren nicht die Fenster in seinem Hotelzimmer. Irgendwann begriff er, dass er im Wohnzimmer der Familie Vera auf dem Sofa lag. Jemand hatte ihn mit einer dünnen Decke zugedeckt, eine Flasche Mineralwasser stand neben ihm auf dem Boden, ein Päckchen Aspirin lag auf dem Couchtisch.

Paul setzte sich auf und trank zuerst eine halbe Flasche Wasser. Dann erhob er sich und ging an eines der großen Fenster. Er war immer noch ganz schön betrunken. Draußen war es nicht mehr ganz dunkel, ein blasser oranger Streifen am Horizont kündigte den neuen Tag an. Paul fror, und er ging zu seinem Rucksack, um sich den Pullover zu holen, den er immer dabeihatte.

Erst jetzt fiel ihm ein, dass er die ganze Zeit nicht einmal auf sein Smartphone geguckt hatte. Er zog es aus dem Rucksack und sah, dass drei Nachrichten eingegangen waren. Die beiden WhatsApps kamen von Lilli. Rafael und sie hatten sich gegenseitig bei einigen Surf-Kunststückchen gefilmt. Paul beschloss, sie sich später in Ruhe anzuschauen. Die dritte Nachricht war von Heimdahl: »Bingo, manchmal trifft auch ein blindes Huhn ins Schwarze, das Blut stammt von Miriam Sundberg.«

Okay, dachte Paul und überlegte eine Weile. Das war jetzt

die erste konkrete Spur. Ein Boot mit dem Blut der Vermissten, keine zweihundert Meter vom Haus der Veras entfernt. Er kratzte sich den Hinterkopf. Was hieß das jetzt?

Als er die Tür öffnete, wurde er von lautem Vogelgezwitscher begrüßt. Das Fahrrad war nass, und er wischte den Sattel mit dem Ärmel seines Pullovers ab, dann fuhr er los. In seinem Kopf drehte es sich noch, immerhin hatte er keine Kopfschmerzen. Trotz der kühlen Luft fühlte er sich wohl bei dem, was er gerade tat. Bevor er an der Strandstraße links abbog, wollte er einmal kurz am Strand vorbeischauen. Wann sah er schon mal den Beginn eines neuen Tages am Meer? Er fuhr bis hinunter zur Seebrücke, auf der er mit Zoe Lauritzen gestanden hatte.

Zoe war ihm nach wie vor ein Rätsel. Er fragte sich, was genau sie eigentlich mit Jakob und Christopher Vera verband. Gemeinsame Kindheitserinnerungen hatten sie wenig, ihre Beziehungen zueinander konnten sich erst in den letzten Jahren entwickelt haben. Jakob und Christopher waren mit ihrem Mann Benjamin befreundet gewesen, Christopher spielte mit dem Gedanken, Mitinhaber des Hotels zu werden, und Jakob? Hatte Jakob ein Auge auf Zoe geworfen? Als die beiden draußen bei Sofie gesessen hatten, hatte es auf jeden Fall so ausgesehen. Möglich auch, dass Zoe bei Jakob übernachtete. Andererseits fragte Paul sich, ob dieser noch Platz für eine andere Frau in seinem Leben hatte, neben seiner Schwester Sofie.

Paul stellte das Fahrrad ab und ging auf die Seebrücke hinaus. Die Sonne würde bald aufgehen, und die frische Luft und die Bewegung verscheuchten das vernebelte Gefühl des Alkohols in seinem Kopf. Neben Zoe war ihm aber Jakob das noch viel größere Rätsel. Dieser große, kräftige Mann, der sein ganzes Leben für das seiner Schwester hingab, aus Schuldgefühlen, wie Christopher behauptete. Alles, was in dieser Familie passierte, war rätselhaft, und Paul konnte einfach nicht glauben, dass niemand wusste, warum Alice ihren Mann umbringen wollte.

Paul merkte, dass seine Gedanken trotz der frischen Luft immer noch träge waren. Er streckte sich, atmete einmal tief durch und überlegte, ob er es fertigbringen würde, einmal kurz schwimmen zu gehen. Ein Handtuch steckte in seinem Rucksack. Ohne weiter nachzudenken, zog er sich schnell aus und rannte, so schnell er konnte, ins Wasser, und als er weit genug drin war, ließ er sich fallen. Das Wasser war erstaunlich warm, fast kam es ihm so vor, als sei die Luft kälter. Er schwamm und schwamm, und mit jedem Zug wurde sein Kopf klarer, der Druck des Wassers auf seinen Körper schien den Rest Alkohol aus ihm herauszupressen. Die Sonne hatte sich mittlerweile ganz von der Linie des Horizonts gelöst und lag als leuchtender Ball auf dem Rand der Erde. Er fragte sich, was der neue Tag bringen würde, welche Überraschungen dieser Sonntag bereithielt. *I'm only waitin' till the morning comes, till the morning comes …*

Paul drehte sich auf den Rücken und schwamm in regelmäßigen Zügen parallel zur Küste. In dieser kurzen Zeit war die Sonne wieder ein Stückchen gestiegen und hatte an Kraft gewonnen. Orange-rosa Streifen zogen über den Himmel, und die Intensität der Farben nahm so schnell zu, dass es wie ein Schauspiel aussah. Ganz so, als würde da oben eine Geschichte erzählt, die sich dieser Rückenschwimmer unten auf der Erde ansah, ohne sie zu verstehen. Und genau so kam Paul sich vor; er war mittendrin und bekam doch nichts mit. In seiner unmittelbaren Nähe geschahen Dinge, die von Menschen ausgingen, die irgendeine Absicht verfolgten. Und er tapste wie ein blindes Huhn mit Scheuklappen umher.

Dieser Gedanke ärgerte Paul in diesem Moment so sehr, dass er sich ruckartig wieder umdrehte und mit kräftigen Kraulzügen ans Ufer zurückschwamm. Um ihn herum wütete ein Wirbelsturm, und er selbst saß in dessen Auge, blieb verschont von den Turbulenzen, aber auch von Ahnungen und Hinweisen. Er legte noch einen Zahn zu, als ihm wieder klar wurde, dass er bisher nach Strich und Faden verarscht wurde. Aber jetzt war Schluss mit diesem ganzen Theater. Bevor er wieder nach Hamburg zurückkehrte, wollte er herausfinden, was hier vor sich ging.

Als er den Weg an der Steilküste entlangfuhr, war es ganz

hell geworden, und er freute sich auf sein Hotelbett, in das er gleich springen würde, um den verbliebenen Restkater mit einem kleinen Schläfchen ganz zu verscheuchen. Er hatte mittlerweile schon ein gutes Stück des Dünenweges hinter sich gelassen und jetzt noch die letzte Gerade vor sich. Er war nicht mehr weit vom Genueser Schiff entfernt, als er im Augenwinkel etwas Dunkles auf sich zuschießen sah, sodass Paul den Lenker seines Fahrrads vor Schreck ruckartig nach links riss und sich nicht mehr halten konnte. In hohem Bogen flog er vom Rad und landete im feuchten Gras. Sofort setzte er sich auf, denn das Schwarze kam wieder zurück und blieb vor ihm stehen; es war Klaus, der Hotelkater.

Paul riss den Rucksack vom Rücken und warf damit nach dem Tier. Er erwischte ihn gerade noch am Hintern, sodass der Kater ein wütendes Kreischen ausstieß und verschwand. Paul sah sich um, rieb sich den Ellenbogen, auch tat ihm das Knie weh; Gott sei Dank war er nur auf weichem Gras gelandet. Verdammt noch mal, dachte er, was ist nur mit diesem Tier los? Warum hatte es dieser Kater auf ihn abgesehen? Denn ihm kam der Vorfall von eben als pure Absicht vor, kein normales Tier lief in ein Fahrrad hinein, wenn es von niemandem aufgescheucht wurde. Noch einmal ließ er den Blick über die Dünen schweifen, hier war rein gar nichts, was den Kater hätte erschrecken können. Er schaute nach, ob sein Fahrrad Schaden genommen hatte, aber es sah nicht so aus. Als er am Hotel angekommen war und das Fahrrad in den Ständer schob, saß Klaus ein Stückchen weiter entfernt und beobachtete ihn genau. Paul sah ihm eine ganze Weile in die Augen, der Kater erwiderte seinen Blick, und es schien, als grinste er.

Nachdem Paul das Warnsystem auf seinem Smartphone deaktiviert hatte, zog er sich aus und legte sich ins Bett. Kaum hatte er die Augen geschlossen, dämmerte er auch schon weg, und das grinsende Gesicht des schwarzen Katers geleitete ihn in seinen Schlaf.

Beim Frühstücken spürte er eine Ungeduld aufziehen, er

fragte sich, ob Heimdahl sonst noch neue Erkenntnisse hatte. Wenn er schon an einem Wochenende die Ergebnisse des DNA-Abgleiches erhalten hatte, war er hoffentlich auch sonst weitergekommen. Er beschloss, gleich zum Graswarder rauszufahren. Martin Heimdahl war ein Frühaufsteher, der mit Sicherheit schon mit irgendwelchen Reparaturarbeiten an seinem Haus beschäftigt war. Wieder auf seinem Zimmer aktivierte er die Überwachungskamera und überprüfte die Software auf dem Smartphone. Fünf Minuten später saß er in seinem Porsche.

Martin Heimdahl wohnte zusammen mit seiner Mutter in einer der Strandvillen am Graswarder, und jedes Mal wenn Paul ihn besuchte, musste er sich eine Litanei über die Mängel am Haus und sämtliche Nachteile anhören, die ein Leben in unmittelbarer Strandnähe mit sich brachte. Die größten Sorgen bereiteten Heimdahl die salzhaltige Feuchte, die das weitgehend aus Holz gebaute Haus auffraß, und der steigende Meeresspiegel. Luxusprobleme, dachte Paul dann immer. Obwohl Martins Haus vergleichsweise klein war, wohnte er doch in einer der begehrtesten und teuersten Immobilien in ganz Schleswig-Holstein; ein Vogelschutzgebiet vor der Haustür, den Strand hinter dem Haus.

Heimdahls Haus war ein Traum, den konnte auch sein Gejammer über Feuchtigkeit nicht zerstören. Seine Vorfahren waren Mitglieder der Deutschen Badegesellschaft gewesen und hatten die kleine Villa im Jahre 1901 erbaut. Paul liebte das verwinkelte Haus mit dem Reetdach ebenso wie die Tatsache, dass er jederzeit hierbleiben konnte, wenn es wieder einmal spät geworden war und sie zu viel getrunken hatten. Selbst der schwerste Kater verflüchtigte sich, wenn er aus dem Bett zum Fenster schwankte, es öffnete und das Meer ins Zimmer und in seinen Blutkreislauf rauschen ließ.

Paul hatte mit seiner Vermutung richtiggelegen. Als er den Graswarderweg entlangrollte, sah er Heimdahl gerade mit einer Leiter um die Ecke biegen und kurz darauf im Rückwärtsgang wieder erscheinen.

Heimdahl stellte die Leiter ab und ging auf ihn zu. »Bist du aus dem Hotelbett gefallen?« Er sah sich den Porsche an. »Hat Johann was am Auspuff gemacht? Er ist nicht mehr ganz so laut, aber immer noch lauter als normal.«

»Leiser kriege ich ihn nicht«, sagte Paul und schlug die Tür zu. Er war mit offenem Dach gefahren, was dafür gesorgt hatte, dass auch der letzte Rest des Rotweins aus seinem Kopf verschwunden war.

Heimdahl hatte die Leiter wieder aufgenommen. »Komm, ich mach uns einen Kaffee.«

Kurz darauf saßen sie auf Heimdahls Terrasse, die direkt am Strand lag, nur ein paar Meter von der Brandung entfernt. Paul fragte sich jedes Mal wenn er hier war, ob sie es wohl noch erleben würden, dass die Ostsee, Heimdahls Feind Nummer eins, sich die Terrasse einverleibte. Er glaubte, ja. Aber er sprach das Thema heute nicht an, weil er genau wusste, dass Heimdahl dann von nichts anderem reden würde. Außerdem war er ja aus einem ganz bestimmten Grund hier.

»Das Blut stammt also tatsächlich von der Vermissten«, sagte Paul, »die Sache mit dem Boot war ein verdammtes Glück.«

»Allerdings, ich habe ehrlich gesagt nicht damit gerechnet.«

»Wie sieht es denn mit anderen Spuren aus? Wenn jemand die Tote oder auch nur Verletzte damit weggebracht hat«, Paul deutete mit seinem Kaffeepott auf die Ostsee, »und sie da draußen über Bord geworfen hat und anschließend wieder zurückgefahren ist, so muss er doch irgendwelche Spuren hinterlassen haben. Fingerabdrücke auf dem Außenborder, am Boot selbst, der Sitzbank, irgendwo halt.«

»Das Boot ist übersät mit verschiedenen Fingerabdrücken, es braucht eine Weile, bis alles untersucht ist. Und wem willst du diese Fingerabdrücke zuordnen außer dem Besitzer?« Heimdahl seufzte. »Wir haben nicht einen Verdächtigen, niemand hat ein Motiv, alle sind so brav.« Er sah Paul fragend an. »Oder bist du mittlerweile zu neuen Erkenntnissen gelangt? Du bist doch an der Quelle, da draußen in deinem Spa-Resort. Immerhin war

Miriam Sundberg Mitinhaberin. Und ein freiwilliges Verschwinden ist ja wohl ausgeschlossen. Wer also wollte ihr ans Leder?«

»Es ist das Hotel, es hat irgendetwas mit diesen Sanierungsplänen zu tun. Du hast mit Zoe Lauritzen und mit Christopher Vera gesprochen?«

»Ja, klar, keiner der beiden kann sich das erklären. Die Lauritzen weiß sowieso nichts, zumindest tut sie so, und Vera ist ebenso ahnungslos. Beide sagen, sie wollten zusammen mit Miriam das Hotel sanieren.« Heimdahl deutete mit dem Kopf hinter sich. »Das ist noch viel schlimmer als diese Bude hier.«

»Bist du dir da sicher? Es wird zwar gebetsmühlenartig wiederholt, dass das Hotel so baufällig ist, aber mir kommt es gar nicht so schlimm vor. Es ist vielleicht alles ein bisschen abgenutzt, aber längst nicht baufällig.«

»Das sagst du zu meinem Haus auch immer, du bist eben nicht so anspruchsvoll wie ich.«

»Jetzt mal ernsthaft, Martin. Du solltest dich da viel mehr reinhängen. Irgendwas stimmt da nicht. Da kommt die schöne Zoe vor fünf Jahren aus der großen weiten Welt, heiratet Benjamin Graf Lauritzen, den einzigen Erben des Hotels. Der stirbt dann drei Jahre später bei einem Unfall, jetzt gehört ihr dieses Anwesen alleine. Und kurz darauf kommt Miriam Sundberg aus Indien, um ihr bei der Sanierung zu helfen, und macht obendrein nebulöse Andeutungen, dass sich bald etwas Wunderbares ereignen würde.«

»Und dann sticht Alice Vera ihren Mann ab«, ergänzte Heimdahl Pauls Ausführungen. »Du glaubst doch auch, dass das irgendwie zusammenhängt.«

Paul nickte, wenn auch zögerlich. »Das ist die Frage. Ich war übrigens gestern bei den Veras.« Paul erzählte Heimdahl von der weinseligen Nacht und den vielen Fotos. »Selbst jetzt, nachdem ich einiges über Alice und Henrik Vera erfahren habe, finde ich keine Verbindung zu Miriam Sundberg. Abgesehen vielleicht von der Zeit damals um die Hochzeit herum. Und die liegt fünfzig Jahre zurück.«

»Der Arzt hat mir erzählt, Henrik Vera würde erst reden, wenn er mit seiner Frau gesprochen hat.«

»Was ist das doch alles für eine Scheiße!«

Heimdahl zuckte gleichgültig mit den Schultern. »Ich habe mir abgewöhnt, mich aufzuregen, das solltest du auch mal versuchen.«

Beide saßen nun da und schauten auf das knallblaue Meer hinaus. Weiße Schaumkronen brachen sich an der Oberfläche, ein leichter, aber stetiger Wind wehte. Spaziergänger gingen am Strand entlang und sahen zu ihnen herüber. Manche nicht ohne einen sehnsuchtsvollen Blick in den Augen, wie wunderbar es doch sein müsse, in einem dieser herrlichen alten Häuser zu verweilen.

Paul dachte an Miriam Sundberg, die vielleicht jetzt irgendwo da draußen in der offenen See trieb und ihre weißen, langen Haare wie die Tentakel einer Qualle hinter sich herzog. Gut möglich, dass Miriam irgendwann von einem Surfer gefunden wurde. Oder einfach versank in der tiefen See, die etwas nur wieder hergab, wenn ihr der Sinn danach stand. Die böse See, die Heimdahls Haus zerfraß mit ihrem salzigen Atem. Paul holte einmal tief Luft, um sich von seinen Gedanken zu lösen. Dann fiel ihm etwas ein, das er schon vorhin hatte fragen wollen. »Was war das eigentlich für ein Unfall, bei dem Zoes Mann ums Leben kam? Weißt du was darüber?«

»Eine Katze.«

Paul starrte seinen Freund ungläubig an. »Wie soll ich das verstehen?«

»Ist ihm ins Motorrad gelaufen. Er kam vom Seekamp, und kurz vor dem Seewald ist es passiert. Er muss einen Schreck gekriegt haben, ist von der Fahrbahn abgekommen und verunglückt. Er war noch nicht einmal besonders schnell, ist nur unglücklich gefallen.« Heimdahl sah Paul amüsiert an. »Was ist denn mit dir los?«

Paul ignorierte die Frage. »Woher weiß man das mit der Katze? Hat er sie überfahren?«

»Sie war nicht tot, sie ist gerade so davongekommen. Der Fahrer des entgegenkommenden Autos hat das Ganze gesehen.«

Klaus, das war Klaus, schoss es Paul durch den Kopf. »Wann genau war das?«

Heimdahl überlegte einen Moment. »Sommer, Juli, glaube ich, vor zwei Jahren. Es war Hochsaison, das weiß ich auf jeden Fall.«

Dann waren damals bestimmt auch Cecilie und die anderen im Hotel, dachte Paul.

Heimdahl hatte Paul genau beobachtet. »Du hast doch was?«

Paul seufzte, dann erzählte er Heimdahl von seiner Zimmernachbarin und dem schwarzen Kater. Von seinen Rückenschmerzen und dass Cecilies Begleiter Ohrlöcher hätten. »Wie bei ›Rosemaries Baby‹«, sagte Paul, »da ist doch dieser unheimliche Nachbar, Roman Castevet, und Rosemarie bemerkt, dass er ein Ohrloch hat.«

Heimdahl hatte ihm schon amüsiert zugehört, doch jetzt grinste er noch breiter. »Kann es sein, dass du dich etwas zu tief in diesen Fall reingehängt hast, Paule?«

»Ich sage dir, mit diesen Alten stimmt was nicht. Ich bin denen ein Dorn im Auge. Die haben vor irgendwas höllische Angst.«

»Und hetzen den Teufel auf dich, um dich zu bremsen, in Gestalt von Klaus.«

Paul zuckte mit den Schultern. »Vielleicht hat Klaus ja auch Graf Benjamin umgebracht? Der wollte das Hotel sanieren und die Zimmerpreise verdoppeln.« Jetzt musste auch Paul grinsen. »Und dann ist da die Frage: Wie finanzieren die Albedyll und die anderen ihre monatelangen Aufenthalte überhaupt?« Paul rechnete ihm vor, was ihm beim gestrigen Warmschreiben eingefallen war. »So eine Suite kostet einiges. Woher haben die das ganze Geld? Kaspar war Bestatter, Rilke ist Arzt.«

»Rilke?«

Paul winkte ab. »Teubner, Diedrich. Aber ich glaube, er ist

der wiedergeborene Rainer Maria, oder er wäre es zumindest gerne. Ich muss ihrem Geheimnis ziemlich nahe gekommen sein«, sagte er mehr zu sich selbst. Dann sah er Heimdahl an. »Sie haben mich sogar zu ihrer neuen Schreibgruppe eingeladen. Natürlich nur, um herauszufinden, was ich weiß.« Er richtete sich auf und fuhr sich durch die Haare. »Da sind zu viele lose Enden, die ich einfach nicht zusammenbringen kann. Weder die Vorfälle im Hotel noch die im Hause Vera.«

»Morgen kommen bestimmt die Ergebnisse von der Untersuchung des Bootes«, sagte Heimdahl, »ich sage dir dann Bescheid.« Er betrachtete Paul eine Weile. »Ich weiß, ich darf ja nicht fragen, aber ich tu's trotzdem: Was –«

»Ich lasse mich beurlauben. Das habe ich mir heute Nacht überlegt.«

»Beurlauben? Unbezahlt? Bist du noch ganz dicht?«

»Habe ich eine Wahl? Ich mache auf jeden Fall nicht mehr so weiter.«

»Weiß Hiller das schon?«, wollte Heimdahl wissen.

Hiller war Pauls Vorgesetzter in Hamburg, der zu allem Überfluss auch Klaus hieß.

»Ich werde morgen mit ihm reden, vielleicht fahre ich auch kurz nach Hamburg. Aber ganz ehrlich, diese ganzen Vorfälle hier interessieren mich gerade viel mehr.«

Heimdahl dachte darüber nach, dann nickte er bedächtig. »Vielleicht ist das doch gar keine so schlechte Idee. Du gewinnst Abstand, und den brauchst du grad.« Er beugte sich vor und legte seine Hand auf Pauls Knie. »Fahr morgen nicht nach Hamburg. Setz erst mal deinen Urlaub hier fort und kümmere dich um alles andere, wenn du dich dazu in der Lage fühlst.«

»Urlaub«, sagte Paul kopfschüttelnd, »darunter habe ich mir was anderes vorgestellt. Ich wollte so viel mit Lilli machen, aber die hat ihren Freund gefunden und mit Sicherheit mehr Spaß dabei.«

»Wie geht es ihr eigentlich? Ich habe sie lange nicht gesehen.«

»Sie wird groß.« Paul blinzelte in die Sonne. »Ich hätte nie gedacht, dass die mit vierzehn schon so verdammt erwachsen sind.« Er trank einen Schluck kalten Kaffee. »Die sollen diese schöne Zeit einfach nur genießen können.«

»Schöne Zeit? Würdest du noch mal vierzehn sein wollen?« Paul dachte darüber nach. »Auf keinen Fall.«

»Ich wäre gern noch mal sechsundzwanzig, aber mit der inneren Ruhe von heute«, sagte Heimdahl.

»Und warum ausgerechnet sechsundzwanzig?«

»Da ist man am meisten man selbst.«

»Aha.«

»Ja, man ist fertig gewachsen und ... irgendwie noch sauber.« Er machte eine Pause. »Man ist noch schön, unverbraucht, rein, noch dünn, Körper und Seele sind noch nicht zugemüllt mit schlechtem Essen, Alkohol, Sorgen, Neid, Überstunden, Enttäuschungen, Verdruss ...« Heimdahl brach ab und seufzte schwer.

»Oje, und ich dachte, nur mir geht es so.«

Heimdahls Gesicht hellte sich auf, er strahlte regelrecht. »Echt? Dir geht es genauso beschissen? Das freut mich, ehrlich.«

Paul rollte mit den Augen.

»Es ist das Alter. Wir sind beide vierundvierzig, haben also die Hälfte geschafft. Und ich weiß nicht, ob ich die zweite Hälfte auch damit verbringen muss, dieses verfluchte Haus vor Salzfraß, Sturm und Touristenblicken zu bewahren.« Er stieß einen sehnsuchtsvollen Seufzer aus. »Manchmal träume ich von einer Zwei-Zimmer-Wohnung, vielleicht bei dir um die Ecke.«

»Und ich könnte mir im Moment gut vorstellen, einfach hierzubleiben«, sagte Paul, »lass uns tauschen.« Er zog sein Smartphone aus der Tasche, um auf die Uhr zu schauen. Dabei zog er den Zettel mit heraus, den er an dem SUV gefunden hatte. »Ach«, sagte er, »habt ihr die in Oldenburg auch? Diese rot beschmierten SUVs? In Hohwacht habe ich jetzt schon zwei gesehen.«

»Ach, das. Zwei Anzeigen gegen unbekannt sind eingegangen. So ein Quatsch, dabei ist die Farbe wasserlöslich.«

»Bei ihren Autos verstehen die Leute keinen Spaß«, sagte Paul, »ein Angriff auf die Karre ist schlimmer als auf die eigene Frau.«

»Hoffentlich bleibst du von diesen Umweltgurus verschont«, sagte Heimdahl, »dein Porsche schafft doch auch zwanzig Liter, oder?«

»Locker, aber ich versuche, die Bilanz mit viel Radfahren wieder auszugleichen.«

Eine Weile saßen sie schweigend da.

»Was wirst du jetzt tun?«, fragte Martin Heimdahl.

»Jetzt gleich oder im Leben überhaupt?« Paul beobachtete einige Touristen, die mit ihren Smartphones jedes einzelne Haus am Graswarder fotografierten. Sie würden auch vor ihnen nicht haltmachen. Sie kannten das schon. Wortlos griff Heimdahl hinter sich, öffnete eine Truhe, in der er ein paar Werkzeuge und Gartengeräte aufbewahrte, und holte zwei Masken aus Pappe hervor. Kurz darauf saßen Königin Margrethe von Dänemark und Dieter Bohlen am Strand des Graswarders und schauten aufs Meer hinaus, ohne eine Miene zu verziehen.

***

Als Johann seine Veranda betrat, sah er zuerst in den Himmel, anschließend auf das Außenthermometer. Alles bestens. Der NDR-Wetterfrosch Meeno Schrader hatte gestern Abend von einem Tief gesprochen, das sich näherte, aber das war Zukunftsmusik. Er ging wieder rein und warf einen Blick auf die Uhr, ja, es wurde Zeit, sich frisch zu machen.

Johann hatte keine Ahnung, wo die Kinder sich herumtrieben, die Fahrräder waren auch weg, vermutlich waren sie wieder surfen. Also ging Johann ins Bad, kämmte sich die Haare ordentlich zurück, schnitt sein Kinnbärtchen in Form und suchte nach dem Deo mit dem dezenten Herrenduft. Er zog sich ein frisches Hemd an und schaute nach einer Anzughose, fand nur noch die graue, alle anderen lagen in der Wäschetruhe, und er dachte, dass er dringend waschen müsste. Also raffte er die passende Wäsche zusammen, stopfte alles in die Waschmaschine und startete das Programm. Dann ging er in den Schuppen und inspizierte kurz das Innere seines Minis, um zu prüfen, ob nicht wieder zu viel Gerümpel darin lag.

Gestern hatte er nämlich Ida im Gutscafé besucht. Er hatte sich einen Kaffee und ein schönes Stück Erdbeerkuchen mit Sahne bei ihr bestellt, und Ida hatte sich kurz zu ihm gesetzt und ihm ihr Leid geklagt. Es schien, als hätte sie die Tragödie der Veras jetzt erst in ihrem ganzen Ausmaß begriffen. »Manchmal braucht es ein paar Tage, bis alles hier oben angekommen ist.« Dabei hatte sie sich an die Stirn getippt und war in sich zusammengesackt. »Ich habe zu gar nichts mehr Lust. Und schlafen tue ich auch schlecht, ständig muss ich an die goldene Hochzeit denken, die überhaupt nicht golden war.«

So jedenfalls kannte Johann seine neue Bekanntschaft noch nicht. Er hatte aber nicht gewusst, womit er sie hätte trösten können, darin war er noch nie gut gewesen. Er war eben ein Mann der Tat. »Anstatt immer nur andere zu bedienen, lassen Sie sich doch mal etwas servieren. Ich würde Sie ja einladen, ins Genueser Schiff. Dann setzen wir uns in einen Strandkorb, gucken aufs Meer und genießen die Vorzüge unseres Wohnortes.«

Ida hatte einen Moment überlegt. »Na gut.« Johann hatte die Luft angehalten und auf ein »Wenn's unbedingt sein muss« gewartet, aber es war ausgeblieben. »Holen Sie mich ab?«, hatte Ida stattdessen gefragt. »Morgen um elf?«

Bevor Johann losfuhr, schickte er Paul eine Nachricht, dass er jetzt nach Hohwacht ins Genueser Schiff fahre. Paul hatte ihm gesagt, dass er doch ab und zu mal Meldung machen sollte, wo er oder die Kinder waren. Bisher hatte Johann das immer vergessen, und Lilli sowieso.

Ida wohnte am Ortseingang von Havgart, und als Johann in den Wiesenkamp einbog, stand sie bereits draußen vor ihrer Haustür, ihre große Handtasche in der rechten Hand, im Gespräch mit Ebbe Harmsen. Johann dachte, dass er selbst mit seinen Nachbarn deutlich mehr Glück hatte als Ida. Er hatte auf der einen Seite den Hof von Bauer Hinrich und vor seinem Haus das kleine ehemalige Bedienstetenhäuschen von Markus Kippling, einem Reeder, der auf Ibiza lebte und noch nicht wusste, ob er sein Anwesen verkaufen sollte oder nicht.

Sollte dies einmal der Fall sein, so betete Johann, dass der neue Besitzer halbwegs anständig sein würde. Er hatte nicht die geringste Lust, die ihm noch vergönnte Lebenszeit mit einer Nervensäge zu verplempern, die einem das Leben schwer machte, ihm ein Hotel vor die Nase setzte oder einen Doppelstabmattenzaun mit eingewebten Plastikstreifen, wie man sie neuerdings überall sah. Johann hätte am liebsten, dass alles so bliebe, wie es war. Aber so war das Leben nicht, ständig ließ es sich etwas Neues einfallen, um die Menschen auf Trab zu halten, zu ärgern, zu schockieren, traurig zu machen, sie letztendlich umzubringen.

Ebbe Harmsen war auch so einer, der andere auf Trab hielt, weil er immer schlechte Laune hatte. Als Johann Ida einmal gefragt hatte, wie sie das aushalte mit ihrem Nachbarn, hatte sie nur ihr typisches kurzes Lachen von sich gegeben und gesagt, er solle lieber Ebbe fragen, wie er das mit ihr aushielt. »Wir tun uns da beide nichts.«

Während der Fahrt sprach Ida nicht viel. Ihre große weiße Sonnenbrille auf der Nase, die Handtasche auf dem Schoß, saß sie einfach nur da und schaute aus dem Fenster. In Hohwacht war viel Betrieb, an einem Sonntag zur Hochsaison waren neben den Urlaubern auch viele Einheimische draußen.

»Wie kriegen sowieso keinen Strandkorb«, sagte Ida, als sie durch Hohwacht fuhren.

»Es sei denn, wir hätten ein reserviertes Plätzchen«, sagte Johann, während er den Mini an einer Gruppe von Radfahrern vorbeimanövrierte, die nebeneinander mitten auf der Straße fuhren. Kurz war Johann versucht, auf die Hupe zu drücken, aber er wollte sich heute mal als Mann von Welt geben, und der fuhr nicht sofort wegen ein paar nervtötenden Radlern aus der Haut.

Bald darauf saßen die beiden in einem der Strandkörbe bei Zitronen- und Schokoladenkuchen und beobachteten die Urlauber am Strand.

»Schön ist es ja«, sagte Ida und schob sich ein großes Stück Kuchen in den Mund. »War ewig nicht hier«, sagte sie kauend, »ist ja auch schon was Besseres.«

»Dafür ist die Qualität entsprechend«, sagte er, »und die Bedienung ist freundlich.« Johann fragte sich, ob Ida Rossi es fertigbrachte, die Gäste im Gutscafé *nicht* anzumeckern. Er war sich da nicht so sicher.

»Gucken Sie mal da«, rief Ida plötzlich und zeigte auf den Strand. »Die kennen wir aber.«

Johann sah sie sofort, Cecilie von Albedyll, Ludwig Kaspar und Diedrich Teubner. Sie wandelten an der Wasserkante entlang, Cecilie hatte ihr Schirmchen aufgespannt, die beiden Herren flankierten sie zu beiden Seiten. Teubner wie immer die Hände auf dem Rücken, Ludwig Kaspar trug einen weißen Nasenschutz an der Sonnenbrille.

»Kaspar sieht aus wie ein Blässhuhn.« Ida nahm ihre Brille ab und beobachtete die drei eine Weile. »Als ob die irgendwas aushecken. Jedes Mal denke ich das, wenn ich die zusammen sehe.« Sie wandte sich Johann zu. »Wissen Sie was?«

Johann schüttelte den Kopf.

»Ich habe eine Rechnung angestellt, da ich zurzeit sowieso nicht schlafen kann. Und ehe ich mich vor Gram im Bett rumwälze, tue ich lieber was Vernünftiges. Also …« Ida nahm ihre Handtasche und holte den Block heraus, den sie in den Schreibkursen benutzt hatte. »Wir machen ja zu Beginn immer dieses Warmschreiben«, sie schaute auf, »was sich als sehr nützlich erwiesen hat, mittlerweile tue ich das zu Hause nämlich auch.« Dann blätterte sie in ihrem Block. »Dies hier habe ich gestern geschrieben, als Ihr Sohn auch mitgemacht hat. Es ist natürlich wirr und ohne Punkt und Komma, aber ich habe es noch einmal zusammengefasst.« Wieder sah sie auf. »Möchten Sie es hören?«

»Selbstverständlich.« Johann war ehrlich gespannt.

»Also, Folgendes: Schätzen wir mal, dass ein etwas besseres Zimmer im Hotel Seewald um die hundertfünfzig Euro kostet. Das macht in einer Woche eintausendundfünfzig Euro. Auf den Monat gerechnet wären das viertausendzweihundert Euro.« Mit vielsagender Miene schaute sie Johann an, dann fuhr sie fort: »Jetzt ist es aber so, dass Cecilie und ihre Freunde länger als vier Wochen hier verweilen. Sie sind den ganzen Sommer über hier. Können Sie mir folgen, Johann?«

Johann nickte bedächtig. »Daran habe ich auch schon gedacht. Die große Frage lautet also: Wie können die sich das leisten?«

»Genau!«

»Wissen Sie zufällig, welchem Beruf Cecilie nachgegangen ist? Darüber hat sie bisher kein Wort verloren. Es muss also ihr Mann, dieser Arthur sein, der eine fette Pension bezieht. Aber was der für einen Beruf hat, das wissen wir auch nicht.«

Johann dachte einen Moment nach. »Doch, hat sie da nicht mal was vorgelesen? Im Schreibkurs bei Alice?«

Jetzt dachte auch Ida nach. »Jetzt, wo Sie das sagen … war er nicht Rechtsanwalt oder Staatsanwalt oder so etwas? Dann wäre die Pension natürlich üppig und würde vielleicht reichen, seiner Frau jedes Jahr aufs Neue diese Urlaube hier zu finanzieren.«

»Und die anderen beiden?«, warf Johann ein.

»Das sollten wir herausfinden. Alles sehr verdächtig«, raunte Ida und setzte sich wieder die Brille auf.

Beide beobachteten die drei Alten, die gerade den Rückweg antraten und sich einen Weg durch die Strandurlauber bahnten, Väter in Badehosen, Mütter in Bikinis, nackte Kleinkinder, Eimerchen und Schippchen. Und mittendrin, wie Fremdkörper, Cecilie von Albedyll mit ihrem Schirm und geblümten Sommerkleid und die beiden Herren in ihren Anzügen. Sie hatten mit diesem munteren sommerlichen Treiben so viel zu tun wie Studienreisende eines norwegischen Postschiffes mit den Saufnasen am Ballermann.

Ida und Johann sahen den dreien nach, die gerade am Dünenweg angelangt waren, da erregte ein Mann in Jeans, mit halblangen mittelblonden Haaren und einer runden Sonnenbrille die Aufmerksamkeit der beiden, und Johanns Miene hellte sich auf. Also hatte Paul seine Nachricht gelesen, was ihn in diesem Moment sehr freute.

»Da ist Ihr Sohn«, sagte Ida, die mittlerweile ihr Stück Schokoladenkuchen aufgegessen hatte. »Also ein Tässchen Kaffee würde noch reinpassen«, sagte sie und lehnte sich zurück, ihren Block auf dem Schoß.

Dann beobachteten sie, dass Paul und die drei stehen geblieben waren und sich eine Weile unterhielten wie alte Bekannte.

»Was die wohl so lange zu sabbeln haben«, murmelte Ida und nahm die Brille wieder ab, als könnte sie dadurch besser hören.

Johann dachte, dass er sich für seinen Detektivkoffer noch dieses Richtmikrofon kaufen sollte, mit dem man angeblich über eine Entfernung von hundert Metern alles mithören konnte. In diesem Fall aber ging er davon aus, dass Paul ihm erzählen würde, über was sie geredet hatten.

»Hier seid ihr also«, sagte Paul, nachdem er sich auf dem Weg zu den beiden einen freien Stuhl geschnappt und sich gesetzt hatte.

Johann bestellte noch einmal eine Runde Kaffee, dann wandte er sich seinem Sohn zu. »Hast du Neuigkeiten für uns?«

»Ja, keine guten, fürchte ich. Es steht jetzt fest, dass Miriam Sundberg mit einem Boot vom Hohwachter Strand irgendwo hingebracht wurde.«

»Tot?«, rief Ida.

»Das ist noch nicht klar, auf jeden Fall verletzt.«

»Ach Gottchen, Gottchen …« Ida sah betreten drein. »Aber im Grunde war es ja klar, dass etwas passiert sein muss. Weiß Zoe das schon?«

»Natürlich, aber auch sie war nicht überrascht.«

Einen Moment herrschte Schweigen.

»Ich muss mal für kleine Hausmädchen«, sagte Ida und verschwand mit ihrer Handtasche.

»Hat sich die Kamera gemeldet?«, fragte Johann sofort, als Ida gegangen war. Er konnte es vor Neugierde kaum aushalten, hatte aber auch nicht stündlich seinen Sohn anrufen wollen.

»Bisher nicht.«

»Und was hast du gerade mit denen geredet?«

Paul grinste. »Ich habe denen gesagt, dass ich jetzt erst einmal ausgiebig zu Mittag essen werde und anschließend einen Spaziergang nach Sehlendorf unternehme.«

Johann begann ebenfalls zu grinsen. »Du bist jetzt also mit Sicherheit mehrere Stunden weg.« Er rieb sich die Hände wie ein kleines Kind. »Hoffentlich beißen sie an.«

Die Kellnerin kam und brachte den Kaffee, den sie erst einmal in Ruhe tranken. Ida kehrte zurück und setzte sich wieder in den Strandkorb.

»Signora Rossi hat übrigens eine interessante Überlegung angestellt«, sagte Johann.

Ida nahm den Block hervor und wiederholte ihre Rechnung über die ungefähren Kosten des Urlaubs von Cecilie von Albedyll und den anderen, indem sie Paul wortwörtlich alles so erzählte wie vorher Johann.

Paul nickte, als Ida geendet hatte.

»Haben die drei am Ende Miriam Sundberg umgebracht?«, platzte Ida heraus, bevor Paul noch etwas sagen konnte.

»Weil Miriam alles erneuern wollte, was mit Sicherheit eine Erhöhung der Zimmerpreise nach sich gezogen hätte?«, setzte Paul Idas Vermutung fort.

»Wenn das wirklich so wäre«, sagte Johann, »das wäre aber wirklich ...«

»... gar nicht so abwegig«, sprach Paul für seinen Vater weiter. »Andererseits ist denen bestimmt bewusst, dass sie die Modernisierung ihres geliebten Hotels mit dem Mord an der

Auftraggeberin nicht stoppen können. Bestenfalls nach hinten verschieben.«

»Die müssen irgendeine andere Einnahmequelle haben«, überlegte Ida, »so was wie Erpressung. In Filmen erpressen sich die Leute doch ständig gegenseitig.«

»Aber wen sollten sie erpressen und warum?«, fragte Johann.

»Das müssen Sie schon herausfinden«, erwiderte Ida, bevor sie Paul ansah. »Oder Sie.«

»Ich war übrigens gestern bei Christopher und Jakob Vera.« Idas Kopf schnellte hoch. »Und? Wie geht es den Jungen?« Paul zuckte mit den Schultern. »Nicht so gut. Sie sind auf Spurensuche, versuchen herauszufinden, was damals passiert ist.«

»Wann ›damals‹?«, fragte Ida.

»Bei der Hochzeit.« Paul ließ seinen Blick eine Weile auf Ida Rossi ruhen. »Erzählen Sie doch mal, Sie waren doch dabei.«

»Natürlich. Aber die Trauung habe ich nicht mitbekommen, ich war erst später da. Mein Gott, das war vielleicht eine Feier. Also, wenn die was wirklich konnten, dann waren es wilde Partys. Vermutlich ist neun Monate danach die Geburtenrate kurzzeitig angestiegen.« Sie kicherte kurz, dann bekam sie einen verträumten Blick und schaute versonnen in die Ferne, als würden irgendwo ganz hinten am Horizont die Bilder von damals liegen. »Es war ein Drunter und Drüber, sie hatten auch gar nichts richtig organisiert, und das Wetter war anfangs so schlimm, aber abends am Strand … die ganze tolle Musik … da riss der Himmel auf, als hätte der liebe Gott doch noch die Liebenden da unten gesehen.« Idas Augen glänzten jetzt, sie wischte sich mit der Hand darüber. »Entschuldigen Sie, aber seit dem … also seit dem, was Alice … ich lebe nur noch in der Vergangenheit, als wäre ich wieder jung und die beiden wären gerade frisch verheiratet.«

»Das kann ich gut verstehen, Ida«, sagte Paul, »aber was könnte denn damals passiert sein, das erst nach fünfzig Jahren wieder von Bedeutung wäre?«

Ida sah ihn skeptisch an. »Sie meinen, das so schlimm war, dass Alice nach so langer Zeit Rache nimmt?«

»Zum Beispiel.«

»Nichts, da war nichts. Ich zermarteré mir den Kopf deswegen, aber mir fällt nichts ein.«

»Wissen Sie vielleicht etwas von einem Schwur?«

»Schwur?«, wiederholten Ida und Johann gleichzeitig.

Paul öffnete den Rucksack, holte sein Notizbuch hervor, zog ein Foto heraus und legte es auf den Tisch.

Ida nahm es und schaute es lange an. »Daran kann ich mich erinnern«, sagte sie nach einer Weile, »es muss da noch andere Fotos geben, auf denen bin ich auch zu sehen.« Wieder schaute sie darauf und überlegte.

In diesem Moment gab Pauls Telefon ein Summen von sich. Er zog es aus dem Rucksack, sah aufs Display und begann zu lächeln. »Yes«, sagte er nur und steckte das Telefon wieder weg.

Auch Johann strahlte, und Ida blickte fragend auf. »Habe ich etwas verpasst? Ich hasse es, wenn alle irgendwas wissen, nur ich nicht.«

Paul schüttelte den Kopf. »Die Kinder mit ihren Fotos«, sagte er, und Johann grinste noch breiter.

Plötzlich stieß Ida ein unterdrücktes Stöhnen aus und hielt sich die Hand vor den Mund.

»Alles in Ordnung?«, fragte Johann, doch Ida antwortete nicht, mittlerweile war alle Farbe aus ihrem Gesicht gewichen, die sonst so roten Wangen waren aschfahl. »Sie haben tatsächlich was geschworen.« Ida bekreuzigte sich. »Das hatte ich vergessen oder vielleicht auch verdrängt, weil ich es als Katholikin nicht gutheißen konnte, müssen Sie wissen.«

»Aber um Gottes willen, was war es denn?«, fragte Johann aufgeregt.

»Lassen Sie Gott mal lieber aus dem Spiel, Johann.« Ida richtete sich auf, als hätten sie neuen Mut gefasst. »Sie haben geschworen, dass Miriam und Henrik heiraten.«

Paul runzelte die Stirn.

Ida stiegen Tränen in die Augen, das Foto fiel zu Boden, dann begann sie zu weinen. Johann stand von seinem Stuhl auf, setzte sich neben sie und nahm ihre Hand. Das führte dazu, dass Ida noch mehr weinte, ihr ganzer fülliger Körper bebte. Die Gäste, die um sie herumsaßen, warfen ihnen verstohlene Blicke zu.

Johann stand auf und hielt Ida die Hand hin. »Kommen Sie, lassen Sie uns ein Stückchen gehen, das wird Sie beruhigen.«

Ida nickte, stand auf, nahm ihre Tasche, und die beiden gingen los. Johann drehte sich noch einmal zu Paul um und ruderte mit der Hand, was wohl heißen sollte, dass er die Rechnung vorstrecken solle.

Paul hob das Foto auf und betrachtete es lange. Dann sah er seinem Vater und Ida Rossi nach, die langsam den Weg entlanggingen, Ida weinte immer noch. Er stand auf und suchte die Kellnerin, um zu bezahlen. Langsam wurde ihm klar, dass Ida die einzige Zeugin war, die sie noch hatten, von Alice und Henrik einmal abgesehen. Paul war versucht, auf sein Smartphone zu gucken, aber das hatte Zeit. Er hoffte, dass die Software der Kamera ordentlich arbeitete, wenn es nicht sowieso ein Fehlalarm gewesen war.

Johann und Ida saßen ein Stück weiter Richtung Hohwacht auf den großen Steinen der Deichbefestigung, und Paul machte sich langsam auf den Weg zu ihnen. Als er angekommen war, setzte er sich neben Ida, die sich gerade die Augen abtupfte und einmal laut in ihr Taschentuch schnäuzte.

»Wie konnte ich das nur vergessen?«, sagte Ida mehr zu sich selbst, während sie ihre Sonnenbrille wieder aufsetzte und das Taschentuch in ihre Handtasche stopfte. »Ich habe nie wieder daran gedacht. Vermutlich habe ich es für einen Scherz gehalten, damals. Aber dieses Foto … Es ist so wie mit Gerüchen, die konservieren auch Erinnerungen.« Sie wandte sich an Paul. »Kann ich das Bild noch einmal haben?«

Paul reichte es ihr, und sie schaute es lange an. »Wie jung sie alle waren und wie schön. Henrik hat sie beide geliebt, er hat sich nicht entscheiden können, das hat er mir damals selbst gesagt. Am liebsten würde ich beide heiraten, hat er gesagt. Aber dann hat er sich doch für Alice entschieden.«

»Und was genau haben die drei hier geschworen? Warum sollten Miriam und Henrik heiraten? Und wann?«

Ida sah ihn mit roten Augen an. »Miriam hat die Dämonen mit sich genommen, und als Preis wollte sie Henrik haben.«

Paul sah Ida fragend an, behielt seine vielen Fragen aber vorerst für sich. Sein Vater schien dieselbe Entscheidung getroffen zu haben.

»Es ist dieser Brauch … dieser alte Hochzeitsbrauch. Böse Geister haben es besonders auf junge Bräute abgesehen, und hier kommt die Brautjungfer ins Spiel. Wenn sie der Braut ähnelt und auch das gleiche Brautkleid trägt, kann sie die Dämonen verwirren und ablenken. So ist das Brautpaar geschützt, und die Brautjungfer muss irgendwie damit fertigwerden.« Ida machte eine kurze Pause, sie wirkte erschöpft. »Aber Miriam hat das nicht umsonst getan.«

»Sie wollte Henrik haben«, ergänzte Paul Idas Bericht.

Die nickte. »Am Tag der goldenen Hochzeit.« Ida schluchzte einmal auf.

Paul hoffte, dass sie nicht wieder zu heulen anfing. Sie waren gerade so schön drin.

»Sie haben fünfzig Jahre gewartet?« Johann schüttelte ungläubig den Kopf.

»Was aufrichtige und tiefe Liebe ist«, sagte Ida, »gilt auch nach fünfzig Jahren noch.«

»Was war der Grund, dass Henrik sich damals für Alice entschieden hat? Wissen Sie das?«, wollte Paul wissen.

Ida schnaubte. »Na, das ist doch klar, Alice war eine reiche Frau. Ihr Vater hatte noch viele Jahre nach der Hochzeit für finanzielle Unterstützung gesorgt. Ich denke mal, das hat ihm die Entscheidung leicht gemacht.« Sie hielt inne und dachte nach. »Glauben Sie denn, dass Alice Henrik deswegen umbringen wollte?« Ida erschrak plötzlich und hielt sich die Hand vor den Mund. »Dann hat sie wohl auch Miriam getötet. Großer

Gott im Himmel, Alice ... meine liebe Alice, was hast du getan?«

Paul und Johann gaben ihr keine Antwort, denn beide dachten, so wahrscheinlich es nach dieser Theorie sein könnte, dass Alice mit ihren Taten diesem Schwur entkam, so aberwitzig wäre es doch, dafür ins Gefängnis zu wandern.

Paul durchbrach das Schweigen als Erster. »Aber sie müssen doch all die Jahre über davon gesprochen haben. Ich meine, wenn sie diesen Schwur tatsächlich ernst genommen haben, so haben sie fünfzig Jahre lang das Ende ihrer Ehe mit genauem Datum vor sich gesehen. Ist so etwas möglich? Kann man das aushalten?«

Paul ließ seinen Blick am Horizont entlangschweifen. Ganz im Westen sah er einen schmalen Streifen dunkler Wolken. Wie mit dem Lineal gezogen sah er aus, so unecht und künstlich.

»Sie werden es vergessen haben, so wie auch ich es vergessen habe«, antwortete Ida. »Wir waren alle betrunken, und irgendwann hat der Fotograf ihnen die Fotos geschickt, sie haben sich diese Bilder angeschaut, haben sich gedacht, na gut, das war ein kleiner Hochzeitsspaß, haben die Bilder in die Schublade gepackt und gut.«

»Außer Miriam«, sagte Paul und zeigte den beiden noch einmal das Bild. »Guckt euch mal die Gesichter an.«

Die drei standen im Kreis, der Fotograf hatte sich so positioniert, dass ihre Gesichter gut zu sehen waren. Henrik und Alice lachten, Miriam nicht.

»Ganz einfach«, sagte Johann, »Alice und Henrik haben das als Spaß abgetan, Miriam hingegen hat es ernst genommen und hat nach achtundvierzig Jahren ihre Sachen gepackt und ist hierhergekommen.«

Paul dachte kurz, dass dies tatsächlich die Erklärung für Miriam Sundbergs Rückkehr sein könnte. Selbst Zoe hatte sich ja darüber gewundert. »Sagen Sie, Ida, haben Christopher und Jakob gewusst, dass sich ihre Eltern am Mittwoch trennen wollten? Und dass Miriam die neue Frau von Henrik werden sollte? Ich meine, wenn wir diese zugegebenermaßen etwas wilde Theorie mal weiterspinnen.«

Ida schüttelte langsam den Kopf, als brüte sie etwas aus. Nach einer ganzen Weile sagte sie:»Nein ... das hat niemand von denen vergessen. Das glaube ich nicht. Mit Sicherheit war Henrik mit Miriam in Kontakt. Sie haben es nur nicht ihren Kindern erzählt. Stellen Sie sich das einmal vor, was das für Jakob und Christopher bedeutet hätte, dass ihre Eltern eine Ehe auf Zeit führen. Wie schrecklich.«

»Sie haben recht.« Paul erinnerte sich wieder daran, dass sowohl Christopher als auch Jakob keine Reaktion gezeigt hatten, als sie diese Schwurbilder betrachtet hatten. Aber das musste nicht viel heißen. Im Gegenteil, das konnte sogar sehr viel heißen, das konnte nämlich die beiden in den Fokus rücken.

Als hätte Ida Pauls Gedanken gelesen, sagte sie plötzlich:»Und wenn sie das doch wussten, von Miriam zum Beispiel?« Sie sah ihn mit großen und erschrockenen Augen an. »Was, wenn Christopher das herausgefunden und Miriam umgebracht hat? Oder Jakob? Allmächtiger ... Sie müssen wissen, Miriam war eine sehr starke Frau. Sie wusste immer genau, was sie wollte. Und das, was sie wollte, hat sie sich geholt, ohne Rücksicht auf andere zu nehmen. Was meinen Sie, warum sie es beruflich so weit gebracht hat? Ich kann mir gut vorstellen, dass diese ganze Schwurgeschichte für Miriam vor allem eine Gelegenheit war, irgendwann doch als Siegerin dazustehen, auch wenn sie damals den Kürzeren gezogen hatte.« Ida richtete sich kerzengerade auf. Es schien, als sei der Schock über die Erkenntnis einer klaren Einsicht gewichen. Doch dann sackte sie wieder in sich zusammen. »Quatsch«, sagte sie, »alles Blödsinn. Christopher und Jakob sind erwachsene Männer, die ihr eigenes Leben haben. Warum sollten sie sich in die Ehe ihrer Eltern einmischen? Wenn die die Absicht gehabt hätten, sich zu trennen, dann hätten die Jungen das hingenommen.«

Ida rappelte sich auf, und Paul erhob sich ebenfalls, um ihr auf die Beine zu helfen.

»Vergessen Sie also meine Mordtheorie von eben, die Jungen waren das nicht. Nicht wegen der Trennung, wenn die überhaupt geplant war.«

Auch Johann war inzwischen aufgestanden. »Kommen Sie«, sagte er, »ich bringe Sie nach Hause. Sie haben uns auf jeden Fall sehr weitergeholfen, Ida.«

»Kaufen kann ich mir nix dafür, im Gegenteil. Jetzt habe ich ein schlechtes Gewissen, meinen beiden Jungs vielleicht große Schwierigkeiten gemacht zu haben.« Sie zupfte ihr Kleid zurecht. »Wäre Miriam doch nur da geblieben, wo der Pfeffer wächst. Ihre Rückkehr hat zwar das Hotel gerettet, ansonsten hat sie nur Unglück gebracht.«

»Ich dachte, Miriams Yogaübungen haben Ihnen so gutgetan«, warf Johann ein.

»Stimmt auch wieder«, seufzte Ida, »ich weiß gar nicht mehr, wo mir der Kopf steht.« Sie reichte Johann ihren Arm. »Monsieur Lupin, ich bedanke mich für die Einladung. Wenn diese allerdings jedes Mal so enden wie heute, dann verzichte ich in Zukunft lieber darauf.«

***

»Was ist denn jetzt mit deinem Zimmer?« Lilli nahm das Eis entgegen, das Rafael ihr reichte.

»Keine Ahnung.« Er schob die Schublade des Gefrierfaches zu, dann schloss er die Tür, beides mit dem rechten Fuß. »Was soll ich denn noch hier …« Er stockte, und sein Gesichtsausdruck verdunkelte sich. »Ohne Alice und ohne … Henrik?« Er schien sich überwinden zu müssen, den Namen seines Großvaters auszusprechen.

Lilli war aufgefallen, dass Rafael nie »Oma« oder »Opa« zu ihnen sagte, sondern sie immer bei ihrem Namen nannte. Er schien ein sehr freundschaftliches Verhältnis zu den beiden zu haben … gehabt zu haben. Lilli konnte sich die beiden auch schwer als Großeltern vorstellen. So im klassischen Sinn, mit krisseliger Dauerwelle, Stützstrümpfen und Synthetikhosen mit Gummizug bis unter die Achseln. Henrik und Alice waren für Rafael wie Eltern oder wie Freunde, nur mit ein paar Falten mehr im Gesicht. Lilli tat es für Rafael so leid, aber sie wusste nicht, wie sie ihm helfen konnte. Henrik würde irgendwann wieder gesund werden. Und Alice würde ins Gefängnis gehen, das stand wohl fest. Und Rafael hatte sein zweites Zuhause verloren, denn das war dieses Haus ja für ihn gewesen.

Rafael hatte versucht, wie immer zu sein, sich nichts anmerken zu lassen. Aber Lilli war klar, dass es tief in ihm ganz anders aussah. Ihr Gefühl riet ihr, am besten nichts zu sagen, sondern einfach mit ihm zusammen zu sein, weiter zu surfen, weiter am Strand zu liegen, weiter die Süßigkeiten in Svens Strandkiosk zu kaufen oder wie heute im Garten der Veras rumzuliegen und Eis zu essen. Das war allemal besser als abgedroschene Trostworte, wie sie die Erwachsenen manchmal losließen.

Im Flur wurden Stimmen laut, eine davon kannte Lilli.

»Dein Vater«, sagte Rafael und biss ein großes Stück von seinem Eis ab. »Wegen Alice und Henrik oder wegen dieser verschwundenen Yogalehrerin.«

Vom Küchenfenster aus sahen sie, dass Paul und Christopher in den Garten gegangen waren, sich an den Tisch gesetzt hatten und sich unterhielten.

»Zu gerne würde ich wissen, was die reden«, sagte Lilli.

Rafael öffnete das Fenster einen Spalt, sodass die Stimmen besser zu hören waren. Ein paarmal fiel der Name »Miriam«, auch die Namen der Großeltern und »Hochzeit«. Rafaels Vater schüttelte mehrmals den Kopf, einmal lachte er und rief: »Das war ein Scherz!«

Rafael schloss das Fenster wieder. »Es geht um diese Miriam, die ist ja angeblich tot.«

»Ich weiß. Jemand hat sie mit einem Boot weggebracht. Das ist unheimlich. Vor allem, wenn man weiß, dass derjenige, der das gemacht hat, noch hier irgendwo rumläuft. Das Boot soll hier bei euch gelegen haben. Und es war rot.«

»Das mit dieser Yogafrau ist mir eigentlich egal«, sagte Rafael, »das andere finde ich viel schlimmer.«

Lilli hatte bemerkt, dass Rafael immer sagte »das andere« oder »diese Sache«, wenn er von dem Vorfall am Strand redete. »Was glaubst du, weswegen Alice das gemacht hat?«, fragte Lilli jetzt geradeheraus.

»Jetzt überleg doch mal.« Rafael zog mit den Zähnen das letzte Stück Eis vom Stiel und warf diesen in den Mülleimer. »Warum geht eine Frau auf ihren Mann los?«

Lilli starrte ihn an. Die rhetorische Frage, die ihr signalisierte, dass Rafael die Antwort zu kennen glaubte, machte ihr richtig Angst.

»Diese Miriam wollte, dass Henrik sich von Alice trennt«, sagte Rafael in so kühlem Tonfall, als wollte er darunter seine Bestürzung verbergen.

Lilli sah ihn stumm an, begriff nicht, was er da gesagt hatte. Dann schüttelte sie den Kopf und lachte, obwohl sie das gar nicht lustig fand. Es war ein hilfloses Lachen. »Und Henrik? Wollte der das auch?« Sie überlegte einen Moment. »Meinte dein Vater das vielleicht, als er eben gesagt hat, das wäre ein Scherz?«

»Das war gelogen, das war kein Scherz«, sagte Rafael so ernst, dass es Lilli wieder mulmig wurde.

»Woher weißt du das? Haben dein Vater und dein Onkel das gewusst?«

»Klar.«

»Aber für einen Witz gehalten«, sagte Lilli ungläubig.

Rafael nickte. »Aber ich habe Beweise.«

»Echt? Was denn für welche?« Lilli erschrak schon wieder. »Hat Alice vielleicht diese Miriam … also aus Eifersucht vielleicht?«

»Quatsch, aber ich habe das hier.« Er zog sein Smartphone aus der Tasche seiner Shorts und suchte eine Weile, dann hielt er es Lilli hin. Sie sah eine Aufnahme von Henrik und einer Frau mit langen weißen Haaren, die wie ein Engel aussah. Henrik hatte den Arm um sie gelegt; die Aufnahme war an irgendeinem Strand gemacht worden.

»Ja und? Ein Beweis für was soll das sein?«

»Mein Vater und Jakob haben zur Polizei gesagt, dass Henrik keinen Kontakt zu dieser Miriam hatte. Aber das stimmt ja wohl nicht ganz.«

Lilli wollte nach dem Gerät greifen, doch Rafael steckte es in die Tasche zurück. »Hast du noch mehr Fotos?«, fragte Lilli erstaunt, doch Rafael antwortete nicht. »Und wann hast du dieses Bild gemacht?«

»Vorletzte Woche.«

»Wann genau?« Lilli blieb beharrlich.

»Warum willst du das wissen? Um es deinem Vater zu erzählen?«

Es war das erste Mal, dass Lilli ihren Freund so sauer erlebte. »Natürlich nicht, wofür hältst du mich? Ich versuch doch nur, das alles zu verstehen.«

Sie sah, dass Rafael mit den Tränen kämpfte. Dann wandte er sich schnell dem Fenster zu, wohl um ihrem Blick auszuweichen.

»Dann gehe ich mal davon aus, dass du der Polizei das Bild nicht gezeigt hast«, sagte Lilli leise.

Rafael verzog das Gesicht. »Ich weiß nicht, was dann passiert. Ich trau mich nicht.«

»Stimmt, dann lass es lieber.«

Beide sahen ihren Vätern zu, die sich in Ruhe unterhielten.

»Wenn es um uns ginge, wäre mein Vater längst hier drin«, sagte Lilli.

»Meiner auch.«

»Dann lass uns verschwinden, falls denen doch noch was einfallen sollte.«

Der dunkle Wolkenstreifen, den Paul vorhin schon gesehen hatte, war breiter geworden. Er war zwar noch sehr weit weg, aber er war schwarz. Paul wusste, dass der Einfall des Lichtes die Wolken weiß, grau oder eben schwarz wirken ließ. Aber beruhigend war es trotzdem nicht, denn weiße Wolken verhießen schönes Wetter, schwarze Wolken nichts Gutes. Schwarze Wolken, schwarze Kater – keine guten Vorzeichen. Er überprüfte, ob das Verdeck seines Wagens richtig geschlossen war, dann ging er in den vorderen Park des Hotels und fand einen freien Tisch in der Mitte des Rasens.

Nachdem Johann und Ida gefahren waren, hatte Paul sich das Fahrrad geschnappt und war in den Eckrehm geradelt, weil er die Brüder noch einmal auf dieses Foto hatte ansprechen wollen. Christopher war da gewesen, und der hatte beteuert, dass dieses Bild nichts zu bedeuten habe, es sei ein Hochzeitsspaß gewesen, eines dieser Spielchen, alle seien betrunken und bekifft gewesen und so weiter. Vielleicht hatte Heimdahl in dieser Richtung mehr Glück und schaffte es, etwas aus Alice Vera herauszubekommen. Diese schwieg bisher, und Christopher hatte Heimdahl versichert, dass die Zeit bis zu ihrer Pensionierung nicht ausreichen würde, um Alice oder Henrik zum Sprechen zu bewegen. Was die sich in den Kopf gesetzt hatten, würden sie durchziehen, ohne jemals einzuknicken.

Ein paar Tische weiter sah er die drei Alten sitzen. Paul zog sein Smartphone aus dem Rucksack und ging in das Menü der Überwachungskamera. Spannung machte sich in ihm breit, aber für einen Moment dachte er, dass diese Kameras neben all dem praktischen Nutzen auch einen großen Nachteil hatten: Man erfuhr durch sie Dinge von Menschen, die das Verhältnis für immer zerstören konnten, auch wenn es nur Kleinigkeiten waren.

Ihm fiel seine nervtötende Nachbarin in Hamburg ein, die ihn immer ein bisschen an den Kellner Olaf erinnerte. Die hatte ihm erzählt, dass sie verreisen wollte und eine andere Nachbarin gebeten hatte, die Blumen zu gießen. Um zu prüfen, was diese so alles in ihrer Wohnung anstellte, hatte sie Kameras aufgehängt, eine im Wohnzimmer, eine im Flur, eine in der Küche. Es war gekommen, wie es hatte kommen müssen: Die Nachbarin hatte in den Schubladen gestöbert, die Vorratsschränke inspiziert, sich eine Flasche Sekt aufgemacht, jedes Mal ihr Handy und Akkubatterien aufgeladen und sogar zweimal gebadet. Letzteres hatte die Nachbarin aus der Tatsache geschlossen, dass die Kamera im Flur vom heißen Wasserdampf aus dem Bad beschlagen war.

Das Ende dieser traurigen Geschichte war, dass die beiden sich total verkracht hatten und die Nachbarin nun niemanden mehr hatte, der sich um ihre Blumen kümmerte. Der Hausfrieden wäre gewahrt geblieben, hätte sie nicht diese Kameras aufgehängt. Vielleicht sollten wir gar nicht alles wissen, was die Leute heimlich hinter unserem Rücken tun, dachte Paul, das würde vieles einfacher machen. Hier allerdings lagen die Dinge anders. Hier war eine Frau verschwunden und vielleicht sogar getötet worden. Hier ging es um weitaus mehr als Schubladenspionage.

Voller Erwartung startete er die Videoaufzeichnung, sie hatte um zwölf Uhr dreiundfünfzig begonnen und dauerte genau vier Minuten und sechsunddreißig Sekunden. Paul dachte, dass sie, direkt nachdem er sie vor dem Genueser Schiff getroffen hatte, in sein Zimmer marschiert waren, vermutlich hatten sie einen Späher draußen im Park postiert, mit Smartphone ausgestattet, vorsichtshalber.

Zu seiner Verwunderung war es Klaus, der als Erster ins Zimmer kam, nachdem sich die Tür langsam geöffnet hatte. Paul spürte, dass ihm eine Gänsehaut über den Rücken lief. Der Kater zögerte anfangs, sah sich um, als wisse er, dass er diesen Raum widerrechtlich betrat. Dann trat noch jemand ein, es war Ludwig Kaspar, der sogleich die Tür hinter sich schloss. Kaspar stand ebenso wie der Kater nur da und sah sich um, bevor er sich bückte und Klaus auf den Arm nahm. Mit ihm gemeinsam schritt er ein wenig umher, besah sich die Gegenstände, die im Zimmer herumlagen, Pauls Schreibblock auf dem Tisch, Hase Hauke im Sessel. Dann wandte er sich ab, öffnete die Tür und ließ den Kater hinauslaufen.

Ludwig Kaspar blieb stehen, dann rückte er zur Seite, und

Cecilie von Albedyll trat ein. Endlich, dachte Paul. Nun ging sie im Raum hin und her, steuerte dann den kleinen Schreibtisch neben dem Fenster an und setzte sich an den Tisch. Beinahe feierlich nahm sie den Hörer des altmodischen Telefons auf und begann zu reden, aber ohne vorher eine Nummer gewählt zu haben. Also musste Cecilie einen Anruf entgegengenommen haben. Auf seinem Telefon? Wenn die Telefonanlage nicht so hoffnungslos veraltet war wie die Wasserleitungen, so müsste herauszufinden sein, von wem. Nachdem Cecilie eine Weile telefoniert hatte, legte sie den Hörer auf, ging zum Kleiderschrank, schaute hinein und nahm eines von Pauls T-Shirts heraus. Dann verließ auch sie das Zimmer, kurz darauf war das Video zu Ende.

Paul packte das Telefon weg und starrte zu den dreien hinüber. Sie tranken Tee, Paul konnte eine üppig beladene Etagere auf dem Tisch erkennen. Für einen kurzen Moment überkam ihn Wut. Was fiel diesen arroganten alten Säcken eigentlich ein, sich derart in sein Leben zu mischen? Ein Stich machte sich in seinem Rücken bemerkbar, leicht rechts unten. Eigentlich war er mittlerweile an den sporadisch auftauchenden Schmerz gewöhnt, vergaß ihn aber zwischendurch immer wieder. Er hoffte, dass dies kein Dauerzustand werden würde. Nicht schon mit vierundvierzig.

»Verflucht noch eins«, murmelte er und stand vorsichtig auf. Er warf einen letzten Blick auf die drei, aber die waren mit ihrer Tea Time beschäftigt und bemerkten ihn nicht.

In seinem Zimmer ging Paul sofort zu seinem Telefon und registrierte, dass es gar nicht so antiquiert war, es hatte immerhin schon eine Taste für die Wahlwiederholung. Obwohl er genau gesehen hatte, dass Cecilie keine Nummer gewählt hatte, drückte er die Taste, aber es war natürlich keine Nummer gespeichert. Dann öffnete er den Kleiderschrank und durchstöberte seine Sachen. Erst jetzt bemerkte er, dass noch ein weiteres T-Shirt nicht mehr da war. Die Alte hatte also gerade ein zweites Shirt geholt. Wozu nur? Zuerst einmal musste er das mit dem Anruf klären, also lief er gleich wieder hinunter zu Gerrit, der an der Rezeption saß.

»Ich brauche mal kurz Ihre Hilfe.«

»Gerne, was kann ich für Sie tun?«

»Ich habe vorhin einen Anruf erhalten und finde den Zettel mit der Nummer nicht mehr. Können Sie die Verbindungen von hier aus einsehen?«

»Klar, einen Moment … die 21 haben Sie, oder?«

»Richtig«, erwiderte Paul verblüfft. Dass sie hier auf dem Stand der Technik waren, hätte er nicht gedacht.

»Wann genau?«, fragte Gerrit.

»Vorhin, gegen ein Uhr.«

Gerrit schüttelte den Kopf. »Also wir haben auf diesem Apparat gar keine Verbindungen, seit Sie das Zimmer gebucht haben.« Er sah auf. »Sind Sie ganz sicher?«

»Ja, bin ich«, erwiderte Paul, »aber was soll's. Ist auch nicht so schlimm, ich kriege die Nummer auch auf anderem Wege raus.«

Gerrit nickte freundlich, und vermutlich wunderte er sich, dass Paul überhaupt mit dem Festnetztelefon des Hotels telefonierte und nicht sein Smartphone benutzt hatte. Der Empfang hier war nämlich ausgezeichnet.

Paul bedankte sich und wandte sich wieder ab. Er war unschlüssig, doch als er sah, dass gerade eine ganze Fuhre neuer Gäste eincheckte, fasste er einen Entschluss. Er flitzte zur Eingangstür und spähte nach den drei Alten, die immer noch entspannt bei Tee, Shortbread und Sandwiches saßen. Dann ging er schnell zurück, schnappte sich den Schlüssel und sprintete die Treppe hinauf. Er schloss Cecilies Zimmer auf und schlüpfte hinein. Dann sah er sich um, ihn interessierte nur, was die mit seinen T-Shirts vorhatten.

Das Zimmer war noch unordentlicher als beim letzten Mal. Es dauerte nicht lange, da hatte er sein Shirt auch schon gefunden. Er schnappte nach Luft. Es war sein liebstes, das pastelltürkise, das er, ebenso wie den Kamm, von Lilli bekommen hatte.

Es hatte eine Sonne vorne aufgedruckt, und jetzt lag es auf dem Sofa, fein säuberlich über ein Kissen drapiert. Sein anderes Shirt lag zerknüllt daneben. Was ihn fertigmachte, war das Messer, das im Shirt steckte. In diesem Moment schoss Paul ein derart stechender Schmerz durchs Kreuz, das er einmal aufjaulte. Genau an der Stelle, wo das Messer saß, würde er das Hemd am Leib tragen.

**

Jakob und Christopher waren so verschieden, dass man kaum glauben konnte, dass sie Brüder waren. Einzig den kreativen Beruf hatten sie gemein. Der eine Architekt, der andere Landschaftsgärtner. Aber auch hier zeigten sie vollkommen andere Herangehensweisen. Christopher arbeitete sehr kommunikativ, er ging die einzelnen Schritte mit den Auftraggebern durch, gab Rückmeldung, ließ seine Kunden am Wachsen des Projektes teilhaben. Jakob hingegen hörte sich kurz an, was die Leute wollten. In der Regel kommentierte er das nicht groß, ließ sich den Garten zeigen und erbat sich einen Moment der Ruhe. Dann wanderte er allein umher, blieb stehen, ließ den Blick umherschweifen, schaute in den Himmel, setzte sich auf eine Bank, eine Mauer, einen Stein. Drehte sich eine, fragte nach einem Kaffee. Es sah aus, als machte er eine Pause. Dann ging er zu seinem Wagen, holte Block und Stift und legte los.

Der Grundriss des Gartens war schnell aufs Papier geworfen. In solch einer Präzision, als hätten ihn seine Augen maßstabgetreu eingescannt. Dann erweckte er das Stück Land zu neuem Leben. Künstlerisch vollendet entwarf er einen Garten, der die Augen des Besitzers zum Leuchten brachte. Oft spielten die vorher geäußerten Wünsche gar keine Rolle mehr. Weil das, was Jakob Vera sich vorstellte, zum Wesen des Gartens gehörte. Die Menschen in der Umgebung liebten ihn dafür. »Lass den Jakob mal machen. Der weiß genau, wo was warum wachsen muss.« Genauso hatte Jakob dies auch im hinteren Garten des Hotels getan, er hatte eine völlige Neugestaltung vorgeschlagen. Die ehemals triste Wiese, die vom Holunder und dem Rhododendron eingefasst war, sollte einer lebendigen Gartenlandschaft weichen, die an einen japanischen Garten angelehnt war, mit einem Teich zum Schwimmen, Wegen und Beeten, und am Rand sollte ein kleiner Pavillon stehen, an dem sich die Gäste mit Getränken und Snacks versorgen konnten. Sobald die Saison vorbei war, sollte es losgehen.

Zoe war sofort begeistert gewesen, auch Miriam hatte das Konzept gefallen. Christopher, der Planer. Jakob, der Künstler, der sich auf seine Inspiration verlassen konnte.

Heute hatten sich Jakob und Christopher mit Zoe verabredet, um zu überlegen, wie sie weitermachen wollten. Jetzt saßen beide im rückwärtigen Teil des Hotelgartens in der alten Hollywoodschaukel, die einsam ganz am Ende des Gartens stand. Jakob hatte sich zurückgelehnt, einen Fuß auf den Sitz gestellt und rauchte eine Selbstgedrehte. Christopher saß nach vorne gebeugt, die Arme auf die Oberschenkel gestützt. Zoe war kurz ins Hotel gegangen, weil Gerrit ihre Hilfe brauchte, da einige Gäste einchecken wollten, die aber wohl das Buchen vergessen hatten. Außerdem wollte sie ihr Smartphone holen, um ein paar Termine abzuklären.

»Glaubst du wirklich, dass es hier weitergeht so wie geplant?«, fragte Christopher, während er seinen Blick über die Fassade des Hauses schweifen ließ.

Jakob stieß eine Rauchwolke aus. »Wieso nicht?«

»Was ist, wenn Miriam gar nicht mehr auftaucht? Weder tot noch lebendig?«

»Dann wird Zoe ohne sie weitermachen«, erwiderte Jakob trocken.

Christopher stand auf und ging, die Hände in den Hosentaschen, hin und her. »Vorhin ist Paul noch einmal kurz da gewesen. Er wollte wissen, ob es sein könnte, dass Henrik und Alice diesen bekloppten Schwur tatsächlich einhalten wollten.«

»Echt?« Jakob sah erstaunt auf.

»Er hat auch mit Ida gesprochen, sie weiß wohl auch davon.«

»Die gute alte Ida, die sollte man niemals unterschätzen«, sagte Jakob, »aber es stimmt doch, haben sie nicht öfter davon gesprochen, dass sie irgendwann getrennte Wege gehen wollten?«

»Kann sein, aber das habe ich nie ernst genommen, du etwa?« Christopher blieb stehen. »Und hier liegt das Problem. Der Verdacht, dass einer von uns deshalb mit Miriams Verschwinden zu tun haben könnte, steht doch jetzt im Raum.«

Jakob schnippte den Zigarettenstummel weg. »Blödsinn. Nie und nimmer werden wir für diese abgedrehten … *Arrangements* unserer Eltern geradestehen müssen.« Er sprach das Wort abfällig aus. »Jetzt denk doch mal nach, Chris.« Er erhob sich nun ebenfalls. »Es gibt keinerlei Verbindung zu diesem Schwur, das ist ein Hirngespinst. Als die Polizei bei uns war, dieser Heimdahl, der hat gesagt, in Miriams Wohnung war nichts, kein Hinweis darauf. Also was willst du?«

»Weiß Zoe schon davon?«

»Frag sie doch«, sagte Jakob und deutete auf die Bibliothek, aus der Zoe gerade kam.

»Können wir mal kurz die Termine checken?«, sagte sie.

»Ja, gleich«, sagte Christopher, der seine Nervosität nicht im Griff hatte. »Zoe, eine Frage vorher. Hat deine Mutter dir mal irgendeinen Grund genannt, warum sie hierhergekommen ist? Außer um dir finanziell unter die Arme zu greifen?«

Zoe dachte eine Weile darüber nach, dann schüttelte sie langsam den Kopf. »Ich glaube nicht, ich kann mich an nichts erinnern. Warum?« Abwechselnd sah sie Jakob und Christopher an.

»Hat sie mal ein Versprechen erwähnt?«, fragte Christopher.

»Ein Versprechen?« Zoe war überrascht. »Wovon redet ihr?«

»Es könnte sein«, sagte Jakob, »aber das ist nur Spekulation, dass die drei, also deine Mutter und unsere Eltern, damals so was wie ein Gelübde abgelegt haben.«

Zoe sah Jakob neugierig an, dann hellten sich ihre Gesichtszüge auf. »Das Foto von gestern.«

»Genau«, sagte Christopher, »auf diesem Bild haben die sich feierlich geschworen, dass Henrik und Miriam heiraten, wenn sie fünfzig Jahre später noch am Leben sind.«

Zoe sah erst Christopher, dann Jakob an, dann begann sie zu lachen. »Ihr seid verrückt. Woher wisst ihr das überhaupt?«

»Das hat uns Henrik oder Alice irgendwann mal erzählt«, sagte Jakob, »aber wir haben es für einen Scherz gehalten und vergessen.«

»Und das Foto hat euch wieder drauf gebracht?«

»Das war Paul.« Christopher holte sein Smartphone hervor und suchte etwas. »Ich habe das Bild abfotografiert, hier.« Er reichte es Zoe. »Es war der Gesichtsausdruck deiner Mutter, der ihn beschäftigt hat.«

Zoe sah sich erst das Bild an, dann zoomte sie das Gesicht ihrer Mutter heran. »Sie ist ernst. Die anderen beiden sind es nicht.«

»Für Miriam war das Ganze vielleicht doch kein Spaß«, sagte Jakob.

Zoe ließ das Smartphone sinken und starrte ins Leere.

»Was ist?«, fragte Jakob.

»Und für Henrik vielleicht auch nicht«, sagte Zoe leise, denn ihr war plötzlich der Abend vor dem Sturm wieder eingefallen, als sie ihre Mutter zum letzten Mal gesehen hatte. Die seltsamen Andeutungen, die Zoe nicht verstanden hatte. Jetzt sah sie die beiden Männer an. »Sie hat von einem Versprechen geredet, und dass sich bald alles ändern würde.«

Jakob und Christopher schauten sich schweigend an.

»Jetzt wissen wir wenigstens, warum Miriam zurückgekommen ist«, sagte Christopher nachdenklich. »Dann hat das alles vielleicht doch mit unseren Eltern zu tun. Herrgott, wenn Henrik endlich mal den Mund aufmachen würde.«

In Zoes Gesicht zeigte sich Hoffnung. »Wie geht es ihm, ist er ansprechbar?«

»Eigentlich nicht, aber ich war gestern da und habe es geschafft, mich kurz zu ihm zu setzen, nach einer langen Diskussion mit den Ärzten.« Jetzt sah Christopher Zoe an. »Weißt du, was er mir zugeflüstert hat? Sprechen kann er noch nicht richtig.«

Zoe sah ihn fragend an.

»Er hat gesagt, wir sollen ihn am Arsch lecken.«

Jakob lachte einmal hell auf. »Ich bin nie ein großer Freund von unserem Vater gewesen, das wisst ihr ja, aber das jetzt, das ist …« Jakob schnaubte, ging unruhig hin und her und dann hinüber zu dem geplanten Schwimmteich.

Christopher stieß einen Seufzer aus. »Das Ganze ist noch längst nicht ausgestanden. Wir sind allein darauf angewiesen, was meine Eltern dazu sagen. Wenn sie das überhaupt jemals tun werden.«

»Wie geht es Alice?«

»Gut.« Christopher lachte ebenso irre über die eigene Antwort wie Jakob gerade über seine. »Aber so ist es tatsächlich. Kannst du dir das vorstellen? Ich verzweifle langsam am Verstand meiner Eltern. Und an meinem, weil ich gar nichts kapiere.«

»Niemand versteht das, Christopher«, sagte Zoe. »Hat sie bisher denn gar nichts gesagt?«

»Sie redet schon, aber nie über Henrik, über das, was sie ihm angetan hat. Im Grunde verhält sie sich wie Henrik, nur höflicher. Auf ihre Art eben.« Christopher holte einmal tief Luft. »Wenn Henrik wirklich mit Miriam zusammen sein wollte, dann hätte Alice das doch gewusst. Dieser Schwur war ja ganz offensichtlich noch lebendig oder wirksam oder wie immer man das nennen mag.«

Beide schwiegen eine Weile.

»Miriam ist tot, davon kann ich ausgehen«, fuhr Zoe fort. »Das sagt auch die Polizei. Und auch, dass ihre Leiche wohl nicht mehr gefunden wird. Die See hat sie zu sich genommen. Wenn die Umstände nicht so schrecklich wären, könnte das ein schöner Gedanke sein.« Zoe lächelte. »Es wäre ganz in Miriams Sinn.«

Beide sahen zu Jakob hinüber, der gerade die zukünftige Baustelle in Augenschein nahm.

»Lass uns später weitermachen«, sagte Christopher. »Ich habe keinen Kopf mehr für Termine und so weiter.« Er gab Zoe einen Kuss auf die Wange und verschwand in der Bibliothek. Ganz offensichtlich wollte er nicht weiter mit seinem Bruder reden.

Zoe ging zu Jakob, und der deutete auf ein Loch im Rasen.

»Wollt ihr hier etwas pflanzen?«

Zoe sah es sich an und schüttelte den Kopf. »Nein, also ich weiß von nichts.«

»Ebbe vielleicht?«

»Kann sein, dass Miriam ihm irgendeinen Auftrag gegeben hat. Ich werde ihn fragen.«

Jakob wandte sich an Zoe und sah sie eine Weile an, dann strich er ihr langsam mit der Außenseite des Zeigefingers über die Wange. »Was wäre aus uns geworden, wenn wir ganz normale, langweilige Spießer als Eltern gehabt hätten?«

Zoe nahm seine Hand, drückte sie an ihren Mund und lächelte. »Dann ständen wir vielleicht jetzt nicht hier vor einem rätselhaften Loch in meinem Rasen.«

✳ ✳ ✳

Paul war vor dem Sofa auf die Knie gefallen, das Messer fest umklammert. Natürlich erst einmal vor lauter Wut, weil das Shirt ein Geschenk von Lilli gewesen war. Hauptsächlich aber, weil ihm der Rücken so wehtat. Wie von Sinnen war er, dann zog er das Messer heraus. Er hielt einen Moment inne, doch die Schmerzen ließen nicht nach. Es zog dermaßen, dass er sich nur in Zeitlupe bewegen konnte. Mühsam stand er auf und versuchte nachzudenken. Er musste etwas tun, jetzt, bevor sie zurückkamen. Was, wenn sie ihn hier so finden würden? In diesem jämmerlichen Zustand? Und wozu würden die noch in der Lage sein? Dass es harmlose, nette, leicht verschrobene alte

Leutchen waren, konnte er nun ausschließen. Aber was waren sie dann? Verdammte Scheiße, was hatten die mit ihm vor?

Paul betrachtete das Messer und beugte sich mit einem lauten Stöhnen wieder nach vorne. So leid es ihm um das Shirt tat, aber er platzierte das Messer wieder genau so, wie es vorher gewesen war. Nein, er durfte jetzt keinen Fehler machen. Keine Schwäche zeigen, sich nicht von Wut und der Enttäuschung, dass ihm nichts Besseres einfiel, zu falschen Entscheidungen hinreißen lassen. Noch war es zu früh, um denen zu zeigen, dass er sie auf dem Kieker hatte.

Er drückte die Hand auf die schmerzende Stelle, wandte sich um, stocksteif wie ein Klappergreis, und ging zur Tür. Ganz vorsichtig öffnete er sie und horchte, dann schloss er ab und lief seitlich und gebückt wie der Glöckner von Notre-Dame den Gang hinunter. Die Treppe machte ihm besondere Schwierigkeiten, aber er musste sich beeilen. Gerade in dem Augenblick, als er den Schlüssel seiner Nachbarin wieder an den Haken hängte, betraten Cecilie und ihre Begleiter das Foyer. Schief und steif, immer noch die Hand am Rücken, ging Paul freundlich grüßend an ihnen vorbei. Endlich draußen angekommen, ließ er sich auf den äußeren Rand eines Stuhles fallen, streckte langsam die Beine von sich, ließ die Arme rechts und links hinunterhängen und legte den Kopf in den Nacken. Jetzt ging es wieder etwas besser, die Schmerzen hatten nachgelassen. Eine Weile hing er so in dem Stuhl und überlegte, was als Nächstes zu tun war.

Ihm war schon klar, dass die lächerlichen Aktionen von diesen Möchtegern-Schwarzmagiern nicht unbedingt auf seine Person abzielten, weil sie ihm Schaden zufügen wollten. Es war doch eher so, dass sie ihn ausschalten oder zumindest schwächen wollten, weil sie befürchteten, er könnte ihnen auf die Schliche kommen. Aber was hatten sie zu verbergen?

Langsam stand er auf. Er ging ein Stück den Rasen hinunter, schaute sich die anderen Gäste an, die in der ewig gleichen Eintönigkeit dieser beschaulichen Sommertage vor sich hinlebten, als hätten sie mit dem Rest der Welt, sprich dem wahren Leben, rein gar nichts zu tun, und wandte sich dann dem Hotel zu. Cecilie saß auf einem der Stühle auf ihrem Balkon, Paul sah die weißen Haare einer einfachen alten Dame, die ihren Lebensabend hier verbrachte. Er zog die Augenbrauen zusammen. *Einer einfachen alten Hexe, die auf Teufel komm raus ihren Lebensabend hier verteidigen will und – wer weiß? – vielleicht auch über Leichen geht.*

Paul dachte an die ganzen Zahlen, die Ida ihnen vorhin im Genueser Schiff vorgerechnet hatte. Natürlich war es möglich, dass sich Cecilie und auch die anderen diese Urlaube hier leisten konnten. Doch so recht glaubte er nicht daran. Diese Beobachtung, die er im Frühstückssalon gemacht hatte, als sie die Lebensmittel gebunkert hatten, die hielt sich hartnäckig in seinem Kopf. Er wollte aber noch damit warten, Zoe deswegen auszufragen. Er musste irgendwie auf anderem Wege an mehr Informationen gelangen, denn er konnte ja nicht mit Gewissheit sagen, ob Zoe Lauritzen nicht irgendeine Verbindung zu den Alten hatte, die über die reine Zimmervermietung hinausging. Dann hätte er sie gewarnt, ohne auch nur einen einzigen Schritt vorangekommen zu sein.

Paul streckte sich und holte einmal tief Luft. Bald würde er wieder nach Hamburg zurückmüssen, und vorher wollte er wissen, was hier los war. Niemand hetzte ihm ungestraft gemeingefährliche Kater auf den Hals oder rammte Messer in sein Kreuz, wenn auch nur imaginär.

***

Es war gegen neun Uhr abends, als Paul am Haus seines Vaters ankam. Dieses Mal war es ihm egal gewesen, ob er mit dem Lärm seines Porsches die Kontemplation der Hotelgäste störte. Mit extra Zwischengas war er die Auffahrt hinuntergefahren, schneller als die übliche Schrittgeschwindigkeit.

Vorgewarnt vom Motorengeräusch war Johann aus seinem Schuppen getreten und hatte neugierig zu Paul herübergeschaut.

Er hatte einen Lappen in der Hand, mit dem er sich die Hände abwischte. »Ist was passiert?«, rief er Paul zu.

In diesem Moment trat auch Olaf aus der Tür, der ebenso neugierig zu Paul schaute.

»Nein«, rief Paul zurück und knallte die Tür seines Wagens zu.

»Ist was mit dem Wagen?«, hakte Johann nach.

»Nein, nein, alles in Ordnung.« Warum hatte er nur den Eindruck, er komme ungelegen? »Und? Was treibt ihr beide hier Schönes? Ist das neue Bier fertig?« Diese Frage war jetzt an Olaf gerichtet.

»Oh ja, dein Vater macht Fortschritte. Bald ist es reif zum Ausschank, so gut ist es«, sagte Olaf und klopfte Johann auf die Schulter.

»Es reicht, wenn du es mir ausschenkst«, sagte Paul. »Habt ihr was zum Probieren da?«

»Natürlich!« Johann eilte in den Schuppen zurück, wobei er Olaf mit sich zog. »Ich hole dir was«, rief er Paul noch zu.

Paul ging zum Haus und sah Lillis Fahrrad auf dem Rasen liegen, aber nicht das von Rafael. Als er in die Küche ging, saß Lilli neben Monsieur Baptiste auf der Ofenbank und spielte auf ihrem Smartphone herum. Sie blickte kurz auf, sagte »Hallo, Papa« und wandte sich wieder dem Telefon zu.

Paul sah sofort, dass sie etwas bedrückte, und er setzte sich neben Baptiste, der sich nun von zwei Personen kraulen ließ. »Wo steckt denn Rafael?«

»Zu Hause.«

Paul wurde stutzig. »Aber warum denn? Wollte er nicht hierbleiben?«

»Heute nicht.«

Paul strich über Baptistes Bauch, der sich auf den Rücken gelegt hatte und zu schnurren anfing.

»Lilli? Was ist los?«

Lilli spielte umso verbissener weiter.

»Habt ihr euch gestritten?«

»Er ist so seltsam«, sagte Lilli, ohne aufzuschauen. »Er hat mir auch so komische Sachen erzählt.«

»Und darüber hast du dich geärgert?«

Lillis Gesicht verdunkelte sich, und Paul dachte, dass dies gerade wieder sein kleines Mädchen war, denn hier kam dieser Trotz zum Vorschein, diese Hürde, über die sie schon früher nicht springen konnte. Und wie es manche Erwachsene auch nicht konnten, dachte Paul. »Er hat mir Angst gemacht.«

Paul wurde hellhörig. »Womit denn?« Paul beobachtete sie genauer, dann griff er nach dem Smartphone und nahm es ihr weg. »Es reicht jetzt, also, was ist los?«

Lilli hatte jetzt Tränen in den Augen. »Er hat gesagt, dass sein Opa mit der Yogafrau, dieser Miriam, zusammen sein wollte. Dass er sich von Alice scheiden lassen wollte. Er muss es irgendwo gehört haben und …« Lilli biss sich auf die Lippen. »Ach, nichts.«

»Lilli? Was hat er gesagt? Komm, es ist wichtig, das weißt du.«

»Aber du arbeitest doch gerade nicht, du hast Urlaub. Warum musst du immer alles wissen, alles hinterfragen?«

»Weil es unsere Freunde sind, Lilli. Weil sie mit dem, was passiert ist, nur schwer weiterleben können, wenn sie nicht wissen, was wirklich geschehen ist.«

»Und wenn … also wenn es jemand von unseren Freunden war?«

»Was war?« Paul dämmerte es langsam. »Meinst du, Rafael … also meinst du, er weiß etwas? Lilli, hat er irgendetwas gesehen?«

»Und wenn?«

»Dann muss er mit jemandem darüber reden. Oder hat er das schon getan? Hat er dir Genaueres erzählt?«

Lilli schüttelte den Kopf.

Paul strich ihr die langen braunen Haare hinter das Ohr. »Mach dir keine Sorgen, ich werde mal ganz vorsichtig mit Christopher reden.«

»Nein!« Lilli sah erschrocken auf. »Sag ihm bloß nichts von Rafael.«

»Keine Sorge, das werde ich nicht«, versuchte Paul sie zu beruhigen. »Ich bin ein Meister im Verhör und im Hintenherumfragen.«

Von draußen wurden Stimmen laut, und Johann und Olaf kamen über die Veranda in die Küche, jeder zwei Flaschen Bier in den Händen.

»Probesaufen«, rief Johann, und beide stellten die Flaschen auf den Tisch.

»Ich geh mal lieber.« Lilli schnappte sich ihr Smartphone. »Komm, Baptiste.« Willig folgte der Kater und verschwand mit ihr durch die Küchentür.

**

Johanns Bier, bei dessen Herstellung ihm Olaf behilflich gewesen war, war wirklich gelungen. Paul betrachtete sich nicht als den großen Bierkenner, da er auch gerne Wein trank. Aber das Gebräu hatte eine schöne goldene Farbe, und es schmeckte ein bisschen nach frischem Gras. Die leicht herbe Note machte sofort Lust auf mehr.

Beim Probesaufen hatte Paul auch erfahren, dass Olaf vor seiner Zeit im Hirschfänger in einer kleinen Hamburger Bierbrauerei gearbeitet hatte. Er verstand also etwas von diesem Handwerk und hatte sein Wissen bereitwillig an Johann weitergegeben, wofür Paul ihm sehr dankbar war. So hatte Johann endlich die Kurve gekriegt und konnte sich in sein neues Hobby stürzen. Wichtig war nur, dass Johann etwas zu tun hatte. Dass er dabei vielleicht zu viel trank, das stufte Paul als weniger kritisch ein, wenn er doch sah, mit welcher Begeisterung sein Vater an die Sache heranging. Vor allem hielt ihn das von seiner Tätigkeit als Detektiv ab, was Paul sehr gelegen kam. Paul hatte sich zurückhalten müssen, obwohl er große Lust gehabt hätte, sich mit Johanns Bier einen anzutrinken. Also hatte er sich schweren Herzens auf den Rückweg ins Hotel gemacht.

Als er kurz in Lillis Zimmer geschaut hatte, war diese eingeschlafen, Baptiste quer über ihrer Bettdecke, auch im Tiefschlaf.
Der Urlaub hatte Lilli geschafft, jeden Tag auf dem Wasser, der
Wind, die Sonne und dann die ganzen Ereignisse. Er war froh,
dass sie sich jetzt ausruhte. Sorge hingegen machte ihm das,
was Lilli über Rafael gesagt hatte. Er würde morgen sofort mit
Christopher reden müssen. Er überlegte kurz, ob er ihn jetzt
noch anrufen sollte, immerhin hatten sie ja abgemacht, dass
Rafael bei Johann bleiben würde.

Es war Mitternacht durch, als Paul die Hotelauffahrt hinauffuhr. In diesem Moment war er ganz zufrieden damit, dass
sein Wagen so laut röhrte, denn so bekam die alte Hexe mit,
dass er gekommen war. Wer wusste, was sie und ihre Zauber-
lehrlinge mit ihm noch weiter vorhatten? In seinem Zimmer
angekommen, warf er sich sofort aufs Bett und schrieb eine
Nachricht an Christopher mit der Frage, ob Rafael okay sei.
Die Antwort kam kurz darauf: »Alles bestens, er schläft. Ich
glaube, die brauchen mal eine Pause.«

Mit letzter Kraft rappelte Paul sich noch einmal auf, ging
ins Bad, um sich unter die Dusche zu stellen, putzte sich wäh-
renddessen die Zähne und stellte das Wasser so heiß ein, dass er
kurz vorm Verbrühen war. Aber es tat dem Rücken gut. Dann
ließ er sich ins Bett fallen und schlief nach wenigen Minuten
ein. Nur einmal öffnete er kurz die Augen. Vor ihm stand der
dunkle Schatten einer gebückten Gestalt, die eine Katze auf der
Schulter trug.

Montag

Paul wusste nicht, was ihn geweckt hatte, es war ein Geräusch gewesen, das vermutlich aus einem seiner Träume stammte. Er richtete sich auf, ihm war kalt. Er hatte nur Shorts an und zitterte vor Kälte. Er stand auf und zog ein T-Shirt und den Kapuzenpulli an sowie die Trainingshose. So würde er wenigstens im Bett nicht frieren. Er schaute aufs Handy, es war kurz nach drei. Wieder das Geräusch, es war die angelehnte Balkontür, die der Wind hin- und herschlug. Als er auf den Balkon trat, spürte er die Feuchte, ein kräftiger Wind blies. Er schaute in den Himmel, zwischen den dahinschwebenden Wolken blitzten Sterne auf. Die Ahnung einer Dämmerung hatte bereits eingesetzt, es war nicht mehr ganz so dunkel. War dies der Wetterumschwung, von dem er im Radio gehört hatte? Hoffentlich nicht, denn ein paar Tage Urlaub hatten sie noch. Genau genommen eine ganze Woche. Aber Paul wusste gar nicht, ob er überhaupt noch so lange bleiben wollte. Er blickte kurz nach unten und wollte sich gerade wieder abwenden, als er etwas aufleuchten sah. Schnell zog er sich zurück, bückte sich und spähte durch das Geländer des Balkons. Wieder sah er das Licht, und er lächelte. *Endlich!* Rückwärts zog er sich auf allen vieren zurück und suchte Johanns Fernglas, das er immer im Rucksack hatte.

Langsam kroch er wieder auf den Balkon und legte sich flach auf den Boden. Es war schwer, in der Dunkelheit etwas zu erkennen, immerhin kam ihm die funzelige Wegebeleuchtung zu Hilfe, aber nichts tat sich mehr. Eine ganze Weile lag er da, fünf Minuten vielleicht, aber notfalls würde er die ganze Nacht hier liegen bleiben, wenn es sein musste. Würde sich nicht vom Fleck rühren, bevor er wusste, wer dort zugange war und warum. Endlich tauchte wieder das Licht auf, dann ein zweites. Sein Herz begann schneller zu schlagen.

Die Lichter waren genau da, wo Jakob Vera den Schwimmteich markiert hatte. Paul fragte sich, wie lange diese Leute schon da unten waren. Sie hatten sich immerhin die Tiefschlafzeit ausgesucht, wähnten sich also unbeobachtet. Immer wieder fokussierte er die Schärfe neu, bis er endlich eine Gestalt ausmachte. Ein dunkler Schatten, mehr war es nicht. Und dieser Schatten arbeitete, es sah so aus, als buddelte er ein Loch. Ein anderer stand daneben und leuchtete auf den Rasen, sodass Paul nur Rasen und Schaufel sah. Er setzte das Fernglas ab und beschloss zu warten. Er musste nur aufpassen, dass er nicht einschlief.

Der Wind hatte zugenommen, die vielen Bäume rauschten so laut wie das Meer bei starkem Seegang, was ihm sehr gelegen kam. Allerdings wurde ihm langsam kalt. Er überlegte schon, ob er sich die Bettdecke holen sollte, um sich darin einzuwickeln, als er sah, dass sich jetzt wieder die zweite Lampe eingeschaltet hatte. Das zweite Licht zuckte unkontrolliert in der Gegend herum, einmal leuchtete es auch auf Pauls Balkon, und er drückte blitzschnell das Gesicht auf den Boden. Aus dem Augenwinkel sah er, dass das Licht eine Weile seinen Balkon absuchte, doch dann verschwand es wieder.

Paul beschloss, sich das Ganze aus der Nähe anzusehen. Schnell zog er sich zurück, verließ das Zimmer, flitzte den Gang entlang und die Treppe runter und spähte zur Rezeption hinüber. Sie war nicht besetzt. Vermutlich hatte Stina Dienst und war im Nebenraum, döste oder sah fern. In der Bibliothek drückte er sich an den Bücherregalen entlang, von dort sah er, dass die Türen zur Terrasse nur angelehnt waren. Er musste also jederzeit damit rechnen, dass sie durch die Bibliothek wieder zurückkamen. Er bückte sich und schob sich langsam durch die halb geöffnete Tür, krabbelte am Rand der Terrasse entlang, wandte sich scharf nach links und hockte sich an die Balustrade.

Ein Déjà-vu flog vorüber: Hatte er nicht vor ein paar Tagen genau dasselbe getan? Donnerstag, einen Tag nach der goldenen Hochzeit? Er war in der Bibliothek gewesen, hatte die trüben Bilder von Kubin angeschaut, hatte von diesem Seeungeheuer geträumt und war nachts in die Hotelküche geschlichen, um sich etwas zu essen zu holen. Und da hatte er auch die Lichter gesehen. Das hieße doch, dass sie schon seit Längerem dort zugange waren.

Bis auf ein paar dunkle Schatten konnte er nicht viel sehen. Dann hielten sie plötzlich inne, standen eine Weile ganz still da. Paul spitzte die Ohren. Sang da jemand? Nein, es war ein Summen, die anderen flüsterten sich etwas zu. Paul merkte, wie sich alle Haare an seinem Körper aufstellten. Hielten die hier einen ihrer Hexenkulte ab? Reichte es nicht schon, ihm den fiktiven Dolch in den Rücken zu stoßen? Der Anblick des T-Shirts hatte ihn die ganze Zeit über nicht losgelassen. Verdammt noch mal, was veranstalteten die da nur? Eine symbolische Beerdigung? Seine eigene vielleicht? Hatten die wieder etwas, das ihm gehörte, aus seinem Zimmer entwendet? Für ein neues Ritual?

Er schloss kurz die Augen und versuchte, ruhig zu bleiben. Überlegte, was er tun sollte. Heimdahl anrufen? Quatsch, das musste er jetzt selbst erledigen. Soweit er erkennen konnte, waren dort drei Personen. Drei gegen einen? Jetzt bewegten sich die Gestalten langsam auf ihn zu, in Richtung Bibliothek, dunkel und beunruhigend. Diedrich Teubner vorneweg, dahinter Cecilie von Albedyll, sie trug etwas vor sich her, einen Motorradhelm? Paul lief es kalt über den Rücken. Er erinnerte sich an das, was Heimdahl ihm erzählt hatte, über den Motorradunfall von Benjamin Lauritzen, den schwarzen Kater …

Ludwig Kaspar war der Letzte dieser befremdlichen Prozession. Paul zog sich erst einmal wieder zurück und spähte durch die Balustrade hindurch. Er wartete einen Augenblick, dann stand er auf und lief zur anderen Seite des Gartens, wo die drei eben noch gearbeitet hatten.

Er leuchtete mit der Taschenlampen-App seines Smartphones in ein frisch ausgehobenes Loch, vielleicht anderthalb Meter tief. Die Schaufel lag noch auf der ausgehobenen Erde, sie hatten nichts vergraben, sondern etwas herausgeholt, das, was Cecilie vor sich hergetragen hatte. Paul wandte sich ab, und als er zurückwollte, musste er feststellen, dass die Türen der Bibliothek verschlossen waren.

Paul warf den Kopf in den Nacken. »Wie blöd kann man eigentlich sein?« Er lief vorne herum und dankte Gott, dass die vordere Eingangstür nicht abgeschlossen war. Ein junger Mann, den er zuvor noch nie gesehen hatte, hatte Nachtdienst und grüßte Paul höflich, nicht ohne Verwunderung im Blick, was einer morgens um vier mit Joggingklamotten draußen machte.

»Guten Abend ... Morgen ... die 21«, murmelte Paul im Vorbeigehen. »Schlüssel oben vergessen, Lupin, Paul Lupin.«

Mit ein paar Sätzen war er die Treppe hinaufgesprungen, und jetzt gab er sich keine Mühe mehr, leise zu sein. Vor Cecilies Tür blieb er stehen, hörte aber nur Stimmengemurmel. Er ging in sein Zimmer, um sich erst einmal zu beruhigen, damit er nichts Unüberlegtes tat. Immerhin fror er nicht mehr, die Ereignisse hatten für eine gute Durchblutung gesorgt. Er ging auf den Balkon und sah noch einmal in den Garten hinunter, es war mittlerweile so hell, dass er die Grube gut von hier erkennen konnte. Wenn er Glück hatte, war Cecilies Balkontür auch geöffnet. Er hatte Glück. Er stand ganz am Rand seines Balkons und horchte, doch auch von hier aus konnte er nichts verstehen.

Er verschränkte die Arme auf dem Geländer und legte den Kopf darauf ab. Wie gerne würde er jetzt Urlaub in einem Hotel machen, einem normalen Hotel. Mit normalen jungen Menschen, die normale Dinge taten. Er seufzte und gab sich einen Moment dem Selbstmitleid hin, als er hellhörig wurde. Nun hatten sie tatsächlich angefangen zu singen, er hörte es klar und deutlich:

»*Wo bist du, Sonne, blieben?*
Die Nacht hat dich vertrieben,
Die Nacht, des Tages Feind.
Fahr hin! Eine andre Sonne ...«

Paul hatte das schon einmal gehört, aber wo nur? Er dachte krampfhaft nach, vor Kurzem noch. In einer Kirche vielleicht? Es dämmerte ihm langsam, er hatte das bei der Beisetzung eines ehemaligen älteren Kollegen gehört, der einen Tag nach seiner Pensionierung gestorben war. Das war ein Beerdigungslied!

Er stand auf. Wessen Tod besangen die hier? Und war ihr Opfer schon tot, oder wollten die mit diesem Ritual den Prozess beschleunigen? Er machte kehrt, stapfte durchs Zimmer, wobei er merkte, dass die Wut mit jedem Schritt größer wurde. Er riss die Tür auf, machte drei große Schritte in den Gang hinaus, packte die Klinke von Cecilie von Albedylls Zimmertür, drückte sie hinunter und stieß sie auf. Es war ihm scheißegal, was jetzt passierte, aber es war der Moment gekommen, wo er dieses Katz-und-Maus-Spiel beenden musste.

Was er jetzt sah, würde sich für immer in sein Gedächtnis einbrennen, auch wenn er eine Weile brauchte, um es zu begreifen.

✳✳✳

Lilli wurde von einem leisen Knacken geweckt. Sie horchte, dann knackte es wieder. Es hörte sich so an, als wäre es am Fenster. Als sie es öffnete, sah sie Rafael unten stehen.

»Was machst du denn hier? Mensch, es ist mitten in der Nacht«, sagte sie. »Außerdem ist die Tür unten immer offen.«

»Ich weiß, aber ich wäre mir wie ein Einbrecher vorgekommen.«

»Du spinnst, echt. Was ist denn so wichtig?«

»Ich konnte nicht schlafen, und da hab ich mir gedacht, wir gehen an den Strand und gucken, wie die Sonne aufgeht.«

»Ist alles in Ordnung mit dir?« Sie dachte einen Moment nach. »Obwohl, die Idee ist wirklich nicht schlecht, sieht bestimmt toll aus. Okay, warte kurz, ich zieh mir was an.«

Kurz darauf fuhren sie an den Feldern vorbei, und mittlerweile war Lilli total begeistert von Rafaels Idee. Es war schon dämmrig hell, aber die Sonne war noch nicht da. Es war wie eine Ankündigung, eine Erwartung, und Lilli war froh, dass Rafael wieder ganz der Alte zu sein schien. Sie hatten sich etwas zu trinken mitgenommen, die Brötchen aus dem Eisfach, Aufstriche für Lilli und Käse für Rafael und ein paar Tafeln von Johanns Nussschokolade gemopst, wobei Lilli hier mal eine Ausnahme machte, weil es bei Johann keine vegane Schokolade gab. Auch hatte sie Geld dabei, um sich in der Alten Liebe am Eitz-Parkplatz Pommes zu kaufen. Außerdem hatte Lilli noch das Strandlaken und die Badeklamotten eingepackt. Sie hatte sich vorgenommen, der aufgehenden Sonne entgegenzuschwimmen, wenn sie langsam aus dem Meer aufsteigen würde. Worauf Rafael trocken entgegnet hatte, dass die Sonne im Osten aufginge, also über dem Land.

Sie fuhren durch den Wald am Eitz und dann weiter parallel zum Strand bis zum Bootshaus, wo sie die Räder abstellten und zum Strand gingen.

»Wie schön das hier ist ohne die vielen Menschen«, sagte Lilli und drehte sich einmal im Kreis. Dann ging sie weiter bis zum Wasser, blieb stehen und sah dorthin, wo es am hellsten war. Und sie fragte sich, was dieser Tag bringen würde. Was würde alles passieren, bis die Sonne auf der anderen Seite, dann aber wirklich im Meer, untergegangen war? »Wollen wir schwimmen gehen?«

»Gleich.« Rafael wischte auf seinem Smartphone herum, dann zog er die Luft ein. »Scheiße!«

»Was ist?«

Rafael hielt ihr sein Telefon vor die Nase, Lilli nahm es und starrte mit großen Augen auf das Display. »Das bist ja du«, flüsterte sie und vergrößerte das Foto.

Rafael stand auf, nahm einen Stein und warf ihn, so fest er konnte, ins Meer. Dann wandte er sich wieder Lilli zu. Er sah sie lange an, dann fasste er einen Entschluss. »Das ist jetzt sowieso alles egal«, sagte er, »ich kümmere mich später darum. Aber vorher muss ich mit jemandem reden.«

»Mit deinem Vater?«
Rafael schüttelte den Kopf. »Mit Henrik.«

***

Alle drei waren schwarz gekleidet, das war das Erste, was Paul registrierte, bevorzugten sie doch sonst immer das helle und luftige Sommeroutfit erlesen gekleideter Ruheständler. Dann blieb Pauls Blick einen kurzen Moment an dem Hut mit schwarzem Schleier hängen, den Cecilie trug, sodass er ihr Gesicht nicht sehen konnte. Aber er ging davon aus, dass es genauso zu Stein geworden war wie die von Teubner und Kaspar.

Von Cecilie von Albedylls Gesichtsschleier wanderte Pauls Blick als Drittes auf den Tisch in der Mitte des Raumes, der vor Kurzem noch mit Krimskrams vollgepackt gewesen war. Jetzt war er mit einem schwarzen Samttuch verdeckt, in dessen Mitte ein anthrazitfarbenes Gefäß mit goldenen Verzierungen stand. Ein Strauß Lilien lag daneben, und es dauerte einen ganzen Moment, bis Paul begriff, dass er auf eine Urne starrte. Vermutlich mit demselben tumben Gesichtsausdruck wie die drei Trauergäste.

Paul schloss die Tür und lehnte sich mit dem Rücken daran. Er holte einmal tief Luft, dann sah er die drei abwechselnd an. Die starrten ihn ebenfalls an, keiner hatte sich auch nur einen Millimeter bewegt. Eine unerträgliche Müdigkeit überkam ihn, und er fragte sich, was zum Teufel er hier machte. Wie gern würde er jetzt einfach nur in seinem Bett liegen, bis in den Vormittag hinein schlafen und dann mit Lilli an den Strand gehen. Stattdessen stand er bei Morgengrauen mit drei Verrückten in einem verwohnten Hotelzimmer und musste, wenn er noch mehr Pech hatte, ein weiteres ominöses Ritual der schwarzen Magie über sich ergehen lassen.

Er blieb regelrecht an der Tür kleben, die ihm auf seltsame Weise Sicherheit verschaffte, vielleicht weil sie seinem Rücken Schutz bot.

»Jetzt erzählen Sie mir, wessen sterbliche Überreste in dieser Urne sind.« Und wie es so oft war, wusste er die Antwort genau in diesem Moment. Paul kannte dieses Phänomen aus seinem Alltag nur zu gut. Irrte er genervt durch den Supermarkt, weil er die gelbe Currypaste nirgendwo fand, fiel ihm das Regal immer genau in dem Moment ein, als er die Frage vor einer Angestellten ausformulierte. Hier lag das Geheimnis, im lauten Aussprechen der Frage. Plötzlich kannte er die Antworten auf all die Rätsel, die sich rund um diese drei zu einer langen Schlange aufgereiht hatten. Arthur war der Schlüssel, um den ging es natürlich. Er war es, der ihnen dieses schöne Leben hier finanziert hatte. Von da oben, vom Himmel aus. Vor ihm standen drei Rentenbetrüger, so simpel war das Ganze. Hinzu kam der Tatbestand einer illegalen Bestattung und ebenso fragwürdigen Exhumierung.

Er ließ seinen Blick durchs Zimmer wandern, hin zu Arthurs Foto, bevor er zurück zu Cecilie ging. »Würden Sie bitte den Schleier abnehmen?«

Zu seiner Verwunderung gehorchte sie sogar, und als der Schleier oben war, sah Paul einer Frau ins Gesicht, die in den letzten zehn Minuten um weitere zehn Jahre gealtert war. Gleichzeitig schien diese arrogante Härte aus ihrem Gesicht verschwunden. Alle Blicke waren auf ihn gerichtet, und Paul dachte, dass er eigentlich in einer ziemlich beschissenen Situation war. Er konnte überhaupt nicht einschätzen, was als Nächstes passieren würde. Er war sich auch nicht sicher, ob die drei nicht die Fähigkeit besaßen, miteinander zu kommunizieren, ohne dass er davon etwas mitbekam. Auch wenn sie deutlich älter waren als er, sie waren zu dritt, er war alleine.

»Setzen Sie sich bitte an den Tisch.«

Sie nahmen auf den Stühlen Platz und sahen ihn dann weiter schweigend an. Er fragte sich, ob sie ihm bereitwillig erklären würden, was er längst wusste.

»Okay, dann versuche ich es einmal.« Er sah Cecilie an. »Vielleicht verraten Sie mir, wann Ihr Mann verstorben ist?«

Cecilie schluckte, spitzte die Lippen, und Paul rechnete, wie immer, mit einer schnippischen Antwort. »Im Jahre des Herren 2012.«

Paul nickte langsam. »Verstehe.« Er hörte, wie Ludwig Kaspar tief einatmete. »Seine Pension ist vermutlich recht stattlich, richtig?«

»Davon kann man bei einem Rechtsanwalt und Richter ausgehen.«

Paul hatte so viele Fragen an diese drei, doch die mussten warten. Zuerst musste er Heimdahl einschalten. Er konnte keineswegs sicher sein, dass sie weiter so brav am Tisch sitzen bleiben würden. Flog ihnen doch gerade ihr so perfekt ausgearbeiteter Lebensabendentwurf um die Ohren. Er zog sein Handy aus der Hosentasche und wählte Heimdahls Nummer. Der würde sich bedanken, an einem Montagmorgen um halb fünf aus seinem Bett gescheucht zu werden, aber dies hier war ab jetzt nicht mehr Pauls Angelegenheit.

Heimdahl meldete sich mit einem verschlafenen »Wsnda«, und Paul sparte sich eine Schilderung der Ereignisse. Ein Entschuldigungsfrühstück würde er ihm später anbieten, wenn alles erledigt war. »Komm ins Seewald, Zimmer 22. Und bring Tenning oder Blume mit. Frag nicht, mach hin!«

Wie zur Entschuldigung hob er die Arme. »Ich habe keine Befugnis, Sie weiter zu befragen.« Endlich traute er sich von der Tür weg und ging seitlich, ohne den dreien den Rücken zuzuwenden, zum Sofa, wo sein T-Shirt lag, allerdings ohne das Messer darin. Er nahm es an sich und hielt es mit zwei gekrümmten Zangenfingern hoch, als wäre es kontaminiert. »Was das hier betrifft, so bin ich durchaus befugt zu fragen.« Mit hochgezogenen Brauen und leicht gesenktem Kopf, so wie ihn die Lehrer früher immer angeguckt hatten, wenn sie auf Antworten auf heikle Fragen warteten, fixierte er Cecilie. Ihm war klar, dass sie diejenige war, die mit den Mächten in Verbindung stand. »Davon, dass Sie eines meiner liebsten Kleidungsstücke für irgendeinen Hokuspokus ruiniert haben, einmal abgesehen, möchte ich wissen, was Sie damit bezweckt haben.«

»Hat es wenigstens gewirkt?«, fragte Cecilie von Albedyll mit einem fast unmerklichen Lächeln zurück.

Paul kam nicht umhin, der Standhaftigkeit der alten Dame einen gewissen Respekt zu zollen. »Ich hatte einen Hexenschuss, das gebe ich zu. Aber den schreibe ich dem Hotelbett zu und nicht Ihren Zauberkünsten.« Ein leichtes Ziehen machte sich in seinem Rücken bemerkbar, als Mahnung, dass er aufpassen sollte, was er sagte. »Welchem Geheimbund gehören Sie an? Oder ist es eine Sekte?«

»Keines von beiden«, entgegnete Cecilie, »es handelt sich ganz allein um eine Sache zwischen Arthur und mir.«

Pauls Stirn legte sich in Falten. »Wie soll ich das verstehen? Reden Sie von einer früheren Abmachung?«

Das eben noch angedeutete Lächeln wurde breiter. »Wir stehen in engem Kontakt miteinander. Wir telefonieren beinahe täglich, meist sind es Plaudereien, ich erzähle ihm, was wir hier den ganzen Tag so machen. Sie müssen wissen, Arthur hat dieses Hotel sehr geliebt, so viele Jahre lang hat er hier die Sommer verbracht, Freunde gefunden, sich von seiner anstrengenden Arbeit erholt.« Cecilie bekam einen wehmütigen Gesichtsausdruck. »Wir haben uns hier kennengelernt, hinten im Garten, dort, wo er seine letzte Ruhestätte fand.«

»Und jetzt wüsste ich gerne noch, wie es möglich ist, dass Sie mit einem Toten telefonieren?« Obwohl er dagegen ankämpfte, merkte er, dass ihm langsam der Geduldsfaden riss. »Wollen Sie mich für blöd verkaufen?« Seit einer Woche versauten ihm diese drei den Urlaub, hielten ihn zum Narren, beschatteten ihn, und jetzt saß er ihnen in aller Herrgottsfrühe gegenüber und hörte sich weiteren Unfug an.

»Unsere Gefährtin verfügt über die außergewöhnliche Gabe, mit dem Jenseits zu kommunizieren«, meldete sich Diedrich Teubner nun zu Wort. »Wenn ich in aller Bescheidenheit hinzufügen darf, dass Ludwig und mir eine ebensolche Gabe zuteilwurde, wenn auch nicht so ausgeprägt wie bei der guten Cecilie.«

»Und Ihr toter Mann wählt dann die Nummer des Telefons auf meinem Zimmer und erzählt Ihnen, wie es ihm dort oben beim lieben Gott so ergeht?«

Paul wurde immer saurer, er hoffte, dass Heimdahl und seine Leute nicht ewig brauchen würden. Außerdem bemerkte er, dass Teubner und Kaspar sich gegenseitig einen Blick zuwarfen. »Sie fragen sich bestimmt, woher ich das weiß? Auch ich habe einen Draht nach oben«, sagte er, wobei er mit »oben« eher die Gardinenstange mit der Kamera in seinem Zimmer meinte.

»Sie brauchen gar nicht abfällig zu werden, junger Mann«, entgegnete Cecilie, »nur weil Ihr ... eingeschränkter Verstand nicht in der Lage ist, Dinge zu erfassen, die außerhalb Ihrer geistigen Reichweite sind.«

Gütiger Himmel. Paul massierte sich die Nasenwurzel, langsam zogen Kopfschmerzen auf. Er hoffte, dass der Frühstückssalon bald aufmachte, er brauchte dringend einen Kaffee. Oder Schlaf. Auf jeden Fall etwas, was dieses absurde Treffen hier irgendwie wieder ausglich. Er ging im Zimmer auf und ab und schaute immer wieder auf die Uhr des Handys.

»Arthur würde gerne etwas dazu beitragen, wenn es erlaubt wäre.« Cecilie machte Anstalten aufzustehen.

»Bitte bleiben Sie sitzen«, sagte Paul.

»Seine Sicht der Dinge und neue Erkenntnisse könnten hilfreich sein, gerade für Sie«, entgegnete Cecilie.

Paul dachte kurz nach. Was sollte schon passieren? Und wann hatte er schon einmal die Gelegenheit, Neues aus dem Jenseits zu erfahren? Müde hob er die Hand und wedelte ein paarmal in der Luft. »Also meinetwegen.«

Cecilie erhob sich, ging zu dem kleinen Schreibtisch am Fenster, nahm dort Platz und griff nach dem Hörer. Eine ganze Weile saß sie da, den Hörer am Ohr, und starrte ins Leere. Doch dann hellten sich ihre Gesichtszüge auf, und sie begann langsam zu nicken.

Als Paul das sah, richtete er sich auf. Was für begnadete Schauspieler sie doch sind, dachte er. Das ganze Dasein dieser drei Menschen beruhte auf Lügen, Betrug und Showeinlagen. Er beobachtete, wie Cecilie leise in den Hörer sprach, zwischendurch immer wieder die Hand vor die Muschel legte, um die reale Außenwelt auszublenden.

Als Cecilie das Gespräch beendet hatte, stand sie auf und ging zum Tisch zurück, setzte sich, legte beide Hände auf das schwarze Samttuch und faltete sie wie zum Gebet. Sie ließ ihren Blick auf Paul ruhen, ohne mit der Wimper zu zucken. »Arthur ist ein Mann des Gesetzes, deshalb fragen Sie sich bestimmt, wie es zu alldem hier hat kommen können. Wenn es dann so weit ist, möchte er darüber Auskunft geben, mit mir als Sprachrohr sozusagen.«

»Na, das möchte ich auch hoffen«, entgegnete Paul. »Und weiter hat er nichts gesagt?«

»Gewiss doch, aber das meiste war privater Natur, bis auf eine Sache vielleicht, die Sie interessieren könnte.« Cecilie richtete sich auf. »Arthur sagte, Sie mögen auf Ihre Familie achtgeben. Sie müssen wissen, manchmal ist Arthur sehr schwer zu verstehen, es rauscht und piept.«

Paul sah Cecilie irritiert an. »Familie? Was meint er … äh … was meinen Sie damit?« Es fehlte noch, dass Paul sich auf diesen Unsinn hier einließ und die angeblichen Äußerungen eines Untoten ernst nahm. Außerdem fragte er sich die ganze Zeit, ob er nicht doch noch im Bett lag und einfach nur träumte.

Das Klopfen an der Tür riss ihn aus seinen Gedanken. Als Martin Heimdahl und Cora Tenning eintraten, wusste er, dass dies kein Traum war. Sein Blick wanderte noch einmal zu Cecilie von Albedyll, die ihn anschaute. Arroganz und Boshaftigkeit waren gänzlich verschwunden, er sah in das Gesicht einer alten Frau. Und doch hatte sie es geschafft, ihn zu beunruhigen.

***

Nachdem Martin Heimdahl übernommen hatte, ging Paul in sein Zimmer zurück. Die T-Shirts hatte er mitgenommen, er würde das Loch von dem Messer stopfen können, notfalls würde er einen dieser Bügelaufkleber darüber platzieren. Er trat auf den Balkon hinaus und sah sich das andere Loch an, das unten am Rand des Gartens klaffte. Das musste er ihnen lassen, sie hatten die Stelle gefunden, wenn auch erst nach mehreren Fehlversuchen. Paul hatte mit allem gerechnet, aber niemals mit so einer verrückten Geschichte. Aber je mehr er darüber erfahren hatte, desto einleuchtender wurde das Ganze. Jetzt konnte er auch Ida Rossi sagen, dass sie mit ihrer Rechnung und all den offenen Fragen dazu richtiggelegen hatte.

Als Heimdahl mit der Kollegin Cora Tenning eingetroffen war, war Paul kurz mit den beiden auf den Flur getreten, um die aktuellen Ereignisse zu schildern und ihnen zu berichten, wie er überhaupt auf die drei aufmerksam geworden war. So müde und mürrisch Heimdahl anfangs auch gewesen war, so sehr hellten sich seine Gesichtszüge auf, bis Paul zum Ende gelangt war.

Cora schüttelte den Kopf. »So einen Fall hatten wir auch noch nicht«, sagte sie. »Wenn die auch die Hotelbesitzerin umgebracht haben, dann wären wir ein gutes Stück weiter.«

»Gut möglich, aber dieses Thema habe ich ausgeklammert«, sagte Paul, »ich wollte euch nicht ins Handwerk pfuschen. Die drei haben es faustdick hinter den Ohren, lasst euch nicht von denen an der Nase herumführen. Und sollten die plötzlich senil werden, nicht drauf reinfallen, davon sind die so weit entfernt wie wir.«

»Also bei mir wäre ich da nicht so sicher«, sagte Heimdahl und gähnte ausgiebig.

Paul hatte ihn mit wedelnder Hand weggescheucht. »Beeilt euch, sonst haben sie zu viel Zeit, sich noch etwas auszudenken.«

Es dauerte nicht allzu lange, bis Heimdahl anklopfte und den Kopf durch die Tür steckte. »Kommst du mal kurz? Wir gehen jetzt. Aber da möchte dir jemand noch etwas sagen.«

Paul hatte auf seinem Bett gelegen, jetzt stand er auf und trat in den Gang hinaus.

Cecilie stand dort mit Heimdahl, der aber wieder in Cecilies Zimmer zurückging und die Tür schloss.

»Was gibt es noch?« Paul sah die alte Dame neugierig an.

»Da wir natürlich auch diesen Fall eingeplant haben, der jetzt eingetreten ist, haben wir uns über die Zeit danach informiert. Es gibt ein paar … wie soll ich das ausdrücken … Einrichtungen, in denen das Essen passabel ist, ebenso wie die sonstigen Angebote. Wir hoffen sehr, dass wir bei unserer künftigen Unterbringung ein Wörtchen mitreden dürfen.«

»Ihnen ist schon klar, dass eine Justizvollzugsanstalt keine Sommerfrische im Hotel ist? Es hängt von der Entscheidung des Richters ab, wohin Sie kommen.«

»Ach, wissen Sie, da haben wir durch Arthur noch gute Kontakte.« Sie wollte sich gerade abwenden, um in ihr Zimmer zurückzugehen, als sie sich noch einmal umdrehte. »Sie sind empfänglich für Dinge, die andere nicht sehen. Das habe ich sofort gespürt. Sie weigern sich nur, dies zu erkennen und vor allem zu akzeptieren.«

»Sie sprechen von Dingen wie Telefonaten mit einer … Person, die als Aschehäufchen in einer Urne … wohnt?« Großer Gott, was redete er da nur?

»Es gibt so vieles zwischen Himmel und Erde, das Ihnen helfen würde, wenn Sie es nur zuließen. Ist es nicht so, dass auch Sie spezielle Träume haben?«

Paul erinnerte sich an den Traum, den er im Februar hatte, kurz bevor er den Toten draußen am Strand gefunden hatte. Dieser Traum beschäftigte ihn bis heute, denn er hatte Dinge vorweggenommen, die dann eingetreten waren. Verdammt noch mal, woher wusste sie davon?

Cecilie trat jetzt nah an ihn heran. Ihre gezeichneten Augenbrauen wanderten wieder bis fast an den Haaransatz. Paul konnte ein altmodisches Duftwasser riechen, 4711, glaubte er zu erkennen. »Beenden Sie diese unselige Geschichte. Kein Robin dieser Welt ist es wert, einen falschen Weg weiterzugehen. Außerdem hat dieser schreckliche Mensch nichts anderes verdient.« Sie zog ihre gehäkelte Stola fester um sich und ging in ihr Zimmer zurück.

Kurz darauf verließen alle das Zimmer Nummer 22. Diedrich Teubner und Ludwig Kaspar kamen als Erste heraus, und Paul hörte, dass jemand leise »Petze« zischte, aber er hatte nicht darauf geachtet, wer von beiden das gewesen war. Er stand auch noch reglos vor seiner Zimmertür und starrte den Gang hinunter, als die kleine Prozession längst hinter der Biegung verschwunden war.

***

Paul war derart verwirrt, dass er sich erst einmal sammeln musste. Woher zum Teufel hatte Cecilie diesen Namen? Er hatte weder in der Zeitung gestanden, noch war sonst jemand hier im Hotel, der von den Vorfällen in Hamburg gewusst haben könnte. Bis auf Heimdahl und Christopher Vera hatte er niemandem davon erzählt.

Er schaute auf die Uhr – war es tatsächlich erst halb acht? Es war doch schon so viel passiert, dass es locker in einen ganzen Tag gepasst hätte. Der Salon war bereits gut gefüllt, und es schien, als wüsste das ganze Hotel mittlerweile Bescheid; alle Blicke waren auf ihn gerichtet. Einige standen auf und gingen zu ihm, es dauerte nicht lange, da war er umringt von Neugierigen, die ihre Fragen loswerden wollten: »Haben die Frau Sundberg auch ermordet?« – »… sie vielleicht im Garten vergraben …« – »… die waren uns noch nie geheuer … hochnäsig …« – »… da sieht man, wohin das führt …«

Paul fragte sich, wie er zum Büffet durchkommen sollte, als Zoe Lauritzen erschien, ihn bei der Hand nahm und hinaus ins Foyer geleitete. »Wir gehen in meine Wohnung«, sagte sie, »geh schon einmal vor.« Dann wandte sie sich an Stina im Empfang. »Stina, kannst du mir helfen, Frühstück für uns zu holen? Ich kann den Armen nicht allein hier unten lassen.«

Stina war sofort mitgegangen, und gemeinsam füllten sie

zwei Tabletts und gingen damit hinauf in Zoes Wohnung. Paul war für diesen Service sehr dankbar, er hatte Hunger bis unter die Arme.

Zoe Lauritzen war die Bestürzung anzusehen, hatte sie doch auf einen Schlag drei ihrer längsten Stammgäste verloren. »Weißt du, wann Cecilie zum ersten Mal hier Urlaub gemacht hat?«

Paul schüttelte den Kopf. »Sie hat nur erwähnt, dass sie ihren Mann hier kennengelernt hat.«

»Das war im Sommer 1970, da war sie schon etwas älter, ging auf die vierzig zu. Es war Liebe auf den ersten Blick. Und seitdem waren sie jedes Jahr hier, ohne Unterbrechung.«

»Fünfzig Jahre«, sagte Paul nachdenklich, »sie hätten so etwas wie einen ›goldenen Urlaub‹ feiern können, so wie die Veras ihre goldene Hochzeit.«

»Wenn Arthur noch am Leben gewesen wäre, hätten sie dies bestimmt auch getan«, sagte Zoe.

Arthur lebt, dachte Paul, und je mehr Zeit verstrich, desto weniger albern oder gestellt kam ihm diese Beziehung von Cecilie mit ihrem Mann vor. Aber er hatte keine Lust, Zoe davon zu erzählen. Davon, dass die Telefonleitungen ihres Hotels bis ins Jenseits reichten. Er fragte sich, ob Cecilie auch den toten Mann von Zoe anrufen könnte, Benjamin. Und ob der etwas über den schwarzen Kater sagen könnte, der ihm das Leben genommen hatte. Klaus, plötzlich fiel ihm der große schwarze Kater wieder ein. »Hast du eigentlich Klaus den Kater heute schon gesehen?«, fragte er Zoe.

Die dachte einen Moment nach. »Nein, jetzt, wo du fragst, seit ein paar Tagen schon nicht mehr.«

Er hat seine Mission hier beendet, dachte er. Und seine Gebieterin ist auch nicht mehr da. Paul stand auf und trat auf den Balkon, der genau über der Bibliothek lag.

Zoe folgte ihm. »Hätten wir nicht die Idee zu dem neuen Garten gehabt, wären Cecilie und ihre Freunde unbehelligt geblieben bis ans Ende ihrer Tage.« Zoe zeigte nach links. »Dabei hatte Jakob den Teich eigentlich dort geplant. Es war Miriam, die ihn da haben wollte, wo jetzt die Absperrung ist. Sie wollte die Wintergärten mit einbeziehen.«

Paul dachte einen Moment nach. »Miriam war ihr Feind Nummer eins. Nicht nur, dass sie mit ihrem Yoga neue und junge Gäste brachte, sie ist Arthurs Grabstätte zu nahe gekommen.«

Sie sah Paul fragend an. »Haben die drei etwas mit Miriams Verschwinden zu tun?«

»Auszuschließen ist das nicht. Sie haben doch nichts zu verlieren. Cecilie ist achtundachtzig, aber sie ist geistig und körperlich gut dabei. Und sie ist eine kühle Rechnerin, sie ist egoistisch und skrupellos. Sie wird sich gesagt haben: ›Was soll's, im Gefängnis kann ich es mir auch gemütlich machen und werde obendrein noch versorgt.‹«

Zoe dachte lange darüber nach. »Das ist auch ein Entwurf für einen Lebensabend, einfach tun und lassen, was man selbst will.«

»Und genau das macht sie so unberechenbar und gefährlich. Wenn man keine Angst vor Strafen oder Konsequenzen hat, legt man jede Skrupel ab.«

***

Es war so ein komischer Morgen gewesen. Rafael hatte nicht viel gesprochen. Lilli hatte ihn mehrmals gefragt, ob sie nicht lieber nach Hause fahren sollten, aber das hatte Rafael auf keinen Fall gewollt. Als die Sonne endlich aufgegangen war und sie wärmte, waren sie ganz weit rausgeschwommen.

»Stell dir mal vor, jetzt wirst du von einer dieser Strömungen erfasst und immer weiter rausgetrieben«, hatte Rafael gesagt, als sie gerade so weit draußen waren, dass sie die Strandkörbe kaum noch erkennen konnten.

»Mann, du Idiot«, sagte Lilli, der in diesem Moment die Lust vergangen war, noch weiter rauszuschwimmen, also hatte sie kehrtgemacht und war zurückgeschwommen.

Wieder auf ihrem Laken, hatte sie sich entspannt und war kurz darauf in der wärmenden Morgensonne eingeschlafen.

Als sie die Augen aufschlug, war der Strand schon deutlich voller. Sie setzte sich auf, wischte den Sand von Armen und Beinen. Rafael war nicht da, und so stand sie auf und ließ ihren Blick über den Strand wandern. Da entdeckte sie ihn unten an der Wasserkante. Er saß da, die Füße im Wasser der ruhigen Ostsee, die so gut wie keinen Wellengang hatte und so friedlich wie ein See dalag. Und doch so trügerisch und erbarmungslos gefährlich sein konnte.

Als er Lilli sah, lächelte er sie schief an. »Sorry wegen vorhin. Das hätte ich nicht sagen sollen.«

»Das war so mies, du bist manchmal so ein Blödmann.« Lilli setzte sich neben ihn. »Aber man sollte auch wirklich nicht so weit vom Land wegschwimmen.« Lilli musste an die verschwundene Frau aus dem Hotel denken. »Was meinst du, ist diese Miriam irgendwo da draußen?«

Rafael zuckte nur mit den Schultern, wühlte mit der Hand im grobkörnigen Sand und warf den Sand ins Wasser. »Wo sollte sie sonst sein?« Er stand auf und hielt Lilli die Hand hin. »Kommst du mit?«

»Wohin denn?«

»Ins Krankenhaus.«

Lilli überlegte eine Weile. Eigentlich hatte sie keine große Lust aufs Krankenhaus, erst recht nicht wollte sie Henrik Vera sehen. Aber sie wollte ihren Freund auch nicht alleine lassen. Sie konnte ja im Gang warten, während er zu seinem Großvater ging. Sie nahm seine Hand und ließ sich hochziehen.

»Und?« Rafael hatte manchmal den Blick eines kleinen Mädchens drauf. Bittend, unschuldig und irgendwie total süß.

»Aber nur, wenn du nie wieder so blöde Sachen sagst wie vorhin im Wasser.«

Rafaels einschmeichelnder Blick wich einem schiefen Grinsen. »Okay, versprochen.«

Als sie kurz darauf den asphaltierten Weg durch die Dünen der Weißenhäuser Brök fuhren, war Lilli wieder mit sich und der Welt versöhnt. Das Foto auf dem Smartphone, das Rafael ihr vorhin gezeigt hatte, hatte sie für einen Moment vergessen. Vielleicht würde ja auch niemand etwas merken. Die vielen Nachrichten, die von ihrem Vater eingegangen waren, ließen allerdings einen anderen Schluss zu.

Sie warf den Kopf nach hinten und atmete tief ein. Sie liebte diesen Weg, der durch das Naturschutzgebiet verlief und von dem links die Pfade abgingen, die zum Strand führten. Auf beiden Seiten lagen die verbogenen Pappeln, deren Stämme teilweise am Boden entlangwuchsen, sodass man auf ihnen sitzen oder herumlaufen konnte.

Rafael fuhr freihändig neben ihr her und tippte etwas in sein Smartphone.

»Bist du eigentlich nervös?«, fragte Lilli ihn.

»Weswegen?«

»Wegen gleich. Dem Krankenhaus, deinem Opa.«

»Keine Ahnung.« Rafael steckte das Telefon in die Hosentasche und strampelte schneller, sodass er bald weit vor Lilli war.

Rafael und Lilli standen eine Weile unschlüssig vor der Tür des Krankenzimmers auf der Intensivstation. Es schien, als habe Rafael plötzlich der Mut verlassen. Unter der von der Sonne gebräunten Haut schien eine Blässe durch, sodass er seltsam wächsern aussah.

»Willst du mit oder hier warten?«, fragte er Lilli, und es schien, als stellte er die Frage nur, um noch Zeit zu schinden.

»Was ist dir denn lieber?« Lilli hatte den Eindruck, als traute er sich nicht alleine, wollte das aber nicht zugeben. Auf einmal tat er ihr unheimlich leid. »Klar komme ich mit. Also?« Sie deutete mit dem Kopf auf die Tür. »Wollen wir?«

Lilli hatte damit gerechnet, dass Henrik Vera an Schläuche angeschlossen sein würde, dass er umgeben war von Apparaten und seine Lebensenergie als wellenförmige grüne Linie über einen Bildschirm lief, die sich in einen waagerechten Strich verwandelte, wenn er tot war. Begleitet von einem mahnenden Piepsen. Aber Rafaels Großvater lag ohne all dies in einem Bett und sah sie an. Es schien, als seien seine Augen größer geworden, auch wirkte er noch schmaler, als er ohnehin schon war.

»Mensch, was für eine schöne Überraschung«, sagte er leise, was der ganzen Situation etwas Feierliches, aber auch Bedrückendes verlieh.

Lilli stand schräg hinter Rafael, einfach nur, um ihm durch ihre Anwesenheit ein bisschen Halt zu geben. Ob das etwas nutzte, wusste sie nicht. Und so schlimm, wie sie es sich vorgestellt hatte, war es auch gar nicht. Sie stieß ihn kurz an und deutete auf zwei Stühle, worauf beide einen heranzogen und sich setzten. Rafael am Kopfende, Lilli ein Stück weiter weg am Fußende des Bettes.

»Wie geht es dir denn?« Rafael schüttelte den Kopf und lächelte. »Blöde Frage, oder?«

»Gar nicht blöd. Woher sollst du denn sonst wissen, wie es mir geht, wenn du nicht fragst?« Henrik machte eine kurze Pause. »Es geht mir total beschissen, aber ich lebe.«

»Okay, blöde Frage und blöde Antwort.« Rafael wurde wieder ernst. »Ich sehe ja, dass du lebst.« Er betrachtete Henrik eine Weile. »Wir vermissen dich alle.«

»Alle? Wirklich?«

»*Ich* vermisse dich auf jeden Fall«, entgegnete Rafael, »und Christopher und Jakob auch.«

»Waren die beiden bei ihrer Mutter?«

Lilli fiel auf, dass Henrik nicht »Alice« gesagt hatte. Verständlich, nach dem, was sie ihm angetan hatte.

»Sie will niemanden sehen«, sagte Rafael, »waren Papa oder Jakob denn nicht bei dir? Haben sie dir nichts erzählt?«

»Christopher war hier, aber da ging es mir noch nicht so gut, ich war noch zu schlapp.«

»Und Jakob?«

Fast unmerklich bewegte Henrik den Kopf hin und her. »Jakob ... der kommt bestimmt nicht.«

Warum nicht?, fragte sich Lilli, die mit ihrem Stuhl etwas näher gerückt war, weil Henrik und auch Rafael so leise sprachen. Warum kam Jakob nicht? Das fand sie merkwürdig. Warum besuchte ein Sohn nicht seinen Vater, der beinahe gestorben wäre?

»Opa?«

Lilli sah auf. Hatte Rafael tatsächlich gerade »Opa« gesagt?

Auch Henrik ließ den Blick auf seinem Enkel ruhen. »Ich weiß, dass du auch enttäuscht von mir bist. Ich habe euch alle belogen. Das hätte ich nicht tun dürfen.«

Lillis Blick ging zu Rafael, der seinen Großvater ohne jede Regung ansah. Sie sah auch, dass Rafael plötzlich eine Träne über das Gesicht lief. »Aber vielleicht wird es ja wieder gut«, sagte er. »So wie vorher.«

Henrik wandte seinen Kopf wieder von Rafael ab und schloss die Augen. Als er sich eine ganze Weile nicht mehr regte, setzte Lilli sich gerade hin, dann stand sie langsam auf. »Was ist mit ihm?«, flüsterte sie.

In diesem Moment öffnete sich die Tür des Krankenzimmers, und beide drehten ihren Kopf zur Seite, um zu sehen, wer eingetreten war.

»Hier seid ihr, ich habe euch schon überall gesucht.«

**

»Wir haben einen Taxifahrer ausfindig gemacht, der uns was Interessantes berichtet hat.« Martin Heimdahl hatte dunkle Ringe unter den Augen und war blass. Seine hellen Haare waren struppig, und er hatte mehrere Male gegähnt, seit Paul bei ihm im Büro war. Paul wusste, dass Heimdahl überaus empfindlich reagierte, wenn ihm nicht seine acht Stunden Schlaf vergönnt waren. Da er aber heute erst nach Mitternacht nach Hause gekommen war, weil er seine Mutter von einem Tanzabend hatte abholen müssen, und Paul ihn um fünf wieder aus dem Schlaf geklingelt hatte, war er nur ein Schatten seiner selbst.

Paul war nach dem Frühstück bei Zoe noch einmal in sein Zimmer zurückgegangen, hatte Johanns Kamera abmontiert, sich anschließend aufs Bett geworfen und war in genau dieser Stellung, quer über der Matratze auf dem Bauch liegend, eingeschlummert. Auf dem Weg nach Oldenburg hatte Paul kurz bei Johann vorbeigeschaut, aber niemanden angetroffen. Er hatte versucht, Lilli anzurufen, aber sie war nicht drangegangen. Deshalb hatte er ihr bereits mehrere SMS geschickt, sie möge sich doch mal bei ihm melden. Auf dem Küchentisch hatte er den Zettel gefunden: »Sind am Bootshaus Sonnenaufgang gucken.«

»In der Nacht von Miriam Sundbergs Verschwinden war dieser Taxifahrer mehrere Male von Lütjenburg nach Hohwacht ins Hotel Seewald gefahren«, fuhr Martin Heimdahl fort. »In Lütjenburg fand ein Bingo-Abend statt, an dem viele Hotelgäste teilgenommen haben. Du weißt schon, so eine Omi- und-Opi-Veranstaltung. Die Albedyll will er gegen elf im Hotel abgesetzt haben, aber das stimmt nicht, denn nach unserer Suchmeldung für die Sundberg haben sich jede Menge Leute gemeldet. Einer von denen war ein Gast des Ostseehotels in der Seestraße, und der will eine kleine alte Frau gesehen haben, die nachts alleine zu Fuß im Sturm Richtung Hohwacht ging, mit einer Stola über den Schultern. Er dachte, dabei könnte es sich vielleicht um die Talati handeln, aber die ist weder klein, noch trägt sie eine Stola. Es war natürlich Cecilie von Albedyll, sie hat es auch bestätigt.«

»Also hat der Taxifahrer Cecilie gar nicht bis zum Hotel gebracht?«

Heimdahl schüttelte den Kopf. »Er hat die alte Dame auf halber Strecke rausgeschmissen, weil sie nicht genug Geld dabeihatte. Ich kenne diesen Arsch, er macht das regelmäßig. Aber trotzdem hat er doch noch etwas erzählt, bei dem ich aufhorchte. Er ist die Tour Bingo-Abend und Hotel Seewald nämlich mehrere Male gefahren, und beim zweiten Mal hat er Cecilie von Albedyll gesehen, sie stand unten an der Hoteltür.«

»Sie war Gast in diesem Hotel, warum sollte sie nicht draußen herumlaufen?«

»Weil die alte Albedyll mir erzählt hat, sie wäre nicht mehr draußen gewesen«, sagte Heimdahl. »Das ist das eine, das andere ist der Wagen, der die Hoteleinfahrt verlassen hat, als der Taxifahrer gerade die dritte Fuhre an Gästen aus Lütjenburg angekarrt hatte. Er war bereits wieder auf der Straße und ist rechts rangefahren, weil er eine kurze Pause machen wollte, und hat einen Wagen gesehen, der auch vom Hotel gekommen sein musste.«

»Konnte er den Wagen erkennen?«

»Ein größerer, aber er war sich nicht sicher, nur dass ein Bremslicht nicht ging, das hatte er genau gesehen.«

Paul dachte einen Moment darüber nach. »Du kennst die Geschichte von diesem Hochzeitsschwur?«

Heimdahl verdrehte die Augen. »Christopher Vera hat mir davon erzählt, aber ich halte das Ganze ehrlich gesagt für Humbug. Wegen so etwas bringt man sich nicht um.«

Paul kommentierte diese kühne Behauptung nicht, ihm waren weitaus dümmere und sinnlosere Mordmotive begegnet. »Wie geht es unseren drei Insassen?«, fragte er stattdessen.

»Oh, denen geht es gut, glaube ich.« Martin Heimdahls Miene hellte sich ein wenig auf. »Nur, dass sie nicht mit uns reden. Ich glaube, Polizisten sind für die so was wie Untermenschen.«

Paul hatte inzwischen sein Smartphone aus der Tasche gezogen und das Bild von Arthur gesucht, der lachend in dem Korbsessel im Garten des Hotels saß. Er schob es Heimdahl hin. »Er ist der Drahtzieher, er hat den ganzen Plan ausgeheckt, und die drei haben ihn ausgeführt. Ihm ging es allein darum, als Geist weiter im Park seines geliebten Hotels mit den anderen Gästen umherzuflanieren.«

Heimdahl schaute auf das Bild und sah ihn dann fragend an.

»Cecilie hat angeblich all die Jahre über mit ihrem Mann gesprochen, also seinem Geist, per Telefon.«

»Ja, das ist auch eine Möglichkeit«, sagte Heimdahl, ganz ohne Spott, bestimmt, weil er zu müde war, um sich dazu noch eine Bemerkung einfallen zu lassen. »Ich frage mich nur, wie sie den Tod von Arthur so lange verbergen konnten. Wie haben sie das gemacht, in Bad Cannstatt, wo sie wohnt?«

»Och, das war, glaube ich, gar nicht so kompliziert. Als Arthur gestorben war und Kaspar die Feuerbestattung vorgenommen hatte, war er schon mal in der Urne. Diese haben sie dann hinten im Hotelgarten beigesetzt. Cecilie ist nach Cannstatt umgezogen, wo niemand sie kannte und auch niemand nach Arthur fragte. Alte Leute sind sowieso unsichtbar, auf die achtet keiner. Im Grunde nimmt man sie auch nicht richtig ernst. Und genau das haben die drei ausgenutzt. Dr. Teubner hat ihn dann ab und zu behandelt, auf dem Papier zumindest, so tauchte er immer mal wieder bei der Krankenkasse auf.« Paul machte eine kleine Pause, dann sah er Heimdahl fest in die Augen. »Cecilie wusste von dieser Sache in Hamburg ... von Robin.«

»Was?« Heimdahl sah genauso erschreckt aus, wie Paul es gewesen war, als Cecilie ihn darauf angesprochen hatte.

»Das ist doch gar nicht möglich«, sagte Heimdahl, »sie muss sich irgendwo erkundigt haben.«

Paul schüttelte den Kopf. »Wo denn?«

»Aber irgendjemand muss es ihr erzählt haben.«

»Die Alte ist mir unheimlich, das grenzt an Hellseherei. Alles andere ist ausgeschlossen.«

»Auf jeden Fall hast du dir heute einen Orden verdient, Paule. Du hast ein Nest von Rentenbetrügern ausgehoben.«

»Ich bin nicht stolz darauf.« Paul erhob sich.

»Solltest du aber.« Heimdahl sah ihn mit empörter Miene an. »Die haben sich einen schönen Lebensabend gemacht mit unserem Steuergeld, das wir Trottel brav jeden Monat abdrücken.«

»Hast ja recht, Martin. Und dafür werden sie jetzt noch weiter aus Steuermitteln versorgt.« Paul war schon an der Tür, als er noch einmal innehielt. »Was erwartest du eigentlich vom Alter?«

Heimdahl überlegte einen Moment. »Ruhe, Frieden, eine Aufgabe, Gesundheit. Dass der Meeresspiegel nicht so schnell steigt und die Ostsee sich nicht noch zu Lebzeiten mein Haus holt.«

»Mehr nicht?«

»Nö, ich bin da vielleicht nicht so phantasievoll, aber ich glaube, das würde mir reichen.« Er warf Paul einen interessierten Blick zu. »Würdest du auf deine alten Tage noch einmal kriminell werden wollen? So wie die drei?«

»Bin ich das nicht jetzt schon?«

»Jetzt mach aber mal halblang, du hast dieses Arschloch –«

»Erschossen! Martin, ich habe ihn mit meiner Dienstwaffe abgeknallt. Und die Albedyll weiß irgendwas darüber. Wie kann das sein?«

»Paul, es war Notwehr, du hast getan, was jeder von uns getan hätte.«

Paul merkte, wie die ganze Sache, die er bisher so wunderbar verdrängt hatte, wie das Innere eines Vulkans hochschoss. Heimdahl schien das auch zu sehen, denn er stand auf, nahm seinen Schlüssel vom Tisch, seinen Freund beim Arm und geleitete ihn aus seinem Büro. Genau so, als würde er einen Verdächtigen abführen. Zwei Kollegen, die gerade den Gang entlanggingen, blickten sie erstaunt an.

Martin Heimdahl nahm Paul die Autoschlüssel aus der Hand, delegierte ihn auf den Beifahrersitz des Porsches und fuhr los. Auf Pauls Frage, was er vorhabe, hielt er einen Monolog: dass sie jetzt zum Graswarder fahren würden und den Dorsch, den Heimdahl in der letzten Woche geangelt hatte und den er heute Morgen trotz der Eile aufgrund von Pauls Notruf zum Auftauen vom Eisfach in den Kühlschrank umgebettet hatte, um ihn nach dem Dienst auf den Grill zu legen, dann eben jetzt schon essen würden. In der Zwischenzeit dürfe Paul gern seinen Chef

Klaus Hiller anrufen und diesem vorab telefonisch die Kündigung an den Kopf werfen. Heimdahl habe nämlich die Schnauze voll, seine Zeit mit einem Trauerkloß zu verbringen, der vor lauter Selbstmitleid, Selbstzweifeln und weltumspannenden philosophischen Betrachtungen über den Sinn des Lebens zu keinem Entschluss kam. Und der sich mal langsam Klarheit darüber verschaffen sollte, ob sich die innere Einstellung, die er seinem Job gegenüber habe, mit all dem vereinbaren lasse, was er eigentlich vom Leben erwarte.

Sie fuhren die Hoheluftstraße hinunter, vor ihnen ein Pick-up mit Fahrrädern auf der Ladefläche, der so langsam war, dass Heimdahl ungeduldig viel zu nah auffuhr. Paul hörte mit halbem Ohr zu, und als der Pick-up im Kreisverkehr geradeaus in der Strandstraße weiterfuhr und Heimdahl rechts auf die Autobahn abbog, verschluckte das Rauschen des Windes wegen des geöffneten Verdecks einen Großteil der Moralpredigt.

»Halt einfach die Klappe«, rief Paul, rutschte ein Stück in den Sitz, rückte die Sonnenbrille auf seiner Nase zurecht und schloss die Augen.

»Bin sowieso fertig«, rief Heimdahl zurück, drückte seinen Rücken in den Fahrersitz und mit dem Fuß das Gaspedal durch.

»Ich glaube, ich war noch nie so schnell zu Hause«, sagte Heimdahl, als er den Porsche vor seinem Haus abstellte.

»Du hast auf dieser Strecke auch bestimmt noch nie so viel Sprit verbraucht.« Paul steckte den Schlüssel in seine Hosentasche, wuschelte sich die Haare zurecht, die der Fahrtwind ordentlich zerzaust hatte, und ging hinter Heimdahl ins Haus.

Heimdahl ging sofort in die Küche, holte die Schale mit dem stattlichen Dorsch aus dem Kühlschrank, schaltete den Backofen ein, schaute dann noch einmal in den Kühlschrank und zog einen Weißburgunder heraus.

»Blaumachen an einem Montag. Dass ich so was bei dir mal erleben darf«, sagte Paul und suchte in der Schublade nach dem Korkenzieher.

»Das ist dein schlechter Einfluss«, erwiderte Heimdahl und nahm zwei Weingläser aus dem Regal. »Und du warst es auch, der mich mitten in der Nacht aus dem Bett gescheucht hat. Ich brauche eine Pause. Nach dem Essen kannst du mich wieder in mein Büro bringen.«

Paul entkorkte den Wein und füllte die Gläser, anschließend öffnete Heimdahl noch einmal das Eisfach, um ein paar Eiswürfel herauszuholen. Als sie auf der Terrasse saßen, ging es Paul wieder ein bisschen besser.

»Gestern hast du mir hier erzählt, du wolltest am nächsten Tag mit Klaus Hiller reden«, sagte Heimdahl. »Der Tag ist ja heute, also solltest du dir überlegen, ob du das nüchtern oder angetrunken tun willst.«

»Hiller geht sowieso davon aus, dass ich aufhöre. Ich hatte das in unseren letzten Gesprächen schon angedeutet. Aber er will, dass ich bleibe.«

»Er geht doch demnächst in Pension, oder?« Heimdahl hielt das Weinglas hoch, in dem die Eiswürfel schwammen, und schwenkte es hin und her. Es sah so aus, als wollte er sich seines Ausnahmezustandes vergewissern, in dem er sich gerade befand und in dem er sich so einen Luxus gönnte.

»Stimmt, und sein Nachfolger Müller-Zastrow ist das genaue Gegenteil von Klaus. Er ist ein derart verbissener und strebsamer Bürokrat, dass zwei Kollegen schon Versetzungsgesuche eingereicht haben. Müller-Zastrow war auch der Einzige, der die Notwehr in meinem Fall angezweifelt hat. Und das hat er mir auch ganz deutlich gezeigt. Ich bin mir sicher, dass er, wenn er einmal in Amt und Würden ist, mir das Leben derart schwer machen wird, dass ich unter seiner Leitung nie wieder einen Fuß auf den Boden kriege.« Paul trank einen großen Schluck von dem eiskalten Wein. Dann stand er auf und holte sein Telefon. Zuerst versuchte er noch einmal, Lilli zu erreichen. Nachdem sie vorhin nicht drangegangen war, hatte sie ihr Handy inzwischen ganz abgeschaltet. Na gut, dachte er, wenn sie surften, war ihr Telefon eigentlich immer aus, schon allein, um zu vermeiden, dass es in ihrer Tasche bimmelte. Dann wählte er Johanns Nummer.

»Privatdetektei Lupin, aus welch misslicher Lage kann ich Sie befreien?«

»Die missliche Lage ist die, dass sich meine Tochter nicht meldet. Hätten Sie Kapazitäten frei, um festzustellen, wo sie steckt?«

»Zu Hause ist sie auf jeden Fall nicht, du hast mich gerade noch so erwischt. Bin auf dem Sprung. Wo steckst du überhaupt? Bist du noch in deinem Hotel?«

»Nein, ich bin in Heiligenhafen, bei Martin.«

»Muss er nicht arbeiten?«

»Doch, muss er.«

Während sie auf den Fisch warteten, der aus dem Backofen bereits einen wunderbaren Duft verströmte, saßen sie auf der Terrasse und schauten wie immer den Strandspaziergängern zu, deren Strom nie abriss und die unverhohlen zu ihnen herüberglotzten. Manche kamen auch einfach auf die Terrasse und fragten nach der Telefonnummer oder einer Webadresse, weil sie das Haus gerne auch einmal für den nächsten Urlaub mieten wollten.

»Dass es im Grunde keine Notwehr war, weiß sowieso nur ich ganz alleine«, griff Paul das Thema wieder auf und schob das Glas ein Stück von sich weg, weil er merkte, dass der Wein ihm in den Kopf stieg. Und er hatte keine Lust, sein laufendes Disziplinarverfahren noch mit einer Anzeige wegen Trunkenheit am Steuer zu garnieren.

Heimdahl, der schon mehr getrunken hatte als Paul, betrachtete ihn aufmerksam, schwieg aber. So wie er da in seinem Gartensessel hing, leicht glasige Augen, mit zufriedener Miene, konnte es auch passieren, dass er einfach einschlief. Paul bezweifelte, dass er heute noch einmal sein Büro aufsuchen würde.

Paul dachte wieder daran, was ihm durch den Kopf gegangen war in jenen Sekunden, als er diesem Robin gegenüberstand, der plötzlich ein Messer in der Hand gehalten hatte. *Wenn, dann jetzt.* Das war der Satz, der sich ständig in seinem Kopf wiederholte, von dem er nachts träumte. *Wenn, dann jetzt.* Wenn du das jetzt tust, dann wird die Welt ein bisschen besser werden. Dann wird die zweite Frau von diesem Dreckskerl wieder ein menschenwürdiges Leben führen können, nachdem er die erste schon zu Tode gequält hatte. Dann werden die Kinder wieder nach der Schule nach Hause kommen, in ihre Zimmer gehen können, ihre Hausaufgaben machen oder spielen können, ohne die Angst im Nacken sitzen zu haben, dass jederzeit die Tür auffliegen könnte und es wieder Prügel setzt. Oder Schlimmeres.

»Deine Kollegen haben dir Rückendeckung gegeben, Paul, sie stehen hinter dir. Hör also auf, alles ständig zu hinterfragen. Ich hätte vielleicht genauso gehandelt. Ich hatte bisher einfach nur Glück, das ist alles.« Heimdahl richtete sich wieder auf. »Was glaubst du denn, wie oft ich mit dem Gedanken gespielt habe, diese miesen Typen, die uns und anderen das Leben versauen und um die keiner weinen würde, wenn sie nicht mehr da wären, also wie gerne ich denen …« Heimdahl vollendete den Satz nicht, sondern stand auf. »Betrachte dich meinetwegen als Märtyrer, aber handle dann auch konsequent.«

»Ich habe nur absolut keine Idee, was ich stattdessen machen soll. So phantasielos bin ich leider, darüber wundere ich mich selbst.«

»Wolltest du dich nicht erst einmal beurlauben lassen?«, fragte Heimdahl. »Wie ich dich kenne, fallen dir in dieser Zeit so viele Dinge ein, die du stattdessen tun könntest, dass du dich vermutlich nicht entscheiden kannst. Außerdem wolltest du doch Romane schreiben.«

»Stimmt, davon kann man ja auch super leben.«

»Weißt du's?« Heimdahl ging hinein und rief: »Lass uns essen, ich verhungere.«

Paul konnte sich nicht erinnern, in den letzten Tagen so gut gegessen zu haben. Von Johanns Gulasch einmal abgesehen. Aber das tat er bei Heimdahl sowieso immer, denn Martin Heimdahl war der beste Koch, den er kannte. Während des

Essens hatten sie noch weitere Möglichkeiten besprochen, wie Paul sich verhalten könnte, doch die Entscheidung, sich erst einmal beurlauben zu lassen, um dann ganz aus dem Dienst auszusteigen, hatte sich immer mehr in Pauls Kopf festgesetzt. Es würde noch die Gerichtsverhandlung geben, aber die würde er durchstehen.

Nach dem Essen sah Heimdahl ein bisschen besser aus. Er streckte sich und schob den Teller von sich. »Was sollte man angetrunken und mit vollem Magen niemals tun?«

»Schwimmen gehen.«

Kurz darauf rannten zwei nackte Männer zum Wasser hinunter und stürzten sich kopfüber in die Fluten.

***

Als Paul den Wagen langsam durch Havgart rollen ließ, herrschte dort reges Treiben. Die Familien kamen mit ihren Fahrrädern und Anhängern oder zu Fuß vom Strand zurück. Wie gerne wäre Paul jetzt einer von ihnen gewesen. Er unterstellte allen einfach mal pauschal Sorglosigkeit, eine intakte Familie und überhaupt ein gut funktionierendes Leben. Während bei ihm gerade alles auseinanderzufallen drohte. Bei ihm war gar nichts mehr intakt. Von seinem kaputten Berufsleben einmal abgesehen, war auch sein Privatleben ein Trauerspiel. Seit Anna im Dezember letzten Jahres ausgezogen war, hatte sich rein gar nichts getan. Er beruhigte sich damit, dass er erst seit acht Monaten solo war, aber er hatte die Befürchtung, dass daraus auch acht Jahre werden könnten, wenn er so weitermachte wie bisher. Und sich lustlos und erschöpft jeden Tag aufs Neue aufraffte, um etwas zu tun, worin er schon lange keinen Sinn mehr sah.

Das Gespräch eben mit Martin Heimdahl hatte ihn ein wenig aufgemuntert. Aber ob er morgen immer noch den festen Willen haben würde, sich beurlauben zu lassen und es darauf ankommen zu lassen, was daraus erwuchs? Er hatte Angst, dass man ihm diesen Frust irgendwann ansehen oder anmerken würde.

Plötzlich fiel ihm dieser Ebbe ein, der schlecht gelaunte Hausmeister des Hotels und Nachbar von Ida Rossi. Würde er selbst auch so einer werden?

Er war so mit sich selbst beschäftigt, dass er nicht merkte, dass er immer langsamer wurde. Ein paar Radfahrer überholten ihn klingelnd und riefen ihm etwas zu, das er nicht verstand. Er war in einer Blase aus Sorgen und Gedanken gefangen, als ihm seine Schwester Charlotte einfiel, die in ihrem Leben schon so vieles beendet und neu angefangen hatte. »Paulchen, wenn du eine Tür zuknallst, fliegt durch den Druck irgendwo eine andere auf«, pflegte sie zu sagen. Charlotte war dreiundfünfzig und somit neun Jahre älter als Paul, weshalb sie für ihn immer so etwas wie ein Leuchtturm gewesen war, der ihm auch in tiefster Dunkelheit zuverlässig den Weg gewiesen hatte.

Türen, da fielen ihm gerade nur die Türen im Gang seines Hotels ein, hinter denen sich diese unsäglichen Dinge zugetragen hatten. Schon verdunkelte sich seine Laune wieder, obwohl er in den zwei Stunden, die er bei Heimdahl am Graswarder zugebracht hatte, für einen kurzen Moment klarer gesehen hatte. Er tuckerte wie ein seniler Rentner in seinem Elektromobil die Dorfstraße runter, wandte seinen Kopf nach rechts und sah, dass er am Hirschfänger angelangt war. Just ging die Tür der ehemaligen Gaststätte auf, und Olaf trat heraus.

»Der Paul, na so was!«, rief der Kellner ihm zu.

Paul bog rechts in den Hof ein und stieg aus. In diesem Moment schien sich der Schatten des Seewald, der eben gerade herankriechen wollte, aufzulösen. Er war wieder in einer anderen, helleren und vertrauteren Welt angekommen. In Johanns Welt, die immer mehr auch zu seiner geworden war. Noch nie hatte Paul sich so gefreut, Kellner Olaf zu sehen. Die Quasselstrippe und Tratschtante mit der quakenden Stimme und den glatten blonden Haaren eines kleinen Mädchens. Er strahlte ihn an. »Hallo, wie geht es dir?«

Olaf warf ihm einen skeptischen Blick zu. »Alles in Ordnung?«

»Alles bestens.« Paul blieb vor dem Haus stehen. »Was machen die Aufräumarbeiten?«

»Gehen voran.«

»Wolltest du irgendwohin?«, fragte Paul, »soll ich dich mitnehmen?«

Olaf machte ein ratloses Gesicht. »Ich weiß es nicht.« Er machte kehrt und schüttelte verwundert den Kopf. »Ich habe keine Ahnung, warum ich rausgegangen bin, das gibt's doch nicht. Alzheimer lässt grüßen.« Er bedeutete Paul reinzukommen. »Einen Kaffee kriege ich aber noch hin.«

Der braune Vorhang hing immer noch am Eingang. Als Paul in die Gaststube trat, entdeckte er seinen Vater, der an einem der Tische saß. Der sah ihn erstaunt an und schlug eine Kladde zu, in die er bei Pauls Eintreten irgendwas geschrieben hatte. Daneben lagen jede Menge handbeschriebene Blätter.

»Mein Sohn«, sagte Johann gespielt feierlich, »das ist aber eine Überraschung. Was führt dich zu uns?«

»Olaf hat mir einen Kaffee angeboten, da sage ich nicht Nein.« Paul sah sich um, der Raum wirkte viel größer, nachdem sie die dunkle Holzvertäfelung herausgerissen und einige der dunklen Möbel entfernt hatten. »Außerdem habe ich gerade über offene Türen und so weiter nachgedacht, und da diese Tür gerade aufging, dachte ich, ich guck mal rein.«

Johanns Brauen zogen sich fragend zusammen.

Paul winkte ab. »Vergiss es einfach.«

Er ging in dem ehemaligen Gastraum umher und erinnerte sich an den kalten und verschneiten Februar, als er hier auf Krücken herumgestakst war, am Tresen mit Olaf oder mit den anderen aus dem Ort über die Geschehnisse im Dorf geredet hatte. Finn mit den roten Ohren und Wangen, der bei Felix von Thomsen auf dem Gut arbeitete. Fokke mit seinem dünnen Pferdeschwanz, von Hinrichs Hof nebenan, der mit diesem Monstertrecker durch Havgart donnerte. Er dachte an Henny Liebe, die wie ein Schatten hier gewirkt und den Gästen die riesigen Teller serviert hatte, die mit Wildschweinbraten, Hasenkeule oder Rehrücken beladen waren. An die vielen ausgestopften Tiere, deren leere Augen alles verfolgt hatten. Immerhin hatte er den Hasen Hauke gerettet, eine letzte Erinnerung an diesen Laden.

»Es ist ein Jammer«, sagte er mehr zu sich selbst. »Wisst ihr schon, was mit dem Haus passiert?«

»Laut Hennys Anwalt gibt es einen Käufer«, sagte Olaf, während er mit einer Tasse Kaffee auf Paul zusteuerte. Es lag sogar ein Keks auf der Untertasse.

»Und was hat der mit den Räumen vor?«

»Hörgeräteladen, Nagelstudio, Shishabar«, entgegnete Olaf und rümpfte die Nase. »Ganz sicher etwas, worauf die Leute im Dorf schon lange warten.«

»Im Vorratsraum ist noch genug von diesem Zeugs«, vernahm Paul eine bekannte Stimme hinter sich. Er drehte sich um und sah Ida, die aus der Küche hinter dem Tresen gekommen war. »Oh«, sagte sie erstaunt, »ein Gast, sieh einer an.«

Olaf warf ihr einen Blick zu und verschwand in der Küche, aus der es sogleich zu klappern begann. Offensichtlich war Olaf dabei, auch hier alles auszuräumen.

Ida trocknete sich die Hände mit einem Handtuch ab, das über ihrer Schulter gelegen hatte. »Gibt es was Neues?«, fragte sie Paul und setzte sich an den Tisch.

»Kann man so sagen.« Er trank einen Schluck Kaffee, der erstaunlich gut war, er sah aus und schmeckte wie Café Crème. Erst jetzt fiel ihm auf, dass er das Mahlwerk einer Siebträgermaschine gehört hatte. Das war ihm vorher noch nie aufgefallen. Er wandte sich an Ida. »Sie hatten doch die Rechnung aufgemacht und sich gefragt, wie Cecilie von Albedyll und ihre Freunde sich diese Hotelaufenthalte leisten konnten.«

»Konnten?« Ida wurde sofort hellhörig. »Vergangenheitsform?«

Paul musste wieder einmal feststellen, wie helle diese kleine forsche Person doch war. »Genau, es hat sich nämlich ausgeurlaubt, sozusagen.«

»Is nich wahr!«, rief Ida, und auch Johann hob erstaunt den Kopf.

Dann begann Paul zu erzählen, was sich in der Nacht im Hotel ereignet hatte. Als er geendet hatte, lachte Ida laut auf. »Diese Bande, das ist doch –«

»Clever«, fiel Johann ihr ins Wort, »ganz ausgesprochen raffiniert und abgebrüht.«

»Allerdings«, sagte Paul.

»Wo sind sie jetzt? Im Kittchen?«, fragte Ida nicht ohne Schadenfreude, doch sie wartete die Antwort gar nicht ab. »Haben sich die Pension dieses Arthur durch drei geteilt, schön gespart und im Sommer hier verprasst. Ist das zu fassen!«

Paul enthielt sich einer Bewertung.

»Obwohl«, führte Ida ihren Monolog fort, »so schwer ist es im Grunde gar nicht, einen Toten verschwinden zu lassen. Wie sollte die Pensionskasse das mitkriegen?«

»Vor allem, wenn ein Bestatter und ein Arzt mitmachen«, warf Johann ein.

Ida nickte zustimmend. »Dieser schleimige Kaspar und der feine Herr Doktor. Sitzen da in unserem Schreibkurs, tun so vornehm und gebildet und sind doch nichts weiter als Betrüger!« Sie sah Paul an. »Vielleicht sogar Mörder?«

»Warten wir's ab«, entgegnete Paul. »Heimdahl wird sicher die ganze Sache ans Licht bringen.«

»Was wirst du jetzt tun, Junge?«

Paul dachte einen Moment nach, dann atmete er einmal tief durch. »Ich bin raus, mir reicht's ehrlich gesagt. Ich kann das alles nicht mehr sehen.«

»Und Alice? Und Henrik?«, warf Ida mit empörter Stimme ein. »Wir können die beiden doch nicht im Stich lassen.«

Paul hatte die Ellenbogen auf den Tisch und den Kopf auf die Hände gestützt. Der Schlafmangel der letzten Nacht schlug jetzt endgültig durch, trotz des Kaffees. Die Haare waren ihm in die Augen gefallen. »Ich hab doch Urlaub«, murmelte er vor sich hin und blies die Haare weg, die gleich wieder in die Augen zurückfielen. »Wie gerne möchte ich Urlaub haben.« Er strich sich die Haare zurück und stand auf. »Wo ist Olaf? Ich hätte gern noch einen Kaffee.«

»Der ist gut, oder?«, rief Ida erfreut aus, »den haben wir mit der –«

Johann sprang auf. »Er ist in der Küche, ich hole ihn.«

Kurz darauf erschien Olaf, er trug jetzt einen blauen Overall und war von oben bis unten mit weißem Staub bedeckt. Er wusch sich die Hände und sah zu Paul hinüber. »Ganz schöne Arbeit, all den Krempel auf den Hof zu werfen. Noch ein Käffchen?«

In diesem Moment öffnete sich die Tür, und ein Mann trat ein, der ebenso übernächtigt und geschafft aussah, wie Paul sich fühlte. Eine Strähne seiner dunklen Haare lag auf der Stirn, er trug eine Anzughose mit einem rosa Hemd darüber, das irgendwie zu weit wirkte, als sei er in der letzten Woche abgemagert. Paul hatte wieder den Eindruck, als hätte er sich verirrt, hätte überhaupt vergessen, wohin er eigentlich gehörte.

»Christopher«, rief Ida erfreut.

»Zwei Käffchen«, sagte Olaf und machte sich an die Arbeit.

»Hier seid ihr alle«, sagte Christopher Vera, dann wandte er sich an Paul. »Ich wollte ins Krankenhaus und dachte, ich schau mal bei Johann vorbei, ob die Kinder da sind. Da habe ich deinen Wagen draußen gesehen.« Er zog sich einen Stuhl heran und setzte sich. »Was ist mit Miriam? Haben diese Alten irgendwas damit zu tun? Zoe hat angerufen und mir erzählt, was passiert ist.«

Paul wiegte den Kopf hin und her. »Ich weiß es nicht, kann sein.« Kurz schilderte er noch einmal die Vorgänge.

Christopher dachte einen Moment nach, und Olaf kam und servierte jedem einen Kaffee, dieses Mal mit einer Kokosmakrone. Christopher blickte erstaunt auf. »Danke, das ist aber aufmerksam. Ich dachte, die Gaststätte gäbe es gar nicht mehr.«

»Stimmt ja auch«, sagte Olaf in seinem gewohnt hellen und

leicht schnippischen Tonfall. »Das sind die letzten Zuckungen des Hirsches.« Er verschwand wieder in der Küche, aus der es kurz darauf wieder schepperte und rumpelte.

Paul aß die Makrone; sie war lauwarm, saftig und so lecker, dass er zum Tresen spähte und sich fragte, ob noch welche in der Packung waren.

»Andere Frage«, sagte Christopher, »Rafael ist doch wieder bei euch, oder?«

»Gesehen habe ich beide noch nicht, aber sie haben einen Zettel hinterlassen, auf dem steht, dass sie am Strand sind.«

Christopher war erleichtert. »Das ist gut, dann scheinen sie sich wieder vertragen zu haben.«

»Hatten sie denn Streit?«, fragte Ida. »Na ja, soll ja vorkommen in diesem Alter.«

»Streit kann man das eigentlich nicht nennen«, sagte Christopher. »Rafaels Verhalten hat Lilli ein bisschen Angst gemacht, glaube ich. Er hat das alles nicht verarbeitet. Er hat sehr an seinen Großeltern gehangen. Und ich bin ihm keine Hilfe, fürchte ich.« Gedankenverloren spielte er mit den Blättern, die überall auf dem Tisch herumlagen. »Schreibt ihr eure Memoiren?« Er nahm ein Blatt auf. »Ida, das ist doch deine Handschrift.«

»Sehr wohl«, sagte Ida. »Das sind unsere Texte vom Schreibkurs eurer Mutter.« Sie verstummte, als wäre ihr etwas Unpassendes herausgerutscht. »Ich wollte dich nicht erinnern, also an Zeiten, wo alles noch so schön und –«

»Schon gut, Ida«, sagte Christopher, »damit werden wir jetzt wohl leben müssen.«

»Ich habe in einem Schreibratgeber gelesen, dass es Schriftsteller gibt, die in Cafés schreiben. Also das wäre nichts für mich, ich würde die ganze Zeit zum Kuchenbüfett schielen. Aber der Johann hatte dann die Idee, im Hirschfänger zu schreiben, bis der ganz zumacht.« Ida deutete mit dem Kopf in Richtung der Küche, aus der jetzt ein schleifendes Geräusch kam. »Und Olaf freut sich, wenn er nicht so ganz alleine hier alles abreißt. Johann geht ihm auch fleißig zur Hand.« Sie zeigte auf ihre Blätter.

»Wir haben uns überlegt, die Texte unserer Schreibgruppe zu überarbeiten und als Erinnerungsbuch zusammenzufassen.«

»Das ist eine tolle Idee«, sagte Paul und dachte daran, dass dieser denkwürdige Sommer es wert war, dokumentiert zu werden.

»An die Texte von Cecilie und den anderen kommen wir leider nicht mehr heran«, sagte Johann. »Das wäre ein interessanter Stoff, wenn die ihre Taten auch aufgeschrieben hätten.« Er sah Paul an. »Daraus könntest du einen richtigen Kriminalroman machen.«

»Aber ihr beide habt doch so viel geschrieben«, sagte Paul. »Zu Hause liegen überall deine Texte herum, Johann.«

»Ich muss das natürlich noch professioneller gestalten«, sagte Johann und wandte sich an Ida. »So, wie Sie das auch getan haben.«

»Ganz recht.« Ida nahm die losen Blätter auf, die auf dem Tisch verteilt lagen.

»Das ist Ihnen durchaus gelungen«, bestätigte Johann, »besonders mit Ihrem Himmelfahrtstext.« Er sah in die Runde. »Er ist sehr unterhaltsam. Vor allem die Beschreibung ihrer Familie, ich meine den italienischen Teil.«

»Amadeo Rossi, den kenne ich auch noch«, sagte Christopher. »Und Beppo, Nunzio und Salvatore, deine Brüder, Ida. Und wie hieß der Onkel noch, dieser verrückte Kerl mit der hübschen Frau, die so aussah wie Sophia Loren?«

»Onkel Giacomo und Tante Rosalia«, erwiderte Ida, die strahlte, weil sie sich so freute, dass Christopher all ihre Familienmitglieder noch kannte.

»Ach, jetzt, wo ich die Namen alle höre, vermisse ich die verrückte Bande wieder. Und worüber hast du geschrieben? Über das Restaurant deiner Eltern?«

Idas Wangen wurden langsam rot, wie immer, wenn sie ganz bei der Sache war. »Über das große Geburtstagsfest im Sommer, als Peppina-Sofia achtzehn wurde. Das fiel doch mit unserem Ferragosto zusammen, dem Himmelfahrtsfest am fünfzehnten

August. Deine Eltern waren auch da, Chris. Aber ich weiß nicht so recht, ob ich über sie auch schreiben soll.«

Christopher hatte lächelnd zugehört. »Selbstverständlich kannst du über sie schreiben, Ida, sie gehören dazu, die Vergangenheit kannst du nicht ändern oder gar auslöschen.« Seine Miene verdüsterte sich. »Obwohl ich wünschte, das wäre möglich.«

Als Ida plötzlich ganz traurig wirkte, fragte er: »Willst du uns nicht einfach was vorlesen? Das bringt uns vielleicht auf andere Gedanken.«

»Meint ihr wirklich?« Schlagartig hatte sich ihr Gesichtsausdruck verändert, ihre Augen leuchteten. Sie sah auch Paul fragend an.

Er richtete sich auf und nickte aufmunternd. »Unbedingt!«

Auch Johann nickte. »Sie ist übrigens eine gute Vorleserin. Ist mir schon im Kurs aufgefallen.«

»Ach, was hab ich euch immer Geschichten vorgelesen. Dir, Jakob und Sofie, weißt du noch?«

Christopher nickte. »Klar, jeden Abend.«

Ida nahm die Blätter auf und begann zu lesen. Johann bemerkte, dass sie den Text noch ergänzt und einige wirklich lustige Anekdoten ihrer Familie eingeflochten hatte. Sie ließ die Geschichte dann auch wieder mit einigen Gedanken über Henrik und Alice enden, die sie ebenfalls ausgeschmückt hatte, um ihre Bewunderung für das Paar zum Ausdruck zu bringen. Vielleicht aber auch, um noch einmal die Zeiten heraufzubeschwören, in denen sich alles noch in einer mehr oder weniger heilen Welt abgespielt hatte. Als sie fertig war, standen Tränen in ihren Augen, die endgültig die Wangen hinabliefen, als sie ihre Blätter zusammenlegte.

Die drei Männer applaudierten ihr, und Johann reichte Ida ein Taschentuch, in das sie lautstark schnäuzte. Erleichtert atmete sie auf. »Entschuldigung, aber ich muss immer und immer an Alice und Henrik denken, ich kriege das gar nicht mehr aus dem Kopf.«

»Das geht uns allen so, Ida«, sagte Christopher und legte seine Hand auf ihren Arm. »Deine Geschichte ist wunderbar. In welchem Jahr war dieses Fest? Ich kann mich gar nicht daran erinnern.«

Ida hatte das Taschentuch wieder an der Nase. »84«, sagte sie und schnäuzte sich noch einmal.

»Dann kann Alice nicht dabei gewesen sein, Ida. Sie war in Schweden. Diesen Punkt solltest du noch einmal überarbeiten.«

Ida richtete sich kerzengerade auf. »Da vertust du dich, Chris, sie war mit Henrik am Strand, sie haben sich das Feuerwerk angeschaut.«

»Wenn das wirklich der 15. August 84 war, dann war Alice definitiv nicht da. Wir waren in Schweden. Alice, ich, Henriks Schwester Katarina und ihr Sohn Tom. Der ist genauso alt wie ich. Alice hat ›Die Geister von Vetlanda‹ vorgestellt. Und ich habe meinen siebten Geburtstag dort gefeiert, in Stockholm.«

Ida zuckte mit den Schultern, dachte aber angestrengt nach. »Wen habe ich denn dann gesehen? Sie hatte doch die blaue Strickjacke an, die Alice immer trug. Die schöne mit dem weißen Streifen an der Kapuze und der Knopfleiste.« Als hätte sie plötzlich etwas begriffen, sah sie Christopher an.

Auch der ließ seinen Blick in Idas Augen ruhen. »Das war Miriam«, sagte er leise, dann beugte er sich noch näher an sie heran. »Ida, kann das Miriam gewesen sein?«

Ida bekam große Augen.

»Wann war das Feuerwerk? Weißt du das noch?«

»Um Mitternacht, weil doch da die Peppina achtzehn wurde.«

»Mitternacht ... Mitternacht ...«, murmelte Christopher, der im Raum umherschaute, ohne etwas wahrzunehmen, dann stand er auf. Er ging ein paarmal hin und her, setzte sich wieder und wandte sich eindringlich an Ida. »Bist du dir mit diesem Datum ganz sicher?«

Ida nickte, Tränen in den Augen.

»Kein Vertun?«

Jetzt schüttelte sie den Kopf und schluchzte auf.

»Das ist die Nacht, in der Sofie beinahe gestorben wäre«, sagte Christopher ganz leise. »Es war kurz nach Mitternacht, als der Notarzt kam, das weiß ich von den Nachbarn. Jakob hat immer wieder von diesem Feuerwerk erzählt und davon, dass er Angst hatte und warum Mama nicht reingekommen ...« Seine Stimme brach. »Er hat sie auch gesehen. Wie du, Ida. Jakob hat Mamas Doppelgängerin gesehen.«

Christopher schlug mit der flachen Hand so fest auf den Tisch, dass die Tassen sprangen und die anderen hochschreckten. Olafs Kopf erschien in der Küchentür.

»Jakob ist vollkommen panisch wegen des Geballers draußen, während er seine kleine Schwester im Arm hält, die keine Luft mehr kriegt.« Christopher lachte irre auf. »Er war fünf, wisst ihr das? Fünf!« Er sprang hoch, sodass der Stuhl umkippte. Dann stützte er die Arme auf den Tisch. »Und dieser Drecks-kerl behauptet, er hätte eine Apotheke gesucht?«, rief er. »All die Jahre hat Henrik das behauptet, das Schwein!«

Paul stand ebenfalls auf und ging zu ihm. Er wusste, dass Leute in solchen Momenten unberechenbar waren. Er packte ihn am Arm. »Jetzt beruhige dich. Wir klären das, ich –«

»Klären?«, rief Christopher. »Ich zeige dir jetzt, wie ich das klären werde.« Er riss seinen Arm hoch, als hätte er durch Pauls Berührung einen Stromschlag erlitten, und wollte zur Tür lau-fen.

Doch Paul gab nicht nach, sondern machte zwei schnelle Schritte auf ihn zu und packte ihn erneut, fester jetzt. Dann zog er ihn zum Tisch zurück. »Setz dich hin!«

Olaf lehnte inzwischen mit dem Rücken am Tresen und ver-folgte das Schauspiel interessiert, einen Vorschlaghammer in der Rechten, den er anscheinend vor lauter Staunen vergessen hatte abzulegen.

Christopher ließ sich auf den Stuhl fallen, völlig erschöpft saß er da und stierte ins Leere. Ida hatte alles mit offenem Mund mitverfolgt, während ihr die Tränen über das Gesicht liefen.

»Haben Sie genau diesen Text im Schreibkurs vorgelesen, Ida?«, fragte Paul.

Ida nickte, immer noch unfähig, zu sprechen, was bei ihr nur äußerst selten vorkam.

»Mit Datum?«

Wieder schluchzte sie einmal auf und nickte.

Alle schwiegen jetzt, saßen auf ihren Stühlen und dachten nach. Olaf hatte den Hammer beiseitegelegt und warf einen Blick auf die Kaffeemaschine, fragte aber nicht, ob jemand einen Kaffee wollte. Stattdessen nahm er den Hammer wieder auf und schlich in die Küche zurück.

»Er hat das Leben seiner Kinder zerstört.« Christophers Stimme war leise und klang erschöpft. Als sei er aus einer Ohnmacht erwacht und versuchte nun, erste Worte zu finden. »Sofie ist schwerbehindert und Jakob zum Psychopathen geworden.« Er grinste böse. »Und mich haben sie vergessen.«

Ida wandte sich Christopher zu und nahm seine Hand. »Aber das ist doch nicht wahr, Chris, Junge.«

»Deshalb hat Alice das getan«, sagte Johann leise zu sich selbst, »deshalb.« Plötzlich schnellte sein Kopf hoch, er sah Paul an. »Dann hat sie auch Miriam umgebracht. Großer Gott … sie hat sich an den beiden gerächt.«

Ida drehte ihren Kopf langsam zu Johann, sie schien den schlimmsten Schock inzwischen überwunden zu haben. »Jetzt machen Sie mal halblang, unsere Alice ist doch keine Serienmörderin!«

»Aber ausschließen können wir das nicht«, sagte Paul.

»Doch, können wir!«, widersprach Ida energisch. »Ich habe den Text vorgelesen, *nachdem* Miriam verschwunden ist.« Sie wandte sich an Johann. »Sie erinnern sich doch? Johann! Sie waren doch dabei.«

»Aber ja!« Johann strahlte. »Das war am letzten Kurstag, der war letzte Woche Dienstag. Also zwei Tage *nach* Miriams Verschwinden.«

Ida fasste sich an die Brust und seufzte vor Erleichterung auf.

»Haben Sie den Text vorher jemandem gezeigt?«, wollte Paul wissen.

Ida überlegte.

Paul sah sie gespannt an und dachte, dass das Gesicht dieser Frau wie ein offenes Buch war. Sie in einem Verhör vor sich sitzen zu haben würde die Arbeit sehr erleichtern. Jetzt verdüsterte sich ihre Miene erneut, und Paul hoffte, dass sie nicht schon wieder zu heulen anfing.

»Jakob«, flüsterte Ida, »ich habe den Text Jakob gegeben.«

»Wann?«

»Am Tag bevor Miriam ...« Sie hielt sich die Hände vors Gesicht. »Ich bin schuld«, hörten die anderen Idas dumpfe Stimme.

Da ist was dran, dachte Paul, hütete sich aber, dies laut auszusprechen.

»Ich habe mich geschämt, vor all den Oberschlauen, wegen meiner Fehler. Jakob sollte sie korrigieren.«

Christopher stierte auf den Tisch, dachte angestrengt nach. »Ja, das kann sein ... das könnte stimmen.« Er wandte sich Paul zu, und sein Gesicht war jetzt so blass wie die Toten auf Caren Andersens Seziertisch.

Paul sah aber sofort, dass er nicht aufgrund des eben Gesagten so blass geworden war. »Christopher? Was ist los?«

»Rafael«, sagte Christopher, »jetzt weiß ich, warum Rafael so komisch war.« Sein Kopf drehte sich ruckartig zu Paul. »Ich glaube, Rafael hat ihn gesehen.«

»Wann?« In Pauls Innerem meldete sich eine Alarmglocke, weit weg noch und leise, aber sie war da.

»In der Sturmnacht, an der Seebrücke.«

Paul wurde es heiß, und die Glocke bimmelte lauter. Da war Lilli dabei gewesen, dachte er, verdammt, hatte Lilli ihm das nicht sogar erzählt? *Als würden wir auf der Titanic stehen ... die waren in der Nähe ...* Hatte sie damit Jakob gemeint? Wer ist *die*? War da außer Jakob noch jemand? »Lilli hat mir das auch erzählt, aber nur, dass jemand in der Nähe war, mehrere Personen.«

»Ich weiß es nicht. Ich weiß nur, dass irgendwas war zwischen den beiden, Rafael hat seltsame Andeutungen gemacht. Er hat sich etwas zusammengereimt, wegen dieses Schwurs, er muss gewusst haben, dass seine Großeltern sich trennen wollten. Und dann hat sich dieser Angler gemeldet … die Sache mit dem Boot, dass Miriam damit …« Christopher machte eine Pause. »Meinst du, Jakob weiß, dass Rafael ihn gesehen hat? Könnte er sich durch Rafael bedrängt fühlen?«

Paul sah auf die Wanduhr hinter dem Tresen. »Wir müssen die Kinder suchen. Es ist sechs durch. Wenn sie schon im Morgengrauen am Strand waren, müssten die doch längst zurück sein. Schon allein, weil sie Hunger haben.«

Johann stand auf. »Ich laufe nach Hause und gucke, ob sie da sind.«

»Wir fahren«, sagte Paul und stand ebenfalls auf.

»Ich komme mit«, sagte Christopher.

»Sie müssen die Polizei verständigen«, sagte Ida, »bevor noch ein Unglück geschieht.«

»Das erledige ich unterwegs«, sagte Paul, obwohl er erst einmal nur Heimdahl anrufen wollte, um nicht gleich offiziell Alarm zu schlagen. *Wer weiß, wie Jakob Vera reagiert, wenn er merkt, dass die Polizei ihm auf den Fersen ist.*

Ida blieb alleine in der verlassenen ehemaligen Gaststube zurück, in sich zusammengesackt, vollkommen mitgenommen. Das ist die Strafe, wenn man mehr sein will, als man ist, dachte sie. Sie nahm eines der Blätter auf, die auf dem Tisch lagen, und riss es in viele kleine Streifen. Dann folgten die anderen.

Paul und Christopher waren schon rausgelaufen, doch Johann lief noch einmal zu Ida zurück. »Aber Sie haben doch auch zur Klärung der Sache beigetragen, vergessen Sie das nicht.«

»Ohne mich hätte es gar nichts zum Aufklären gegeben«, sagte sie leise, während sie das nächste Blatt zerriss.

***

So langsam Paul vorhin noch die Dorfstraße entlanggekrochen war, so schnell fuhr er jetzt. Im Vorbeifahren hörte er wieder jemanden etwas rufen, das nicht freundlich klang, und dieser hatte ganz sicher recht, denn Paul hasste es selbst, wenn jemand durch schmale Straßen raste. Noch dazu mit diesem Lärm, aber es war ihm egal. Er sah schon von Weitem, dass die Fahrräder der beiden nicht wie üblich auf dem Rasen lagen, sie waren also immer noch nicht zu Hause. Christopher und Paul versuchten, ihre Kinder anzurufen, aber beide Handys waren ausgeschaltet.

»Ihr müsst an den Strand«, sagte Johann, »ans Bootshaus. Ich fahre direkt ganz nach hinten und gucke bei Sven, vielleicht surfen sie ja noch.«

»Ich kann in Svens Surfschule anrufen«, sagte Christopher, »die wissen vielleicht, ob die beiden da sind.« Er wählte sogleich die Nummer, und Paul und Johann sahen ihn gespannt an, bis er das Telefonat beendet hatte.

»Die beiden sind heute nicht da gewesen.« Christopher dachte angestrengt nach. »Vielleicht sind sie im Krankenhaus. Oder waren da. Rafi hat so etwas gesagt, gestern, glaube ich, dass er zu Henrik will.«

»Okay, dann fahren wir zuerst dahin«, sagte Paul. »Johann, du kannst trotzdem mal ins Bootshaus fahren.«

Christopher stieg mit in Pauls Wagen, und sie fuhren los. »Als du vorhin gesagt hast, Rafael hätte Lilli Angst gemacht, was meintest du damit?«, fragte Paul, als sie auf die B 202 nach Oldenburg abbogen. Er sah kurz zu ihm hinüber und dachte, dass Christopher mit seiner Spiegelglas-Sonnenbrille wie ein Hollywoodschauspieler der siebziger Jahre aussah und eigentlich viel mehr in seinen Porsche passte als er selbst.

»Ich glaube, Rafael wusste von dieser Geschichte mit Miriam, also dass Henrik und Alice sich eventuell trennen wollten«, sagte Christopher. »Vielleicht hat er in Rätseln gesprochen und Lilli damit beunruhigt.«

»Woher wusste er das?«

»Keine Ahnung, vielleicht hat er ein Telefonat mitbekommen oder gehört, wie seine Großeltern sich unterhalten haben. Kinder haben große Ohren, das weißt du doch auch.«

»Allerdings.« Paul wusste, dass Lilli nicht nur auf Gesagtes reagiert hatte, sondern auch auf Unausgesprochenes, und zwar sehr empfindlich. Wenn er und Anna sich im Auto gestritten und später in der Wohnung so getan hatten, als wäre alles in Ordnung, hatte Lilli in der Nacht Bauchschmerzen bekommen oder geweint.

Als sie im Krankenhaus ankamen, suchten sie zuerst den Arzt auf, um zu fragen, wie stabil Henrik Vera war. Der Arzt war nicht begeistert von dem regen Besuch heute, erlaubte den beiden aber ein kurzes, wirklich nur ganz kurzes Gespräch. Und jede Aufregung solle vermieden werden. Es habe sich nämlich gezeigt, dass Henrik Veras Herz nicht mehr so arbeitete, wie es das eigentlich tun sollte. Jede Erregung könne gefährlich werden.

Paul wollte eigentlich noch eine Frage stellen, aber der Arzt eilte mit wehendem Kittel davon, denn sein Piepser hatte sich unentwegt gemeldet.

Henrik Vera lag im Halbdunkel, sie hatten die Jalousien runtergelassen, wohl um den hellen Sommer auszusperren. Er lag mit geschlossenen Augen im Bett und öffnete sie erst, als Christopher sich an sein Bett setzte. Paul blieb an der Tür stehen, er war unruhig.

»Hallo, Papa, ich bin's, Chris.«

»Das sehe ich.« Henrik Vera versuchte ein Grinsen, ansatzweise gelang es ihm. »Gibt es Neues von Alice?«

Christopher schüttelte den Kopf. »Leider nein.« Er schaute kurz zu Paul hinüber, dann wieder zu seinem Vater. Garantiert hätte er seinem Vater gern jetzt sofort erzählt, was sie wussten. Von Miriam, von ihm, vom Ferragosto 1984. Ihm an den Kopf geworfen, dass er an allem schuld war, dass er ein Lügner war, ein Feigling. Dass sie jetzt wussten, warum Alice ihn verletzt hatte.

Henrik hatte Christophers Blick bemerkt und sah zur Tür. Als er Paul dort stehen sah, nickte er kurz, dann schloss er für einen Moment die Augen, als hätte er irgendetwas begriffen, Schlüsse gezogen. »Rafi und seine kleine Freundin waren hier, sie haben mich tatsächlich besucht. Den alten Opa, der jetzt endgültig alt geworden ist, obwohl er das immer auf später verschoben hat.« Er lachte auf, was aber in einem schwachen Husten endete. Er sprach so leise, dass Christopher näher rückte.

Paul hingegen wurde immer unruhiger, er hatte das Gefühl, dass sie hier ihre Zeit vertaten, sie sollten lieber nach den Kindern suchen.

»Weißt du, wo Rafi jetzt ist? Hat er irgendwas zu dir gesagt?«

Henrik verneinte. »Aber du musst auf den Jungen aufpassen, hörst du? Lass ihn nicht aus den Augen.«

Christopher warf wieder einen schnellen fragenden Blick hinüber zu Paul. »Was meinst du damit, Papa? Ist er in Gefahr ... wegen Jakob?«

»Suche ihn und fahr nach Kiel zurück, am besten jetzt gleich.«

»Waren die beiden denn hier?«

»Ja.«

»Wann? Ist das lange her?«, fragte Christopher.

»Keine Ahnung. Jetzt geh, nun mach schon!«

Paul sah, wie Christopher sich auf die Lippen biss, bevor er ihn unsicher anschaute. Auf sein Nicken hin verließen sie zusammen das Zimmer.

Schweigend gingen sie die Klinikflure entlang, bis Christopher stehen blieb, mit vollkommen ratlosem Gesicht, als hätte er jetzt erst begriffen, was sein Vater da eben gesagt hatte. »Paul, was ist hier los?«

»Keine Ahnung, wichtig ist nur, dass wir Rafael und Lilli finden.« Paul ging weiter, zog das Smartphone aus der Tasche und versuchte erneut, Lilli zu erreichen, doch ihr Telefon war immer noch ausgeschaltet.

Auch Christophers Versuch, seinen Sohn zu erreichen, blieb

ohne Erfolg. »Wenn sie vor zwei Stunden im Krankenhaus waren, wo sind sie dann hingefahren?«

»Vielleicht nach Hohwacht«, überlegte Paul, »zu euch. Aber warum sind die Handys aus? Das ist bei Lilli nie der Fall, außer am Strand. Ich hab ihr auch eingeschärft, es möglichst immer anzulassen.« Jetzt wählte er Johanns Nummer, und es dauerte eine Weile, bis sein Vater sich meldete.

»Was denn?«

»Bist du schon am Strand? Sind die beiden da irgendwo?«

»Wie soll ich das wissen, wenn ich keinen Parkplatz finde?«, rief Johann ins Telefon, in dem der Wind rauschte.

»Lass den Wagen einfach irgendwo stehen und lauf zum Strand runter. Ich übernehme das Knöllchen.«

»Und wenn sie ihn abschleppen?«

Paul verdrehte die Augen. »Johann, so schnell sind die doch gar nicht.«

»Aber angenommen. Bezahlst du das dann auch?«

»Jaja! Und jetzt beeil dich bitte.«

Sie waren endlich am Wagen angekommen und hatten beschlossen, sofort nach Hohwacht zu fahren. Als Paul den Wagen startete, dachte er: Lieber Gott, lass die beiden einfach nur dort in den Hängematten im Garten schaukeln. Dann würde er ihnen eine Standpauke halten, und alles wäre wieder gut. Aber er wusste gleichzeitig, dass es so nicht sein würde. Er hatte ein ungutes Gefühl.

Als sie die Hoheluftstraße runterfuhren und Paul den Kreisverkehr vor sich auftauchen sah, fiel ihm ein, wie er mit Heimdahl vorhin schon einmal hier entlanggefahren war. Er dachte an Heimdahls Moralpauke, bei der er schließlich auf Durchzug geschaltet hatte, aber auch daran, dass Heimdahl viel zu nah an den Wagen vor ihnen aufgefahren war. Das tat er fast immer, und Paul hatte es bisher nicht geschafft, ihm das auszutreiben. Es war ein Pick-up gewesen, mit zwei Fahrrädern auf der Ladefläche. Und jetzt erst erinnerte Paul sich, dass nur ein Bremslicht aufgeleuchtet hatte, als der Kleinlaster am Kreisverkehr anhalten musste. Paul wurde klar, dass er den Wagen kannte. Er hatte ein grünes Blatt hinten aufgemalt. Es war der Wagen eines Gärtners.

***

Gegen halb acht kamen sie in Hohwacht an. Kurz vorher hatte Johann angerufen und gesagt, dass er weder die Fahrräder noch die Kinder gesehen habe. Er sei den ganzen Strand abgelaufen, dabei sei erstaunlicherweise sein Wagen von den Schupos unbehelligt geblieben, obwohl er zwei andere Autos zugeparkt habe. Während der Fahrt hatte Paul Christopher von dem Pick-up mit den Fahrrädern erzählt, den er gesehen hatte, und Christopher hatte bestätigt, dass Jakob ein Laubblatt auf die Heckklappe seines Wagens gemalt hatte.

Vor dem Haus stand aber kein Wagen. Und als sie hineingingen, spürten sie sofort, dass niemand hier war, auch im Garten nicht, das ganze Haus war wie ausgestorben.

»Rafi?« Christopher stand im Flur und horchte. »Lilli? Seid ihr hier?«

Es war so still, und diese Stille ließ Paul erschaudern. Jetzt ist dieses Haus, das vorher so voller Leben war, zu einem Totenhaus geworden, dachte er. Das musste schleichend passiert sein, während der letzten Tage. Als er Lilli in Sicherheit gewähnt hatte, genauso wie Christopher seinen Sohn. Sie hatten sich gegenseitig ihre Kinder anvertraut und dies nicht weiter hinterfragt. Ohne zu sehen, dass die Gefahr in unmittelbarer Nähe lauerte. Sie hatten das alles nicht bemerkt.

Christopher lief die Treppen hinauf und ging in den abgetrennten Bereich, in dem Jakob und Sofie wohnten, doch sie waren nicht da. Paul hörte, wie er abermals nach den Kindern rief, aber er bekam keine Antwort.

»Wo ist Jakob nur?« Christopher zog sein Smartphone aus der Hosentasche und versuchte erneut, seinen Bruder zu erreichen. Doch das Telefon war ebenso abgeschaltet wie die ihrer

Kinder. »Bleibt nur noch das Boot«, sagte Christopher, während er das Telefon in die Hosentasche zurücksteckte.

»Ich denke, ihr habt kein eigenes Boot mehr.«

»Haben wir auch nicht, aber er kann das von einem Freund benutzen, es liegt unten am Strand.«

Sofort liefen sie zum Auto zurück, und Paul erinnerte sich plötzlich an die Dinge, die Christopher ihm über Jakob erzählt hatte, als sie mit zu viel Wein im Kopf bei den melancholischen Klängen Neil Youngs beisammengesessen hatten. *Sich mit Sofie ins Meer stürzen … Bleigewichte …*

Als sie am Strand angekommen waren, hielt Christopher eine Weile Ausschau. »Ich find's nicht.« Er holte sein Telefon hervor und wählte eine Nummer. »Christopher Vera hier, sag mal, ist einer von euch mit eurem Boot draußen? Oder hat Jakob es?«

Paul kam das Warten auf die Antwort wie eine Ewigkeit vor.

Endlich beendete Christopher den Anruf. »Von denen ist niemand auf dem Wasser, sie sind alle zu Hause.«

»Verfluchte Scheiße!«, sagte Paul. »Wenn Rafael und Lilli seit dem Morgengrauen unterwegs sind, dann sind sie jetzt seit über fünfzehn Stunden weg. Das würde Lilli nie einfach so machen, ohne sich zu melden, Christopher, niemals.«

Christopher deutete mit der Hand auf die Segelschule. »Ich kenne die Leute dort, die werden uns ein Boot geben. Vielleicht finden wir sie. Einen Versuch ist es wert.«

Paul fragte sich, wo er sie suchen wollte, das Ganze kam ihm sinnlos vor. Aber er hatte keine bessere Idee. »Fahr du raus«, sagte Paul, »ich gehe zurück, vielleicht kommen sie ja doch noch nach Hause.«

Paul ging vor der großen Fensterfront hin und her. Es war noch taghell draußen, aber das Licht hatte die gelbliche Farbe des nahenden Abends angenommen. In knapp zwei Stunden würde die Sonne untergehen, und wenn Lilli dann immer noch nicht zurückgekommen sein sollte, würde er vermutlich durchdrehen. Eigentlich war er jetzt schon kurz davor, riss sich jedoch zusammen. Das tat er die ganze Zeit schon.

Es war auch kein Trost, dass es Christopher genauso ging, im Grunde sogar noch schlimmer, denn dessen ganze Familie fiel gerade auseinander. Er ging in den Garten hinaus, schaute immer wieder aufs Smartphone, ob er nicht einen Anruf von Lilli, Johann oder Christopher verpasst hatte, weil er aus Versehen das Handy auf stumm geschaltet hatte.

Vielleicht waren sie ja wirklich nur zum Angeln rausgefahren, so wie Lilli es erzählt hatte. Und sie hatten die Zeit vergessen. Lilli würde einen Megasonnenbrand haben, und er würde ihr Fenistil besorgen, damit sich die Haut nicht abpellte. Bestimmt würde es so sein. Wo sollten sie denn sonst stecken? Er ging wieder rein und ließ sich auf das Sofa fallen. Eine neue Welle von Angst überrollte ihn. Es war der Anblick der Fahrräder auf der Ladefläche und die Bemerkung Henrik Veras. *Du musst auf den Jungen aufpassen ... Fahr sofort nach Kiel zurück ...*

Die waren nicht auf einer gemütlichen Bootstour draußen, die waren in den Händen eines Verrückten! Paul zog sein Smartphone heraus, um Heimdahl anzurufen und ihm zu sagen, dass er jetzt höchstpersönlich einen Hubschrauber organisieren würde, um die Küste abzusuchen, und wenn dies seine letzte Handlung als Kommissar war.

Er saß mit dem Rücken zur Tür, als er hinter sich ein Geräusch hörte.

»Papa?«

Die Stimme war so leise und dünn, dass er dachte, sie stamme von einem Phantom. Waren dies die Nachwirkungen des Geisterhotels ein paar Straßen weiter, dessen Aura bis hierher reichte?

Lilli und Rafael standen in der Wohnzimmertür und sahen Paul mit ebenso großen Augen an wie Paul sie. Er stand langsam auf und ging auf die beiden zu. Einerseits war eine zentnerschwere Last von ihm gefallen, aber die Lücke, die dadurch entstanden war, wurde sofort von Wut ausgefüllt.

»Wo zum Teufel wart ihr?« Paul spürte, dass ihm Tränen in die Augen stiegen.

Die beiden sahen sich nur kurz an, sagten aber nichts.

»Wir haben doch vorhin nach euch gerufen, habt ihr das nicht gehört?«

»Doch, schon …« Lilli war die Erste, die antworten konnte. »Wir haben uns nicht getraut.«

»Getraut?« Paul war verblüfft, mit so einer Antwort hatte er nicht gerechnet. »Was meinst du damit?« Er merkte jetzt selbst, dass er anders mit ihnen reden musste. Er atmete einmal tief durch. »Jetzt setzt euch, und dann erzählt ihr mir alles, okay? Ich fress euch schon nicht.«

»Da bin ich nicht so sicher«, sagte Lilli seltsam kleinlaut, was Paul sofort wieder aufhorchen ließ.

»Also, raus damit, was habt ihr angestellt?« Paul lächelte sie aufmunternd an. »Habt ihr Kaugummis bei Edeka geklaut? Oder Fleischesser in der Metzgerei beleidigt?«

Rafael, der die ganze Zeit sein Smartphone in der Hand gehalten hatte, reichte es jetzt Paul. »Deshalb.«

»Na, jetzt bin ich aber gespannt.« Paul nahm das Gerät entgegen, schaute, runzelte die Stirn, vergrößerte das Foto, schaute wieder. Dann ließ er das Telefon langsam sinken. »Woher stammt die Aufnahme?«

»Aus dem Internet, neueste Meldung von der Polizei, habe ich runtergeladen«, sagte Rafael ganz leise.

»Und deshalb seid ihr nicht ans Telefon gegangen? Wisst ihr, dass ich fast verrückt geworden bin vor Sorge?«

»Wir haben gedacht, du hast das rausgefunden und hast uns deshalb die ganze Zeit angerufen«, sagte Lilli, den Tränen nahe. »Weil ja Christopher auch die ganze Zeit versucht hat, Rafi zu erreichen. Das Bild haben jetzt doch schon so viele gesehen, die suchen uns bestimmt schon. Rafi ist ganz deutlich zu erkennen.«

Paul holte tief Luft, dann hob er seinen Hintern an, damit er besser in die Hosentasche kam, aus der er nun einen völlig zerknitterten Zettel zog.

»›Kannst du nachts noch ruhig schlafen? Fahr doch gleich mit dem Kreuzfahrtschiff zum Einkaufen.‹«

Er ließ den Zettel sinken, den Kopf zurückfallen und stöhnte laut auf. Als er wieder aufsah, blickte er in zwei vollkommen aufgelöste Gesichter, an denen er nur schwer ablesen konnte, was in den Gehirnen dahinter vor sich ging. Vermutlich alles auf einmal. Angst, Sorge, Erleichterung, denn im Grunde war es ja jetzt raus.

»Ihr seid so bescheuert, dass es wehtut«, sagte Paul und stand auf. »Und ihr wollt schon so erwachsen sein?« Kopfschüttelnd ging er hin und her. Jetzt wäre eigentlich die größte Strafpredigt fällig, die ihm einfallen würde, aber er merkte, dass er nicht mehr konnte.

Dieser Tag hatte um drei Uhr morgens begonnen, er hatte drei okkulte Rentenbetrüger entlarvt, mit Toten in Urnen kommuniziert, hatte sich von Heimdahl eine Moralansage angehört und mit diesem dann den Nachmittag blaugemacht und zu viel Wein getrunken, war im Hirschfänger auf den wahren Grund gestoßen, warum die Familie Vera ins Verderben gestürzt wurde. Und wäre beinahe verrückt geworden, weil diese beiden Pappnasen wie vom Erdboden verschluckt waren und sich jetzt auch noch als fehlgeleitete Umweltaktivisten entpuppten.

Die beiden hatten ihn keine Sekunde aus den Augen gelassen, während er im Zimmer umhergelaufen war, als würde er sich gerade die größtmögliche Strafe ausdenken. Stattdessen setzte Paul sich auf das Sofa, beiden gegenüber. Er hielt immer noch den Zettel in der Hand.

»›Mit dem Kreuzfahrtschiff zum Einkaufen‹, das kam mir schon irgendwie bekannt vor.« Er sah Lilli an.

Rafael stieß Lilli in die Seite. »Ich hab dir gleich gesagt, dieser Spruch ist dämlich. Und unlogisch noch dazu«, zischte er leise, doch Paul hatte es trotzdem gehört.

»Dämlich und unlogisch war diese ganze Aktion, verdammt noch mal. Ihr hattet doch so viel zu tun hier, den Surfkurs, den Strand, von der ganzen Aufregung um deine Großeltern einmal abgesehen. Hattet ihr solche Langeweile, dass ihr Autos beschädigen musstet?«

»Wir haben sie doch gar nicht beschädigt«, sagte Lilli, »die Farbe ist wasserlöslich, die geht ganz leicht wieder ab.«

»Die Leute haben einen Schreck bekommen, sie hatten Mühe, das Zeug abzuwaschen, sie mussten Geld für die Autoreinigung ausgeben«, sagte Paul ernst.

»Wenn die sich so einen teuren SUV leisten können, dann tut denen eine Waschanlage nicht weh«, meldete sich Rafael wieder etwas mutiger zu Wort.

»Ihr habt nicht zu entscheiden, für was die Leute ihr Geld ausgeben. Außerdem ist so ein Übergriff auf das Eigentum von jemandem für diesen sehr belastend. Es ist wie eine persönliche Bedrohung, manche kriegen davon richtig Angst.«

Stumm saßen die beiden da.

Paul holte tief Luft. »Ihr wolltet denen sagen, dass es eine schlimme Umweltsünde ist, so viel Benzin zu verbrauchen. Obwohl ich ehrlich gesagt die Attitüde dieser SUV-Fritzen fast noch schlimmer finde.«

»Was ist eine Attitüde?«, fragte Lilli.

»Die ganze Haltung, ihre Lebenseinstellung überhaupt, die ... ach egal.« Paul hätte sich gerne über diese Leute ausgelassen, die auch ihn nervten, aber damit würde er sich gewissermaßen auf die Seite der Straffälligen schlagen. »Übrigens ist mein Auto für eine Umweltaktivistin auch nicht gerade politisch korrekt, zumindest was den Benzinverbrauch angeht.«

»Echt?«, fragte Lilli erstaunt. »Wie viel verbraucht er denn?«

»Wenn er richtig gut drauf ist, über zwanzig Liter.«

»Wow, das wusste ich gar nicht.«

»Ein Porsche aus dem Jahr 72 war wohl nicht in eurem Autoquartett?«

»Nein, wir haben eins nur für SUVs gefunden, bei Johannsen«, sagte Lilli. »Was passiert denn jetzt? Kriegen wir eine Anzeige?«

»Vermutlich.«

Die Gesichter der beiden verfinsterten sich noch mehr. »Kannst du nicht Martin fragen, ob er die irgendwie löschen kann?«

»Den Teufel werde ich tun. Ihr könnt selbst gucken, wie ihr da wieder rauskommt.«

»Wie denn?«

»Indem ihr euch stellt.«

»Was?«, riefen beide gleichzeitig.

»Wir machen das so: Sollte eine Anzeige eingehen, dann trabt ihr beide dorthin, entschuldigt euch, bietet eure Hilfe bei der nächsten Autowäsche an und habt euch damit vielleicht rehabilitiert.« Dass bereits Anzeigen eingegangen waren, behielt er erst einmal für sich. Er wusste nicht, wie viel er den beiden noch zumuten konnte.

»Niemals werde ich einen SUV waschen!«, rief Lilli, die dabei aufgestanden war und die Hände in die Hüften gestemmt hatte.

Hier war sie wieder, seine entschlossene und kämpferische Lilli, was Paul eigentlich gefiel, er aber jetzt nicht explizit gutheißen durfte. »Auch gut. Dann brummt eure Strafe ab. Ein paar Stunden gemeinnützige Arbeit werden euch bestimmt nicht schaden. Jetzt mal was anderes. Wisst ihr, wo Jakob steckt?«

Die beiden schüttelten die Köpfe.

»Er hat uns im Krankenhaus getroffen«, sagte Rafael. »Dann hat er uns mitgenommen, mit den Rädern, weil wir so schlapp waren. Wir waren ja schon seit Sonnenaufgang am Strand. Sofie war auch dabei.«

»Und wohin wollten sie, nachdem Jakob euch hier abgesetzt hat?«

»Keine Ahnung, wir haben nicht gefragt. Er ist doch ständig mit Sofie unterwegs.«

»Wie war Jakob? War er anders als sonst?«

»Nee. Wieso?«

Pauls Smartphone summte, es war Johann. »Alarmstufe ist aufgehoben«, sagte Paul sofort. »Die Kinder sind in Hohwacht.«

»Und mir, dem armen alten und gebrechlichen Opa, sagt niemand Bescheid?«, beschwerte sich Johann.

»Ich weiß es doch selbst erst seit ein paar Minuten.«

»Na, immerhin ist alles gut gegangen. Soll ich mit dem Abendbrot auf euch warten?«

In diesem Moment überkam Paul ein so tiefes und warmes Gefühl, eine Sehnsucht nach Geborgenheit, Familie, vertrauter Umgebung. Die Küche ihres alten Hauses in Beyenburg erschien plötzlich vor seinen Augen, wechselte über in Johanns neue Küche in Havgart, in der noch die Möbel aus dem alten Haus standen, dazu stieg der erinnerte Geruch von Pfefferminztee und belegten Broten in seine Nase, sodass er für einen Moment die Augen schloss.

»Bist du noch da, Junge?«

»Es kann spät werden, Johann, du musst nicht auf uns warten.« Obwohl Paul sich im Moment nichts sehnlicher wünschte.

»Aber ein gemeinsames Frühstück wäre toll.«

»Ich will nach Hause, zu Opa«, sagte Lilli müde.

»Johann, wir kommen doch.«

Paul sah, wie erschöpft die beiden waren. Nicht nur er war seit dem Morgengrauen auf den Beinen. Auch die beiden hatten einen langen Tag hinter sich, der zudem noch von der Sorge bestimmt gewesen war, welche Konsequenzen ihre Autoaktion haben würde. Die Wut über diese Dummheit war endgültig verflogen. Er schaute auf die Uhr und fragte sich, wo Christopher abgeblieben war. Er nahm wieder das Smartphone auf und wählte dessen Nummer, aber es meldete sich niemand. »Ich schicke deinem Vater eine Nachricht, Rafael, damit er sich keine Sorgen mehr machen muss.«

»Wo ist Papa überhaupt?«, fragte Rafael.

»Ich glaube, er ist bei Jakob und Sofie.«

Paul beschloss, Rafael heute nichts über ihre neuen Erkenntnisse mitzuteilen. Rafael würde eine weitere Belastung vielleicht gar nicht mehr aushalten. Paul würde Christopher auch schreiben, dass er die Polizei verständigen solle. Er selbst war jetzt erst einmal raus, alles Weitere war nicht mehr sein Job. Er hatte die Kinder wieder, das war alles, was ihn interessierte.

»Du kommst am besten auch mit, du musst nicht alleine hierbleiben«, sagte er dann zu Rafael.

Paul sah, wie Rafael erleichtert aufatmete. »Also erzählst du meinem Vater erst einmal nichts?«

»Heute bestimmt nicht mehr. Ich rede morgen in aller Ruhe mit ihm. Und jetzt macht euch keine Sorgen mehr, es gibt für alles eine Lösung.«

Auch Lillis Gesicht entspannte sich, trotz der Müdigkeit. »Dann bist du nicht mehr sauer?«

»Nein, ich bin einfach nur froh, dass ihr wieder da seid und dass euch nichts passiert ist.«

***

Christopher war bereits an der Segelschule, als er das Boot sah. Es war noch weit draußen, also blieb er am Strand stehen und spähte angestrengt hinaus, konnte aber nur seinen Bruder im Boot sitzen sehen, eine Hand an der Steuerpinne. Unruhig ging Christopher auf und ab, seine Geduld war am Ende. Als Jakob in Strandnähe war, schaltete er den Motor aus, legte den Außenborder um und ließ das Boot anlanden, bevor er in aller Seelenruhe ausstieg.

»Wo warst du verdammt noch mal?«, rief Christopher ihm zu.

Jakob zog das Boot ein Stück den Strand hinauf, er beachtete seinen Bruder gar nicht.

»Wo sind die Kinder? Du hast sie aus dem Krankenhaus abgeholt. Wo hast du sie hingebracht? Wo ist Sofie?« Christophers Stimme überschlug sich, er konnte die Anspannung der letzten Stunden nicht mehr kontrollieren.

Jakob betrachtete ihn eine Weile. »Was ist denn mit dir los?«

Christopher machte einen Schritt auf ihn zu. »Bist du jetzt vollkommen verrückt geworden?«, schrie er. »Die Kinder sind verschwunden, Sofie ebenfalls, und du fragst mich, was mit mir los ist?«

»Beruhige dich, die Kinder sind bei uns zu Hause.«

»Nein, sind sie eben nicht. Und Sofie auch nicht.«

»Um unsere Schwester brauchst du dir keine Sorgen mehr zu machen, ihr geht es gut.«

Christopher starrte seinen Bruder an, dann sah er kurz aufs Meer hinaus, das in der abendlichen Sonne so friedlich dalag. »Was hast du mit ihr gemacht?«, fragte er leise, als hätte er Angst vor seinen eigenen Worten und der Antwort.

»Das geht dich nichts an.«

Jakobs Gesicht war entspannt, als hätte er mit all den Geschehnissen gar nichts mehr zu tun. Er hatte sich verändert, das wurde Christopher jetzt klar, und das beunruhigte ihn noch mehr. In gewisser Weise ähnelte Jakobs Gesichtsausdruck dem von Alice, nachdem sie auf Henrik eingestochen hatte. Er hatte dasselbe zufriedene Gesicht, als wäre er mit sich im Reinen.

»Was hast du da draußen gemacht?«

Jakob sah seinem Bruder lange in die Augen. »Ich habe mich verabschiedet.« Er lächelte. »Ich glaube, so könnte man es nennen.« Er wandte sich zum Gehen ab. »Willst du mich begleiten? Dann kannst du sicher sein, dass ich es ernst meine.«

»Wovon redest du? Wohin soll ich dich begleiten?«

»Zur Polizei. Dann können wir das Ganze endlich zu einem Abschluss bringen. Ich hasse angefangene Sachen, das weißt du doch.«

Dienstag

Als Christopher gestern spät angerufen und ihm mitgeteilt hatte, dass Jakob sich gestellt habe, war eine Riesenlast von Paul gefallen. Rafael und Lilli hatten Pauls Telefonat mit angehört; der Junge war in Tränen ausgebrochen, und als Paul ihn später gefragt hatte, ob er lieber wieder nach Hohwacht zu seinem Vater wolle, hatte er energisch den Kopf geschüttelt. Er war dann mit Lilli hinaufgegangen, und beide waren kurz darauf eingeschlafen.

Paul stand auf dem Balkon seines Zimmers und schaute in die Wolken. Als hätte sie jemand bestellt, damit sie all den Hass, die Trauer, die Wut mitnähmen. Es war bereits neun Uhr, aber er hatte keine Lust, sich unten in den Salon zu setzen. Am liebsten würde er nach Hamburg zurückfahren und gleich morgen mit seinem Vorgesetzten Klaus Hiller reden. Und er wollte mit Zoe Lauritzen reden und bei dieser Gelegenheit auch das Zimmer vorzeitig abgeben. Er war hier fertig.

Er fand Zoe in einem der Wintergärten, in dem die Yogakurse stattfanden. Sie war gerade dabei, die Fenster zu schließen.

»Der nächste Sturm kommt«, sagte Paul, als er eintrat.

Zoe wandte sich ihm zu. »Ja, mal wieder.«

»Christopher hat schon mit dir geredet, hat er mir gesagt.«

»Es war also tatsächlich Jakob. Ich hatte zwischendurch immer mal wieder daran gedacht, andererseits …« Zoe seufzte. »Was genau ist denn passiert?«

»Idas Geschichte aus dem Schreibkurs hat alle seine Fragen beantwortet, die er sich seit dieser Unglücksnacht mit Sofie gestellt hat, jeden Tag aufs Neue. Wo waren Papa und Mama?«

»Aber er muss doch gewusst haben, dass Alice mit Christopher in Schweden war«, entgegnete Zoe.

»Als Fünfjähriger, dazu in einer Stresssituation, bringt man schon mal Dinge durcheinander. Und das hat man ihm wohl gesagt. ›Jakob, du hast dich vertan, deine Mama ist doch gar nicht in Hohwacht‹ oder irgendwie so was. Dass er Miriam gesehen hat, das hat Henrik ihm natürlich nicht verraten.«

»Und Henrik hat die ganzen Jahre über mit diesem Wissen gelebt?«, sagte Zoe nachdenklich. »Wie schrecklich. Wie geht das?«

Paul zuckte mit den Schultern. »Gar nicht, das siehst du ja nun.«

»Und dann ist Jakob in der Sturmnacht zu meiner Mutter gefahren und hat sie umgebracht.«

Paul nickte. »Er hat sie vorher angerufen und ihr gesagt, er müsse dringend mit ihr reden, wegen der Hochzeit. Deshalb ist deine Mutter im Hotel geblieben. Jakob hat ihr dann erzählt, was er durch Ida erfahren hatte. Dass sie, also Miriam und Henrik, in der Nacht im August zusammen waren und Henrik wegen ihr seine kranke Tochter vernachlässigt hat.«

Zoes Blick wanderte die ganze Zeit im Garten umher, als sähe sie Miriam und Jakob draußen herumlaufen.

»Jakob ist ausgerastet«, fuhr Paul fort, »ist auf sie losgegangen, draußen, auf der Terrasse vor der Bibliothek. Miriam ist gefallen und mit dem Kopf auf die Balustrade geschlagen. Sie war auf der Stelle tot, sagte Jakob. Er hatte so einen Hass auf diese Frau. Sie war nicht nur mit schuld an Sofies Unglück. Jetzt wollte sie den Preis für diesen verfluchten Schwur einfordern.«

»Aber wollten Alice und Henrik das nicht auch?«

»Ganz ehrlich? Ich glaube das nicht«, entgegnete Paul, »die beiden haben das nach wie vor nicht ernst genommen.«

Zoe seufzte wieder. »Ich weiß mittlerweile nicht mehr, was ich noch denken oder fühlen soll. Auch in Bezug auf Miriam. Ihre Lebensaufgabe war es doch eigentlich, uns einen Ort in uns selbst zu zeigen, in dem wir ganz zu uns kommen und in uns ruhen können. Stattdessen hat sie eine zerstörerische Kraft freigesetzt.«

Als hätte Miriam die Dämonen wieder freigelassen, die sie in der Hochzeitsnacht eingefangen hatte, um die Braut, um Alice zu beschützen, dachte Paul. »Jakob hat Miriam dann in dieses Boot gelegt. Als der Sturm nachließ, hat er sie raus aufs Meer gebracht.«

Zoe nickte langsam. Dann ging sie zu einem der Fenster des Wintergartens und schaute lange hinaus. »Ich habe eine Mutter verloren, die ich im Grunde nie hatte«, sagte sie.

»Mach trotzdem weiter.« Er stellte sich neben sie und schaute ebenfalls hinaus. »Halte an deinen Plänen fest, baut zusammen dieses Hotel aus. Es ist es wert.« Vor allem, wenn keine bösen Kater und andere Xanthippen hier ihr Unwesen trieben.

Er blieb noch einen Moment, trank mit Zoe einen Kaffee und informierte sie auch über seine morgige Abreise.

»Wir haben mehr Anfragen als verfügbare Zimmer«, sagte Zoe und drückte ihm einen Kuss auf die Wange. »Du hast für frischen Wind gesorgt zwischen all den Senioren, Paul, danke dafür. Du kannst jederzeit wieder hier Urlaub machen. Umsonst, versteht sich.«

Paul lachte. »Ich werde bestimmt drauf zurückkommen.« Obwohl er da nicht so sicher war.

Auf dem Weg nach Havgart gingen Paul Zoes Worte durch den Kopf. Er hatte vielleicht wirklich für frischen Wind gesorgt, dafür aber auch drei der ältesten Stammgäste … nun ja, verscheucht. Paul traf zeitgleich mit Christopher in Havgart ein. Christopher hatte ihn vorher angerufen und ihm gesagt, dass er Rafael nach Hause bringen wolle.

»Wurde eure Schwester gefunden?«, fragte Paul sogleich.

»Sie suchen nach ihr. Jakob hat nach dem Geständnis den Mund nicht mehr aufgemacht, genauso wie Alice, es ist unfassbar. Meine Familie besteht nur aus Verrückten.«

Die beiden Männer standen auf der Veranda vor Johanns Haus, während Rafael seine Sachen zusammenpackte.

»Wie geht es deiner Tochter?«, fragte Christopher.

»Ich denke, gut. Sie wird vermutlich erst richtig zu sich kommen, wenn wir wieder in Hamburg sind«, sagte Paul.

Christopher schüttelte verärgert den Kopf und seufzte. »Ich

hoffe nur, diese Autogeschichte zieht nicht noch weitere Kreise. Ich habe ihm ordentlich die Ohren lang gezogen.«

»In diesem Alter ist man immer gegen irgendwas«, entgegnete Paul. »Im Grunde können wir froh sein, dass sie eine Meinung haben und sich einmischen. Und sie können sich ruhig den Konsequenzen stellen, finde ich.« Paul betrachtete Christopher einen Moment. »Es tut mir unendlich leid, was passiert ist. Wie wird es weitergehen?«

»Henrik wird wieder in sein Haus zurückkehren, aber nur, um wieder zu Kräften zu kommen. Ich kann mir gut vorstellen, dass er alles verkauft und ganz woanders hingeht. Was mit Alice passieren wird, das steht in den Sternen.«

»Es wird auf versuchten Totschlag hinauslaufen, vermutlich sogar Totschlag im Affekt, was sich strafmildernd auswirken wird. Mit ganz viel Glück ist sie in ein paar Jahren wieder draußen. Aber bei Jakob … ich weiß es nicht.« Paul legte seine Hand auf Christophers Arm. »Kümmere dich um deinen Sohn. Er ist so ein prima Kerl. Ich bin froh, dass Lilli ihn zum Freund hat. Den Kindern gehört die Zukunft, und wir müssen auch weitermachen. Was die Alten machen …« Paul holte tief Luft, dann winkte er ab. »Lass sie doch machen, was sie wollen.«

Die beiden Männer sahen sich an, beide lächelten traurig.

Kurz darauf verabschiedeten sie sich voneinander. Lilli ging mit Rafael hinters Haus, sie wollten sich in Ruhe Tschüs sagen, ohne von ihren Vätern beobachtet zu werden oder sich nervige Kommentare anhören zu müssen. »Wir treffen uns in den Herbstferien wieder, zum Surfen«, sagte Lilli, als sie zum Auto gingen.

Johann, der mit rausgekommen war, freute sich. »In meinem Haus ist immer ein Platz für Rafael frei.«

Als sie gefahren waren, standen Paul und Lilli noch einen Moment auf der Veranda.

»Es ist auf einmal alles so anders, jetzt, wo Rafael nicht mehr da ist«, sagte Lilli traurig. »Ich weiß gar nicht, was ich machen soll.«

Paul dachte einen Moment nach, dann fiel ihm ein, dass heute ordentlicher Seegang herrschte. »An den Strand und mit den Wellen kämpfen?«

Lilli lief sofort los. »Hole meinen Badeanzug.«

Die Ostsee war in Aufruhr; vorne brachen große Wellen an den Strand, dahinter durchzogen die weißen Streifen der Schaumkronen das Grau der See, die den bedeckten Himmel spiegelte. Jede Menge Surfer waren weit draußen. Es war gar nicht so einfach, hineinzukommen, und beide überließen sich dem Wechselspiel der Wellen, den sich vor ihnen auftürmenden Brechern, die ihnen die Füße wegrissen und sie ins Meer zogen, bevor sie herumwirbelten wie in der Schleuder einer Waschmaschine, bis sie wieder den Sandboden unter den Füßen spürten.

Lange kämpften sie mit den Wellen, und Lilli war so ausgelassen und fröhlich, als hätte sie für einen Moment vergessen, was in der letzten Woche alles geschehen war. Paul machte mit den Händen Hühnerleiter und katapultierte Lilli in hohem Bogen in die nächste Welle. Dann versuchten sie, über die Brandungszone hinauszukommen, und kraulten weit hinaus, wo sich die Wellen nicht mehr brachen. Hier konnten sie sich ausruhen und treiben lassen. Mal befanden sie sich auf der Höhe einer Woge, dann wieder in einem Tal, und Paul spürte die ungeheure Macht der See, auf deren Oberfläche sie lagen wie Spielzeuge. Im Grunde waren sie ja auch nichts anderes, zwei unbedeutende Geschöpfe auf dem Wasser, das auch ohne sie da sein würde. Sie selbst konnten lediglich versuchen, oben zu bleiben, konnten Richtung und Tempo bestimmen, aber die großen Entscheidungen, die trafen immer noch die höheren Mächte. Eine ungünstige Strömung, ein plötzlicher Wetterumschwung, und sie würden absaufen, ohne dass es jemand mitbekam. So wie im Leben auch.

Als sie abgekämpft und durchgefroren wieder am Strand angekommen waren, wandte Paul sich noch einmal der See zu. Er dachte an das erste Treffen mit Christopher Vera, als sie Lilli und Rafael beim Surfen zugeschaut hatten; zwei stolze

Väter, die ihre Kinder bewunderten. Christopher hatte ihm von den Sanierungsplänen für das Hotel erzählt und auch die geplante Familienfeier erwähnt: *Sommerferien mit der Verwandtschaft ... wenn das kein Abenteuerurlaub wird.*

Es war weit über ein Abenteuer hinausgegangen, es war zu einer Katastrophe geworden. Und er und Lilli mittendrin. Sie waren mitgerissen worden, wie die Wellen sie eben ins Meer gezogen hatten. Gleichzeitig hatte sich etwas in seinem Kopf gelöst. Als hätte das Herumwirbeln in der Brandung seine Gehirnzellen neu sortiert. Er wusste auf einmal, in welche Richtung sein Leben laufen sollte.

Johann war nicht zu Hause, als sie wieder in seinem Haus ankamen. Paul hätte sich gerne eines von Johanns Bierchen genehmigt, aber im Kühlschrank war keines mehr. Also ging er in den Schuppen, um nach eventuellen Vorräten Ausschau zu halten. Als er die Schuppentür öffnete, blieb Paul erstaunt stehen. Überall, auf jeder verfügbaren freien Fläche, standen sie: Marder, Auerhahn, Hermelin, die Stockenten, Fuchs und Dachs, sogar der fette Seewolf war anwesend. Alle sahen ihn an, als wollten sie sagen: *Siehst du? Wir sind nicht tot, alles geht weiter!*

Paul lächelte und schüttelte den Kopf. Also war Johann ebenfalls zu dem Müllcontainer zurückgegangen und hatte das Erbe des Hauke Liebe gerettet. Aber Bier gab es auch hier nicht, also machte Paul sich auf den Weg zum Hirschfänger. Dort saßen sie wieder, Johann, Ida und Olaf. Jeder hatte ein Bier vor sich, und sie beendeten schlagartig ihre Diskussion, als Paul durch den Vorhang lugte.

»Störe ich?« Paul trat ein. »Was ist denn hier los?«

»Nix ist los«, sagte Ida müde. »Es ist also wahr ... der Jakob.« Traurig ließ sie den Kopf hängen.

»Leider ja.« Paul setzte sich zu den dreien an den Tisch.

»Gut, dass das nicht schon wieder hier in Havgart passiert ist«, sagte Olaf, ebenfalls ohne Elan in der Stimme. »Sonst macht hier bald keiner mehr Urlaub, bei so viel Mord und Totschlag.«

»Ich rege mich über gar nichts mehr auf«, sagte Ida. »Aber wo ist Sofie? Was hat er mit Sofie gemacht?«

»Ich weiß es nicht«, entgegnete Paul.

Johann schien von alledem gar nichts mitzubekommen, er kaute auf seinem Zigarillo herum und dachte sehr angestrengt nach.

Paul sah einen nach dem anderen an. »Aber das Leben wird weitergehen, so tragisch das Ganze auch ist.«

»Die Frage ist aber, *wie* es weitergeht, wenn man nicht weiß, was man machen soll?« Ida hob mahnend die Stimme, um den Nachsatz zu betonen, und sah dabei Olaf an.

Paul war verwundert. »Inwiefern?«

»Der Käufer ist zurückgetreten«, sagte Olaf. »Hennys Anwalt hat vorhin angerufen. Er hat ein anderes Objekt gefunden, das besser passt.«

»Ja und? Was habt ihr damit zu tun?«, fragte Paul.

»Der Herr hier kann sich nicht entscheiden«, sagte Ida mit Blick auf den Ex-Kellner, »und so was geht mir auf die Nerven. Ich würde ja meine Hilfe anbieten. Aber Herr Olaf weiß nicht, was er will.«

»Ich hätte ja meine Anlage zum Bierbrauen«, sagte Johann jetzt, »vielleicht reicht die fürs Erste.«

»Wovon redet ihr?« Paul dachte eine Weile nach, dann hatte er eine leise Ahnung. »Wollt ihr eine Kneipe aufmachen? ›Hirschfänger zwei Punkt null‹?« Er lachte.

»Seht ihr?«, sagte Olaf, »er findet das genauso lächerlich. Sag ich doch.«

Paul blieb das Lachen im Hals stecken. »Das ist nicht euer Ernst!« Gleichzeitig stand er auf und ging in der ehemaligen Gaststube umher, von der bis auf den Tresenbereich nichts mehr da war. Die dunkle Vertäfelung hatte Olaf bereits entfernt, der Raum wirkte größer und einladender. Ein seltsames Kribbeln zog über Pauls Rücken, in seinem Kopf ploppten auf einmal ganz viele Denkblasen auf. Ganz so wie die Sprechblasen in einem Comic, die über den Köpfen schwebten. In einer war der leckere Kaffee, den Olaf serviert hatte, die Kokosmakrone, Johanns ebenfalls ziemlich gutes Bier in einer anderen Blase. Dazu Charlottes Durchhalteparole mit der neuen Tür, die sich öffnen würde, wenn eine alte zufiel. Er erinnerte sich, dass Olaf genau in dem Moment, als er daran gedacht hatte, durch die Tür des Hirschfängers getreten war, aber nicht wusste, warum.

Als Paul zurück Richtung Tisch blickte, waren drei Augenpaare auf ihn gerichtet. Als letztes Bild tauchte das Gesicht des Hasen Hauke in seinem Kopf auf, das ihn angrinste. »Anständiges Essen, gutes Bier … vielleicht Livemusik … einen Biergarten … selbst gebackenen Kuchen … ihr sagt doch immer, die würden hier so viel Kuchen essen … der Kaffee ist schon mal super … wir könnten sogar –«

Es knallte so laut, dass Paul zusammenfuhr. Es war Ida gewesen, die mit der Faust auf den Tisch gehauen hatte. »Meine Herren, da haben Sie's.« Sie hatte feuerrote Bäckchen. »Das ist ein Mann der Tat, da können Sie sich ein Stück abschneiden. Olaf, der hat …« Ida verstummte, dann sah sie Paul an. »Haben Sie gerade ›wir‹ gesagt? Sind Sie denn nicht mehr bei der Polizei?«

»Nein, ist er nicht«, sagte Johann und stieß feine Rauchkringel aus.

Pauls Blick wanderte von Ida hinüber zu seinem Vater. »Woher weißt du das? Hat Heimdahl geplappert?«

»Dachtest wohl, der alte Knacker würde das nicht merken, was? Außerdem bin ich Detektiv, schon vergessen?«

✳✳✳

Paul und Lilli hockten auf dem Geländer der Veranda vor Johanns Haus und schauten in den Garten. Die dunklen Wolken waren abgezogen, und ihnen waren weiße gefolgt, die jetzt über den blauen Himmel zogen, so schnell, dass Lilli schwindelig wurde und sie sich an Paul festhalten musste.

»Willst du wirklich schon wieder nach Hamburg zurück?«, fragte sie.

»Ich muss was klären, was Berufliches. Willst du mit?«

Lilli zuckte mit den Schultern. »Ich weiß nicht.«

Durch die offene Tür hörten sie Johann mit Geschirr klappern. »Wenn jemand an einem Abendbrot interessiert ist, bitte schön. Zwingen tue ich ja niemanden.«

Paul und Lilli sahen sich amüsiert an. »Ich bleibe noch, ich werde Opa vermissen, obwohl er manchmal ganz schön nervt.«

Johann hatte eine Kanne Pfefferminztee auf den Tisch gestellt, den er jeden Abend trank, bevor er zum Bier überging.

Lilli kam an den Tisch und überflog die Sachen, die dort standen. Dann hockte sie sich vor den Kühlschrank und spähte hinein.

»Keine Sorge«, sagte Johann kauend und schlürfte lautstark seinen Tee. »Deine Weltraumwurst hat niemand aufgegessen. Vor dieser Art Nahrungsmittel fürchte ich mich nämlich.«

»Geht das schon wieder los.« Paul gähnte einmal und setzte sich an den Tisch, das ausgiebige Baden in der tosenden See und der Wind hatten ihn ausgelaugt. »Hast du Bier besorgt, Johann?«

»Selbstredend.«

Lilli kam mit ihren Pasten an den Tisch und setzte sich. »Hierfür wurde kein Tier gefoltert und ermordet.«

»Ohne Fleisch geht der Mensch zugrunde«, sagte Johann. »Und gerade du brauchst es, du wächst doch noch. Du wirst verkümmern und kleinwüchsig werden. Kurze O-Beine kriegen, und das Gehirn wird zurückbleiben.«

»Klar, vor allem beim Memory sieht man ja, wessen Hirn zurückgeblieben ist.«

»Schluss damit«, sagte Paul. »Johann, deine Enkelin ist ein gesundes und munteres Mädchen, sie hat noch nicht einmal Eisenmangel, und ich hätte jetzt gern ein Brot mit deiner leckeren Leberwurst.«

Eine Weile aßen sie schweigend, und Paul war dankbar dafür, dass seine Tochter wieder ganz die Alte war. Auf einmal hatte er das Gefühl, als seien sie alle in der Zeit um eine Woche zurückgesprungen. Hier in Johanns Küche war alles so wie immer. Auch im Februar hatte er immer gedacht, dass die Zeit hier anders war, jetzt war es wieder ganz genauso. Das Leben setzte dort an, wo es vor einer Woche aus der Spur geraten war. So, als ob die dazwischenliegenden Ereignisse überschrieben werden sollten.

»Stimmt das, was Opa gesagt hat, Papa, dass du ein ganzes Jahr freimachen willst?«, fragte Lilli plötzlich.

Paul überlegte, was er antworten sollte. Es war ungewohnt für ihn, jetzt auch mit Lilli über seine Pläne zu reden. Zumal er sich nicht mehr ganz so sicher war wie noch vorhin beim Schwimmen. Da hatte er sich für ein Sabbatjahr entschieden. Ein Jahr lang kein Kriminalbeamter zu sein, das war die Idee gewesen. Natürlich war dies auch wieder nur ein Aufschieben von Entscheidungen, aber besser, als einfach so weiterzumachen wie zuvor.

»Ich glaube, ja«, sagte er und legte das Brot auf den Teller zurück. »Ich muss das noch mit meinem Chef abklären.«

»Und was machst du dann? Kriegst du überhaupt Geld?«

Paul lächelte. »Nein, Geld verdiene ich dann nicht. Ich muss mir also etwas einfallen lassen.«

»Warum macht ihr nicht eine Bar auf? Hier in Havgart«, sagte Lilli und öffnete ein neues Glas mit Auberginenpaste. »Ich war im Gutsladen, und da haben sich welche unterhalten. Über den Hirschfänger, der jetzt zu ist.«

»Ach«, sagte Johann, »was haben sie denn so geredet?«

»Weiß nicht mehr genau. Aber die Verkäuferin hat gesagt, die Leute wollen ein Café haben, wo man auch tanzen kann.« Sie wandte sich an Johann. »So was für dich und Ida, wo man dann zu zweit tanzt, zu Schlager und so.«

»›Tanztee‹ nennt man das«, erwiderte Johann und sah Paul an. »Ja, hab ich schon drüber nachgedacht. Ich selbst könnte dann natürlich nicht mitschwofen, ich würde dann an meiner

Orgel die ein oder andere schwungvolle Melodei zum Besten geben.«

»Das würde ich ja gerne mal sehen.« Lilli lachte und sah Paul an. »Vielleicht verdient ihr ja was damit, dann hast du Geld.«

Paul fragte sich, warum er Lilli bisher nicht von seiner Absicht erzählt hatte, mal eine Weile etwas anderes zu machen, und gab sich selbst gleich die Antwort. Er hatte Angst, seiner Tochter noch mehr Boden unter den Füßen wegzuziehen, als er und Anna das durch die Trennung bereits getan hatten. Er wollte ihr Stabilität vorheucheln, sodass sie sich wenigstens keine Sorgen machen müsste, ob sie nächsten Monat noch etwas zu essen im Kühlschrank haben würden. Es reichte doch, wenn er allein diese Sorgen hätte. Jetzt sah er, wie offen und wie kreativ und neugierig sie damit umging.

Er wandte sich Johann zu. »Sag mal, seit wann plant ihr eigentlich, den Hirschfänger zu übernehmen?«

Johann sah ihn erstaunt an.

»Meinst du, ich hätte nicht gemerkt, dass ihr drei irgendwas ausheckt?«

»Pff, musst ja nicht alles wissen, bevor ich es überhaupt weiß.«

Paul erinnerte sich wieder an den Eremiten, zog ihn aus der Hosentasche und legte ihn auf den Tisch.

»Was ist das denn?«, fragte Lilli.

Paul hatte sich inzwischen mit der Bedeutung dieser Karte beschäftigt. »Das ist eine Karte aus dem Tarot. In der Astrologie bedeutet der Eremit Weisheit und Unabhängigkeit.«

»Eine Portion Weisheit kann dir tatsächlich nicht schaden«, sagte Johann kauend.

»Viel interessanter aber ist, dass er für eine Zeit der Selbstbesinnung steht, in der ich mir Klarheit verschaffen soll, was ich wirklich erreichen will. Das kann auch eine völlige Neubewertung meiner bisherigen Vorstellungen von Erfolg, Prestige oder Geld bedeuten. Es könnte auch heißen, dass ich zu mehr Zufriedenheit gelange, wenn ich wirtschaftlich bescheidener lebe.«

»Was so viel heißt wie ›pleite, aber glücklich‹?« Johann schüttelte den Kopf. »Wenn das eine Voraussage deiner Zukunft ist, dann prost Mahlzeit.«

Paul zerknüllte die Karte. »Hast recht, ich sollte mich auf meinen eigenen Instinkt verlassen.« Allerdings riet der ihm Ähnliches wie der Eremit.

»Außerdem wird dein Vater ja ein berühmter Schriftsteller«, sagte Johann an Lilli gewandt, stand auf, holte zwei Bier aus dem Kühlschrank und reichte eines davon Paul. »Dann fließt das Geld von ganz alleine.«

Die beiden stießen mit ihren Flaschen an.

»Dann habe ich zwar Millionen«, erwiderte Paul, »aber meine kleine Familie ist mir viel wichtiger.«

**

Alice legte die Blätter zur Seite. Sie hatte die Geschichte vor langer Zeit geschrieben, zu einer Zeit, als ihre Tochter noch ein normales kleines Mädchen gewesen war. Alle möglichen Tiere kamen darin vor, Löwen, Affen, ein kleines Schweinchen, und alle erlebten sie Abenteuer zusammen.

Sie hatte ihr daraus vorgelesen, während die kleine Sofie vor ihr im Bett unter der Decke saß, den Daumen im Mund, und mit müden Augen zugehört hatte. Jetzt, nachdem sie die Geschichte noch einmal aus dem Gedächtnis aufgeschrieben und laut gelesen hatte, war diese Zeit wieder ganz nah bei ihr. Sie war wieder die junge Alice, die mitten im Leben stand, mit drei Kindern, die das normale Leben einer jungen Mutter führte. Vielleicht ein bisschen chaotischer als die anderen. Aber sie waren glücklich gewesen.

Alice horchte auf, dann fasste sie sich an ihr rechtes Ohr und zog leicht daran. Das Piepsen hatte aufgehört, erst rechts, dann ganz langsam auch links. Alice erschrak erst, es war so ungewohnt, ganz plötzlich wieder so alleine mit sich zu sein. Sie hielt die Luft an und horchte lange, es war totenstill. Sie schloss die

Augen, dann legte sie den Arm um ihre Tochter, die neben ihr auf dem Bett saß und eingeschlafen war. Alice betrachtete sie, strich ihre dunklen Haare zur Seite und gab ihr einen Kuss auf die Stirn. Jakob hatte Himmel und Hölle in Bewegung gesetzt, damit Sofie kurz zu ihrer Mutter durfte. Dann hatte er sich der Polizei gestellt. Gleich würden sie sie abholen und in ihr neues Zuhause bringen. Dort würde sie bleiben. Und vielleicht würde Alice sich doch noch, irgendwann einmal, selbst um sie kümmern können.

Sie legte den Kopf auf Sofies Schulter und hörte der neuen Stille zu. Ein neues Leben hatte begonnen.

***

Rafael hatte ein paar Sachen aus seinem Zimmer im Haus seiner Großeltern in eine Sporttasche geworfen und mitgenommen, doch er hatte keine Lust, sie auszupacken. Am liebsten würde er die Tasche ungeöffnet wegwerfen. Und er wollte auch nie wieder in dieses Haus zurückkehren, das hatte er sich während der Rückfahrt nach Kiel geschworen.

Er lag in seinem Bett und traute sich nicht, einzuschlafen. Wie die Nächte davor auch schon. Wegen der Bilder, die dann kamen. Immer wenn er die Augen schloss, liefen sie los, diese Bilder. Sie waren diesem fetten SUV bis zum Hotel gefolgt, trotz des Windes, der schon ordentlich geblasen hatte. Es war ein Mercedes-AMG, G-Klasse, dessen Verbrauch bei über siebzehn Litern lag, das war der echte Glückstreffer.

Lilli war bei dem Wagen und packte die Farbbeutel aus dem Rucksack, und Rafael wollte nachsehen, ob nicht noch jemand draußen war und sie womöglich bei ihrer Aktion störte. Und da stand sie, diese Frau. Diese Miriam. Sie musste gerade aus der Bibliothek gekommen sein. Sie stand einfach da und schaute nach oben. Erste Regentropfen fielen herab, und der Wind wurde immer stärker. Hier endeten dann die Bilder, denn er glaubte, dass er die Augen zugemacht hatte, als er losgestürmt war und sie vor die Steinbalustrade geschubst hatte. Ganz deutlich spürte er den weichen Stoff ihrer Kleidung, ihren festen Körper. Hörte das Knacken, als sie mit dem Kopf aufschlug. Er wusste nicht, ob sie ihn überhaupt gesehen hatte. Lilli hatte in der Zeit die Farbe aufs Heck des Wagens geschleudert und wartete ungeduldig.

Und jetzt? Jakob hatte sie doch gesehen. Lilli und er waren ihm doch in der Hoteleinfahrt entgegengekommen.

Anmerkungen der Autorin

Das Dorf Havgart ist auf keiner Landkarte verzeichnet. Auch die Gaststätte Hirschfänger und das Hotel Seewald in Hohwacht werden Sie nirgends finden, leider. Wenn Sie aber am Weißenhäuser Strand den Wald an der Steilküste des Eitz durchqueren und auf der anderen Seite ein Stück weiterlaufen, dann könnten Sie links mit ein bisschen Phantasie die Dächer und den Kirchturm Havgarts sehen. Ziemlich genau dort, wo das reale Gut Friederikenhof liegt.

Alle anderen genannten Orte und Lokalitäten existieren wirklich, und ich empfehle Ihnen eine Radtour von Svens Surfstation am Weißenhäuser Strand bis nach Hohwacht zum Restaurant und Hotel Genueser Schiff. So bekommen Sie einen authentischen Eindruck dieser großartigen Küstenlandschaft.

Die Aufklärung der Fälle in dieser Reihe wird aus der Sicht der Betroffenen geschildert, zu denen die privaten Ermittler Paul Lupin und sein Vater Johann gehören. Die Vertreter der Kriminalpolizei, meist in Gestalt von Kommissar Martin Heimdahl, haben mit den Mitarbeitern der Polizeistation in Oldenburg keinerlei Gemeinsamkeiten. Diese leisten hervorragende Arbeit, während ich Martin Heimdahl so manche Freiheiten gewähre, die keinem Vorbild folgen.

Petra Tessendorf
KÜSTENDÄMMERUNG
Der 1. Fall für Paul Lupin
Broschur, 352 Seiten
ISBN 978-3-7408-0824-2

Eigentlich wollte Kommissar Paul Lupin nur ein paar Tage an die
Hohwachter Bucht reisen, um nach seinem Vater zu schauen.
Doch dann wird ein Toter am Strand gefunden, und ein weiterer
Mann verschwindet während einer Jagd. Die Vorfälle wecken
Erinnerungen an ein lange zurückliegendes Verbrechen, das nie
aufgeklärt werden konnte und den Ort bis heute spaltet … Als
Lupin herausfindet, dass der damalige Verdächtige inzwischen
zurückgekehrt ist, begibt er sich gemeinsam mit seinem Vater auf
die Suche nach der Wahrheit.

www.emons-verlag.de